大国宝藏

彭雁华 董玉文 著

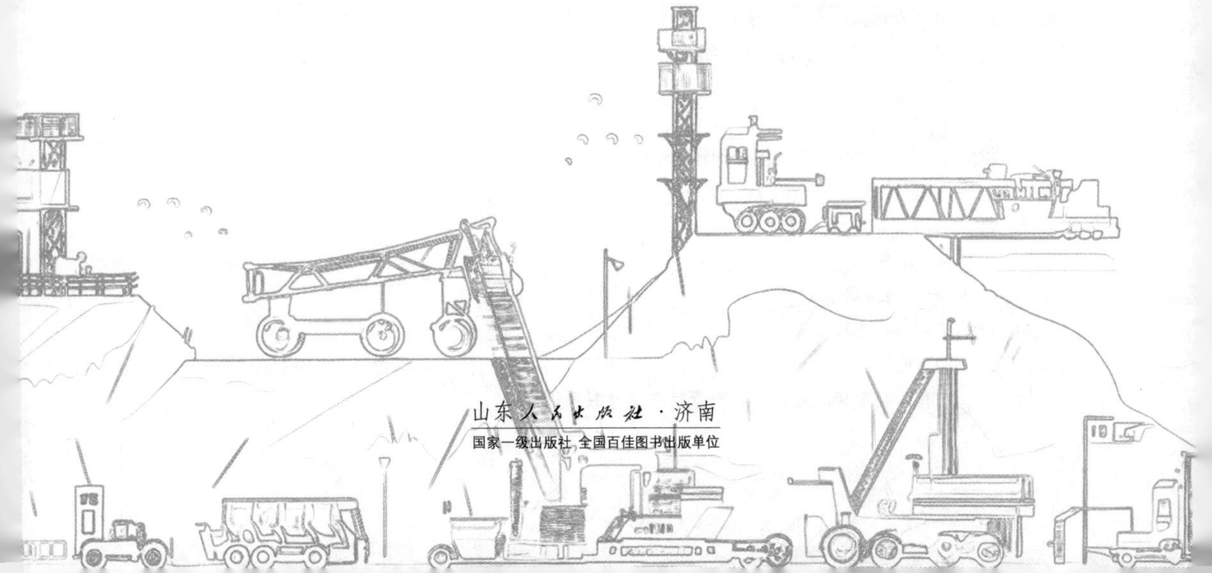

山东人民出版社·济南
国家一级出版社 全国百佳图书出版单位

图书在版编目（CIP）数据

大国宝藏 / 彭雁华, 董玉文著 .-- 济南：山东人民出版社, 2024.9

ISBN 978-7-209-14751-4

Ⅰ. ①大… Ⅱ. ①彭… ②董… Ⅲ. ①报告文学－中国－当代 Ⅳ. ①I25

中国国家版本馆CIP数据核字（2023）第167097号

大国宝藏

DA GUO BAOZANG

彭雁华　董玉文　著

主管单位　山东出版传媒股份有限公司
出版发行　山东人民出版社
出 版 人　胡长青
社　　址　济南市市中区舜耕路 517 号
邮　　编　250003
电　　话　总编室（0531）82098914
　　　　　市场部（0531）82098027
网　　址　http://www.sd-book.com.cn
印　　装　济南新先锋彩印有限公司
经　　销　新华书店

规　　格　16 开（169mm×239mm）
印　　张　24.25
字　　数　300千字
版　　次　2024年9月第1版
印　　次　2024年9月第1次
ISBN　978-7-209-14751-4
定　　价　68.00元

序

探 寻

北纬36度，东经117度。在地球的版图上，这绝非仅是一个普通的地理位置。

2020年7月，一个看似寻常的日子，山东境内6个实力强大的煤矿集团与另一个实力更为强大的“煤炭骄子”强强联合，组建了山东能源集团。重组不是一个简单的捆绑和码放，而是将基因重新排列组合，再造了一个新的生命体。立时，世界500强的行列里，陡增了一个来自东方的新伙伴和竞争对手。这张崭新的面孔，在2020年度辉煌赛道上的排名轻轻一跃便矗立在了第70位。

从此，在光彩夺目的世界经济橱窗，中国能源行业的翘楚频频亮相。

“为人类提供清洁能源，争创世界一流企业！”

这个新时代的“太阳神”刚诞生，便喊出了如潮鸣电掣般的口号，雷霆般强烈的声波撞击着脚下沉睡了3亿年的煤田。

这是石破天惊的誓言。

19世纪60年代，李希霍芬来到中国。这位德国地质学家在齐国城郭不远处调查煤炭储量、产量与分布。

乾坤扭转，春雷震动。1922年秋天，在毛泽东、刘少奇、李立三等组织领导下，安源路矿工人大罢工爆发。不日，中国工人运动的烈火燃到了鲁中。党的一大代表王尽美和邓恩铭在淄河之畔点燃了工运火炬。如今，偾张的红色基因仍然奔涌在“山能人”的血液中。

仅仅过了几十年就换了人间。在新中国，山东煤矿工人将齐鲁大地那侏罗纪年代形成的被称作“乌金”的地下可燃石块，源源不断地探明、开采出来。煤矿工人流淌的汗水洗刷了中国煤炭史的民族屈辱。

重重藩篱阻挡不了“山能人”探寻的步伐。

2002年一个浓雾紧锁的隆冬，比任何一个黎明还要早的黎明，一支鲁矿劲旅向西挺进。他们肩头重重的行囊里驮着春天和希望。

古丝绸之路上草木几多枯荣。

驼商、僧人、莽汉……遥想，无数探寻者次第在这条路上留下足印。古道黄沙，西风瘦马。时光的手指飞快地划过一帧帧泛黄的影片。暖光中走来的这群人并非念旧追古，他们头顶矿灯，脚踏荒野，来探寻一条光明之路。他们沿黄河溯流而上，穿中原大地，翻黄土高原，跨秦岭山脉，越河西走廊。黄沙万里，飞纵千山。最终，他们在一个叫亭南的村庄驻足安营。孰料，关中平原一处地图上难以寻觅的小山村，日后不仅成为山东能源集团生死攸关决战之冲要，更为集团外部开发、战略转移、走向世界吹响了冲锋号角。

亭南煤矿隆隆的机器声，回荡在八百里秦川的上空。

心有所信，方能远行。

内蒙古荒漠、秦晋塬塬、天山戈壁、云贵高原……一处处煤田迎来了它新的主人。随着“山能人”的身影陆续出现在黄浦江畔、琼崖椰岛、香港特区，乃至东南亚、澳洲、美洲，他们又踏出了一条漂洋过海的新的海上丝绸之路。

有宝藏的地方便是故乡。

于是，一个又一个的远方，成了“山能人”的故乡。

“绿色、低碳、生态”这几个看起来寻常的字眼，却让“山能人”念兹在兹，无日或忘。在地壳几百米深的巷道里，他们将采煤机、液压支架、输送机当作绘制蓝图的三角板、丁字尺、圆规和铅笔，绘制着心间百花盛开的科学春天。无数只矿灯汇聚在一起，点燃了探寻明天与未来的火炬。《梦溪笔谈》《天工开物》的科技之光在当代“太阳神”的心里荡开……

阿拉善茫茫戈壁滩，一排排银白色风电方阵，如同敦煌神女舞袖长歌，在河西走廊低吟浅唱。

蒙山沂水起伏的山峦间，片片光伏板镶嵌在千山万壑，恰似给这座英雄之山穿上了铠甲。阳光万里化作缕缕温暖，光和热惠泽千家万户。

昔日，死水微澜的鲁西采煤塌陷地，今天已蝶变成草肥水美、鱼跃鸟翔的生态湖泊。千顷波光潋滟的水面，为地球平添了一片小小的肺叶。

云鼎科技北斗天地探测技术如同一只十翼神兽，它上天有路，入地有门；可九天探月，可煤海游弋。它似有火眼金睛，可以穿透厚厚的煤层，使巷道里每一位矿工细微变化的体征纤毫毕现。天地一体的智慧科技充分彰显出生命至上、人民至上的理念。

长长的渤海海岸线是“绿电”的家园。蔚蓝色海面兀立起间距相同的一行行海上风电机组。银白色的身躯跟银白色的海浪有了相同的霓裳。风电机组拥有直径240米的叶片，是全球最大的海上风电装置。这台世界上最大的“电扇”，冬奉暖，夏给爽，环球同此凉热。

三年乎？三亿年哉？

23万“山能人”把每次的终点冲刺撞线都当成另一场比赛的开始。2022年，他们荣登中国煤炭50强榜首，位列能源企业500强第五位，中国企业50强第23位，比2021年的世界500强排名又靠前了一位，居第69位。2023年3月，北京传来佳音：兖矿能源集团荣获第七届中国工业大奖。这是中国工业领域的最高荣誉……任何“加冕”对“山能人”而言都是动力。他们轻装上阵，火力全开，站在了一个个新的赛道。

把晴空还给蓝天，把碧绿还给大地，把蔚蓝还给海洋，把能源牢牢掌握在中国人的手中。让46亿年“高龄”的地球不再衰老，让大地恒久光彩熠熠。“山能人”的“双碳”目标任重道远。在遥远的探索之路上，“山能人”也需要摄入能量，党的重托、人民的期待是最好的精神补给。人类用上清洁能源，再造一个沧海变桑田，不必等待下一轮的侏罗纪年代了。

探寻是探寻者的绿色通行证……

目 录

楔　子

金戈铁马塞外行

一队煤田地质勘探员马不停蹄地奔波于茫茫戈壁之上，头顶星辰和闪电，仿佛大海捞针一般，为煤田普查勘探事业作出了重要贡献——锲而不舍地从一个又一个钻孔提出的一节节黄土、岩石中，极为偶然地发现了“乌金”的踪迹。

地面沸腾了，多少艰苦努力得到了回报，探头继续钻下，探索着煤田的边界。不久，一份份珍贵的汇报文件摆上了案头。

轻飘飘的文件眨眼之间变成了沉甸甸的开发协议，每一张纸都力敌千钧——其下，成百上千的铁脊汉子马上就要活动起来，臂膀架起的钢铁长城汇聚成辉煌的地下宫殿，汗水在地底汇流成河，传输带浮出水面，一块块珍贵的煤炭流动起来，源源不断地传输到钢厂、电厂、焦煤厂……以煤为动力，一座座现代化的城市拔地而起。

新矿内蒙古能源有限责任公司人力资源部部长曹斌、长城二矿科技办公室主任姬长兴、党群工作部主任郑玉安等当初从山东闯到茫茫戈壁的煤炭人，一边比比画画地展望着即将出现的新城市，一边安慰着几位刚刚在中秋节晚上哭了鼻子的工人。

那时的困难是如今难以想象的，倒也不是说这些大老爷们儿有多么脆弱。2006年春天他们乘着火车一路从山东来到了内蒙古，肩上背负的是留守同事和家里人的殷切期盼。当他们来到目的地的时候，除了轰鸣的钻机之外，就是戈壁，梦想中绿油油的草原，连个影子也看不到。

矿井附近陆陆续续建起了一排简易的板房。队伍从四五个人慢慢壮大到十多个人，很多人并没有打算在这里长住，但是呢，还是慢慢地长住下来。

到了那年的中秋节，公司发了月饼，大家吃着月饼看着圆圆的月亮，饮了不少酒。晚上10点多，工人各自回到房间歇息。躺在床上辗转反侧的曹斌忽然听到了从工友房间里传来的哭声。作为负责人，他麻利地穿上大衣，过去看看是怎么回事儿。让他吃惊的是，那些在井下再苦再累也从不抱怨的工人，竟然捂着被子在抽泣。

曹斌的眼睛也湿润了，他隔着被子拍拍工友的肩膀，一时也说不出安慰的话。曹斌明白，只是生活艰苦、日用品短缺、伙食差，不可能让这些钢铁汉子流下眼泪。让他们流下眼泪的，是对家乡亲人的思念，更多的是感觉到有些难以向家人交代。他们是怀揣着家人的期盼出来创业的，原本应该在一望无际的大草原上载歌载舞，但现实狠狠地给了他们一记又一记耳光。

他们也不好在电话里向家人诉说真实的情况。有道是“每逢佳节倍思亲”，山东人是比较恋家的，看着圆圆的月亮，所有的委屈也集中涌上了心头。

能给家里打个电话，在此地是一件奢侈的事情。曹斌记得，每当接通了家里人的电话，必要第一时间跑到屋外，顺着简陋的梯子快速往板房顶上爬，假如爬得太慢，信号很可能就断掉了。即使站在房顶，通话也是断断续续的，三句话并作两句话，在有限的时间里赶着把重要的事情说完。

那时候他们担心的不是加班，而是加班的时间太短。假如早早地下了班，吃过晚饭，太阳还未落山。工友们三三两两地躺在沙窝上，一边揪着风滚草，一边聊天儿，一直聊到新月初上，沙丘温润，被指甲撕碎的草叶已经鼓起了一堆又一堆。

从板房出来往北走，一袋烟的工夫，可以到明长城遗址。这一段长城是用土砖垒起来的，风吹日晒，圆形代替了方形，所有的棱角都已消失。每当工友们想要给家里通个电话，只能跑到高处。

在高处，信号要好一点儿，声音更清晰一点儿，因为听不清楚而产生的误会和矛盾也会少一点儿。这让人想起阿巴斯·基亚罗斯塔米的电影《随风而逝》，那位工程师在整部电影里奔来跑去，每当电话响起，他都要在像布达拉宫一般建在黄土坡上层层叠叠的村子里穿梭，来到高处。后来，他干脆开着车奔向山岗，在一棵大树底下，土拨鼠一般焦急地打着转儿，朝电话那头呼喊。

因为此地为明长城遗址，后续的几个矿井便被命名为“长城”系列煤矿。

塞外的冬天来得很早。岑参《白雪歌送武判官归京》有云：“北风卷地白草折，胡天八月即飞雪。忽如一夜春风来，千树万树梨花开……”工友们没有诗人的好雅兴，他们要为怎样保暖而操心。

板房是难以阻挡寒风的，尽管工友们把所有的缝隙都塞得严严实实，但是寒风还是不知道从什么地方一横一竖地钻进来，巴掌一样拍打着棉被。为了御寒，他们专门定做了六斤棉花一床的厚棉被，盖上两床，还要再加盖上一件军大衣。晚上睡觉的时候，他们要戴着棉帽子，预防耳朵被冻伤，只敢把两只鼻孔暴露在外呼吸。

最冷的时候，甚至鼻孔也要用棉被盖上，透过棉被吸进的空气也是冷冰冰的。呼出的哈气在棉被上结了薄薄的一层冰，第二天早晨醒来，嘴唇都被粘住了。

第二天，门口堆起了一堵沙墙，沿着门缝伸进屋里一柄“沙刀”，由于已经冻结，若是去抚摸一下，手都能被“锋刃”划破。工友们使劲儿将门推出一道缝儿，把沙子扒进屋里，再推开一点儿缝，把沙子扒进屋里，慢慢把堵住门口的半米高的沙丘清除后，才能顺利走进外面令人畏惧的冰天雪地。

大雪将板房凝结成了白色的洞窟。阳光猛烈，雪融化，屋檐凝结的长长的冰柱，一开始是锥形的，锥尖儿直指地面，一寸一寸地朝着地面扎去，将地面扎出一个深深的洞。更多的雪水流下来，凝固了，将洞填满。

不到半月，屋檐边形成了一排冰柱。远远看去，板房仿佛雅典娜神庙。这时候你会相信，即使将墙壁拆除，屋顶也能屹立如初。

对于下井的工人来讲，有一个完全不次于吃饭的需求——洗澡。

在这个世界上，一辈子只洗两三次澡的大有人在，我们也从未听说过某人因为不洗澡而死亡的。据说伊朗有一位痴情男子，20多岁的时候，因为爱人死在了自己怀里，为了永远留住爱人的味道，此后60多年，他坚持不洗澡，浑身结满硬痂，即使脱了衣服，也像穿着黑袄。

我们只能说，这位痴情男子做不了煤矿工人。因为对于煤矿工人来讲，三天不洗澡那比三天不吃饭还要难受，尤其是在将近20年前的大漠创业时期。

澡堂、生活区都还没有建设起来，一切人力物力集中到建井和采矿上，拿到第一块炭，才能够对家乡人民有所交代。因此，最初上井的工人只能从屋里拿个脸盆，到院子里水管上接半盆水，再到锅炉房里兑点儿热水，端回房里，用毛巾蘸着水擦拭身体。遇到油污较多的时候，他们只好先委屈了毛巾，擦完身体后再下大力气洗毛巾。雪白的毛巾沾了机油，是绝不可能再洗干净了，用上一次，就成京剧里的“大花脸”了。

看吧，院子里的水管又成了“香饽饽”，一天到晚排着等待打水的队伍。锅炉房烧水的老大爷成了矿上的“一把手”，获得了矿长都难以想象的尊敬，这份尊敬让老大爷每天愁眉不展，恨不能一小时掰成两半，给工友们多烧两锅炉热水。

脸盆洗澡真是太不过瘾了。其后，工人们在院子的西南角用水泥砌了一方池子。用软皮胶管将自来水引到池子里，用铁皮桶提热水兑入，下了班的工人们可以在池子里一边洗澡一边谈天说地了。虽然池子里的水很浅，也就刚刚没过脚脖子，但毕竟是站在水里洗澡。

一直到初冬，工人们还是坚持每天在水池里洗澡，长久这么洗下来，增强了“抗冻性”。他们那刚脱了衣服被冻得乱抖的黝黑脊背，一沾上一入水池热气立消的温水，身上的“寒栗”像刷子刷过一样平复下来，熨帖下来。

第二年，问题得到进一步解决，公司在银川租了一部分房子，因为数量不多，工人们只能轮流过去住一晚，但好在可以洗个热水澡。频率基本上一周一次，其他几天将就一下，待到如同节日那一天，工人们再泡在浴缸里，用废旧牙刷将指甲里的油污仔仔细细刷干净，对着镜子将皱纹里的煤灰清理干净，走在大街上，都像长高了几分。

新矿内蒙古能源有限责任公司纪律监察室业务主管康庆国2007年6月来到长城煤矿的时候，青银高速还未通车，仅有公共汽车可坐，从山东一路颠簸16个小时，到达后骨头都快散了架。

他印象最深的，是风沙大。工人户外作业时必须戴护目镜，在厂区规划的内部道路施工的过程中，先临时在大院里盖了简易棚架，将井下必得用到的物资堆放在棚架里。不到一个月，一米高的物料被沙子埋上大半，使用的时候需要用铁锹挖出来。

几个人开车到胡家井煤矿跑项目，第一天去的时候一切正常，道路虽然不甚平整，但边界清晰。第二天回来的时候，有意思了——找不到路了。原来记忆中是道路的地方，堆着一个个连绵起伏的大沙丘。

康庆国对冬天寒冷的记忆中有两个场景特别清晰。一是洗完了澡，拎着毛巾跑回宿舍，200米，不到一分钟，推门的时候发现毛巾已经冻成了“冰条”，他惊奇地握住毛巾两端掰了掰，只听一声脆响，毛巾“啪”一下断成了两截！二是躺在宿舍的床上，在某个寒潮突降的夜晚，他竟然听到屋顶的楼板因为收缩在“咔咔”作响，一时间真有点儿毛骨悚然。

在这样严酷的环境里，单身的人对于“找对象”一事逐渐绝望，绝望还好，日子过得平淡，心如止水。更苦的是那些“已婚单身”人士，他们多想将老婆孩子接过来，但是，想到眼下的苦日子，接家眷的念头只能被一次次打消。

对老人的愧疚、对孩子的思念是省外创业人内心深处永恒的两道刀疤。

长城三矿机关党支部书记时衍柏，来省外创业的时候，老母亲已经八十高龄，但他在内蒙古工作了十多年，每年回家的次数屈指可数。2019年，老母亲已经九十多岁了，时衍柏有一次休假回家，刚刚回到矿上的第二天，就接到了家里的电话，说是老母亲突然生了重病，让他赶紧往回赶。时书记一下子就蒙了，老家的风俗他是知道的，既然家里人这样说，很可能老母亲已经病逝了。可是他来的时候老母亲身体不是还好好的？

登上飞机，时衍柏一路哭着。下午2点的飞机，到济南的时候已经4点多，他从机场一路哭着往家里赶，赶到家门口，已经是傍晚，天微微黑了。映在他眼前的，是大火焚烧过的废墟。原来因为老母亲晚上一个人住在单独的院落里，电热毯起了火。当村里人赶到，浇灭火焰的时候，整栋房子已经被烧得破烂不堪，老太太也葬身火海。年过半百的儿子长跪在母亲的灵柩前，不知道该把事故归咎于谁，心里充满了悔恨。

几年之后，提起这件事，时衍柏还是忍不住泪流满面。

而孩子呢，父爱的缺失给孩子带来的伤痛是长久的、难以愈合的。新矿内蒙古能源有限责任公司党史学习教育领导小组办公室主任王猛出来的时候，女儿只有两岁，如今已经是五年级的小学生，即将升入初中。将近十年的时间，他每年也就和女儿见上那么五六次面。

女儿上幼儿园的时候，有一次他探亲回家，迫不及待地到幼儿园去接女儿回家。在幼儿园门口，孩子看到了父亲，兴奋异常，转头对园长和所有的同学说："这就是我的爸爸，爸爸来接我了！"牵着"传说当中的爸爸"的手，女儿兴高采烈。

王猛说时间长了不回家，回一次家会很痛苦。刚到家的时候，见了面，女儿会迫不及待地挓挲着双手朝自己跑来，但是在即将拥抱还没有抱在一起的那一刻，女儿会忽然有些恐惧，停下向自己跑来的脚步。当他抱住女儿的那一刻，他能体会到女儿有一种来自本能的抗拒，有一种陌生感。这种陌生感让王猛心里特别不是滋味。

每次休假一般是一周。前三天，女儿和自己慢慢熟悉，重新连接起父女亲情，但是在后三天，由于离家的日子越来越近，自己越来越不舍，心里反而非常难受。临走的时候，有一次女儿对妈妈说："如果我爸爸不在省外该多好。你看我们幼儿园的那些保安叔叔，爸爸在幼儿园做保安就挺好，至少我可以天天见到爸爸。"

有鉴于此，新矿内蒙古能源有限责任公司专门引入了科大鹰骏幼儿园，替职工解决孩子上学难的问题。新矿集团和山东科技大学渊源颇深，好多领导都是山东科技大学毕业的。肖庆华总经理特地联络了山科大青岛主校区的专家，将招聘的教师送过去培训。肖总讲："我们出来创业是为了什么？必须想清楚这个问题。孩子的教育不能丢，要找好老师。我们的条件艰苦，位置偏远，很多优秀的教师不愿意来，怎么办？提高待遇嘛！别人一年给十万，我们加十倍，人家肯不肯来？"

在荣信化工项目的建设过程当中，风沙比"长城"系列矿井还要大。当时的一位领导总结出了四句说明现状的顺口溜：通信靠"吼"，交通靠"走"，安全靠"狗"，生活靠"手"。一时传遍了整个矿区。

当时的项目工期特别紧。核验部门要求半年内必须看到设备基础。于是，第一批到达的工人只好顶风冒沙、没日没夜奋战在一线。

当地的风是有规律的。上午天气晴朗，每到下午4点左右，飞沙走石，狂风呼啸而至。几位安装管道的工人站在坑边，看到风从远处起来了。一道黄墙滚滚而来，眨眼间就到了面前。他们赶紧匍匐在地，用衣服盖住头。很多时候站也站不稳，一下子就被刮落到坑里。在坑里也不敢直起身，继续用衣服盖住上半身。等这阵风过去，衣服沉甸甸的，翻过来，在地上抖落一堆黄沙……

为什么大家不在省内好好待着，要到人生地不熟的茫茫荒漠上闯荡？有两方面原因：一是响应国家西部大开发号召，承担国企责任；二是未雨绸缪，经过了上百年的开采，省内的煤炭资源渐近枯竭，必须另辟新路，作好煤炭事业有序传承的大文章。

上篇

地母之赐

那一朵朵鲜红的火苗

要说王尽美、邓恩铭、华子良、焦裕禄……这些如雷贯耳的名字都和淄博矿业集团有关系，你意不意外？不管读者是否意外，作为前来采访煤矿产业的我们，确实被震惊了。

2022年7月，夏雨初晴，我们一行人站在了严整庄重的淄矿博物馆门外。迈过几个晶莹的小水洼，踏上三级台阶，正门已经打开，我们鱼贯而入。“壮哉淄矿，屹立齐鲁……中共擎旗，首现支部。振臂高呼，唤起匹夫。东方日曙，吾侪做主。涤浊荡污，天翻地覆……”三米多高、六米多长的《淄矿铭》让人眼前一亮。

随着讲解员专业的讲述，淄矿的历史缓缓在我们面前铺展开来……

煤炭开发利用的历史在淄博相当久远，据说可以追溯到唐朝，在宋朝、金朝已经有了较大规模的煤炭开采。那时的人们已经能够利用煤炭做燃料烧制陶瓷器皿，正是由于煤炭的开发和利用，淄博地区的冶铁业、陶瓷业、琉璃业才有较早的发展，很快产生了较大影响。随着历史脚步的迈进，淄博成为陶瓷之都，被誉为“当代国窑”，和煤炭的开发利用是密不可分的。

经济发展推动文化更新，大约在1665年，博山出了一位著名的学者孙廷铨，其在《颜山杂记》中专门写了一篇《石炭》，以诙谐而准确的文笔记述了当时淄博地区的地质、凿井、煤炭开采以及后期的利用，可以说是有关煤炭科学的一部重要文献。摘录几段以飨读者：

炭，山灰也。义从土，然土得水而泥，此不泥；宜从石，然石引火而不燃，此则燃；宜从薪木，然木遇金而柔，此不柔。故一物而数德具焉者，炭为多。

凡炭之在山也，辨死活。死者，脉近土而上浮……活者，脉夹石而潜行……或谓之“煤”，或谓之“炭”；块者谓之“硔”，或谓之“砟”。散无力也，炼而坚之，谓之“礁”。顽于石，重于金铁，绿焰而辛酷，不可爇也。……故礁出于炭而烈于炭……

凡脉炭者，视其山石。数石则行，青石、沙石则否。察其土有黑苗，测其石之层数，避其沁水之潦。因上以知下，因近以知远，往而获之，为良工。

已得炭，然后旁行其隧，视其炭之行，高者倍人，薄者及身，又薄及肩，又薄及尻。凿者跂，运者驰；凿者坐，运者偻；凿者螬卧，运者鳖行。……凡井得炭而支行，其行隧也如上山，左者登，右必降；左者降，右必登。降者下堿，登者上堿。循山旁行，而不得平。……脉正行而忽结，礌石阻其前，非曲凿旁达不可以通，谓之“盘锢”；脉乍大乍细，窠窠螺螺，若或得之而骤竭，谓之“鸡窝”。二者皆井病也。

凡行隧者，前其手必灯而后入。井则夜也，灯则日也。冬气既藏，灯则炎长；夏气强阳，灯则闭光。是故凿井必两行，隧必双，令气交通以达其阳，攻坚致远，功不可量，以为“气井”之谓也。

这篇小文可以说写得相当内行，估计作者进行过实地调研，请教过专业人士。不但对井下采煤工劳作的形态进行了传神的描绘，而且写到了“盘锢”，即我们今天所说的“断层”。而“礁出于炭而烈于炭”一句可说是神来之笔，活灵活现地对“焦炭”的性质

“一锤定音”。

历史继续，让我们把目光的摄像机摇摆到近代。

正像提到美洲的历史不得不提哥伦布一样，淄博煤炭业的历史也与一个人有关，此人名为李希霍芬。李希霍芬是德国著名的地理学家和地质学家，他于1868年来到中国进行地理、地质考察。李希霍芬回国之后，从1877年开始，他撰写的《中国——亲身旅行和据此所作研究的成果》五卷陆续出版，这是第一部系统阐述中国地质基础和自然地理特征的重要著作。这部书在西方世界的影响，让人联想到《马可波罗行纪》。鸦片战争爆发后，帝国主义列强竞相觊觎淄博地区的丰富矿产，开始运用大机器生产的方式掠夺中国的矿产资源。而李希霍芬的这部著作，在某种程度上给他们的掠夺提供了一张地图。

1896年前后，大批传教士来华。在巨野，部分传教士及其教徒横行乡里。当地百姓一开始敢怒不敢言，矛盾积累到一定程度，终于爆发了，巨野教案当时可以说震惊中外。教案发生后的第十三天，也就是1897年的11月14日，德国政府派多艘军舰出兵强行占领了胶州湾。1898年3月6日，在德军强大的军事压力下，清政府与德国签订了丧权辱国的《胶澳租界条约》。通过此条约，德国攫取了胶济铁路修筑权和胶济铁路两旁三十里内的采矿权：“允许离胶澳海面潮平周遍一百里内，系中国里，准德国官兵无论何时过调……中国国家允准德国在山东盖造铁路二道……于所开各道铁路附近之处相距三十里内……允准德商开挖煤斤等项及须办工程各事，亦可德商、华商合股开采……德国商人及工程人，中国国家亦应按照修盖铁路一节所云，一律优待。”这份条约的签订，是中国损失矿山自主权的一个开端。

取得开矿权之后，1899年10月10日，14家德国大银行联合投资兴办了德华矿务公司。德华矿务公司也是淄博地区最早的外资企业。

1904年至1914年，德华矿务公司先后开凿了“淄川竖井”“海特尔井”“马尔他井”三个出煤的矿井，成为当时山东最大的煤矿企业。

淄川矿区的矿界是1911年7月德华矿务公司和山东地方官吏签订的《收回山东各路矿权合同》确定的。实际矿界是南自白塔经奎山起斜线至龙口镇，并延石灰岩露头处山麓北至胶济铁路，西至孝妇河畔的张博支线，总面积410平方千米。

1914年，第一次世界大战爆发，日本借口对德宣战，乘机取代德国在山东的地位，侵占了淄川煤矿。日本侵略者比德国侵略者之贪婪有过之而无不及。当时因为日本本国资源匮乏，而煤炭是发展现代工业的必需品，所以1923年日本财阀与北洋军阀共谋，于8月12日在天津成立鲁大矿业股份有限公司（简称“鲁大矿业公司”），下辖淄川煤矿、坊子煤矿和金岭铁矿，开始在中日“合办”的幌子下对淄川煤炭资源进行疯狂的开采掠夺。

“海特尔井”俗称“北大井”，后来发生了一次惨绝人寰的透水事故。“北大井”，当地人称“大荒地”，是当时山东的大型矿井之一，主要生产和提升设备比较完备，最高日产量达到3000吨，但井下的生产方法仍极端落后，与民营煤矿一样采取残柱式采煤法，工人劳动强度大，生产环境和生产条件极端恶劣。

“残柱式采煤法”是自井底开出煤硐即开拓巷道，再沿巷道两壁开采一条条煤硐，俗称“炭窝”，也就是采煤面。每个“炭窝”配一名“镢头”（采煤工）、两名“筐头”（拉煤工），即行开采。每个煤井“炭窝”多少不一，小井5—7个，大井有十几个。

20世纪初，淄博煤矿开始出现较为完善的残柱式采煤法（又称“房柱式”“炭柱式”），残柱采区沿煤层走向开运输巷道，再沿煤层倾斜开数条巷道。巷道宽度一般薄煤层2.5—3米，中厚煤层2米，巷道两侧留10—20米的护路煤柱，然后将煤层切割成若干长宽各

10—15米的方形煤柱，备日后回采。回采煤柱叫“穿采”，穿采有“一字”和“十字”两种形式。“穿采”煤硐宽2—4米，两硐之间留维护顶板小煤柱，俗称“马腿”，一般不回采。采空区顶板，任其自行垮落。手镐刨煤，人拉筐运输。

20世纪二三十年代，淄博较大的煤矿由于提升、运输、排水等环节逐步应用机械，开采规模扩大，采区巷道布置渐趋正规，大巷使用机械或畜力运输，上下山使用蒸汽绞车提升。

沿走向开掘顺槽，顺槽间距80—120米，使用矿车或用车盘载条编筐运输，煤柱扩大为长宽各20—25米，仍是手镐刨煤，人拉筐运输。

残柱式采煤法在手工回采条件下，适用于各种倾角、各种厚度的煤层。但资源回收率低，最高为70%，最低仅40%，采煤工具落后，劳动强度大，回采效率低，通风条件也不好。

淄博煤矿在新中国成立前一直采用残柱式采煤法，手镐刨煤，人力拉筐。外资和中外合资煤矿虽然在矿井提升、运输、排水等环节逐步采用机械，但采煤仍沿用落后的残柱式采煤方法和工艺。由于技术落后，采煤效率很低。

新中国成立后，淄博煤矿采煤技术有了根本性的变化。1950年，国营洪山、西河、新博煤矿在全省率先推行新法采煤，开始以走向长壁采煤法代替落后的残柱式采煤法。20世纪70年代，淄博矿务局将走向长壁采煤法发展为倾斜长壁采煤法和对拉工作面采煤法。在推行长壁式采煤法的过程中，还根据煤层条件，分别推广无煤柱采煤法、分采分擢采煤法、条带采煤法等。在采煤工艺方面，从1950年开始，采用截煤机掏槽、电煤钻钻眼爆破落煤、V型运输机和刮板运输机运煤，并采用木质支架支护和金属支架支护，单一或双循环作业。

直到1965年，淄博矿务局开始试用浅截式采煤机，配可弯曲刮板输送机，实行金属摩擦式支架支护和交接顶梁的普通机械化采煤，多循环作业。20世纪70年代末期，淄博矿务局研制成功薄煤层淄博Ⅰ型和Ⅱ型采煤机，1981年先后在岭子、西河矿使用，配重型可弯曲刮板输送机和单体液压支柱，分别试验成功了中厚煤层和薄煤层高档普采。

在使用采煤机之前，最先进的采煤方式是“炮采”。

炮采工艺主要有打眼、装药、放炮、卷煤、支柱、移溜、回柱放顶（充填）等工序。

打眼由打眼工手持电钻打眼，炮眼深度取决于工作面的推进度，每循环进度1—1.2米，炮眼深度与之相当。炮眼布置方式根据煤层厚度、软硬程度和顶板条件确定，一般在煤的节理发育软的极薄煤层布置单层眼，煤硬则采用三花眼布置方式；在中厚煤层布置三花眼，较坚硬的煤层则缩短布眼距离，采取五花眼布置方式。

爆破使用硝胺炸药，装药用木质炮杆，炮泥封口。装炮完成后，将雷管脚线串联在一起，拉线外引30—50米。用放炮器引爆，每次放2—10个炮，双排眼和三排眼采取分次放炮，每次2—3个。使用毫秒延期电雷管时，每次可放5个，放炮前把溜槽维护好，防止崩坏溜槽和把煤崩到后部。

讲解员一边介绍一边把我们领进北大井死难矿工墓，给我们讲解了一段让人闻之怒发冲冠的往事。

1935年5月13日上午，因采透周瓦庄断层，奥陶石灰岩和许家庄石灰岩的水顺断层带突出，大量倾注矿井，造成巨患。

据《山东矿业报告》第五期记载，75号采区出水，水洞初如碗口，迨落盘水倾之后无人得见，但出水之后水势汹涌，越来越猛，距出水地点3600米之排水机仅40分钟即遭淹没，失其效用。每分钟涌水初为5300立方英尺，出水后数小时内则增至15600立方英尺，坑下水势之大实属罕见。出水当日十行及其以下各坑道即全部淹没。第二天，水势续涨，每小时为1.4米，午刻水面已至十行坑底上28米。第三天，达十行上52米，第四天至十行上73米，晚间达十行上80米之八行巷道上。至第五天午，则八行及其以下各坑道即全部淹没。其后仍继续增长不已，至第十五天（5月27日）水面即达四行坑道，高出十行140米，距地面井口不过120米。经测量，第二竖坑较沣水泉地面高76米，似有非达沣水泉地面相平等时不能停止增长（之象）。

据当年部分脱险工人说，当时只有在透水地点附近工作的工人，由于及时得知透水消息，方能逃出，而大部分区域的工人根本不知道透水消息，不幸遇难。

多年之后，经过统计，此次矿难共有536名矿工遇难。但当时事故发生之后，日本侵略者并没有组织救援，反而迅速对井口进行密封，仿佛这样就可以让自己造成的灾难永不见天日。直到40年之后，时任日本首相田中角荣访华，提到他的叔叔在北大井矿难中丧生，这才重新揭开了一段悲惨的历史往事。

1975年5月13日，北大井排水工程结束，遇难者的累累白骨才得以重见天日。工作人员收集遇难者的尸骨后对其进行了防腐处理，按照井下的真实场景进行了集中复原，建成了北大井死难矿工墓。2011年9月，淄矿集团启动重新修整淄博煤矿博物馆的工程，对矿工墓进行了修复，设立了遇难矿工纪念墙。专门组织工作人员，花了三个月的时间，走访方圆60公里16个乡镇136个村，了解群众3500余人次，与916名80岁以上老人进行了座谈，最终得到了303名遇难矿工的名字。

在牌板墙上，我们见到了当时北大井矿工使用的一个一个出工牌，一个牌子就是一条生命。

为什么日本人可以在此处作恶？那还要从山东省的第一条铁路线说起。山东省第一条铁路线是胶济铁路，东起胶澳即青岛，西至济南。胶济铁路和张店至博山的支线共长398.06千米，设56个车站。1904年6月，胶济铁路及张博支线全线建成通车，成为山东历史上的重要事件之一。

在淄博，德华矿务公司打了第一眼机械化采煤的矿井，大大提高了生产能力。1906年，德华矿务公司运来了一套25千瓦的柴油发电机组安装在淄川炭矿供照明用，从此淄博地区开始通电。1909年，德华矿务公司在淄川煤矿建立了洪山电气厂，这是淄博地区第一个发电厂，1911年装机容量为全省六大电厂之首。德国当时主要把淄川的煤用于战舰燃料和出口，为此新建了青岛港，支付了政府和市政建设的费用。

1914年日军侵占淄川矿区之后，对淄川矿区实行军事化管理，直接经营掌控淄川矿区的一切事务。后来因为军力不足，同时害怕激起中国人民的反抗，他们便操纵国内的私人资本家和一些中小企业家到博山矿区成立煤矿公司，对淄博矿区进行遥控。其中，比较典型的是日本东和公司对黑山信成公司的控制。

每个矿井都有日本人的监工。他们甚至在井下修建了宽敞的办公室，穿着白衬衣，坐在八仙桌旁，看书、品茶、喝酒。即使在井下，生活也非常奢侈。而隔壁的矿工，正过着饥寒交迫、牛马不如的日子。从复原图中我们可以看到鲜明的对比，日本监工办公室的后墙上还有一个立橱，橱子里琳琅满目，摆满各式酒瓶。

现在淄矿集团所在的大院（淄博矿务局德日建筑群），就是100多年前由德国人和日本人先后兴建的，其规模可称宏大壮观。1984

年6月，该建筑群被淄博市人民政府列为市级重点文物保护单位；2000年，被山东省文化厅列为历史优秀建筑物；2006年12月，又被山东省人民政府列为省级重点文物保护单位；2013年7月，被国务院列为全国第七批重点文物保护单位。

整个大院仿佛一座公园，漫步其中，观览着十余栋各具特色的建筑，旋转在繁茂的花木之间，着实让人心旷神怡。

现在的“行政东楼”是建筑群中最早的建筑，由德国人建于1906年，二层，砖木结构，占地230多平方米，建筑面积近500平方米，一层7间，二层8间，全木制楼梯，楼梯底部为地下室入口，地下室分大中小内里外3间。

1906年至1914年，该楼为德华矿务公司淄川煤矿事务所。中日合办鲁大矿业公司时期，为淄川炭矿事务所。1935年北大井透水事故发生后，愤怒的遇难矿工家属冲进这栋楼，砸碎了门窗玻璃、桌椅和电话总机等设备。后双方因抚恤金数额僵持不下，时任山东省政府主席韩复榘到淄川炭矿解决这一事端时，就是在这栋楼商议，并在鲁大小学召集死难者家属开会训话，逼迫遇难矿工家属答应他宣布的抚恤金额。

1948年淄博解放以后，至1953年3月建立淄博矿务局前，该楼为洪山煤矿党委办公室。建局后至1968年为淄博矿务局党委办公室。1969年至1972年，该楼为军管会的办公场所，后军管会撤销，矿区工会进驻该楼。

现党委宣传部所在的楼房是德国人建于1907年的建筑，同样分上下两层，砖木结构，楼内为庭院式全木质结构。它占地近260平方米，建筑面积510余平方米，上下各6间，雕花房门，有5间地下室。1914年以前为淄川煤矿办公地点，1914年后日军占领淄川煤矿，当时被称为“24号衙门”，相当于现在的保卫部门。20世纪40年代，为中日合办鲁大矿业公司淄川炭矿矿长公寓，其间日本人对房屋内部做了部分装修，其中二楼有一棵木树，立壁盒之中。

现在的行政楼由日本人建于1943年，是德日建筑群中最晚的建筑，具有典型日式建筑风格。二层楼房，砖混结构，占地面积560余平方米，建筑面积近1300平方米，一层5间，二层5间，有地下室6间。迎门大厅为水磨石铺地，楼梯踏步铜条镶边，做工精细。前些年因为瓷砖损坏做了部分替换。室内墙面水泥雕花色泽厚重，气派威严。地下室通风良好。整个建筑外观比较精美，屋架上有修建时留下的上梁时的吉祥牌。解放战争以前该楼一直为鲁大矿业公司淄川矿业所经理办公室，解放战争时期曾作为国民党指挥部所在地。

提到大院的地下室，有必要多说几句。不只每栋楼下有地下室，而且楼与楼之间都有地下通道相连接，也就是说，整个大院底部已经形成了地下网络。我们去的时候正是仲夏，但地下室里阴冷如深秋，让人忍不住打了两个寒战。

在将侵略者驱逐出国门的苦难历程中，一个个闪闪发光的名字出现了。

淄博矿区是工人运动的一个重要发源地。王尽美和邓恩铭曾经多次来到此地，联络工人办学习班，启发矿工的觉悟，秘密发展党员，组织工人运动，带领淄博矿区一步一步迎来了胜利的曙光。

回到1921年的冬天，有老人记得，那年的冬天特别寒冷，著名的孝妇河已经冰封成一条白练。正是在这个寒冷的冬季，中共一大代表王尽美和中国劳动组合部北京分部主任罗章龙一块儿冒着严寒第一次走进淄川矿区。

王尽美那年23岁，单薄而修长的身材，清秀俊朗的眼睛透着睿智和坚毅，清瘦的脸上，一对大耳朵尤其引人注目。而罗章龙此行是受组织委派考察矿区的现状，同时为党物色工人骨干，播撒革命的火种。

行走在矿区里，王尽美和罗章龙目睹了煤矿工人的悲惨生活。在那个大雪纷飞、滴水成冰的日子里，贫寒的工人们仍然穿着单薄并且破烂的衣衫，坐在简陋的卧铺里，满脸煤灰。当王尽美和罗章龙走进棚屋的时候，仿佛走进了冰窖。在这里，他们和煤矿工人交谈着，嘘寒问暖，了解了众多矿工的实际情况。

待到来年麦收的时节，王尽美第二次走进矿区。此时，因为肺病，他更加消瘦了，但是那双大眼睛和那对大耳朵让大家很快就认出他来。王尽美在矿区附近找了一处地方，也就是洪山镇马家庄机器图算学校，没黑没白地开展工作。他深入每个矿井、每个工区做社会调查，同时进行革命宣传，启发工人的觉悟，和许多工人都成了“哥们儿”。工友们特别喜欢下工后聚在王尽美周围，听他讲话，因为他讲的话每一句都能够说到工友的心坎里。大家有的称他为“王先生”，有的亲切地叫他“大耳朵兄弟”。

在王尽美的宣传指导下，大部分矿工的觉悟逐步提高，建立工会组织的时机一步一步成熟起来。1922年6月25日，王尽美、王用章等人在马家庄机器图算学校内召开了矿业工会淄博部发起大会。当天共有250余名煤矿工人代表参会，经过选举，会议成立了淄博第一个工会组织——山东矿业工会淄博部。从此，淄博矿区工人有了自己的组织，革命的曙光透过沉沉的雾霾照了进来，革命的火种在工人简陋的棚屋里一朵一朵燃烧起来。

1922年8月，党组织为了加强对工人运动的领导，选派了邓恩铭到淄博矿区开展工作。当时邓恩铭的叔父黄泽沛（原名邓国瑾）任淄川县知事，为人比较开明，有进步倾向。邓恩铭抓住这一有利条件，借住在县政府，以知事公子的身份做掩护，逐步把党的工作开展起来。他通过参加宴会等机会，在淄博矿区结识了许多进步人士，并寻找机会向他们宣传党的主张，通过进步书刊传播先进思想。

经过一番努力，邓恩铭在淄川洪山镇三马路“宪章照相馆”开辟了秘密活动据点，在地下党员周宪章的掩护下，在此开会、联络，研究重大事项。与此同时，邓恩铭和入党积极分子赵豫章一起，连续奔波于博山、昆仑、西河等矿井。深入井下、工棚和众多矿工的家中，和采煤工、掘进工促膝谈心，进一步了解矿工的劳动、生活、思想状况，一步步加深感情。通过一些小型的集会，他们向矿工们讲述了工人为什么受剥削，为什么受压迫，应该怎样才能得到翻身的机会。有一段时间，邓恩铭和赵豫章干脆就住在工棚里，和矿工们同吃同住同劳动，取得了广大矿工的信任。

后来，邓恩铭还在昆仑办起了两级学校，以学校为活动基地，扩大了工作范围。发动昆仑站各炭栈，开展反对强征“教育捐”的活动。联络各炭栈的装卸工人，组织各炭栈的代表到县政府进行交涉，要求取消装一车炭交两吊钱的“教育捐”，并且取得了斗争的胜利。这次行动让广大矿工的身心受到巨大的鼓舞。

种种工作都为在淄博矿区建立党组织打下了良好的基础。1923年，邓恩铭调任中共青岛市委书记，但是他仍旧非常关心淄博煤矿的革命工作，抽时间几次到淄博指导工作。1924年3月，邓恩铭再次来到淄博矿区，推动创建党组织工作，介绍赵豫章正式加入共产党，介绍郭粹甫、周济南加入共青团组织。

那年11月，孙中山为了准备在北京召开中国共产党倡议和支持的国民会议，委派王尽美、王乐平为国民会议特派宣传员，发动山东的各个人民团体、政党，促成会议的召开。此时王尽美的肺病已经非常严重，但是仍然满怀革命激情，奔波于各地，组织发动群众。在青岛发起成立青岛国民会议促成会后，王尽美又回到淄博开展工作。

在此期间，他再次深入矿区，目睹了煤矿工人的苦难生活。他曾经悲愤地说道：“创造世界的劳动者，受此待遇，太不公平了！咱们只有组织起来进行斗争，才能翻身得解放！”

借着和煤矿工人握手的机会，王尽美又说：“别看你们脸上手上沾满炭泥，可是这两只手却能创造出世界万物！”工友们听了之后异常感动。

几天之后，在附近的一座煤矿上，王尽美组织召开了100多人参加的工人大会。他说：“为什么我们辛辛苦苦创造了大量财富反而吃不饱，穿不暖？这是因为我们创造的财富，都被强权者夺去了！”工人们听后，都觉得心里仿佛打开了一扇天窗。大家热烈地说：“王特派员能代表工人说话，是我们工人阶级的知心人，我们要一块儿跟他走……”

1925年8月19日，年仅27岁的王尽美因积劳成疾病逝。年底，邓恩铭以小学教员的身份再次来到淄博矿区，一边养病，一边指导矿区党的工作。

邓恩铭曾多次向上级写信，反映淄博矿区党的工作情况，请求组织多多支持。在致中国社会主义青年团中央执委会委员邓中夏的信中，邓恩铭介绍了王竹溪的情况，“人极老实……在淄川一县，想还能以胜任”，“淄川有几个朋友，将来很有希望”。在致中国社会主义青年团中央执委会书记刘仁静的信中，邓恩铭就淄博煤矿裁工一事写道：“淄博矿因裁工事起，尽美已赶去活动，此行如得胜利，则山东区在掌中矣！”汇报了淄博成立工人团体的情况，信中讲：“淄已着手组织，尚未接到成立之报告。尽美赴淄，想彼处当不远也！”“淄川方面，当我在家时，即已联络数人，现已加入。他们在本县很能活动，并且现在又在胶济支路大昆仑站联合矿商抵抗城内一般劣绅。现将争回之车捐办一两级小学，校内大约有同志数人。

此地将来或可与张店合组，不过是否合组，请你们指导。”

在淄博，邓恩铭还曾经写了一封非常著名的给父亲的信。当时由于他在外奔波数年，父母对他的思念之情日益加深，在家乡为他物色了一位王姓的夫人，数次催他回家完婚。为此，他给父亲写信，阐述了自己的革命理想，这封信成为“红色家书”的一个代表：“不写信又三个月了，知双亲一定挂念，但儿又何尝不惦念双亲呢。儿一向很好，想双亲及祖母……均安康如常？儿生性与人不同，最憎恶的是名与利，故有负双亲之期望，但所志既如此，亦无可如何。再婚姻事已早将不能回去完婚之意直达王家，儿主张既定，决不更改，故同意与否，儿概不问，各行其是可也。三爷与印寿回南，儿本当同行，奈职务缠身，无法摆脱，故只好硬着心肠不回去。印寿如到荔，问他就知道儿一切情形了。儿明天回青岛，仍就原事。余后续禀，肃此敬请。”

1924年7月，经中共中央批准，中共淄博矿区支部正式成立，直属中央领导。这是继济南第一个中央直属支部后，山东建立的第二个直属支部，也是淄博地区最早的党组织，它的成立拉开了中国共产党在淄博领导革命斗争的序幕，在山东乃至中国革命史、工运史和中共党史上，占有重要地位。

抗日战争时期，在中国共产党的领导下，矿区抗日武装纷纷建立，先后组织了许多规模与影响较大的斗争，其间他们还自制弹药运往前线，开展了针对日伪军的多种形式的战斗，比如实施铁路大破袭等。

淄博矿区的地下党组织如雨后春笋迅速发展壮大起来。陈守法和夫人白怀英在距敌人据点几十米处开了一个小饭馆，起名“玉来饭庄”，成为当时淄博矿区党组织的地下交通站。“最危险的地方最安全”，这句话对“玉来饭庄”而言，真是若合符契。地下党组织在敌人眼皮底下安然从事两年多地下活动，为矿区抗战胜利作出重要贡献。

莱芜战役期间，华东野战军在淄川进行休整，陈毅、黎玉、粟裕、陈士榘等人召开了华东野战军前委扩大会议。

经过“五进四出”的拉锯战，淄博在1948年3月最终获得完全解放。

在同一个时期，有一位英雄被以另一种方式载入史册。

罗广斌、杨益言合作撰写的长篇小说《红岩》，被誉为“革命的教科书”，里面有一位深谋远虑、足智多谋、忍辱负重、能屈能伸的优秀共产党员，因为装疯卖傻，被特务称为“疯老头”，他就是华子良。

机智的华子良长期以“疯子”形象示人，“疯老头”的形象让特务们完全信以为真，对他非常放心，经常让他去磁器口买菜。当得知“提前分批密裁”的罪恶计划后，他逃到了解放区，尽快将情况报告给党中央，为早日营救党员作出了巨大的贡献。

华子良作为文学人物，他的灵感来源可能不止一个，其中一个人物原型名为韩子栋，和淄博煤矿关系非常密切。韩子栋1908年出生在阳谷县石佛镇的韩庄村，1927年曾在淄博鲁大矿业公司工作，在党的领导下开始组织工会，为工人争取利益，和反动派资本家进行了不懈的斗争，后来被国民党以“组织暴动罪”通缉。

被通缉之后，韩子栋逃到了北平，1933年加入中国共产党。1933年秋，受组织委派，在山东同乡孔福民等人的介绍下，打入了国民党特务组织“蓝衣社”。他在蓝衣社中建立了情报网，多次出色地完成了组织交给的任务。

一年多以后，因为叛徒的出卖，韩子栋被捕，先后被关押在北平、南京、汉口、益阳、息烽、渣滓洞、白公馆等11所监狱（其中3所是公开的监狱，8所是秘密集中营），受尽了严刑拷打和非人的折磨。

逃出魔窟那年，韩子栋已经39岁了。14年的牢狱生涯，让时值壮年的韩子栋，看起来像70多岁的老乞丐，当他回到家的时候，妻子竟然已经认不出他。

新中国成立后，韩子栋历任人事部副处长、一机部二局副局长、国家计委办公厅副主任、贵阳市委副书记等职务。1992年5月19日，这位颇具传奇色彩的老人在贵阳病逝，享年84岁。而淄博煤矿，可以说是他革命生涯的起点。

沿着展览路线前行，我们的脚步愈发沉重，心里被英雄沉甸甸的故事充满。大大出乎我们意料的是，讲解员还提到了焦裕禄。

一提起焦裕禄，人们脑海里涌现的第一个地方，恐怕就是河南兰考县，但很少有人知道，党的好干部焦裕禄还和淄博的煤矿有一段特殊的渊源。其实，焦裕禄是土生土长的淄博人，1922年8月16日在博山县源泉镇北崮山村出生。

焦裕禄的女儿焦守云曾说："父亲在博山出生、上学、入党、战斗，25岁从山东南下，是家乡的山山水水养育了父亲，为他成为一名党的优秀干部打下了坚实的基础。"

焦裕禄出生的时候，家里开着油坊，全家的生活可以说还算富足。在保存至今的一块功德碑上，我们还能找到焦裕禄的爷爷在小孙子出生两天时的一条捐款记录。从这个记录上可以看出，老人对这个孩子的降生是多么欢喜。

焦裕禄的小学生涯还算稳定。受爷爷的影响，焦裕禄非常喜欢拉二胡，是当时学校乐队的台柱子。小学四年级，焦裕禄写下的一篇作文《阚家泉的风景》保存至今："我钦佩那些为国建立过功勋的仁人智者，更爱那哺育过无数仁人智者的好山好水。而令我最喜爱的，就是岳阳山南山脚与崮山西山脚交汇处的阚家泉……阚家泉的泉眼有锅口粗细，传说有一条蛟龙自东海钻来，在此处出洞，洞口也就成了泉眼。清凌凌的泉水从泉眼涌出，在近处的洼地浸成一个小湖，然后冲刷出一条河流，流经南崮山我的学校，奔向山外的天井湾去。我常在湖里河里游水捉鱼，也想看见那条蛟龙是怎样自泉眼钻出，张开巨口对着山上的旱地喷水……”

因为时局动荡，这个少年的命运急转直下。1937年侵华日军攻占了博山县城，日军到处抢劫，压榨当地的富户。而焦裕禄家的油坊，在层层盘剥之下，经营状况一天不如一天，这直接导致了刚刚读完小学的焦裕禄被迫辍学。

随着家里的生意越来越艰难，焦裕禄慢慢挑起了生活的重担。一开始是推着独轮车去城里送油、运炭，后来因为生活所迫，下井挖煤。在挖煤的过程当中，他对煤矿工人的疾苦有了切身的了解，这影响到了他之后的整个人生之路。

1942年，还不到20岁的焦裕禄回到家的时候，悲痛地发现他的父亲焦方田躺在一扇门板上，已经断了气，家里人正伏尸痛哭。原来，为了维持油坊的生产，焦方田借了一笔债，在债主的逼迫之下，走投无路，只好寻了短见。

在父亲的葬礼上，日军以“共产党嫌疑分子”的名义将焦裕禄逮捕，押到了博山宪兵队。在大院里，焦裕禄看到了一番活地狱的景象：几十个人被审问拷打，有的被吊在梁上，有的正被灌凉水，有的正被火烧……目瞪口呆的焦裕禄被日军用扁担打了数十下，直到昏死过去。比起那些被拷打致死的人，焦裕禄还算幸运，年底的时候被押送到辽宁抚顺的煤矿当了劳工。

抚顺的煤矿的情况比淄博的煤矿还要凶险。不到一个月，附近村里一起被抓去的20个人，死了17个，只剩下3个人。即使是这3个人，也要带病下窑。

再待下去只有死路一条，焦裕禄在等待着逃生的机会。有一天，他在矿上偶然碰到一位崮山村附近的老乡，老乡在消防队工作，虽然焦裕禄见过他，他却并不认识焦裕禄。焦裕禄通过熟人辗转和这位老乡建立了联系，在老乡的帮助下，他藏进了消防队。后来，这位老乡又用消防车把焦裕禄送到沈阳，他这才坐上了回山东的火车。但焦裕禄回到家乡后，又被当地的汉奸给抓了起来。母亲卖掉了家里仅有的半亩薄田，将钱送到汉奸手上，才把儿子赎了出来。

就此，焦裕禄被迫逃亡到江苏宿迁。几年后，他在这儿非常幸运地遇上了新四军。一位士兵告诉他，博山现在也已经有了党的武装在开展解放斗争。得此消息的焦裕禄欢喜鼓舞，立刻踏上回乡的路。

从民兵开始，1946年1月，在崮山村外的一间土屋里，焦裕禄光荣地加入了中国共产党。在革命斗争中，焦裕禄从一个受尽剥削压迫的农家青年，迅速成长为一名革命战士，并且表现出了出类拔萃的领导能力。1947年9月，中共中央华东局决定从山东解放区抽调一批干部南下，焦裕禄因为文化底子好，又有军事经验，被选中并被任命为淮河大队一中队第一分队三班班长。

南下后，焦裕禄先后在河南尉氏、陈留、郑州以及东北的哈尔滨、大连等地开展革命和建设工作。如今，在入选第二批国家工业遗产的洛阳矿山机器厂（简称“洛矿”）内，焦裕禄大道西侧的人行道上，陈列着一台60多年前由焦裕禄主持制造的全国第一台直径2.5米双筒卷扬机。那是在1953年，国家开始实施第一个五年计划，当时苏联援建的156个重点项目，有6个在洛阳立项开工，其中就包括洛阳矿山机器厂。那年的6月，31岁的焦裕禄来到正在筹建中的洛矿。

为了培养技术骨干，洛矿选派了焦裕禄等5人到哈尔滨工业大学学习，后来焦裕禄又到大连实习。回到洛矿之后，焦裕禄被厂党委任命为一金工车间主任，夜以继日地投身于洛矿的建设。

1958年春，焦裕禄所在的车间接到了一个任务，研制中国第一台直径2.5米的双筒卷扬机，用于矿山的物料提升。为了缩短工期，焦裕禄立刻想到“解剖麻雀”的方法，把当时能够弄到的一台苏联机器拆开，把上千个零件拿出来，挨个儿琢磨研究。

那段时间，焦裕禄经常吃住在车间，晚上困了就把条凳当床，盖上棉衣眯一会儿。他细心钻研每个零件的制作方法，研究改进工艺。由于长时间超负荷工作，他患上了严重的胃病和肝炎。

在他的领导之下，一金工车间克服了设备不全、原材料和零部件奇缺等重重困难，仅用了两个多月的时间就成功完成了研制任务，不仅填补了我国矿山机械生产史上的一项空白，还缓解了我国矿山采掘提升矿石和煤炭作业的燃眉之急。而这个问题之所以能够解决，和焦裕禄少年时代就在淄博的矿井从事过煤矿工作是分不开的。

后来的故事大家都已经非常熟悉，本书不再赘述。“天上一颗星，地上一个丁，做人要做个好人……”带着母亲的教诲和期许，焦裕禄的名字在历史的长河中熠熠生辉……这一系列先模人物的故事也像一束束光，照得我们心里暖融融的，让我们理解了中国煤炭工人的不易和伟大。

赖以起飞的坚固之石

在淄矿集团，我们了解了山东方大工程有限责任公司（简称“方大公司”）的崛起历程。

新汶矿业集团济阳煤矿，是方大公司走出淄矿集团、面向社会承接的第一个工程。

之前方大公司只是在淄博矿务局内部享有很高的知名度，在其他矿务局并不特别出名。2004年末，方大公司派出的工程承包人员来到济阳煤矿之后，为了见到济阳煤矿的矿长，一行人在办公楼前等待了三四个小时。见到矿长之后，一开始对方根本就不相信方大公司有承担这项工程的能力，但方大公司的员工始终不放弃。最后，矿长抱着半信半疑的态度说：“给你们三天时间，假如三天之内你们能响炮，就让你们接这个活！”

当时施工队的队长叫李法传，带着100多人的队伍开赴济阳。机会来之不易，李法传非常明白这一点，只有展现过人的本领，才能接下这个工程。刚刚过完年，他便率队进入济阳煤矿。正月十五（2005年2月23日）下井，第二天就开了第一炮。矿长大吃一惊，之前从来没有听说过三天之内能“响炮”的，而这支队伍竟然只用了一天多的时间就开了第一炮。更让他吃惊的是，仅仅用了八天时间，李法传带人完成了成巷进尺26米……

3月，在东翼回风巷的施工中，方大公司100多人团结协作、齐心协力，拧成一股绳，在精心规划加日夜奋战的基础上，实现了首月28天达到单头月进成巷125米的施工佳绩，得到了新汶矿业集团济阳煤矿筹建处的高度赞扬，并于3月26日喜获筹建处送来的贺信。方大公司在济阳煤矿成功打响了面向社会承揽工程的第一炮。

正月里的济阳地区，田野里堆满了积雪，小河处在冰封之中。工地上条件艰苦，施工队既没有住处，也没有澡堂，甚至做饭的地方都没有。于是，李法传带领队伍搭了板房作为宿舍，支上了大棚作为食堂。稍微安顿了一下，他们便第一时间下井开工。

干完第一个班，走上井口的时候，几十人的队伍，每个人都浑身乌黑，只有咧嘴一笑的时候可以看出牙齿是白的。而想到还没有洗澡的地方，众人心里都有点儿焦躁。作为队长的李法传非常能够体会众人的心情，他心想不能在另一支承建队伍面前丢了淄矿人的脸面，于是大手一挥，带领大家来到了山坡下正被夕阳照得暗红的小河边。

他找了一块石头，照着河面砸下去。“咚”的一声，冰块碎裂，河水涌出来。他回头笑着招呼大家：“就在这儿洗个澡吧，河里的水保准比井里的水还热乎！”众人看着李法传脱掉了衣裳，往乌黑的脊背上淋水，身体像烧红的铁淬到了水里一样，飘起了滚滚热气。

其他人也照着李法传的样子，用石头砸开冰面，一边喊叫着，一边捧水洗起了澡，相互之间孩童一般嬉闹着。洗完澡之后，迎风一吹，浑身刀割一般疼痛，但李法传的心里比身体要难受得多。他盘算着，怎样才能让跟他一块儿出来打拼的兄弟们洗上热水澡。来到临时宿地，他找负责后勤的职工商量，无论如何也要想办法解决洗澡问题。几天之后，一个简易的澡堂在工地上矗立起来。

在食堂，李法传看到只有一大盆菠菜，没有一点儿肉丁，心里更加不是滋味。凑合着吃完了这顿饭之后，他安排专车专人进城买鸡买肉，就着第一炮的响声，大办酒席犒劳大家。等第二班下井的工人上来之后，厨房的工作人员已经做出了丰盛的饭菜。李法传给大家倒上酒，动情地说："兄弟们！干好了这个工程，咱们想吃什么就吃什么。今天我们喝了这碗酒，暖暖身子！"不一会儿，刚在小河里洗完澡的第二班工人们，便喝得热汗淋淋，心头也畅快了不少。

这支钢铁队伍从山东菏泽到河南，从河南到山西，为方大公司打下了半壁江山，也在社会上给方大公司树立了能打硬仗的光辉形象。

老家章丘的路继文，一家六口人都在李法传的项目部工作，儿子结婚他们也没有回家。于是，李法传在工地上让人把一间板房装修一新，作为新房给一对新人住，组织项目部的领导、区队长、职工等都去捧场。他们在赵固镇的名苑大酒店摆了酒席，办了一场别开生面的婚礼。当时《淄博日报》的记者正好到项目部采访，为欢乐的景象留下了珍贵的记录。

李法传把每位职工的事情都当成自己的事情。有的职工，亲戚朋友20多人都慢慢来到了工地上工作。在施工的过程当中，一些职工的家属也跟着来到了矿上，一块儿住活动板房。考虑到职工的难处，李法传申请了几十万元的资金，为职工家属建了80多间活动板房。来矿的家属没有工作，他安排家属到食堂做饭、看管仓库等，让他们挣几个钱补贴家用。随着家属到来的孩子们，也在李法传的安排之下上了公司办的幼儿园。

这是一支适应力极强的队伍，哪里有工程，他们就搬迁到哪里。不管是在荒郊野外，还是在刚刚建好的矿区，李法传总是竭力为职工们解决困难，还不忘建立流动的职工书屋和娱乐室，尽量让大家的生活丰富多彩。

2009年11月，方大公司与龙矿集团达成协议，承建山西朔州大恒煤业有限公司部分井下巷道工程。在矿井施工条件差、生活环境非常艰苦的情况下，方大公司取得将副斜井扩刷337.6米的成绩。当时施工时温度在零下29摄氏度，全体干部职工不惧严寒，分上下两批人施工。工作过程中，由于气温太低导致风钻冻住不工作，工人便把不转的风钻运上井进行烤火恢复，多台风钻交替使用。职工戴的棉脖套下面都结了冰，工人施工几个小时就轮换一下。

在运输过程中，为了不影响建设单位其他施工队运送材料，施工人员对斜井轨道反复多次铺路，铺上撤了，撤了再恢复，扒装机生产时下井安装好，在其他单位下料时再提上来，在这么艰难的情况下，全体干部职工齐心协力，按时保质保量完成副斜井扩刷工程。

2010年以后，方大公司主动适应形势变化，深入推进改革创新，进行了产权关系调整，完成了组织机构改革，创新管理模式。按照山东省国资委的统一部署，全部清退职工股份，成为淄矿集团的全资子公司，相继整合新材料公司多种经营产业；全面提升传统建筑施工产业，新组建了专业化公司、机电装备公司、装饰公司；响应"绿动力工程"和"国家绿色建筑工程"号召，先后建设运营了清洁能源公司和钢结构装配式建筑产业基地项目。

新材料公司主要生产经营给水用聚乙烯管材（PE）、给水用钢丝网骨架聚乙烯复合管材（SRCP）、燃气用埋地聚乙烯管材等产品，是中国煤炭工业安全科学技术学会、中国城市燃气协会等重要协会会员。

清洁能源公司和上海交通大学、上海市工业锅炉有限公司等单位进行深度合作，获取锅炉及燃烧器等方面的技术支持，建设锅炉系统集中管理调度平台，服务于各市、区、县工业园区和城镇未来发展需求，实行能源分布开放式建设，采用集约化生产管理模式，并率先建设信息化、自动化供热调度管理中心平台，实现热能项目建设、服务、运行管理专业化，降低了建设成本，提高了能源利用效率，保障锅炉项目高效、环保、安全运营。

2017年9月，方大公司与杭萧钢构股份有限公司合作成立山东方大杭萧钢构科技有限公司。方大杭萧钢构科技有限公司使用的杭萧第三代钢结构装配式建筑技术，主要包括住宅、写字楼、酒店、学校、医院、健康养老绿色建筑、工业建筑产业化核心成套技术等七大类，适用于钢结构住宅系统、多高层超高层钢结构系统、厂房钢结构系统、管桁架等大跨度空间结构系统、特殊钢结构系统、新型建材系统，涵盖工业建筑、公共建筑、居住建筑等建筑全领域。公司主要产品业务涉及钢管束产品、钢筋桁架楼承板、新型墙材、钢结构制作安装、钢材贸易等。

装饰公司先后参与唐口煤矿、新河煤矿、亭南煤矿、高家堡煤矿、邵寨煤矿、双欣煤矿等矿井建设装饰工程，承接了淄博市周村区蒋家村、舒香苑、镭泽激光产业园等装饰绿化工程，并助力淄川区本地教育事业发展，先后完成了淄博理工学校、淄川特殊教育中心、淄川二中实验楼、淄川雁阳小学、淄矿集团机关幼儿园、淄矿大学教学楼等项目，获得了甲方的一致好评。其中，参与建设的淄矿集团中心医院外科病房楼获煤炭行业最高质量奖“太阳杯”工程奖，建设的淄矿集团中心医院外科病房楼、门诊楼和亭南煤业职工公寓楼、山东广垠新材料有限公司办公楼等四项工程被授予山东省建筑行业工程质量最高奖“泰山杯”奖。

造就如今辉煌成就的，是辉煌的传统。

经燃料工业部煤炭管理总局批准，1953年2月20日，淄博矿务局(简称“矿务局”)正式成立。它是新中国成立后山东省成立的第一个矿务局，管辖淄博矿区内所有的国营煤矿，当时共设置了八家煤矿、一家工厂和一家公司。

矿务局成立的时候，职工已经有16000余人。如今，淄矿博物馆里还保存着矿务局成立的批文、第一届领导班子的任命书等。

矿务局成立后，先后涌现出很多誉满全国的英雄群体——像“五四”采煤队、孙启明掘进队、石绍祥采煤队等，这些先进群体先后受到了当时党和国家领导人的接见。1959年，石绍祥被授予“全国先进生产者”称号。

1953年3月，以洪山、西河、新博三大煤矿的土建施工力量为基础组建的淄博矿务局工程公司成立，也就是现在方大公司的前身。淄博矿务局工程公司成立之后，当时条件比较艰苦，资金缺乏，技术装备比较落后，工作环境极为恶劣，但员工通过肩挑人抬的方式，日夜奋战在方圆60余公里的战线上，先后承担了洪山、西河、黑山、寨里、利大、夏庄、石谷等老矿井的恢复和龙泉、双山、岭子、双沟等新矿井的建设。除了建井之外，淄博矿务局工程公司还建设了地面生产系统、运输系统以及行政建筑等，为淄博矿区的迅速发展作出了突出的贡献。其中值得一提的，是成立于1953年2月的黑山煤矿。它当初是以黑山井为主体组建的，1979年10月因为资源枯竭关停，5000余人成建制调往兖州的兴隆庄煤矿。

除了建设矿井之外，淄博矿务局工程公司的技术人员还参与了很多国家级大型项目的建设。

第一项是参与了北京十大建筑的建设。1958年，人民大会堂、中国革命博物馆和中国历史博物馆、中华人民革命军事博物馆、民族文化宫、民族饭店、钓鱼台国宾馆、北京火车站、全国农业展览馆、北京工人体育场、华侨饭店等重头工程开建，工期紧任务重，淄博矿务局工程公司积极响应省、市的号召，选派宫方栋、赵日华、张向华三名优秀的钢筋工参与建设。仅仅用了三个月，工程便全部竣工，三名同志也受到表彰。

第二项是参加了援蒙煤矿的建设。1958年至1961年为期三年，受外交部及煤炭部指示，淄博矿务局工程公司先后派出四批共74名土建工程技术人员，帮助蒙古人民共和国进行社会主义建设。其中人数最多的一批，是1958年6月由田其永带领的54名队友组成的援蒙建设队伍。他们从济南出发，踏上了支援蒙古国的征程。蒙古国地广人稀，多以放牧为生，缺少技术工人。田其永等人被分到了那来河煤矿、乌兰巴托市邮政局、捷克大使馆等八个工地上，承担建筑工程的同时，还作为技师带领当地人学习技术知识。

蒙古的施工现场，几乎到处是黄沙丘陵，条件非常艰苦。他们驻扎在自己搭建的帐篷里，因为没有蔬菜，以牛羊肉为主食，所以很多人水土不服经常闹肚子；因为交通不便，他们一年只能休一次假。即使在如此恶劣的环境之下，他们仍然克服了种种困难，在援蒙期间建成了那来河煤矿、毛纺织厂、造纸厂、玻璃厂、砖瓦厂、酒精厂、马铃薯加工厂、木结构房屋预制构件厂、碳酸瓦斯车间、蔬菜农场、养鸡场、水利灌溉工程、公路、桥梁、火力发电站、体育馆、运动场、部分职工住宅、结核病疗养院等多个项目。

第三项是参加援阿煤矿建设。1976年，我国与阿尔巴尼亚社会主义人民共和国签订合作协议，派遣部分工程技术人员帮助阿尔巴尼亚进行经济建设。山东省安排淄博矿务局工程公司总工程师张志鹏前往阿尔巴尼亚指导煤矿建设。一同前往阿尔巴尼亚的专家有1000余人，来自全国各地的石油、钢铁、煤矿、印刷等行业，分成了20个组，张志鹏被任命为煤矿组的副组长。

1976年6月，张志鹏来到位于阿尔巴尼亚首都地拉那的瓦列斯煤矿，指导煤矿的建设。针对煤矿巷道支护困难、近距离煤层开采难等诸多问题，他设计图纸进行技术指导，帮助煤矿建成了地面安装系统、井下运输系统、井筒提升系统等，使该煤矿具备了开采生产的条件。

在特殊时期，淄博矿务局工程公司也承担了稳定发展的重任。1970年“五二五厂”会战，矿务局指示工程公司牵头，突击建厂。时间紧、任务重，广大干部职工满怀建设热情，顶酷暑、冒烈日，战严寒、斗风雪，分班突击，昼夜奋战。三年中，先后完成矿务局分配承担的配套工程42000平方米，完成产值630万元，以罕见的高速度，配合各兄弟矿厂保证了“五二五厂”会战任务的全面完成和按时竣工投产。

1978年，党的十一届三中全会胜利召开，拉开了改革开放的伟大序幕，紧随改革开放的大潮，淄博矿务局工程公司充分发挥敢为人先的改革精神，开启了由计划经济向市场经济转型的新局面。

1980年3月，淄博矿务局在西河煤矿召开了山后风井施工会议，确定由工程公司承担井筒掘砌和安装工程。经过半年的准备工作，山后风井项目破土动工，由建井队负责掘砌工作，安装队负责安装任务。

施工之前，淄博矿务局工程公司针对山后风井井深断面大的特点，全面采用了最新的设备。首次使用了国家标准的三型井架提升机，安装了两部大型压风机。为了减少井筒的涌水量，施工前进行了混凝土封水。施工中，采取接力排水的方法，及时排除了井下的涌水。井筒凿至380米深时，又采用了打钻放水的方法，解决了排水的难题。施工过程中，采用了多台风钻打眼、光面爆破、工作面壁后预注浆等先进技术，严格执行了煤矿安全规程和质量标准。

南定矿井建设工程是这一时期以改革促进发展的典型案例。1979年1月1日，南定矿井正式开工建设。同年6月，因为建设资金缩减，基本战线停建。1982年1月1日复建，但在当年的12月，矿井遭受了一场罕见的暴风雨袭击，停电超过14个小时，造成了淹井停产。1984年10月，南定矿井转入第二期工程施工，一条大巷断层涌水，因为排水能力严重不足，主副井都被淹。

1987年6月，淄博矿务局为了确保南定矿井按期投产，成立了会战指挥部，与工程公司签订了《南定矿矿建安装工程集体承包经营短期目标责任制合同》。合同签订之后，工程公司提出了“战高温、斗雨季、苦战一百天、保质、保量、保安全、确保矿井按期投产”的口号。把目标任务逐层分解，严格落实到各个基层单位、班组和个人，把广大干部职工和承包合同的兑现联系在一起。

到12月15日，合同规定的各项指标全部完成。成绩尤其突出的是矿建工程，淄博矿务局工程公司承包总进尺1600米，实际完成了1825米。南定矿井的建设，可以用一句话“南定、南定，定也难，建更难”概括。矿井从开始建设到投产，一波三折，历时九年。除去停工期，实际的矿建安装时间是六年半。

20世纪80年代，围绕打破“三铁”旧体制，淄博矿务局工程公司推行联产联责浮动工资制，全面推行经济承包责任制，充分调动了员工工作的积极性。从1988年起，淄博矿务局工程公司又实行了为期三年的集团承包制和经理负责制，将竞争机制引入企业，进一步激发了干部职工的积极性，从上到下，工作状态和精神面貌焕然一新。

进入20世纪90年代后，国家提出了第八个五年计划。1992年，邓小平同志发表了著名的南方谈话，为改革开放注入了一剂强心针。同年，党的十四大召开，正式将建立社会主义市场经济体制作为经济体制改革的目标确定下来。

全国的经济开始复苏，淄博矿务局却遇到了前所未有的困难。当然，不仅淄博矿务局是这样，当时整个煤炭系统的状态都比较低迷，淄博矿务局是全国最困难的五个特困矿务局之一，多处矿井面临资源枯竭，矿上的职工工资发放困难。

在非常困难的情况下，淄博矿务局的领导开始积极谋划申请“救命工程”。终于，在1991年的8月，能源部批准将济北矿区作为淄博矿务局的接替矿区。

济北矿区位于济宁市北郊，井田的面积是243平方千米。为了加快新矿区建设的步伐，1992年淄博矿务局成立了济北矿区筹建指挥部。春节过后，负责济北矿区筹建的副局长马仕华率领21名职工，带着300元现金，来到了距淄博百余公里的济北矿区筹建处。

但接下来的三四年，由于资金迟迟不到位，各方面的物资供应保障非常不及时，这批人陷入非常困难的境地。建矿建不成，停建停不了，可以说进退两难，用马仕华的话说，“叫天天不应，叫地地不灵，哭都找不到地方”。年轻人忍受不了艰苦的工作环境，大部分主动离开了。

到了1995年8月，淄博矿务局党政领导班子调整。8月底的一天，刚上任的淄博矿务局局长耿加怀在办公室听取了马仕华的工作报告。马仕华满腹委屈，刚汇报了两句，眼圈就开始发红，声音也开始哽咽起来。耿加怀让他喝点儿水，平复一下心情，有什么困难慢慢道来。但领导的关心愈发让马仕华抑制不住内心的焦虑，竟然忍不住哭出声来。

除了遇到的难题，马仕华如此激动还有另一个原因。他认为，局领导班子调整，对于济北矿区的建设是一个很好的机遇。济北矿区煤层相当厚，平均厚度在9.58米，煤质又特别好，属于低灰、低硫、低磷、高发热量的环保动力煤，绝对是埋在地下的一个“金娃娃”。只要把这个“金娃娃”抱起来，濒临破产倒闭的淄博矿务局就有救了。

听了马仕华鞭辟入里、富有感情的汇报，耿加怀深受感动。但作为一把手，他并没有马上表态。在思索了几个月之后，1996年1月14日，耿加怀赶到济北矿区，召集筹建处的全体人员开专题工作会议。

经过反复调研和深思熟虑，耿加怀下定决心，尽快开发济北矿区。筹建处所在的许厂矿，当时只建起了围墙，修了不到两公里长的路，所用的电都是从附近的农村拉的照明电。在开会的过程当中，大家陷入热议的时候，突然停电了。马仕华觉得非常不好意思，连连向耿加怀道歉，耿加怀说这没什么。由于之前遇到过类似的情况，在场的职工马上找出了之前用的蜡烛。

借着7根蜡烛摇曳的烛光，大家继续商议着济北矿区的开发事宜。会议从晚上7点一直开到11点。耿加怀传达了煤炭工业部对困难企业的要求，部署加快济北矿区开发的各项工作。他提出，许厂矿井建设是全局的“救命工程”，要紧紧抓住这个机遇，奋力拼搏，争取十年之内建成济北矿区，形成具备年产660万吨生产能力的新矿区。

当时，摆在眼前最大的困难是没有钱。经过商议，大家决定立即发动全局职工集资，从上到下勒紧裤腰带，依靠自己的力量开工建设。经过各个矿井的大力发动，全局职工在不到一个月的时间里，集资4000余万元，有力支持了许厂矿井的建设。

在会议的最后阶段，人人精神振奋，跃跃欲试，决心大干一场。这场会议是济北矿区建设史上有名的“烛光会议”，也成为淄博矿务局的命运转折点。

1996年5月，以风井开工为标志，许厂矿井进入了正式建设时期。经历了28个月的苦战，矿井竣工投产，当时这一建矿速度刷新了全国的纪录。

5月1日上午8点，淄博矿务局副局长马仕华宣布试挖开始。伴随着清脆的鞭炮声，第一罐黄土缓缓提出风井井口，风井试挖正式开始。为了确保重点工程的建设进度，矿建公司从人员调配、施工工序到物质材料的供应等各个环节都做了详细的安排。一开始，掘砌队的工人分成了四班进行作业，合理穿插工序。掘砌队原计划试挖24米用15天完成，实际仅用了10天就完成了试挖任务。5月计划完成24米，实际完成了55米。5月31日上午，淄博矿务局工程公司在许厂矿井建设工地召开了风井建设月进百米动员大会，由于第一次使用了冻结凿井工艺，加上工人们拼命苦干，第一个月就创出了淄博矿务局建井以来立井施工月进92米的最高纪录。两个月就掘出了冻结段（229米），提前进入基岩掘进。三层操作盘安装吊挂原计划17天完成，实际只用了一周时间，提前10天完成了任务。井筒内壁滑模施工也创出了最新纪录。滑模施工原计划45天完成，仅用了27天就完成任务，达到227米，创造了手拉葫芦滑模方式最高纪录，该施工工程后来获得了淄博矿务局科技创新一等奖。

8月，淄博矿务局工程公司开展“攻坚固堡垒，破拦路难关”活动，掘砌队在许厂煤矿风井施工中，井筒最高月进尺达到117.1米。整个风井实现了“当年准备、当年开工、当年一次成井”的预定目标。

矿井通风是利用机械或自然方式造成空气的压力，将地面新鲜空气通过入风井巷送入井下，降低井下地温，调节井下空气，同时把不清洁的有害气体及矿尘通过回风井巷排出井外，以保证矿工身体健康及生命安全。

古代，淄博煤井全系自然通风，最初多为单井筒通风。通风方式有三种：一是凿井时带风道，将井筒一侧凿成“凹”状，井筒凿好后，用砖或石从井底往上垒成隔风墙，从井筒进风，风道出风。为提高通风能力，有的将出风口垒成烟筒状，高出井口十多尺。二是用苇席卷成筒状或用掏空的粗竹竿置于井内，当作出风筒，用以通风。三是加大吹吸量，将农用木风车置于井旁，人力往井内扇风，还有的于春秋时节在回风口旁点燃火炉，使附近气温升高，加快出风速度。

依靠两个井筒和两条巷道，煤井就形成了完整的自然通风系统。出风井一般选择在高处，进风井都设在低处。两井位置一样，则用砖石垒砌高出风井筒，利用两个井口的高度差增强自然风压，提高通风效果。

1904年至1914年，德营淄川煤矿（德华矿务公司）采用自然通风，辅以机械通风，安设复式汽动抽风机，井下局部采用蒸汽压缩机通风。20世纪二三十年代，淄博各民营煤矿普遍采用“一条龙”串联自然通风方式。单井口者多在井筒内设夹道，从井口进风经井下巷道导入夹风道回风；双井口或多井口者，均以较深之井口为进风井，以较浅井口为出风井。

1950年至1952年，各国营煤矿根据山东矿务局的指示，开始进行通风系统改造，改进通风方式，将自然通风改为机械通风，安装风机，通风方式将中央井风改为分区通风。为调节风量、控制风流、保证通风质量，各矿还采取扩修巷道、扩大巷道断面、改进死角等方法，降低巷道风阻，并采取在通风网路建桥、挡风墙、密闭采空区及安装风门等控制风流措施。

1997年4月，许厂煤矿风井改绞会战打响，工程原计划58天完成，但是济北矿区筹建处要求45天完成，结果在实际的建设过程中，矿建公司仅用38天就圆满完成了任务。9月7日，风井与主立井贯通；10月10日，风井与副立井贯通。

1998年2月25日，为了适应许厂矿井生产会战需要，淄博矿务局工程公司决定成立掘砌队、掘二队、建井队三个突击队，由工会主席孙厚祥担任掘砌队突击队长，党委副书记曹坤远担任掘二队突击队长，总工程师程元奎担任建井队突击队长，与公司签订内部施工承包合同，在1301轨道下山、1301胶带下山、井底煤仓三个工作面组织工程会战，队与队、班与班之间展开竞赛。10月，许厂煤矿建井完成，移交生产管理，打响了进军济北的第一炮，为整个济北“救命工程”奠定了坚实的基础，为淄博矿务局在济北站稳脚跟打下了坚实的基础。

1999年6月18日，淄博矿务局工程公司改制为多元持股的山东方大工程有限责任公司，真正形成了自主经营、自负盈亏、自我约束、自我发展的独立法人实体和市场竞争主体。

随着济北各矿和亭南煤业的陆续投产，方大公司先后输出6000余人留在了济北矿区和亭南煤业，他们成为各大矿井生产一线的主力军。但随着各个矿井建设工程的完成，留在方大公司的职工也面临着没活儿干、没饭吃的局面，企业的生产经营状况面临严峻的考验。方大公司借助改革的激励机制和生产活力，开始尝试走出淄矿集团，面向社会承揽工程，进入崭新的历史发展时期。

2002年，为了响应西部大开发战略，济北矿区建设尚未结束的时候，淄矿集团投资开发了陕西亭南煤矿，方大公司充分发挥了工程建设先锋主力军的作用，赶赴亭南。

建矿初期，当地还是一片茫茫荒野，气候和环境非常恶劣，交通运输非常困难，运输设备的车辆曾经遭遇大雪封路，困在路上三天三夜。方便面吃完了，水也喝完了，随车人员苦苦煎熬多日，才艰难抵达。

2005年5月，矿建掘进队在进行井巷工程施工时遇到断层，导致硫化氢大量涌出。硫化氢是无色、有腐蛋臭味的有毒气体，当空气中含量达到一定浓度时，会使人出现头疼、头昏、乏力等症状。1

立方米空气中浓度达到30—159立方厘米，会直接威胁施工人员的健康。当时，通风系统还没有建成，方大公司的技术人员采用大功率的风扇，加大了掘进迎头供风量，局部喷洒石灰粉、石灰浆，降低硫化氢的浓度，顺利通过断层。

经过“方大人”的埋头苦干，2006年10月1日，亭南煤矿正式建成投产。方大公司将120名技校毕业生、880名矿建职工留给了亭南煤业。从这一年开始，方大公司走出了淄矿集团，施工工地散布在山东、河南、陕西、山西、安徽、内蒙古等地，先后完成了新汶矿业集团的济阳煤矿、新巨龙矿，以及河南煤业化工集团赵固矿等六个大型现代化矿井的建设任务。

……

在“方大”的词典里，“双赢”是一个最为重要的词语，这是“方大”始终如一的价值观。在经营中，“方大”处处体现和贯彻为客户着想、尽心竭力为客户创造价值的理念，处处体现和贯彻合作共赢、恪守承诺、诚信的鲁商之道。“方大人”以吃苦耐劳的精神、热情周到的服务，追求设计完美方案、建设优质工程；以施工管理的标准化、规范化、精益化，突出项目、企业“品牌建设”，努力打造“技术方案解决商、施工运行服务商”。“方大”永远心系客户，永远把客户的赞誉和口碑看得最重。

从开发到开创

2022年盛夏，我们从山东启程，路过北京，转而踏上了鄂尔多斯这片热土。鄂尔多斯以“羊”“煤”“土”“气”著称，人均GDP多年位于全国第一。虽是“热土”，空气中却有一丝丝凉爽，尤其是一早一晚，凉爽宜人，大异于山东的酷热。

同行的山东能源集团宣传部高级业务主管巩翠海介绍，我们此行的落脚地点是康巴什。当我们真正踏上康巴什的土地的时候，传说中的高楼大厦展现在眼前，街道上车水马龙。巩主任介绍，煤炭事业的发展促进了当地经济的再次繁荣。

在煤炭储量方面，中国目前探明可开采的煤炭有1600亿吨左右，约占全世界储量的15%，主要分布在山西、陕西、内蒙古自治区、宁夏回族自治区、新疆维吾尔自治区。这几个省（自治区）的储量占比大概为全国的80%，尤其是内蒙古自治区、山西和陕西，号称“能源金三角”。

淄矿集团最初去陕西搞开发，和对方的招商引资有关系。当时淄矿集团正寻找资源接续项目，正好咸阳市长武县发出了招商引资的信号，双方一拍即合，这就是后来的亭南煤业的发端。亭南煤矿是山东煤炭企业在陕西省开发建设的第一矿。亭南煤业的建立，拉开了淄矿集团省外开发的大幕。

最初抵达陕西的翟所国等七人被戏称为“七匹狼”，赵庆民、王欣等十一人到来后，连同前面的七人，被称为“十八罗汉”。他们带着淄矿集团全体员工家属的重托，开始了艰苦的省外创业。

山东人是比较恋家的，但山东人也是比较能闯的。他们来之前虽然已经有了一定的思想准备，但当时艰苦的条件还是给了他们当头一棒。他们刚来的时候，工地上还没有通自来水。附近的村里家家都有一眼手压式的水井，井水比较浅，盐碱度和矿物质含量比较高，喝起来又涩又咸。因为没有其他水源，他们只能将就着喝，时间不长，好多人开始掉头发、闹肚子，严重水土不服。

长此以往肯定不行，于是他们开始寻找新的水源。当时的矿址前面有一条小河，他们想到上游可能有泉水。十几个人分头行动，沿着河道一直往上走，到山沟里去找水。他们在荒凉的山谷里寻找了将近一天，才在两公里之外的山沟里找到了泉眼。这个泉眼成了最初这批人的“救命泉”，从此他们隔三岔五就会过来运水。

饮水的问题虽然解决了，但是还有住行等诸多问题等待着他们。如今透过亭南煤业招待所三楼的玻璃窗，我们可以看到对面不远处几十米高的一座丘陵，丘陵半腰还有两排废弃的窑洞，最初的创业者就租住在窑洞里。

新矿井建设最重要的工作之一是办理各项手续，由于是跨省项目，在异地搞建设，配合协调好各职能部门的难度是相当大的，负责的同志数次奔赴西安、咸阳，挨个拜访相关职能部门，终于在2002年的10月底办好了所有的前期手续，亭南煤业顺利举行了奠基仪式。

亭南煤矿开采难度相当大，遇到了可以说是全国煤矿建井史上罕见的难题：井深水大、砂岩遇水易粉、注不进浆液。建井工程一度停滞不前，职工围坐在矿井周围，吃不下饭、睡不着觉，担心第一笔投资打了水漂，真有点儿“无颜见江东父老”的悲壮！

但坐着也不是办法，他们强打起精神，到各处寻求解决办法，邀请专家到矿区实地考察。经过多方面的论证分析，结合当地的地质水文条件，亭南煤业最终决定将普通的凿井法改为冻结法施工，创造性地采用了国内少见的基岩井筒全深冻结施工工艺，这才保证了后续工作的顺利开展。到2005年12月，矿井实现了联合试运转。

亭南煤矿还是高瓦斯矿井，安全问题时刻牵动着所有人的心。之前处理瓦斯的办法，一般是通过风机抽出井外，但这种办法不仅浪费瓦斯，而且容易产生环境污染。亭南煤业在陕西省率先采用瓦斯抽采发电技术，投资1.12亿元建成了地面瓦斯抽采及综合利用工程，变“毒”为宝，将瓦斯变成了绿色清洁能源，还消除了安全隐患。

如今的亭南“井上是花园，井下像工厂”，错落有致的建筑非常漂亮，矿区花红柳绿，风景宜人。

陕西省煤炭管理部门的负责同志对亭南煤业赞不绝口，有人曾说，“亭南矿井的建设发展最明显的作用有两方面：一是提升了陕西省煤炭企业的建矿标准，二是大大加快了整个彬长矿区的煤矿建设速度”。

亭南煤矿的采矿经验不仅带来了经济效益，而且给省外煤矿开发提供了重要的借鉴价值。赵庆民曾说：“我们通过‘走出去’拓展了生存空间，开阔了视野，占有了资源，历练了队伍，积累了财富，初步建立了一套符合企业实际的资源开发模式，取得了可喜成绩，为企业跨越式发展作出了积极贡献。”

山东能源开采经历了跨越式发展。

1906年前，淄博煤矿井下平巷运输全为人力拖筐。1906年德营淄川煤矿建成后，首次在井下主要大巷铺设铁路，用马拉煤车运输。每日三班，两人驾一匹马，每次拉煤车4—5辆，每车载重0.5吨。1915年以前，博山民营煤矿有的矿井巷道运输已使用矩形木盘，将煤筐放置于其上，用人力拖拉，每次拖煤60—70公斤。为了减轻人力负担，便于拽拖，有的矿井还在巷道中铺设了木板。20世纪20年代，中日合办淄川煤矿在采区顺槽平巷铺设单轨铁路，人力推车。主要大巷铺设双轨，仍使用马拉煤车。1935年，中日合办淄川煤矿新开凿的9处小竖井平巷运输全部为人力推车或人力拖筐。

新中国成立初期，淄博各矿井下平巷运输均用人力推车，大巷运输近者百米，远者千米以上，平均每人一班往返8趟，运煤4—5吨。1950年下半年，洪山矿车七井、洪山六井（洪山二井）主要运输大巷改为畜力运输，使用马拉车，每匹马每次拉煤车2—4辆，运输效率较人力提高1—2倍。1951年，新博矿神头井十层二号下山东一大巷首次采用滑轮无极绳运输，代替人力推车。

1953年起，淄博矿务局积极推行机械化运输，大巷运输逐步采用直流架线电机车和无极绳运输，同年，奎山矿在南大巷和西水平运输大巷分别安装无极绳绞车运输。采区顺槽开始采用对拉小绞车运输，对拉小绞车为双滚筒带滑轮，电动机为15千瓦，适用于运距400米以内的采区巷道，每8小时的运输能力为150吨，可节约人工30%—50%，固定溜子道使用拉筐机和刮板运输机。

新时代，亭南煤业先后引进爱科公司25台井下防爆运输车辆，职工乘车到头到面成为常态，积极打造井下“半小时辅助运输圈”，运输效率提升50%。亭南煤业连续12年实现安全生产，先后获得全国煤炭行业特级安全高效矿井、全国“双十佳”煤矿、中国最美矿山、全国绿色矿山、陕西省安全生产先进集体、中国煤炭工业协会先进会员单位、思想政治工作先进单位、山东能源集团先进基层党组织等80多项荣誉称号。

2022年，亭南煤业连续三个季度获得西北矿业权属单位考核第一名；承办西北矿业首届“两化融合”管理现场会，编制《管理指导手册》，相关经验做法被山东能源集团批转各权属单位、部门，供大家对标学习，为各单位提供了可复制可借鉴的“亭煤模式”；秉承“区队增收、公司降本”原则，自主维修创效1800多万元，同比提升88%；完成岗位自主改善项目1265项，累计创效428万元；先后输出精益改善大项目16项，实现创效近1.5亿元……

邵寨煤业是西北矿业公司也是山东能源集团在甘肃投资建设的第一个现代化矿井。

邵寨煤业当时以“着眼世界先进、立足国内一流”为目标，高标准建井，坚持“建设最快、投资最省、安全最好、用人最少、效率最高、管理最精、素质最优”的“七最”建矿方针，围绕“生产集约化、装备智能化、管理信息化、运营市场化、辅助专业化、后勤服务社会化”的“六化”管理思路，全力打造“平安、智慧、精益、高效、和谐”的“五型”邵寨。

邵寨煤业当时提出了“刷新建井新速度，再创建井新模式”的口号，制定了16字方针：“逢山开道，遇水架桥，敢于突破，敢打必胜。”分类分项制定了矿建、土建、安装施工图和进度表，任务分解、挂图会战、考核到人，突破天气制约，克服客观因素影响，破解各类建设难题，仅仅用18个月就完成了矿井建设，实现了联合试运转，创造了淄矿集团乃至山东能源集团建井的新速度。

同时，全面梳理矿井的各项手续，秉持合法办矿、依规生产的理念，向一个个环节、一个个堡垒发起总攻，啃下了一块块难啃的“硬骨头”。2021年3月1日取得采矿许可证之后，仅用八个月，就一次性通过安全、环保、水保等七项单项验收，完成了矿井综合竣工验收，并取得了安全生产许可证。仅2021年，即生产煤炭120万吨，实现销售收入6.7亿元，销售收入完全抵减计划外投资，首次在联合试运转期间实现“投产即达产达效”。

邵寨煤业建矿较晚，来到邵寨的所有人员基本上都有丰富的经验，因此工作人员在提升运输、供电、排水、通风、抽采及安全避险等各大系统合理配置水平，满足矿井基本功能的基础上，推行开拓岩巷、千米钻孔高抽、深孔爆破强卸、大涌水强排等技术工艺，确保在源头上防灾治灾。

根据矿井的地质构造，确定了全岩综掘施工工艺，通过综合施策，创新实施掘、装、运综合作业线技术，探索出大坡度、大断面全岩综掘、半煤岩分装分运等富有邵寨特色的掘进施工工艺。同时对井底车场、排水、运输、煤炭仓储、提升系统进行了工艺优化，实现了盘区俯采、清污分流、半小时无轨运输、两班生产存储、煤矸分离等多个功能。

建矿之初，邵寨煤业就确立了打造智慧化、现代化矿井的目标，依托工业互联网技术，高标准搭建完成矿井通信基础平台建设，在西北矿业公司首次提出并采用融合定位通信技术和基于VOIP（网络电话）技术的调度通信系统，完成智慧矿山大数据平台建设。

锚定“自动化、信息化、远程化、无人化”目标，布置主井提升远程集中控制系统，实现西北矿业公司首家主副井提升集中控制。在不同采煤工作面分别完成了智能化建设，采煤机自动截割及支架自动跟机两项指标均超过90%；1502工作面突破了自动斜切进刀割三角煤技术，成为西北矿业公司内部首个实现自动割三角煤工艺的中厚煤层综采工作面；搭建了“一个平台七个子系统”的智能选煤系统，建成了国内一流的智能化选煤厂。

邵寨煤业也非常注重地企关系的处理，让企业融入地方、让职工融入企业，形成了地企和睦、民生和谐的良好局面；建成了便利职工的智慧餐厅，实现刷脸支付、网上订餐和餐饮自选。2020年底，邵寨煤业承接了许厂煤矿582名职工，创造了大规模、跨区域平稳安置的典范，为山东能源集团进军甘陇大地创业发挥了模范带头作用。

西北矿业大恒煤业（简称“大恒煤业”）运用精益化管理的方法，以市场化建设为基础，以精益理念植入和精益化管理工具应用为手段，持续推进市场化建设和精益化管理深度融合，逐步构建形成了“权责明晰、体系完善、机制健全、科学规范、运作精益、活力迸发”的“两化融合”的管理模式。

大恒煤业在凝聚共识中优化“顶层设计”，在深研细读中掀起“头脑风暴”，在深度融合中推进“流程再造”。每月根据“两化融合”管理精益改善项目的完成情况，推出一期《“两化融合”简报》，总结推广优秀精益生产改善经验、宣贯指导各类精益化管理工具应用，通过“图文并茂、写好身边事”的形式，让广大干部职工潜移默化地接受“两化融合”管理新思维，不断提高全员思想认识水平。

陕西未来能源化工有限公司百万吨级煤间接液化制油项目是中国“十二五”期间煤炭深加工示范项目、陕西省“十二五”重点建设项目。2012年，兖矿集团拿到了坐落于毛乌素沙漠、可采储量9.78亿吨的榆林市金鸡滩煤矿矿权。该煤矿成为百万吨级煤间接液化制油项目的坚强后盾。

金鸡滩煤矿以“村”命名。作为“新移民”，一支由兖矿集团各个煤矿抽调来的队员组成的采煤队做好了长期扎根“第二家乡”的准备。兖矿集团把最好的设备、人才、技术、管理输送到这片“天当被子地当床、一口黄沙半碗汤”的土地上，将企业生存与国家需要、地方政府发展紧密结合在一起。一群煤汉子带着强烈的使命感和责任感，在遍地“黑金”的三秦大地创业谋棋。

初来乍到，令煤矿工作人员挠头的不仅是气候与环境，还有一个关键难点：习惯了开采薄煤层，工作人员缺乏使用大采高综采设备的工作经验。我国西部矿区赋存大量9—13米特厚硬煤层，以当时的开采工艺无法实现一次采全厚开采，极易损失煤炭资源。

为了解决这一问题，金鸡滩煤矿大胆走出去学技术，分九批组织130多名职工到杭来湾、榆树湾等同等类型煤矿进行学习锻炼，仅用20多天时间，就达到周边同类矿井3—5年生产水平。与此同时，金鸡滩煤矿积极邀请美国久益、卡特彼勒及英国雷波等厂家技术人员到矿区授课，邀请专业讲师举办专业培训班，全面提升各级管理人员及各岗位职工技能水平。

2014年7月，金鸡滩煤矿如期建成并通过验收，顺利进入联合试运转阶段，当月就实现达产达效。

作为国家选定的71处国家级智能化示范矿井之一，金鸡滩煤矿把持续推进数字化转型、智能化建设作为引领矿井发展的关键一步。掘进工作面建成以“连采机程序截割+自动支护钻机群+辅助作业机械化”为主的智能掘进系统，建成“纵向示范引领、横向全面覆盖”的智能化系统，完成国产IMOSS惯导系统等示范项目的研发与应用……中央泵房、大巷皮带、顺槽皮带、110千伏变电所应用巡检机器人，这哪里是地下矿井，强烈的科技感分明像电影中的城市空间照进现实。

除了实现监测预警系统动态实时化，金鸡滩煤矿在重要设备上安装5G（第五代移动通信技术）+AI（人工智能）身份识别闭锁终端，在掘进工作面建设围岩质量随钻检测系统，在矿井各要害地点安装人员接近保护装置，建设有水密闭自动排水控制系统。针对职工健康，建设职业健康大数据管理系统，通过智能穿戴终端，实时监测职工健康状况，实现班前排查预警、班中实时报警、班后数据分析，进一步提升矿井安全保障能力。同时，依托高速基础网络建成的综合自动化系统、安全生产视频分析系统、人员精确定位系统以及煤流均衡系统，智能分析煤量数据，变频调速、协同控制，实现以采定运、以运调采、均衡生产，确保矿井生产效率达到最优。

该矿将中国建筑行业工程质量最高荣誉“鲁班奖”、绿色矿山突出贡献奖、中国煤炭工业协会先进煤矿、中国煤炭工业协会“双十佳煤矿”、煤炭工业特级安全高效煤矿、安全生产标准化管理体系一级达标矿井、全国安全文化建设示范企业等多种荣誉轻松收入囊中。凭借成功驾驭世界首套8.2米超大采高综采成套装备、世界首套7米超大采高综放成套装备，成功应用连采掘进施工工艺，金鸡滩煤矿一跃成为具有世界领先采煤工艺和设备的实践应用基地以及行业高科技人才队伍建设孵化基地，矿井年产能1800万—2000万吨。

金鸡滩煤矿成为创出业界瞩目的“金鸡滩速度”的“奇迹之矿”。

我国的能源结构有三个特点：富煤、少气、贫油。但是，国家对石油的需求量是相当大的。人们日常所用的汽油、柴油、润滑油等都由石油提炼而成，石油还是甲醇、乙二醇、烯烃、芳烃等重要化工原料的来源。

早在2016年的时候，中国原油对外依存度已经上升至60%还多，石油资源的短缺始终制约着我国经济的长远发展。因此，很多人开始研究煤化工技术，利用我国丰富的煤炭资源生产各类油品和化学品。作为国有重点煤炭企业，兖矿集团很早就认识到，煤化工是煤炭业未来蓬勃发展的新方向，所以提前布局，探索煤间接液化技术的产业化发展。

2000年，时任兖矿集团董事局主席的赵经彻听说南非萨索尔公司有成熟的煤间接液化制油技术，并且已经积累了产业化的经验，为此他专程赶往南非调研。萨索尔公司成立于1950年，总部设在约翰内斯堡，业务包括石油和天然气勘探、开发、生产、销售以及化工产品生产，在纽约证券交易所上市。在萨索尔公司参观期间，赵经彻结识了首席工程师孙启文。

孙启文在国外留学多年，1993年在荷兰格罗宁根大学从事化学工程博士后研究工作，后来加入了萨索尔公司，逐渐成为其科研团队的核心成员。虽然在国外的事业发展非常顺利，生活也非常富足，但孙启文一直心怀祖国，无时无刻不在思念家乡。工作间歇孙启文常常思考，假如中国的煤化工企业也能用煤炭制造清洁的油品和化学品，像萨索尔公司一样建立百万吨级的大工程，引领一个行业的崛起，这对中国经济的发展是有极大好处的。

赵经彻看重孙启文在煤间接液化技术方面的科研水平和丰富的从业经验，产生了邀请孙启文回国加盟兖矿集团的想法。但从想法的萌生到最终实现，又过了两年的时间，这两年是双方相互进一步加深了解的两年。

2002年，被兖矿集团坚持不懈的诚意打动，孙启文满怀着对中国煤化工产业的激情回到了上海。回国之后，孙启文牵头组建了上海兖矿能源科技研发有限公司，成为兖矿集团煤制油及煤间接液化技术的领航者。当时，在煤间接液化技术方面还没有成熟的技术体系、没有工业化实验的数据、没有大型的生产装置，孙启文便组建研发团队，研究煤间接液化技术中的低温费托合成和高温费托合成两大反应体系。

在研究的过程当中，团队遇到了大量难题。比如在实验室阶段，这些化学反应的机理是什么，反应混合物与所需产品如何彻底分离，中间产物如何控制，用什么样的催化剂效果最好等问题都需要依靠大量实验来解决，需要团队通过多年探索，一步一步去改进。

经过多年的钻研，孙启文带领团队创建了拥有自主知识产权的以油品为主的低温费托合成技术和联产油品、烯烃、精细化学品的高温费托合成技术。这是一个庞大而复杂的技术体系，任何一个关键实验的失误，都有可能导致整个体系无法成功应用于工业生产。

在项目研发过程中，孙启文带领团队先后承担了国家“863”计划课题5项、国家“973”计划课题2项，建设了国内中试规模最大的5000吨/年浆态床低温费托合成中试装置和国内唯一的4500吨/年固定流化床高温费托合成中试装置。兖矿集团也没有辜负孙启文多年的努力，给他提供了最有利的工作条件。孙启文担任兖矿集团有限公司副总经理、陕西未来能源化工有限公司总经理。

技术研发成功后，正式进入生产试验阶段。2011年2月，兖矿集团有限公司和陕西延长石油（集团）有限责任公司投资组建集煤、油、化综合转化利用于一体的大型能源化工企业陕西未来能源化工有限公司，并筹建全国首套百万吨级煤间接液化示范装置。

为了保证项目安全、平稳、高效运行，金鸡滩煤矿的建设者瞄准现代化和高标准的目标。为此，孙启文召集管理层人员多次开会研究，对整个工程进行了周密布局：高标准招标，选择行业拔尖的施工队伍；优化设计方案和施工工艺；采取火药爆破和掘进机交替进行不间断作业来解决火工品受限的难题；倒排工期，节点考核，抓安全、抓质量，推进各项基建工程建设。

百万吨级煤间接液化制油项目被国家发展改革委列为“十二五”期间煤炭深加工示范项目，陕西未来能源化工有限公司正式驶入了发展建设的快车道。

煤间接液化技术产业化发展存在很多难题，除了电力、水力、道路、管道等各项基础设施建设外，孙启文对各单元各环节的设计和引进工作严格把关。孙启文充分利用自己的国际工作经验，主导了低温甲醇洗、硫回收、低温费托合成、油品加工、低碳烃回收、PSA（变压吸附）提氢及甲醇制氢技术、脱碳技术等工艺技术软件包的引进工作。项目组严格把控招标过程，矿井采购的大量外围设备涉及数亿元资金，全部采用厂家直购的方式，一律不招代理商，坚持高标准严流程。

2013年11月，项目完成了各类大型、超大型设备安装1200余台（套）。2014年9月，项目配套的3000吨/年低温费托合成催化剂项目一次投料试车成功，为核心的低温费托合成反应提供了有力保障。在整个项目建设过程中，孙启文带领团队采用自有专利技术50项，其中国内首创性技术包括高效铁基低温费托合成催化剂及其工业化生产成套技术、大型低温浆态床费托合成反应器及其内构件技术、百万吨级反应器串联费托合成工艺技术、百万吨级费托合成油品加工催化剂和加工工艺技术、百万吨级煤间接液化系统集成技术等。

百万吨级煤间接液化制油项目规模浩大、系统复杂，建设之难超乎想象。百万吨级煤间接制油装置累计使用的钢筋和钢结构总重达12.3万吨，是美国世茂大厦钢结构用量的1.5倍；敷设电缆6356.3千米，等于沿着地球跑了约1/6圈；铺设各种管材1011千米；铺设路面总面积57.26万平方米，相当于天安门广场总面积的1.3倍之多!

虽然沙漠缺水，施工面临的第一难题却不是抗旱找水，施工以来时刻需要解决的问题是防涝和治水！看起来是漫漫黄沙，挖土机一抓斗下去，不足半米，水就漫了上来。换个地方再挖，同样还是水。经过多次尝试，施工人员终于找到应对办法——在一个抽水管上接6—10个小水管，让抽水机像“章鱼”那样，把“触角”深深扎入有水的地下，持续不断地抽水；抽干一个地方，夯实地基，再换下一个地方，逐步施工。

经过1000多个日日夜夜的艰苦努力，一座占地3000多亩的现代化生产装置在毛乌素沙漠拔地而起，在漠北阳光的照射下熠熠生辉，巍峨壮观。毛乌素沙漠，这个曾经阒寂千年的荒原，见证了奇迹的诞生。

陕西未来能源化工有限公司合成车间副主任王亚军两次深度参与合成系统关键性优化升级改造，在破解制约合成系统运行瓶颈的工作中发挥了主要作用。在系统检修改造期间，王亚军一头扎进工作，昼夜不停地调整优化技改方案，推进技改项目实施，连续三个月的高强度工作使他瘦了十几斤。在王亚军负责牵头的15个重要技改项目实施后，制约费托合成反应器效能提升的瓶颈问题得到了解决，合成系统创出连续运行415天的最高纪录。

兖矿集团榆林精细化工有限公司生产中心党支部书记、主任刘付亮认真钻研费托合成、油品精制等先进技术，记录学习笔记超8万字，在生产中优化生产组织程序、细化生产调度综合应急预案，形成了生产调度管理“档案化、制度化、程序化、规范化、闭环化”工作机制，实现稳定运行和节能降耗“双提升”。

2015年9月18日，陕西榆林，国家示范工程——国内首套百万吨级具有自主知识产权的煤间接液化制油项目，仅用23天打通全流程，一次投料试车圆满成功，产出符合欧洲汽车尾气排放第五代标准的优质油品。当盖在样品罐上的红绸被掀起的那一刻，由乌黑的煤提炼而成的无色透明的油呈现在公众面前，这向世人宣告兖矿集团产业转型迈出关键一步，标志着国家在能源多样化和安全性之路上开辟了一条新的通道，开启了中国煤炭清洁高效利用技术产业发展史上的新篇章，是我国煤炭清洁高效利用技术产业发展史上重要的里程碑，对于保障国家能源安全、实现国家能源的多元化发展具有重要的战略意义。

据孙启文介绍，兖矿集团的百万吨级煤间接液化制油项目产出的油品符合欧洲汽车尾气排放第五代标准，含硫量只有0.1个ppm（parts per million，百万分之几的缩写，表示比率），远低于100ppm的国家标准。同时，相比火电厂污水，现代煤化工的污水更难处理。而陕西未来能源化工公司煤制油项目却创造了污水近零排放的惊人成就："每小时产生污水100立方米左右，上设备做达标处理，1立方米要多花25元，一年就得上千万元，但这钱肯定得花。"处理污水是企业职责所在，绝不能偷工减料。而为煤制油项目配套的金鸡滩煤矿，设计年产能800万吨，概算投资48亿元，可采储量10亿吨，属低灰、低硫、低磷、高发热量、高挥发分的优质煤。

百万吨级煤间接液化制油项目采用多喷嘴对置式水煤浆气化、一氧化碳耐硫变换、低温甲醇洗气体净化、低温浆态床费托合成及油品加氢提质等技术生产柴油、石脑油、液化石油气等产品。建设内容包括4套8.5万标准立方米/小时空分装置、8台（6开2备）日处理煤量2000吨的多喷嘴对置式水煤浆加压气化炉、3套一氧化碳变换装置、3套处理气量为27万标准立方米/小时的低温甲醇洗装置、2套硫回收装置、1套费托合成装置、1套费托合成油品加工装置、1套尾气制氢装置、3台480吨蒸汽/小时的高压煤粉锅炉、3台50兆瓦蒸汽发电机组、1台42兆瓦燃气轮机发电机组、3000吨/年费托合成催化剂生产装置以及储运、消防、供水、水处理、铁路、灰渣场等辅助和厂外工程。按投资额度计算，项目装备自主化率超过82%；按台套数计算，项目装备自主化率超过92%，项目综合能源利用效率为45.9%，水重复利用率达到98.26%，全部符合或优于国家相关标准。

催化剂是煤制油合成技术的核心，能否成功生产出优质催化剂，直接关系到煤制油的成功与否。谈及煤制油技术优势，"我们花了十年时间研究煤制油技术，”孙启文如数家珍，“一是催化剂效率好、活性好、选择性好，催化剂的消耗低；二是反应器的设计合理，单体生产强度大，生产能力是国际上同位反应器的1.5倍左右；三是整体工艺设计比较优化，一方面节约投资，另一方面大大提高了加工效率，整体能效为43%左右，国际是39%，我们上了一个台阶；四是全厂的热效率非常高；五是从建成的角度来看，项目在环境问题方面考虑非常周到，对水、气体、固体废物的处理问题等，都下了很大功夫。所以这个项目建成之后我相信可以起到非常好的示范引领作用，这些都处在国际领先水平。”

在公司，孙启文几乎每天穿着天蓝色的工装，戴着安全帽，在实验室和厂区忙碌。对于煤化工，他可说是专家中的专家。他说，煤化工现在主要有三个领域：煤制油、煤制气和煤制烯烃。这三个领域中效益最好的还是煤制油。目前，虽然国内气体价格较贵，但是气体运输要靠管道网络，每立方米至少要交0.6元的管道费，因此煤制气几乎是没有经济效益的。

煤制油事关国家能源安全，是未来中国煤化工产业发展的方向之一。110万吨/年煤间接液化示范装置成功运行之后，陕西未来能源化工有限公司计划利用已开发的高温与低温费托合成多联产技术，进一步增加产品种类，延长产业链，提高煤液化装置的市场适应性和经济效益；建成以自身为主体，主要产品为柴油、石脑油、汽油、液化石油气、溶剂油、特种蜡、聚丙烯、混合醇、丙酮和甲乙酮、醋酸的“煤、油、电、化”一体化循环发展的新型工业园区；最终达到年产1000万吨油品、高端化学品和4000万吨煤炭能力，实现千亿元产值、百亿元利润，成为中国煤炭清洁高效转化利用的大型生产基地，为我国煤制油产业化发展树起一面不倒的旗帜。

根扎大漠的胡杨

内蒙古双欣矿业有限公司（简称“双欣矿业”）中机维修主任任海龙是山东能源集团的劳动模范，他身上展现出“山能人”扎根大漠、默默奉献的高贵品质。

从矿井投入生产开始到2014年，因为工人操作不熟练，第一批设备也不好用，设备故障率很高，尤其是采煤机，经常出问题。当时的维修队伍力量比较薄弱，整个维修组的成员只有36人。任海龙联络四位知根知底、平时比较相熟的工友，自发组织成立了一个义务维修小队。

有些问题很容易解决，只需一两个小时；但有的时候机器内部损坏，维修小队就需要连续作战，最高一次长达37个小时。遇到这种情况，五人小组就分成两个小分队，轮流作战。作为小队长，任海龙一直坚持在现场奋战。井下的设备不知道什么时候就会出故障，有时候他们刚下班上井之后，还没有洗完澡，一个电话打过来，说机器又出问题了，他们必须再次下井去维修。

2013年7月，当时是夜里12点，正常生产的采煤机突然不工作了，一个电话打到了任海龙这里。从现场的简要情况汇报得知，是采煤机无法行走，但当时值班的技术人员经过检修没有发现问题，处理不了，只能紧急向地面反映。

任海龙当时和一位工友住两人间。电话响了之后，任海龙接听完，考虑到舍友比较年轻，睡得比较熟，再说一个人能干就不要耗费两个人的精力，于是他一个人换上下井的衣服，半小时之内赶到了现场。虽然是7月份，但是井下的温度并不高，常年维持在14摄氏度左右。

在检修的过程当中，任海龙发现机器里有杂音，只要一接通电源，杂音就出现了。从这种杂音初步判断，应该是某个部件发生了卡死的情况。根据丰富的经验，任海龙判断二级行星减速机构发生了故障。

如果拆卸二级行星减速机构，在地面维修站正常要用三天的时间，排除故障后，重新装好也需要三天时间。任海龙向区队简要汇报了情况，在井下开始了维修工作。整整17个小时，任海龙连续不停地进行拆卸工作。在设备完好无损的情况下，拆卸相对容易，但是一旦出现损坏、受力卡死情况，齿轮就会变成不规则的，导致装配的尺寸偏离原来的尺寸，后者会给拆卸工作带来相当大的困难。

当时的维修工具只有一些简单的扳手、套筒，基本上就是靠手工操作。就是靠着这些工具，层层拆开之后，任海龙发现，内齿圈的齿条断裂导致内部卡死。当时有个规定，只要停产八小时以上就属于事故，因此矿上领导比较紧张，希望任海龙能够尽快解决这个问题。

在任海龙工作的过程中，朋友给他买水、买饭，带到现场。任海龙简单地吃两口又赶紧投入紧张的工作。由于情况紧急，虽然连续奋战了17个小时，任海龙一点儿也没有感觉到困意。有道是“上山容易下山难”，拆卸已经让任海龙费了九牛二虎之力，没想到装的时候比拆的时候还要困难。假如在地面上，他可以把二级行星减速机构竖起来，从上往下一层层把套件装配好。但在井下没有办法将其立起，只能拿着起吊工具利用杠杆原理将其顶起来，斜着往里面安装。

一个二级行星减速机构有半吨多重，装完一层继续装二层，直到全面恢复。任海龙斜侧着身体，尽管有工友的帮助，豆大的汗珠还是从额头上不断滚下来，砸到地面上，洇了一大片。

整个过程持续了将近37个小时。

在通电后机器正常运转的瞬间，任海龙精神放松，整个人像瘫痪了一般，坐在支架上，几乎立刻睡着了。由于在支架上睡觉属于危险动作，工友们想要叫醒他，但看到他疲惫的模样，大家还是允许他睡了半个小时，而这半个小时对于任海龙来讲，也就是一眨眼的工夫。他被工友叫醒了，拖着疲惫的身躯，在上井的过程中，又靠着电梯睡着了。

每块井田都会历经多次地质测量。

以位于鄂托克前旗上海庙工业园区的长城三号井田为例，从1981年到2013年的30余年间，历经11次大型的地质勘探，长城三号井田范围内以往施工钻孔共计69个，工程量68381.8米，其中水文孔10个，工程量8931.98米。

早在1981年，宁夏回族自治区地质矿产局区域地质调查队三分队在本区域内进行过1∶20万区域地质调查工作。

2004年10月，陕西省煤田地质局物探测量队受内蒙古自治区鄂托克前旗国有资产投资有限责任公司的委托，在本地区进行了地震勘探工作。该项目野外工作历时156天，共完成地震测线16条段，测线总长度348.58千米。

2004年至2005年6月，宁夏回族自治区煤田地质局和陕西省煤田地质局的物探测量队完成了对内蒙古自治区鄂托克前旗上海庙地区的煤炭资源预查工作，为进一步了解井田地质特征奠定了基础。

2005年10月7日，陕西省煤田地质局194队受鄂托克前旗权辉商贸有限公司委托，在长城三号井田西部进行了勘探阶段工作，截至2008年6月30日，沙章图探矿证范围内共获得970—200米标高范围内煤炭（气煤）资源储量13155万吨。

2007年6月，内蒙古自治区煤田地质局151勘探队受内蒙古仕奇控股股份有限公司的委托，在长城三号井田东部的大榆树探矿权区进行普查阶段工作，该项目施工钻孔21个，工程量27139.35米，均为地质孔。该区的含煤地层为石炭系太原组和二叠系山西组，共获得煤炭（气煤）资源储量120579万吨。

2010年1月至4月，由安徽省煤田地质局第三勘探队施工2个井检孔（主检、副检）、新汶矿业集团地质勘探有限责任公司施工1个井检孔，共计工程量2006.18米。该项目共进行了9次抽水试验，每次抽水试验均合格。施工的3个井检孔均在长城三号井田规划范围内。

2010年7月至10月，新汶矿业集团地质勘探有限责任公司在长城三号井田东部的扩大区内进行详查阶段工作。该项目施工钻孔7个，工程量8097.68米，其中水文孔1个，工程量1182.19米。该区的含煤地层为石炭系太原组和二叠系山西组，共获得煤炭（气煤）资源储量116367万吨。

2011年8月至2012年4月，新汶矿业集团地质勘探有限责任公司在长城三号矿井+550米水平以上北翼进行补充勘探工作，施工钻孔4个，完成钻孔工程量2265.19米。

2012年7月至11月，新矿内蒙古能源有限责任公司委托内蒙古自治区煤田地质局151勘探队编制提交了《内蒙古自治区鄂托克前旗大榆树井田煤炭勘探报告》，该项目野外钻探工作由内蒙古自治区煤田地质局151勘探队和新汶矿业集团地质勘探有限责任公司共同完成。野外施工从2012年7月开始，11月野外工作全部结束，共完成钻探36个孔，工程量41325.31米，其中水文岩样孔4个，工程量4340.44米。本次施工的36个钻孔，包括11个甲级钻孔和25个乙级孔。本次施工共见煤层371层，其中可采煤层237层，优质煤层109层、合格煤层128层，优质、合格率为100%，质量较高。这36个钻孔中有30个钻孔在沙章图井田规划范围内，工程量33180.72米。

2012年10月至2013年3月，陕西省煤田地质局物探测量队在沙章图首采区进行三维地震勘探并提交了《新矿内蒙古能源有限责任公司长城三矿首采区三维地震勘探报告》。本次三维地震勘探南以2005年三维地震勘探区北边界为界，北以井田边界为界，西以原三维地震西边界顺延并对5煤层隐伏露头进行控制，东以5煤层+550米水平为界。具体范围由5个拐点围成，南北长1500—3500米，东西宽约1300米，总面积约350万平方米（探得实际控制面积370万平方米）。本次勘探共完成三维地震线束16束，获得记录张数2348张，完成三维地震勘探物理点2348个。

……

在这些地质勘探的基础上，慢慢才有了长城三矿。

双欣矿业位于鄂尔多斯市东胜区万利矿区，是由山东能源淄矿集团与内蒙古双欣能源化工有限公司共同出资成立的。双欣煤矿在2012年投产的时候，正好赶上全国煤炭行业的低谷，整个煤炭行业总体来说供大于求，面临煤炭“寒冬”、资金周转紧张、地企关系协调难等诸多困难和考验。那时候双欣煤矿产出的煤每吨只能卖到57元，而成本是每吨87元，如今的卖价已经是原来价格的9—10倍。

双欣煤矿的煤质不是特别好，煤炭品种为不粘煤和长焰煤，主要用于电力、建材、化工及民用燃料，发热量稍低，精洗煤每千克4200大卡，原煤每千克只能达到3700大卡。因为此处煤层形成的时间比较短，内水高，如果精加工时把水蒸发掉，煤质就能获得较大提升。

矿上的职工来自天南海北，曾经有过专门的统计，包含了六省十七市。由于地域文化、成长环境、职工素养、生活习惯等各不相同，最初一段时间职工思想波动比较大，也在一定程度上影响了矿井的生产。后来双欣矿业大力加强基层党建工作，创新党建工作载体和工作方式方法，充分发挥党委政治核心作用、党支部战斗堡垒作用和党员先锋模范作用，形成了重点突破与全面推进、上下互动与点面联动的良好局面，职工很快拧成了一股绳。

其中，双欣矿业创新推出的“56711”思想政治工作法尤其著名。

“5”清楚，指对职工家庭状况清楚、对职工性格爱好清楚、对职工工作表现的优缺点清楚、对职工业余生活和社会交往清楚、对职工不同时期的思想变化清楚。“6”必访，指对职工婚丧嫁娶必访、职工家庭发生矛盾必访、职工生病住院必访、职工家庭有困难必访、职工缺勤旷工必访、职工本人或家庭发生大的变故必访。“7”必谈，指对职工思想波动必谈、职工受到批评必谈、职工人际关系紧张必谈、职工工作变动必谈、新职工入职必谈、职工完不成工作任务必谈、职工发生“三违”必谈。“11”必查，指对不懂安全知识的糊涂人必排查、违章蛮干的鲁莽人必排查、新婚前后的甜蜜人必排查、图省事怕麻烦的懒惰人必排查、休班探亲的疲劳人必排查、受处罚的情绪人必排查、满不在乎的麻痹人必排查、工作大意的粗心人必排查、满腹心事的沉闷人必排查、见异思迁的分心人必排查、身体不好的有病人必排查。

各党支部按照公司制作的记录手册和信息化档案登记表，搞好职工信息的调查摸底，做到“5”清楚；根据日常和动态掌握的情况，由党支部书记对职工进行“6”必访、“7”必谈；由党支部书记或队长牵头，采取班前定时排查、班中动态排查等方式，对出现的或潜在的11种不放心人物，采取谈心沟通、停工处理等措施，及时做好思想教育工作。按照谁主管谁负责、谁分管谁负责、谁发现谁负责、谁做工作谁负责的要求，及时填写专题记录，便于做好后续工作。这种工作方式获得了上级集团的高度认可。

在2013年至2015年煤炭价格持续下滑、工资水平不断下降的情况下，双欣矿业能够保证人心思齐、敢于创业的良好氛围，和这种工作方式是分不开的。2020年以来，双欣矿业各党支部在原有工作的基础上，深入推行党员谈心谈话制度，每名党员与2—3名职工每月进行一次谈话，持续了解其思想状态。

原来矿井刚建立的时候周围一片荒滩。直到现在，双欣煤矿地理位置也相对偏僻，离城区较远。围绕整个矿井进行的大量绿化和生态修复举措，使煤矿方圆数公里之内变成了一个春有花、夏有荫、秋有果、冬有景的“洞天福地”。之前整个地区都是光秃秃的，因为缺乏水源，周围的树生长不起来。后来人们通过人工培育的方式，把柳枝剪下来进行扦插，定期浇灌，慢慢周围的树木越来越多。截至2022年底，矿区累计栽种各类树木60000余棵，播撒草种400多亩，架设灌溉水管、防尘管路30000多米。

从2018年起，双欣矿业设备研发自动化率超过80%，建立了远程智能供配电系统，其中中厚煤层自动化工作面项目通过中国煤炭协会鉴定，技术达到了先进水平。双欣矿业采取三个中部工作面的智能化开采，实现了中国煤层智能化开采的常态化；引进智能掘锚一体机，矿井掘进速度得到了大幅度提升。

长期以来，双欣矿业始终坚持“科技兴安、少人则安”的管理理念，开展大规模的装备升级，提高生产装备的稳定性、可靠性和适应性，应用了变频一体机、掘锚一体机、高端采煤机、选矸机器人、电动防盗车，大幅减少工作人员的体力和精力消耗，降低了安全生产上的风险。全力推动物联网、云计算、大数据、人工智能等与煤炭生产技术的深度融合，用数字化管理描绘煤矿的新图景。建设了年产300万吨中厚煤层的智能化工作面，在国内率先攻克“三角煤”自动截割技术难题。

掘进工艺早期都是通过钻眼和爆破实现的。使用手锤（重0.5千克和1千克两种）和錾（铁钎，长0.4—1米）钻眼，用黑火药爆破，以黑火药芯引爆，全是手工作业。

20世纪初，钻眼爆破技术取得进步，钻眼改用6棱钢钎，长1.5米，成孔直径40毫米；手锤改为长柄大锤，有重3千克和4千克两种，用击钎钻进；掏勺，类似于挖耳勺，长1—2米，用以清除钻眼内的岩粉；用黑火药或甘油炸药爆破，以火雷管引爆。

20世纪20年代以后，在外资、中外合资和个别民营煤矿，部分掘进工程使用风动工具钻眼、甘油炸药爆破、火雷管引爆，但仅占这些煤矿掘进工程的10%—30%，大部分掘进工程仍依靠人力凿眼。

随着技术的进步，空气压缩机、风钻等工具慢慢出现，保障了掘进的速度和安全性。

手镐采煤面的工艺比较简单，只有采煤和运煤两个工序。顶板管理只用少量木柱支护，或用少量矸石叠砌石垛控制。作业比较分散，一般在一个小井或大井的一个片道布置5—8个煤硐，每个煤硐配备刨煤工一人、拉筐工两人。主要工具有镐、锨、筐、绊等。镐，用以刨煤（古代用鹤嘴镐）；锨，用以装煤（古代用刮板，系两块矩形木板，用时两手各持一板，刮装煤炭）；筐，条编，长1.2米、宽0.4米，用以运煤；绊，用麻绳编成，用以拖筐。采煤工被人俗称“镢头”，拉煤工被人称作“筐头”，由于淄博煤层薄，刨煤工要用蹲、仰、侧、卧各种姿势进行操作，拉煤要用两手持刮板往筐内装煤，背着绊拖着筐，弯着身，四肢伏地匍匐拉煤。

有些采煤工人常年在薄煤层劳作患上关节病，有些拉煤工肩、背、尾骨磨出“老茧”（俗称“鞍花”），痛得难以入眠。矿工中流传着“披上四两麻，拖着一筐炭，汗水不住淌，腿痛腰又酸，渴了喝趴水，累死也得干”的歌谣。近代，淄博较大的煤矿有少数工作面采用爆破落煤，但主要使用手镐掏槽，人力拉筐。新中国成立初，淄博各矿沿用了旧的采煤工艺，1950年后，通过生产改革，推行长壁式采煤法，手镐采煤和人力拉筐逐步被机械采运代替。

截煤机采煤工作面的采煤工艺主要包括截煤、装煤、运煤、支护、移溜、撤柱、采空区处理等工序。

1950年7月，洪山矿在山三井五三区长壁工作面首次采用截煤机采煤。工作面长116米，煤厚1.1米，煤层中间夹石厚0.1—0.2米，使用截煤机掏槽，截深1.8米；用V型运输机运输，风镐落煤，人工装煤；采用6排支柱（其中2排密集），排距0.9米，柱距1—1.2米，见6回2支护；采空区采用夹石和局部充填以及局部人工切顶的管理方法。单一循环作业，两班生产一班修整。劳动组织配备如下：生产班，班长2人、截煤机工3人、落装工20人、支柱工8人、充填工4人、打眼放炮工3人、记工员1人，计41人；修整班，班长2人、回柱工8人、充填工4人、移溜工8人、打眼放炮工3人、记工员1人，计26人。试验开始时，使用日式旧截煤机，因故障频发不能应用。后更换为苏式KHⅡ-Ⅰ型截煤机，又解决了截煤机闷刀、运输机断链子、采空区处理等问题，9月18日后，逐步走上正常循环作业。

1952年上半年，洪山矿“五四”采煤队经过不断改进操作技术，合理调配劳动组织，试验成功了长壁面双循环作业。循环率由1951年下半年的月平均74.4%提高到85.7%，平均日进度由1.57米增为2.9米，平均日产由271吨提高到458.19吨。

1952年9月，燃料工业部在洪山矿召开全国煤矿会议，推广“五四”采煤队组织双循环作业的经验。此后，长壁面机械采煤在淄博各矿逐步推广。

洪山矿根据不同地质、机械和技术条件，推行各种循环作业方式，组织职工围绕实现正规循环作业，找窍门、想办法、提合理化建议，推广先进经验，不断改进操作技术，创造了一套具有淄博特色的截煤机采煤工艺，其中最著名的是“快速截煤法”。

利用垫铁座或翻机头部靠溜子截煤，固定跟机工专门卷煤粉，及时支临时木柱，减少煤粉与截链的摩擦阻力，提高截煤速度。根据煤质硬度调整齿座排列和截齿数，减少截齿正面摩擦面积。保持机道平直，开好前处理面上头机窝。截煤遇到底板凹凸不平地点，运用顶绳法抬高截盘或牵引部通过。截割出现漂刀或割底、压截盘时，分别采取补齐截齿、加快牵引速度、缩小截深，或抽出截盘另行吃刀等方法处置。依靠顶板周期来压、灵活变换截深等办法，一般能在面长80—100米的面上，完成截煤任务。

后续经过60多年的发展，煤炭企业迎来“掘锚一体机”时代。

双欣矿业掘锚队的队长闫仁强给我们介绍了引进掘锚一体机的情况。那还是在2014年，综掘机日渐满足不了煤矿的生产需求，一个班掘进4米左右，一天最多12米，速度太慢，导致产量太低。按照每月开采300—400米的速度，每个月至少得掘进700米才能维持正常的生产。双欣矿业从奥地利引进掘锚一体机后，每天从10多米提升到了近60米，有时候一天最高达到70米，效率提高了5—6倍。

为了引进掘锚一体机，当时双欣矿业专门派人到神华集团进行调研。这种机器是全球编号生产，双欣矿业引进的第一台掘锚一体机是全球第258台，第二台掘锚一体机是全球第304台，第三台掘锚一体机是全球第337台，从编号可以看出双欣矿业在全国煤炭行业的闯劲儿。自从2014年引进之后，每台掘锚一体机至少掘进了4万米，而从未大修过，有时候出点儿小故障，也是小零件或小小的管路问题。

即使如此，公司每个月都会安排人进行一次检修。机器是全自动的，每个环节都能够显示时间，可以根据运行时间进行有针对性的保养和维修。闫仁强说："真像照顾孩子一样，得精心去照料，才能够发挥机器的最大效能。每台机器的价格在3000万元左右，金贵着咧！"

除了交接班的时候进行检修，机器可以一直运行。整个机器都是遥控操作，这样就保证了操作人员的安全。当然，这种先进的机器开始使用的时候还是有一定困难的，开惯综掘机的工人去开掘锚一体机，一开始不大适应，第一个月的时候只掘进了300米，从第二个月开始，慢慢达到了800米的速度。从那之后，随着熟练程度的增加，速度也在加快。

操作掘锚一体机让我们联想到开汽车或者操作挖掘机，方向盘打多少个弯儿，使多大的劲儿，转口怎么转，都有一个摸索的过程。一开始的时候，特别像把一个巨人放在一个地洞里打拳，因为空间狭小，巨人本身那种大块头、那种僵硬感会让他时时刻刻遇到磕碰，转不开圈儿。等熟练之后，他可以迅速避开边边角角的磕碰，打拳的速度也就慢慢提升了，而等他能够发挥出自己的力道，也就可以所向披靡、一往无前了。

2019年3月，掘锚队在20.8平方米断面、超强度支护的情况下，迎头进尺达到1591米，打破捷克共和国同类型2012年创造并保持的单月进尺1200米的国际纪录，吸引了俄罗斯、印度尼西亚等国家的煤炭企业来公司参观学习。

双欣煤矿是斜井，这就使其有一个巨大的优势，工作人员可以直接将掘锚一体机开到井下。如果是竖井，工作人员就需要先在地面上将机器拆成零件，运到井下再进行组装。组装的过程可能长达一两个月，每台掘锚一体机都有4米多长，净重105吨。

2021年，掘锚队将目光投向创新方向，自主升级改造掘锚机液压系统，实现顶帮同步作业，将生产准备时间由原来的50分钟缩短到30分钟，平均单班掘进速度提高1米。掘锚队还改造运输机机尾跑道，形成“移动料场”，缩短人力运料距离，实行“无缝化交接班”管理，将单班有效生产时间稳定在420分钟以上。实施机尾控制胶带运输的开停，实现了顺煤启动，每班降低电量10%以上。将巷道掘进、顶帮支护和材料运输、管路连接、胶带延伸等工序合理穿插、同步推进，使单班集中生产时间拉长。改造变频一体机，应用于顺槽带式输送机、刮板输送机，实现了胶带低速稳定启动和3900米以上距离的安全运输。创新研制皮带机尾“跟机自移装置”，缩短跑道行程减轻拉移重量，掘进皮带延伸工艺得到优化，实现皮带延伸与掘进施工同步进行。掘锚队正常生产期间，迎头作业人员不超7人，相比常规综掘工作面效率提升120%以上，提高了掘进施工效率和安全操作系数。

双欣矿业外协工程管理办公室主任马永茂详细介绍了矿井周边绿化的情况。在2012年之前，矿上专门请了一家专业的绿化公司来做绿化，但2012年转产以后，由于煤矿的条件比较差、煤价太低，矿上一直处于亏损状态，所以就请不起绿化公司了，好多活只能自己干。除了购买树苗的钱，基本上就是矿上的职工利用业余时间去种树。

为了共同营造一个美丽的环境，每年4月至5月公司都会进行全矿大动员，除了掘进和采煤部门之外全员上阵，用5年的时间种了大约15000棵树。最困难的那几年，矿上没有钱去买比较稀罕的树苗，大家发挥现有的物料，对柳树进行了截枝扦插。

当时的机电矿长王树圣在培育树苗方面很有经验，他分批给厂里的职工做了技术培训，比如斜插45度，怎么截怎么插，外露的部分要有1—2个芽等。公司给全矿各个部门都分配了任务目标，大家不光负责种植，还要保证成活率，安排专人把矿井处理完的水用水管引到草场浇灌树苗。

刚插上的树苗需要保持足够的水分，由于大家缺乏经验，只能“八仙过海，各显神通”，用各自能想到的办法对其进行了处理。第二天一早，矿上领导来到集中育苗基地视察，只见这些枝条上，有的套着塑料袋儿，有的套着矿泉水瓶子，有的刷着油漆，看上去五花八门，像是垃圾场。后来，矿上组织后勤部门员工，统一去掉塑料袋、矿泉水瓶等不规范的处理方式，统一刷了白色的油漆。刷上漆之后，保住了水分，发芽率高了。矿上自己种的柳树成活率超过80%。煤炭行业逐渐回暖之后，2019年至2011年，三年之间矿上共投资了200多万元，在周围栽种了6000多棵丁香、紫叶矮樱、榆叶梅、杏树等，盛夏时节，美丽非凡。

在建设智慧矿井的过程当中，双欣矿业机电队技术主管刘新龙全程参与，知之甚稔。公司从2017年便率先布局智能化建设，主动践行“科技兴安、少人则安”的发展理念，以“采掘系统智能化减人提效、生产辅助系统远程控制”为目标，以井下现场实用性为基础，以管理数字化为重点，按照减头减面减系统、提质提速提效率“三减三提”整体规划，前瞻布局、适新应变，抢抓机遇、乘势而上，搭建以“基础传输网络、智能生产子系统、煤矿工业互联网应用平台”为核心的“金字塔”式智能化建设体系。

机电队技术人员以井下供电系统为起点进行探索。当时技术团队有一个重要的考虑是控制成本，他们先从一两个变电所连同泵房开始进行革新，操作完成之后，效果确实不错，又进行了大面积推广。

将变电所改成远程控制，这样能够在地面进行实时数据监控。原来在井下有专人值班，变电所如果停电，就会造成停产，也容易造成安全事故。为了保证电的供应，必须有人随时在岗。在设备集中开动、负荷比较大的时候（通常称为“过流”），比方说集中采煤期间，过流的时候就容易引起跳闸。变电所一旦跳闸，值班人员就必须赶紧和地面的指挥部联系，机电队要立刻赶赴井下进行处理。

之前，采矿各个环节会有摄像头进行实时监控，采集现场的影像上传汇集到中控室，通过实时参数，参考历史参数，检修人员可以比较直观地分析出跳闸的原因。矿山员工人数比较少，一个变电所可能三天、五天、连续一个月不跳闸，但是公司为了保障安全生产，要求必须有人24小时值班。双欣矿业采取智能化控制方案进行远程监控后，可以有效避免人力的浪费和检修人员上井下井的时间浪费。于是，双欣矿业和北京一家专业做智能化的公司合作，形成了供电、供水、通风等环节的智能化设计方案。

方案设计好之后，由刘新龙负责按部就班地对每个环节进行改造。当然在改造的过程当中，必须保证生产的正常进行。如果是更换部件，则需要协调停产的时间。

第一阶段一共改造了17台开关。因为供电所有备用的开关，所以在厂家的指导之下，技术工人先拿备用的练手，改造好之后没有问题了，开始实际操作。20多天的时间，刘新龙将两个变电所全部改造完毕，完成了试运行。

改完变电所之后，用7天时间改完了泵房；改完泵房，改主运输皮带；主运输皮带改造完成之后改通风。当然，整个改造的过程不是连续的，很多时候要等合适的时机。改完之后要进行充分的运行，充分去暴露一些问题，针对问题进行进一步的改进，不断进行系统上的优化。经过改造，双欣煤矿实现了综采工作面一键启停自动化割煤，工作面设备与采煤工艺相结合，整体联动协调控制及远程可视化管理，将整个综采工作面操作人员减至7人。割煤平均速度每刀在50—60分钟，平均丢架率控制在5%以内。实现大采高综采工作面液压支架自动跟机动作、三角煤自动截割、采煤机记忆截割使用；实现刮板运输机、转载机、破碎机、乳化液泵站、采煤机等设备数据实时在线监测分析功能，工作面皮带顺煤流启动。

刘新龙本人的成长过程和双欣矿业息息相关。2011年毕业之后，他就来到了双欣矿业，见证了公司从一开始的效益低迷，到后来一步一步走向辉煌。比较幸运的是，刘新龙在来双欣矿业的时候，已经和一位小师妹确定了恋爱关系。他们大学都就读于山东科技大学，刘新龙学的矿山机电专业，小师妹学的是应用物理。

没毕业之前，刘新龙就通过各种途径了解过淄矿集团的一些情况。因为他学的就是矿山机电，感觉这方面的机会比较多，虽然一开始可能会比较困难，但是他个人比较果断和执着，有一股韧劲儿，所以远赴内蒙古，留在了双欣矿业。小师妹家是贵州的，这在一定程度上给他们之后顺利结婚带来了某种便利。因为原本就离家很远，所以在家里的老人看来，定居济南和定居内蒙古仿佛也差不了多少。

两人结婚之后一直住在矿区，一开始住单身宿舍，后来条件好了就住家庭宿舍。如今，他们每两个月可以回一趟山东，育有两个孩子，老大八岁，在老家跟着爷爷奶奶上学；老二五岁，已经上幼儿园。刘新龙的妻子周春萍2012年入职双欣矿业，如今也已经十多年了。

关于控制成本，双欣矿业财务管理部的部长肖腊梅是内行。由于双欣煤矿井下地质条件特殊，自然灾害的风险比较大，所以在井下材料方面投入比较大。这是个荒凉的地方，在共同的生活当中，大家形成了一种家庭式的互帮互助的关系。

2015年最困难的时候，食堂没有专门的工作人员，机关部室的工作人员轮班抽调去食堂帮忙。到了食堂之后，有打扫卫生的、拖地的、洗碗的，后厨里边有切菜的、炒菜的，大家一边劳动，一边聊天嬉笑，日子虽然困难，但也开开心心地坚持过来了。

肖腊梅来自呼伦贝尔大草原，以合作方工作人员的身份来到了双欣矿业。对于此地困难的工作环境，她适应起来比山东来的员工要快一些。因为地势的原因，宿舍楼有三个平台，有外跨的楼梯，便于欣赏沟谷纵横的自然风光。此地气候比较干燥，山东人刚来的时候不太适应，部分工作人员有高原反应，头疼，要休息两三天才好。项目筹建的过程，可以用八个字来概括："自己动手，丰衣足食。"由于此地和城市的距离较远，一日三餐所需要的食材要专门派人开皮卡去采购。

双欣矿业党委开通了党委书记"民情"微信号，主动听取涉及职工切身利益的职工出行、饮水、就餐、住宿、洗浴、就医等公共服务问题和考核奖惩、党风廉政、评优评先、职务晋升等方面问题建议，以及对福利发放、疗休养、帮扶救助等民生保障问题，作出了"第一时间回复受理、协调解决，第一时间跟踪督办、反馈情况"的郑重承诺，拓宽了职工信访投诉举报渠道。

双欣矿业工会副主席、女工委主任张伟，在和职工沟通交流方面做了大量的工作。工会人员建立了详细的职工档案，分批和职工进行沟通。本着"有困难找工会"的理念，不间断实施关爱职工活动，立足发展所需、基层所盼、职工所想，制定"民生实事清单"，实现了"零舆情""零信访"的"双零"目标，走出了"赢民心""促发展"的"双赢"之路。

各个党支部的支部书记带头分管具体的职工队伍。其中一位党支部书记，在排查职工情况的过程当中，发现一位老家菏泽的职工家属怀有二胎，已经临近预产期。与职工进行沟通交流时，职工反映家属预产期还早，临近的时候再回去。这位书记比较细心，和职工家属加了微信，担心万一有特殊情况联系不上的时候，可以让家属及时和矿上联系。

说巧不巧，这位职工的家属预产期提前了。当时职工正在井下作业，手机关机。紧急时刻，家属想起了书记的微信，联系上了书记。于是，书记赶紧通过矿上特殊的通信设备给井下打电话，让职工上来，买上了回家的车票。

安全生产也是党支部书记和职工沟通谈话的重点。双欣矿业建立了“三违”帮教制度，比如职工没有穿“反光服”，就属于帮教的范围。没有穿反光服的职工，要和他聊为什么没有穿，他可能会说下井的时间比较紧张，忘了穿。这就是思想上放松了警惕。对于这种情况，职工要在安培中心学习三天，当然参加学习肯定就要影响工作，要影响奖金。在责任赔付方面，职工出了差错还要缴纳罚款。

工作过程中，自然会遇到各种各样的困难。比如一位年龄比较大的职工，说：“你别让我学习了，我年龄已经那么大了，让我学我也学不进去啊。”安全中心是在二楼，当时他站在安全中心门口，甚至说：“你再让我学，我就从二楼跳下去，不要逼我！”工会副主席、女工委主任张伟笑了，从家庭角度出发，继续和这位职工沟通，聊了建立这种制度的必要性。只有严格的安全生产，才能保证每位职工的生命安全，而职工的生命安全则维系着一个家庭的幸福和稳定。

放下了思想上的包袱，打开了心结，职工慢慢认识到问题所在。当然，逆反心理的出现通常是因为面子上挂不住。作为老职工，按他的想法，因为没穿反光服，就“被揪着一点儿小事儿”来学习、罚款、追责，到考核的时候心理上有点儿接受不了。经过这种深入的谈心谈话，职工基本上能够理解公司的苦心，把安全生产当作大事，时时刻刻放在心上。

在大家齐心协力的拼搏下，双欣矿业先后获得全国“双十佳”煤矿、全国煤炭工业文明煤矿、全国企业文化建设先进单位、国家一级安全生产标准化矿井、中国煤炭工业一级安全高效矿井（特级）、内蒙古自治区“双优”工程、山东能源集团“省外创业先进集体”等荣誉称号，列2017年度“中国煤炭企业科学产能”百强榜第28位，2020年被山东能源集团评定为A类矿井，2020年11月被确定为国家首批智能化示范建设煤矿，是山东科技大学、华北科技学院挂牌就业实习基地。

一直在路上

在一位熟识的办事员的指引下，盛鲁能化公司资源开发科科长李建新往草原深处走去。沿着一条人的脚步踏出来的还斑斑点点留有青草的路，李建新跨过一个山坡，眼前出现了几座蒙古包，白色的蒙古包在太阳照耀之下闪闪发光。

他从两座较小的蒙古包之间穿过去，来到那座最大的蒙古包前面。从蒙古包里传出的欢声笑语，使他确定这就是自己要找的地方。掀开帐幕，他便看到了一大桌子红光满面的男人——因为是周末，大家都放开了，大块吃肉，大口喝酒，谈笑风生。扑鼻的酒香把李建新的脚步都冲得缓了一缓。

一个红脸膛、身材魁梧的青年人，看样子是此次宴席的召集人。他看了一眼李建新，因之前打过交道，于是痛快地说："老哥，来来来，正好一块儿吃，一块儿喝！"李建新摆了摆手，他正是来找这位科长的。因为公司的建厂厂址问题，有一份文件需要鄂托克前旗武装部确认一下，而这位科长正是需要在文件上签字确认的人。

虽然是周末，但李建新赶着周一坐火车去办下一道手续，因此他着急地向科长说明了情况。

科长一听，有点儿不大高兴："你们就那么忙吗？过个周末都不能让我消停一下？"

李建新笑了："签个字的事情而已。签完字，你们喝你们的，我忙我的。"

"你说签字就签字？"科长一皱眉。

“前期的材料已经交全了，你也不能难为我呀！”李建新打个哈哈。

科长此时已经有了七八分醉意，半开玩笑半认真地对李建新说：“我还就不给你签了，今天要想让我签字，除非咱俩摔场跤，只要你能赢了我，我立马给你签字！”

“一言为定！”李建新爽快地答应了。

为了和当地的蒙古族兄弟搞好关系，李建新早就在私底下向相熟的蒙古族朋友请教摔跤的手法，暗地里也做了大量的练习，没想到今天恰好派上了用场。他知道蒙古族兄弟是最佩服英雄的，英雄很多时候就要有点儿豪气。你苦苦哀求，是无法得到别人的尊重的。

李建新的话刚说完，一桌子的人都大声叫好。他们彼此之前也都见过面，没想到这位外来的客人敢和蒙古族英雄较量较量，这位科长可是方圆几十公里有名的摔跤高手。

来到外面的空场处，李建新和那位科长面对面站好。其他人围成了半圈。还没等两人开始，从另外两个蒙古包里也出来了十几个人，把半圈补足。场面顿时热闹起来了。不知道谁从后厨找到了一只鼓，按照蒙古族习俗擂了起来：“咚咚，咚咚咚，咚咚……”

李建新听到鼓声，心里“咯噔”一下。他有点儿后悔，原本只是想玩两手，没想到阵仗搞得那么大。但如今骑虎难下，不好出尔反尔。

科长冷笑两声，两个跨步往前一蹿，双臂就要扣住李建新的双肩。李建新知道如果这一下被扣死了，紧接着自己就会躺在地上，于是一个扭身轻轻滑过。双臂朝着科长的胳膊绑过去，又把肩膀朝上一扛。科长一个趔趄，紧往前走几步，才没有摔倒。

科长原本红彤彤的脸庞紫了一紫，心里一紧，没想到这个李建新还真有两手，酒也醒了几分，回头认认真真打量起面前的对手。

两个人都加了十二分的小心。满场游走……试探性的进攻……一看不好，立即抽身而退……你来我往战了个不亦乐乎。终于，李建新瞅准了机会，抓住科长侧身时的一个破绽，右腿一横，双臂一摆，科长“蹬蹬蹬”几个退步，“扑通”一声坐倒在地。虽然是草地，也结结实实摔倒了。

旁边过来两个人赶紧将他拉起来。科长笑了，对着李建新竖起了大拇指：“老李啊，真有你的！”

李建新拱拱手：“还再来两局吗？”

科长说：“今天就到这儿吧。下次有机会再练个痛快！”

就这样，靠着过硬的本领和天生一股子豪爽英雄气，李建新成功地和这位科长成了好朋友。

2011年以来，李建新肩负山东能源集团资源产业转型、功能性产业升级的使命，怀揣为山东能源集团改革发展作贡献的初心来到鄂尔多斯，担任盛鲁能化公司资源开发科科长，一路挥洒省外创业的热血豪情，助力“蒙电入鲁”项目开发建设，推动“陇电入鲁”项目核准开工。

眼睛望着远方，脚步踏在实地，李建新把壮志写在了荒漠，把困难一个个破除，征战在煤炭、电力一线二十载，从齐鲁大地、云贵高原、三秦陕西、毛乌素沙漠再到红色陇东，所到之处，留下了他省外创业一串串艰辛的足迹和精彩篇章。

来到盛鲁能化公司之后，为了获得优质煤炭资源，李建新的足迹遍布内蒙古自治区重点产煤区，多次前往国家能源局、内蒙古自治区人民政府、内蒙古自治区发展和改革委员会等部门进行协调沟通，为公司在鄂尔多斯市乃至内蒙古自治区的发展立下汗马功劳。

李建新可以说是一位全才，在第七、第八、第九届中国鄂尔多斯煤炭及能源工业博览会（简称“煤炭博览会”）上，他策划组织了山东能源集团展区的“好戏连台”，并取得了圆满成功。公司连续三届被评为“最佳组织奖”，在内蒙古自治区树立了闻名遐迩的山东企业形象。

当然，良好业绩的取得并非手到擒来，为此他付出了巨大的精力。尤其是在第九届煤炭博览会筹备期间，由于长期饮食不规律，消化系统紊乱，李建新得了急性阑尾炎。当时李建新高烧不退，为了不耽误工作，他没有遵从医生在家静养的医嘱，自己到药店买来了止痛的药片服下。药效过去之后，他经常用工作台的桌角顶住腹部来缓解疼痛。同事们发现他脸色苍白，身体状态异常，都劝他抓紧到医院检查检查，尽快治疗。他轻描淡写地说：“不碍事，不碍事，就是胃疼。现在都忙得火上房了，我哪能离开？挺挺就过去了！”

煤炭博览会闭幕式的前一天，也许是胜利在望，让李建新放下了一直悬着的心，他突然病倒了。而病情的延误已经导致阑尾穿孔，必须要做手术。在进手术室之前，他的妻子又急又气，抹着眼泪说：“老李，你为了工作不要命了吧，你就算不为自己想，也得想想我和儿子，想想这个家……”李建新听完妻子的话，非常愧疚，握着妻子的手说：“老婆，对不起，对不起，我没事儿，放心吧，再也不会有下回了。”

还好，手术非常顺利。等下了手术台，刚刚从麻醉的状态当中苏醒，李建新顾不上钻心的疼痛，第一件事就是打电话询问煤炭博览会闭幕式的情况。知道一切顺利后，他才暂时放下心来。但手术后的第三天，他不顾妻子的劝阻，再次返回了工作岗位。

为了解决上海庙矿区山东能源集团权属煤企煤炭消纳难题，李建新按照上级部门的有关部署，立即出发，肩负起盛鲁电厂项目开发建设的重大使命。

在项目前期的筹备过程中，他冒着冬天的严寒、夏天的酷暑，脚踩黄沙、面朝戈壁，每天工作都在十个小时以上，可以说是废寝忘食。由于跨了行业，面对技术人员少、建设经验严重不足的困难，他每天坚持学习火电项目的专业知识，尽快去了解、掌握大型火电项目手续办理的政策，虚心向周边电厂请教前期手续办理的事宜。他带领手底下的工作团队克服了一系列巨大困难，比如国家煤电项目停缓建、开工手续办理政策调整等，仅用了两年半时间就取得了盛鲁电厂项目的核准资质，用不足一年的时间完成了64项开工前置手续办理，为工程的开工建设打下了坚实的基础。

因为工作压力非常大，加之饮食起居不规律，李建新身体的免疫力急剧下降。由于他对沙蒿过敏，得了过敏性鼻炎，局部皮肤也经常出现红色的丘疹。每到春夏季节，他眼睛红肿、刺痛难忍，鼻涕止不住，晚上睡觉的时候经常咳醒。有人和他开玩笑："老李是一把鼻涕一把泪地干工作啊，真不容易！"李建新听罢摇头苦笑。

盛鲁电厂项目即将进行带电调试的关键节点，李建新一直盯在项目上，有半年多的时间没有回山东老家。在去呼和浩特的路上，李建新突然接到了老家传来的喜讯——"孙女出生了"。他激动不已，眼泪涌出了眼眶，内心也有点儿酸楚。身为祖父，不能亲耳听见孙女的第一声啼哭，不能亲手抱抱她，这是多么大的遗憾。

之后的几天，妻子每天打来电话，总是问："你就不能抽空回来，看看孙女，不能回来抱抱她吗？"怀着遗憾和愧疚，李建新一个劲儿地宽慰妻子："想，想，当然想！忙过这一阵儿，我立马回家看孙女……"

夜深人静的时刻，他经常辗转反侧、披衣而坐。牵挂和思念让他内心承受了极大的考验，但是理智告诉他，在这个关键时候，他没有办法离开。时间一拖再拖，他回家抱孙女的承诺，一次又一次化为泡影。

带着使命，李建新屡次向山东省、内蒙古自治区等各级政府部门反映情况，协调电规总院出具乌芒线交叉施工技术论证意见，反复前往国网蒙东电力公司和内蒙古电力公司征求相关施工意见，彻底解决了盛鲁电厂送出工程与蒙西电网乌芒线交叉施工问题。

有道是“皇天不负苦心人”，2020年9月22日和11月27日，盛鲁电厂两台机组分别成功转入商业运营。该项目的建设创出“五个第一”：上海庙至山东特高压通道配套电源第一个核准，上海庙至山东特高压通道配套电源第一个开工建设，内蒙古自治区第一台百万机组，山东能源集团第一台百万机组，上海庙至山东特高压通道配套电源项目第一个投入商业运营。

项目顺利走上正轨之后，盛鲁能化公司的“悍将”李建新没有躺在功劳簿上，而是按照公司的安排，背起行囊再次出发。他带领五名项目前期工作人员转战陇东开辟新战场，进行“陇电入鲁”配套煤电项目灵台电厂前期筹备工作。

为坚决落实鲁甘两省能源战略合作框架协议和山东能源集团、盛鲁能化公司工作部署，他不厌其烦，一次次到鲁甘两省各级政府部门开展协调工作。他带领的工作团队放弃了节假日休息时间，日夜兼程，奔波在北京、西安、兰州等地，总是行色匆匆。而因为多年高强度的工作，李建新慢慢患上了高血压、过敏性鼻炎等极难根治的顽疾，成堆的药品也成了他行李箱里的标配。但即使如此，不到一年的时间，他们先后拿到了54项支撑性文件。项目顺利具备了核准条件，为开工的准备工作夯实了基础。

在项目筹备的过程当中，李建新带领着专业技术人员先后赶赴华能、大唐等多家电厂开展实地调研。由于百万机组是“高精尖”设备，他先后与哈电集团、东电集团、上海电气、电规总院、西北电力设计院等主机厂家和设计院沟通交流，先后组织撰写了11项专题报告，为推动“智能+生态”电厂设计提供了重要的参考依据。

灵台电厂项目是陇东至山东特高压直流输电工程的配套电源项目，是灵台县煤电化产业链重点项目，规划总容量为4×1000兆瓦。电厂投产后年发电量约100亿千瓦时，消纳煤炭约414万吨，产值超过30亿元，对建设陇东能源化工基地核心区、实现县域经济高质量发展具有十分重要的带动作用。

临建办公用房已基本完工，各种工程车辆不停地往返工地，上百名工人正忙碌着，进行地砖铺设、场地硬化等附属工程施工。项目分两期进行建设，一期工程建设2×1000兆瓦，占地约827亩，总投资78.23亿元，采用高效超超临界间接空冷燃煤发电机组，2024年底建成投产。

2022年6月开工，三个多月累计完成投资4.84亿元，相继完成了地质勘察、地基处理实验及主厂房地基开挖等基础性工程，9月26日主体工程1号、2号机组开始浇筑混凝土机台，标志着灵台电厂建设步入快速建设阶段，其他建设项目正在按计划有序推进。到2022年底，计划投资12亿元，完成河堤治理、主厂房、锅炉房基础及三大主机购置。

作为总经理，李建新继续带领团队在灵台电厂拼搏着。

手续办理可以说是山东能源集团在内蒙古自治区各个煤炭、电力等行业的重点和难点工作。“手续”指的是建设项目的一道道核准程序和一个个同意批复文件。如果没有这些手续，企业就很难持续发展，而这些手续的取得需要一个一个跑，一个一个办，对于企业来说是生存发展的大事，也是亟须突破的工作瓶颈。

盛鲁能化公司党委副书记、纪委书记、工会主席刘志君在提及项目手续办理的时候深有感慨。

刘志君老家是山东肥城的，在部队上锻炼过几年，各方面素质都十分优秀。初次见面，他豪爽的“大嗓门儿”很快就能把人征服。部队生活带给他许多难忘的体验，那时候他曾经担任过一段时间的文职，采访过抗美援朝的老兵。

老家肥城的刘志君，部队转业之后来到了新矿内蒙古能源有限责任公司（简称“内蒙古能源公司”），这才有了后续的省外创业经历。在盛鲁能化项目申报的过程当中，相对来说，央企比省属的国有企业可能有更大的优势。

直到现在，刘志君说起过去的经历还历历在目。为了项目手续，他们每天奔忙在各个相关部门。

一开始根本就见不上面。后来他们想了一个办法，提前去，等着人家上班的时候，一开门他们赶紧上去说好话，甚至抢着打扫卫生等等。能说上一句话，把材料递上去，让人家看一眼，也是巨大的胜利。他们很多时候也会遭到讥讽、挖苦。对于这些，刘志君现在提起来还是摇头叹息一声。

他和刘建新等人遇到了挫折，在回去的路上一边用言语发泄着不满，一边头疼第二天怎样再登门。经过那几年的软磨硬泡，山东人在鄂尔多斯也留下了比较好的口碑。勤快、能坚持、专业，让他们跑手续的过程越来越顺利。

内蒙古能源公司在大草原上跑手续也跑出了名堂。

有人形容他们：“不是在外地办手续，就是在去外地办手续的路上。”虽然不是采掘工，但是他们的工作更艰辛，更需要技巧；虽然不是工程师，但是他们的贡献却绝不亚于工程师。他们以“钉钉子、敲核桃、跑断腿、磨破嘴”的精神和执着，奔走在祖国的北疆和首都之间。

张树勇老家是泰安的，当时是长城五矿安全生产部的副部长、重点项目办公室主任，同时作为内蒙古能源公司手续办理小组的一员，一年到头的主要工作就是在外跑手续。

2018年11月14日，从呼和浩特回到内蒙古能源公司后的第二天，他们又踏上了去北京的行程。为了煤矿项目的核准，他和内蒙古能源公司党委书记和富平一起去国家发展改革委办理煤矿项目核准的手续。而这次已经是他2018年第十二次因为办手续飞北京了。

在机场，张树勇还在联系国家发展改革委的工作人员，做着起飞前的最后准备。当天12点10分，和富平、张树勇一行抵达北京机场，飞机降落之后，他们带上简单的行李，跟着队伍走出机舱。出了机场后，坐上汽车赶赴国家发展改革委。因为见面时间是之前约好的，他们生怕错过了这次珍贵的机会。他们到达机场的时间还好不是在高峰时段，没有堵车，5公里的路程，只用了短短15分钟就抵达了国家发展改革委。

那天北京雾蒙蒙的，但是糟糕的天气并没有影响他们的行程。张树勇按照之前的安排，快步进入国家发展改革委，找到了提前联系好的办事员，通过简短的工作汇报，提交了相关的材料。由于材料准备得非常充分，事情进展相当顺利。

走出国家发展改革委之后，张树勇高兴地打通了手续办理小组组长展锋的电话，汇报手续办理的情况，并且请示下一步的工作。汇报完毕，张树勇接到了赶赴呼和浩特市参加内蒙古自治区能源会议和办理划定矿区手续的通知。听到这个消息后，他心里既兴奋又有点儿担忧。兴奋的是，只要能参加自治区的能源会议，就能加快该项目核准的进度，对于推进手续的办理是极有好处的。而担忧的是，此刻距离会议时间不足20个小时，他担心订不上机票，事情受到影响。

他赶紧想方设法订了第二天上午的飞机票，早上6点坐出租车去了机场。11月15日下午2点10分，张树勇匆匆赶到内蒙古自治区能源局，参加手续办理推进会议。在门口，张树勇心里还暗自庆幸，还好准时赶回来了。在国家项目手续审批政策收紧、全国产能过剩、去产能力度增大的情况下，内蒙古能源公司手续办理领导小组积极研究国家和内蒙古自治区各级政府的优惠政策，借助“产能减量置换”和“减灾治灾生产”金钥匙，一举扭转了因手续不全制约企业发展的被动局面。

在呼和浩特市召开的内蒙古自治区能源会议现场，自治区能源局的领导部署加快项目核准工作，对项目核准工作作出了指示，要求已经具备核准条件的长城一矿、长城三矿、长城五矿、长城六矿四日之内作出企业书面承诺，上报鄂尔多斯市人民政府和内蒙古自治区能源局，自治区能源局近期将七家具备核准条件的煤矿单位上报国家发展改革委。和张树勇一样，内蒙古能源公司长城一矿、长城三矿、长城六矿、鲁新煤矿也分别派代表参加了会议，并汇报了相关的工作准备情况。

会议释放了巨大的自治区政策红利，国家优惠政策的支持向煤矿行业递出了有力的双手。当天开完会的时候已经是下午5点20分，天已经黑了下来。呼和浩特市傍晚的冷风刮得呼呼响，路上的行人渐渐没了踪影。

张树勇赶回了在呼和浩特市的办事处，为了方便衣食住行和工作，内蒙古能源公司在呼和浩特市租用民居作为办事处。办事处距离国土资源厅只有500米，非常近，步行10分钟就可以到达。办事处配备办公设施，方便准备相关的报审材料和会议材料，既是作战中心也是指挥中心。

正好到了周末，奔赴不同地方办理手续的小组成员展锋、刘凤河都完成了手头的工作回到上海庙。办事处只剩下了长城六矿的付德海，老付是一名经验丰富的老同志。张树勇已经和付德海说好，晚上请他在办事处吃个便饭，顺便请教他明天办理水土保持验收手续材料上的相关细节问题。

那时的生活条件还是比较艰苦的，他们自己在办事处炒菜。一盘咸菜、两个青菜，简单吃过饭之后，张树勇和付德海抓紧时间研究新文件，一遍遍修改，确保第二天的水土保持验收工作能够一次成功。

11月16日，呼和浩特市天气晴朗，阳光普照，干冷干冷的，气温已经是零下10摄氏度，西北风四级，大街上的行人穿上了厚厚的羽绒服。而由于匆匆忙忙没有带厚衣服，张树勇只穿了一件外套，在办事处整理好资料之后，出门去国土资源厅。

走在熟悉的道路上，张树勇盘算着，这次一定要见到矿管处的领导。但是等他赶到的时候，非常不巧，办理相关手续的部门领导临时外出开会。张树勇不得不打道回府，再约定其他时间。对于这种情况，张树勇早已司空见惯，记不清多少次无功而返。但他相信，只要能够找对人办成事儿，再多的辛苦也是值得的。

在办理手续的过程中，张树勇经常采用蹲点的办法，时常陪同政府工作人员一起上下班，用真情感动他们。特别是在政府部门的工作人员加班的时候，他经常在门外等着，一直等到人家下班。而等他回到住处的时候，往往已经是深夜了。用这种方式，张树勇努力去完成一项又一项工作，经常辗转往返于北京、呼和浩特、康巴什、上海庙参加会议，一次一次报送补充的材料。他往往是放下材料，又背起行囊踏上征程，“一直在路上”。

付德海是长城六矿生产技术部的副主任，同属内蒙古能源公司手续办理小组的成员。为了手续办理赶时间进度，从5月4日到11月16日近六个半月的时间，他只回了山东老家一次，并且仅仅待了三天。比起其他上班职工工作两个月可以休息九天回山东探亲，手续办理的人员牺牲了太多和家人团聚的时光。

付德海说：“我们手续办理小组的这几个人，常年奔波在外，的确不容易。大多呢都是年龄偏大，身体呢，也照顾不好，有的出现了问题，特别像我们的组长展锋同志，前段时间因过于奔波都累病了，在家里病还没有恢复好，又奔波在手续办理的路上，为我们树立了一个很好的榜样。”

功夫不负苦心人，在收获的季节，一个又一个好消息先后传回了内蒙古能源公司。长城五矿在手续办理方面取得重大突破，先后完成环评验收、土地预审批复，项目核准申请已上报国家能源局，有望年底取得批复，为矿井建设奠定基础。

组长展锋感慨道：“一年到头，手续办理多亏了集团公司领导的上层推动，集团公司葛茂新董事长、佟总多次来北京强力推动相关手续的办理，给我们帮了很大的忙，解决了我们很长时间没有推动的难题。同时，我们手续办理小组的这几个弟兄确实不容易，一年在外风餐露宿、任劳任怨，也办成了不少事情，今年我们完成了长城三矿环评验收，拿到了土地预审批复，项目核准报告已上报内蒙古自治区能源局；下一步，为加快长城三矿、长城五矿、长城六矿项目核准进展和推动长城二矿取得采矿证，我将带领我的团队不忘初心，继续前行，为新矿内蒙古能源公司的发展继续努力奋斗。”

2022年7月19日，内蒙古能源公司手续办理小组接连传来四份捷报：新上海一号煤矿及选煤厂建设项目竣工验收获得批复、长城三矿及选煤厂初步设计获得批复、长城五矿安全设施设计获得批复、长城六矿建设项目安全设施设计获得批复。7月20日，长城三矿完成采矿权出让收益公示，吹响了全力冲刺手续办理“最后一公里”的冲锋号。

分管领导张磊鑫说：“目前我们手续办理专班正在加紧盯靠，牢牢把握关键节点，全力加快办理进度，不忘初心、牢记使命，坚决按时完成任务。”

这些成绩的取得和山东能源集团高层的重视是分不开的，集团领导多次莅临内蒙古能源公司，听取工作汇报，作出了工作指示，给予了鼓励和支持。内蒙古能源公司以区域整合为契机，确立手续办理“生命工程”，一把手亲自跑、亲自抓，借助山东能源集团公司手续办理专项工作组平台，充分发挥区域协同优势，手续办理专班认真做好内蒙古自治区各级政府政策研究，吃透精神、超前谋划、抢抓机遇、明确目标、厘清流程、做足准备、提高效率，加快项目手续高质高效办理。

已经是内蒙古能源公司手续办理办公室主任的张树勇说：“我们牢牢把握手续办理政策机遇，充分发挥专班团队优势，进一步细化标准体系，梳理流程环节，紧盯关键部门、关键节点，强化工作协同，严格落实考核，确保报件第一时间受理、审查、上会，第一时间获得批复。”

战水斗压保安全

离开市区之后，我们去正通煤业还要经过十多公里的盘山路。

汽车在密林当中穿行，隔着玻璃也能感受到氤氲的水汽。经过一场暴雨的洗礼，整个盘山公路都湿漉漉的，车轮摩擦地面发出特有的“嘶嘶”声。每隔几分钟，窗外就会出现几户散落的人家组成的小小村落。一路上我们并未看到一个行人，只见到一个农家小院的外墙脚拴着一只白山羊。

据说密林深处生活着各种野生动物。有人曾经看到过梅花鹿在路边出现，但那是不常见的，常见的是野鸡。就在前行的途中，我们还看到一只野鸡华丽的尾巴在草叶上一闪而过。

此处地广人稀，农户相当分散，虽然从地貌上来说属于黄土高原，但是我们并没有看到多少黄土，沟沟壑壑中长满了高大的乔木和茂密的灌木。除了交通不便，此处尚算适宜居住的好地方。但学生要翻山越岭去上学，年轻人要长途跋涉去打工赚钱养家，因此留在家里种地的通常是老人。

在这样一个绿荫遍地、从一侧可以看到崖下空旷地带长满野花的地方，司机师傅开车的速度不知不觉降下来，任我们纵情饱览一番。同行的煤矿工作人员告诉我们，这种美丽景致和十几年来的荒山绿化是分不开的。假如我们二十年前到这个地方来，看到的是一片荒原。由于这几年降水较多，经过飞机播撒的植物种子得以迅速生长，根系紧抓土地，涵养了更多的水分，使此处的天地大变样。

来到正通煤业办公楼前的时候，每个人都感觉仿佛来到了五月的江南。正通煤矿可以说是在大山深处，正好位于陕西省和甘肃省的交界处，属于彬长矿区。“彬”指彬县，“长”指长武县。正通煤矿地处陕甘宁边区，是当年著名的红色革命根据地，富含红色基因；同时是河西走廊的一部分，丝绸之路必经之地，和整个中华民族的文明史有丝丝缕缕割不断的联系。整个煤田的面积219平方千米，地质储量9.7亿吨，设计可采量4.7亿吨，如今煤矿的年生产能力为450万吨。

此处矿井因为地貌原因，最大的问题就是灾害严重。水文地质条件极其复杂，受高瓦斯、冲击地压影响，而且距六盘山只有300公里，属于六盘山水系，地下有河，矿井面临严重的水灾。因此，它被称为“五毒俱全”的矿井，开采难度相当大。

为了治理这些灾害，正通煤业投入了大量的资金和人力，在集团强劲的支持下，终于挺过了最初几年的亏损期，顺利实现了盈利。

此处是著名的“塬、梁、峁”地貌类型。“塬”是因冲刷形成的高地，地形四边陡顶上平。“梁”是平行于沟谷的长条状高地，梁长一般可达上千米，甚至几千米或十几千米；梁顶宽阔略有起伏，宽几十米到几百米，呈鱼脊状往两面沟谷微倾。“峁”是孤立的黄土丘，浑圆状形如馒头，大多数峁是由黄土梁进一步侵蚀切割形成的，但也有极少数是晚期黄土覆盖在古丘状高地上形成的。毕竟是100多米厚的黄土层，虽然这几年植被比较丰茂，但是雨季水量较多的时候，经常出现道路坍塌和滑坡。

一开始在打大巷的时候，整个彬长矿区是没有“冲击地压”这个概念的，北方矿区的地层结构和山东不大一样，给治水和防冲带来的压力相当大。正通煤业靠着从山东过来的对煤矿比较有经验的团队，才一步步走出困境。

在探索的过程当中，正通煤业也走了很多弯路，但是用了三四年的时间，逐渐建立了一个处理灾害的完整体系，包括对于断顶的处理，都是国内领先的。在水害防治方面，正通煤业稳步推进煤层含水层注浆改造工程，运用顶板注浆堵水，在二盘区水害治理中取得良好效果。

正通煤矿的水量在全国的煤矿当中是数一数二的，每个小时能够达到5000—6000立方米。而从上游下来的河水基本上能到37—38摄氏度，因此给矿井造成了地热灾害。正通煤矿的泵房称得上亚洲最大，装有大型抽水泵48台，尽管这样，抽水还是一小部分，主要以井下截流为主。治水的方式让我们想到当年的大禹治水，父子两人一个是"堵"，一个是"疏"，这两种方式直到如今在煤矿上仍有非常重要的应用。

在井下，当水不断渗出且机械化程度还不高的时候，只能利用人工清淤，工人们发扬老区精神，站在淤泥里，穿着大裤衩儿导水。因为水里的温度比较高，每个工人只能下去清理几十分钟，轮流上岸。凭着人海战术，靠着一股顽强拼搏的劲儿，把紧急问题及时处理掉。

之后，矿上召开了专题会议。经过研究，大家一致认为，原来没有遇到过眼前的问题，在认识上是不足的，等于是开了一个新课题，必须走出盲区。

在二盘区的时候，水像暴雨一样沿着巷道淋洒下来，工人只能把钻机吊在顶板上，人站在齐腰深甚至没到胸口的水里，往巷道壁打钻孔。两米多高的采煤机只剩最上面的井筒露出水面，很多时候整个采煤机除了电机之外，其他部分都只能在水里泡着工作。

电机在放到井下之前，必须拿塑料布包起来，塑封之后才能使用。在治理水灾的过程当中，西安设计院、南京设计院等地的专家来进行了多次实地勘察，很多专家来到正通煤矿之后都很震惊，声称也是第一次遇到这种情况。后来，正通煤矿甚至接触了石油开采的技术，北京凯奇公司在治理裂隙出油方面富有经验，油田是采油，正通煤矿是抽水，油田是把油抽出来，正通煤矿是把水堵住，虽然目的刚好相反，但是处理过程给煤矿提供了很多的启示。中煤科工西安研究院的井下治水专家南生辉也经常到矿上来指导工作。

对于此处特殊的砂岩层，正通煤矿采取了打800—900米深钻孔、地面注浆加固的方法。对于井下高温，采取了一整套制冷技术，通过区域制冷、盘区制冷、工作面局部制冷来进行降温，类似于我们所用的中央空调，让井下工人的工作环境得到极大改善。

2018年11月4日，井下发生了冲击地压的险情。一般情况来讲，巷道的顶部是有支护的，但是巷道的地面上没有支护，在山东基本从未出现巷道鼓起的情况。

当时在工作面采煤的几位工人发现不远处巷道的地面瞬间鼓起两米多，像一个漆黑的地底巨妖从自己面前突然冒了出来，瞬间冷汗遍体，大家下意识地去拉彼此的手，迅速共同后退了好几步，其中一位还一屁股坐在了地上。

稍微清醒过来之后，他赶紧翻身爬起，向地面汇报情况。矿上领导听说井下的情况之后，一时也是不明所以，下令把所有的职工先撤出来。矿上领导带着防冲部门的七八个人到井下勘察险情。原本四米多高的巷道已经被压缩成了弯弯曲曲的蚯蚓状，最高的地方大概有一米半，变形最厉害的地方也就半米多高。看着黑乎乎的野兽巨口一般的巷道，所有人的心里一阵发毛，不知道啥时候会完全坍落。但如果不查勘一番，下一步又怎么解决问题？

防冲部门的负责人提出自己领着两个人进去看看，面对危险，矿上领导脸色凝重，一句话没说，弓身钻进了巷道。大家埋头跟上，100多米的巷道，几个人一个来回，钻了3个多小时，最窄的地方只能匍匐前进，弄得浑身漆黑。

探查完毕之后，矿上邀请了中国矿业大学等全国各地的煤矿专家前来商议、讨论解决办法。最初的时候，几乎每年邀请全国的煤炭专家前来开会，可以说是专家云集，很多是某一领域的专家，比如治水、降温、防冲等，但面对正通这样一个综合性的特殊灾害煤矿，只能集中各方的智慧，共同来解决问题。

2022年1月，作为全国首例推进煤层顶板水治理工程，结合水害防治相关工作，正通煤业实施了“侏罗纪煤田顶板强突水砂岩含水层涌水机理及修复治理技术研究”项目，并分为四个阶段实施，完成之后将为煤炭行业矿井水害防治提供重要的借鉴意义。为此，总经理张金魁解释：“安全稳定的环境是矿井高质量发展的保障，我们将继续坚持科学防治、综合治理，在灾害防治的道路上取得新的更大突破，为矿井稳定有序生产创造良好环境。”

2月底，正通煤业承办了陕西与内蒙古煤矿安全监察局冲击地压防治现场交流会，积极分享了当前在矿井冲击地压防治上所采取的措施，并与现场专家、技术人员探讨了当前冲击地压防治中的领先技术。针对煤层上方不同厚度坚硬岩层引发微震事件的原因不明确等情况，正通煤业正积极推进高低位爆破断顶工艺的实施。

冲击地压防治作为矿井灾害防治的重点，正通煤业以灾害治理项目化管理为主线，将防治难题转化为创新课题，全员开展攻关，确保灾害治理精细化。积极与专业团队合作，共同研究推进“高家堡煤矿深部复杂环境冲击矿压机理及防控技术研究”项目。该研究项目的实施将进一步构建符合正通矿井地质与生产技术条件的深部冲击危险动态监测、预警、防控一体化技术体系。微震联合分析系统已完成研发，地面探查孔正在进行施工。

正通煤业副总工程师宋士康介绍：“我们严格执行‘三限三强’、

防冲‘八条红线’要求，紧抓区域采场布局优化、支护体系评估升级，实现源头防控。”正通煤矿积极落实监测预警等防范措施，采用“帮部大直径卸压孔+帮部爆破孔”“高低位爆破断顶”等卸压措施，有效杜绝了大能量事件发生。

“五四”采煤队是1952年建立的，来源于淄矿集团，类似于“南京路上好八连”，已经形成了一个标志性的符号，标志着经过一代代传承形成的一种精神文化。如今正通煤业赓续“五四”精神，“吃苦耐劳、守正创新、敬业奉献、拼搏实干、拥抱青春……”是他们战斗的号角。“安全确认完毕，可以开机！”在“五四”采煤队302工作面，随着一声令下，工作面在采煤机的截割声、煤块运输声中有序运转了起来。作为正通煤业采煤主力，“五四”采煤队总能顺利完成目标产量，为矿井稳健发展提供坚实保障。

灾害对于煤矿的影响是相当严重的，比如新上海一号煤矿就曾经因为灾害停产，历经艰辛才复工复产。

新上海一号煤矿的地质灾害主要是“富水软岩”。公司在矿井建设时期已经发现这个特点，为避免井壁垮塌，当时采用了“冻结法”，并且将“立井”改为“斜井”。此处的软岩属于地质软岩，即强度低、孔隙度大、胶结程度差、受构造面切割及风化影响显著或含有大量膨胀性黏土矿物的松、散、软、弱岩层。它遇水泥化，遇风风化膨胀，施工条件非常恶劣。

一开始进行巷道施工的时候，工人们由于对软岩的认识程度不深，当时的支护结构不是特别合理，所以巷道的失修率是比较高的。副井的马头门曾经因为软岩问题而变形，专门进行过修复。巷道内部还会发生“起底”，也就是路面上鼓的问题。最严重的时候，工人们今天刚把巷道的地面平整好，第二天醒来一看，已经一块儿接着一块儿鼓起来了。于是，第二天又把鼓起的那部分岩层铲掉，但铲掉之后，第三天又鼓起来了。

针对软岩问题，新上海一号煤矿进行了长期的摸索，邀请了知名院校的教授来进行技术攻关，邀请众多的专家来进行会诊。专家们为解决软岩问题提出了一些方向，比如软岩监测，针对“围岩松动圈”进行监测，提前预知是否会有“起底”的情况。围岩松动圈的大小主要与围岩强度和原岩应力有关，当原岩应力相同时，围岩强度低松动圈大，反之松动圈小；当围岩强度相同时，原岩应力小松动圈小，反之松动圈大。再比如针对路面上鼓的问题，专家们提出了反底拱的支护结构方案。一般拱顶是弧形的，与此类似，工人们可以提前将巷道路面下挖成弧形，用“U”形底拱下嵌箍上。

“起底”之后，工人面临的困难工作是“清淤”。因为地面的岩层遇到水变成胶泥，脚踩在里面几乎拔不出来。“起底”之后，巷道变“矮”，工人只能弯着腰在巷道里走，用工具把凸出的岩层慢慢铲出来，把泥浆清理出来。

董事会秘书、新上海一号煤矿党总支副书记杨昭晖，一号井防冲办副主任耿东坤，党群部部长庞春意等人，对2014年6月的那次特别严重的“起底”至今还印象深刻。泥浆的清理工作异常艰辛，井下的工人忙不过来，当时生产技术科等所有业务科室自发组织了近百人进行清淤。

虽然是义务劳动，但是大家每个班都干满八个小时。由于很多人是第一次干类似的活儿，像平时负责后勤的职工更是如此，所以大家即使戴着手套，也磨了满手泡。干上一天，第二天基本上就走不动了，胳膊都举不起来。就这样，一直连续干了三五天才把巷道清理出来。

针对软岩的问题，新上海一号煤矿靠着多年的研究探索，慢慢积累了非常丰富的经验，提出了“两个中心”的大原则，一个是以软岩治理为中心，一个是以防水治水为中心，取得了非常好的效果，让很多专家都非常震惊。

安全是整个煤矿的重中之重。在安全的基础上，正通煤矿注重引进先进的大型设备，提高开采速度。

引进凿岩台车之后，与原来人工手持钻机打眼相比，不仅节省两个人工，还提高了打眼速度，打眼深度也比人工打眼提高一米多。目前，设备已相继在西区胶带大巷、四盘区辅助运输巷等掘进迎头推广，形成了四条凿岩台车作业线，将原来的台阶式掘进优化为全断面一次爆破，日均提高进尺半米，掘进效率提高了将近五分之一。

2020年10月，国内首台矿用立井最大直径敞开式岩石隧道掘进机在正通煤矿成功应用，引来全国煤炭行业的普遍关注。岩石隧道掘进机设备集机、电、传感、信息等技术于一体，现场作业能够同时完成破岩、支护、出渣等多项任务，实现工厂化流水线作业，具有安全性能好、成巷质量高、掘进速度快等优点，给破解岩巷掘进瓶颈带来了希望。

首台岩石隧道掘进机全长167米，机器附带了一个支护系统，但是支护系统在煤矿上不适用，因为体积非常大、非常笨重。因为是铁建公司提供的机器，隧道工程的经验和煤矿完全不一样，煤矿上的空间相对来说是比较狭窄的，所以矿上的技术人员考虑怎样去改造这台设备。一台设备价值6500多万元，加上配套的皮带超过8000万元，考虑到造价较高，正通煤业当时采用了三方合作的方式来引进。在改造的过程中，工人们把支护系统拆除，根据采矿的实际经验在井下增设了支护平台。

第一台机器运行的过程当中，最繁重的工作就是清理煤矸石。

在掘进的过程中，煤矸石不断撒落，卡在机器的缝隙里，很快就导致机器无法运行。这就需要七八个工人钻到机器里，蹲着趴着，将煤矸石慢慢掘出来。对于那些大块又卡得非常紧的石头，只能用镐打开，破碎之后，一点一点往上拨动。在狭小的空间里，工人们蹲蹲不住，站也站不起来，磕磕碰碰更是提也别提，并且下边还有水，在水里、泥里照样一刻不停地忙活着。这种不怕苦不怕累的精神是值得大力弘扬的，之后的情况好了很多。一开始的清矸过程影响了工程的进度，浪费了大量时间。后来，正通煤业运用加设护板等方式，逐步把问题解决掉了。

之后，正通煤业改进了运输系统。煤矸石的问题不仅影响机器运行，而且影响了运输系统，一开始只能依靠人工用编织袋往外搬运。于是矿上和厂家沟通，怎样把运输系统改进一下。但是厂家没有做过煤矿工作，设计不出合适的运输系统，于是只能由矿上的技术员自主开发设计。原来正通煤矿用隧道工程常用的6号皮带，一次接头最快需要8—12个小时，而煤矿上的生产非常紧张，如果频繁用6号皮带就会影响生产。技术员经过设计改进了工艺，一次接头的时间压缩到20分钟左右，保证了正常生产。

首台岩石隧道掘进机需要铺设轨道，在5000多米掘进的过程当中，铺设5000多米轨道的费用也相当惊人，而且增加了工序，浪费了大量时间。到定制第二台和第三台机器时，正通煤业要求将轨道式的行驶方式改成车轮。

在工人的积极配合下，首台岩石隧道掘进机投入生产后，当月完成进尺近305米，掘进速度提高了2.5倍。此速度几乎让整个矿井都沸腾起来，于是用最短的时间引进了第二台岩石隧道掘进机。第二台岩石隧道掘进机直径4.53米、长度45米，也就是说，相比于第一台，可以在井下运行得更灵活，引进之后，负责四盘区并联泄水巷掘进作业。

5月设备组件陆续到矿组装，6月完成安装并调试运转。7月初，正通煤业优选专业力量，组建成立岩石隧道掘进机二队，负责新引进的岩石隧道掘进机掘进作业。队伍成立后，正通煤业组织干部职工加强对新设备工艺的学习。围绕岩石隧道掘进机施工工艺，重新调整劳动组织，结合优化支护方式、优化辅助运输系统等一系列措施，加快全员适应新设备作业节奏。制定内部施工管理规定，提高延米收购单价、制定阶梯单价，将每班任务细化，责任分工到人，让整支队伍快速进入角色。

正式开始掘进一个月后，第二台岩石隧道掘进机每天的进尺可以达到15米。于是，引进第三台岩石隧道掘进机的工作也立即提上日程，从无到有，从探索到推广，正通煤业在矿井掘进中探出了新路子，创出了新特色。

第二台岩石隧道掘进机遇到的棘手问题之一是粉尘大。该设备设计时采取了敞开式除尘，除尘系统效果较差，在井下，工人基本无法近身，即使戴着口罩也几乎不起作用。于是，借鉴首套岩石隧道掘进机半封闭式除尘的源头治理方式，岩石隧道掘进机二队的技术员将目前市面除尘效果较好的泡沫除尘系统运用到第二台岩石隧道掘进机的截割除尘中，大大降低现场粉尘浓度，保证了刀盘及工作地点的环境卫生。

第二台岩石隧道掘进机长度大大缩短了，体积大幅缩小了，随之也带来了支护空间有限的问题。机器最多容纳三部钻机和七人同时参与支护施工，但是由于截割速度较快，很难达到掘进与支护平衡。为进一步提升支护速度，尽可能实现掘支平衡，达到设备的最佳效能，技术员将顶板正中两路锚索拖后至第二支护平台打设，使同时支护施工的锚杆机达到四部。

正通煤业结合出现的各类问题不断探索，研究制定解决方案，积累经验、逐步完善。经过九个多月的运行，总结了设备平台改造、支护工艺优化、曲线巷道掘进、运输系统完善等技术方法，为煤矿岩巷应用岩石隧道掘进机掘进积累了宝贵经验。相比之前的综掘机作业，岩石隧道掘进机截割速度更快、成巷质量更高，一台设备就包括好几个作业岗位，各工种之间配合更加紧密，生产组织得到优化，如今一个班掘进效率提高三倍。

为发挥快速掘进设备的最佳效能，正通煤业不失时机地成立了岩石隧道掘进机掘进提效考核领导小组。在调试运行期间，小组成员现场盯靠指导，每天召开专项协调会，协调解决施工过程中存在的各类问题。设备运行初期，针对物料运输不能直接到达作业现场的问题，通过分析探讨，择优选择安装单轨吊运输，由专业的综合服务队负责配送服务，为生产提供保障的同时降低了劳动强度。

除了发挥设备优势，正通煤业还强化考核管理，结合自身实际，深入推进市场化精益化“两化融合”工作，组建了精益生产与产品市场、安全管控、服务保障等五个融合工程及工作推进专班，细化阶段目标和责任分工。

将全生命周期管理模式运用到材料管控中，秉持“大材料”管理理念。将精益管理理念渗透到材料计划、审批、采购、使用、回收、加工、复用、处置各个环节，并运用市场化机制，使每个环节有标准、每个流程有制约、每个节点有考核，实现无缝衔接管理体系，最大限度延长材料使用的生命循环周期，实现材料投入“零浪费”。

打破财务核算口径，除正常材料外，将设备随机配件、安全费用材料、加工配件等全部纳入材料考核范围，实行“账外材料账内管”，实现材料的全口径考核。例如，按照“大材料”管理理念，将锚杆钻机作为安全费用材料一并纳入区队定额结算，使安全费用实现精准投入。

牢固树立“保煤质就是保饭碗”理念，瞄准“煤质最优化、效益最大化”目标，进一步加强原煤生产管控，实施煤矸分运分储，强化煤质考核，保证原煤质量最优化。随着“正通煤”品牌的走红，公司充分发挥铁路专用线优势，提高铁路发运占比。强化春节期间火车发运组织，统筹协调发运流向、煤种、库存等之间的关系，抢时机、增运能、降库存、保生产。

生产蒸蒸日上，职工的生活也日渐得到改善，正通煤业深化党史学习教育成效，坚持以人为本、共建共享理念，在暖心服务上采取新举措，进一步做实做细职工服务，通过“意外救助”“大病帮扶”“留守儿童帮扶”等多种形式，架起困难职工关怀桥梁。

正通煤业工会主席王涛介绍，矿上成立了专门的困难职工救助工作领导小组，在全方位展开摸底调查的基础上，统筹做好困难职工家庭的认定建档、救助审批、资金管理和档案管理等工作，确保每笔帮扶资金帮得准、扶到位。

长期的矿上生活养成的习惯，职工洗衣服都是先攒着，等有时间集中洗，这么一来，夏天的衣服还好点儿，到了冬天洗衣服，很多职工特别犯愁。某位公司领导得知了“洗衣难”问题，把这个问题记在心上，在公司的办公会上提了出来。

结合职工反映的“洗衣难”问题，经过会议研究决定，进一步提升职工生活品质，在进行充分市场调研的基础上，后勤服务中心为职工采购配置了1000多台洗衣机，并在两个月内完成了所有洗衣机的安装工作。

作为综采队的职工，他们的衣服脏得非常快，以前只能拖着疲惫的身躯手洗。现在，回到宿舍以后，就能将换洗衣物扔进新安装的洗衣机里，看着随着滚筒转动的衣物，心里十分喜悦。在交谈的过程中，某位职工忍不住向我们发出感慨：“现在太方便了，下了班直接把衣服丢洗衣机里，第二天早上起来，又能穿上干净衣服了。”

在气温居高不下的8月，正通煤业工会组织协管员先后前往后勤、煤炭发运中心等户外作业岗位开展“送清凉·嘱安全”活动。为高温环境下仍坚守在岗的职工送去西瓜、绿豆汤、茶叶、花露水等防暑降温用品，还专门为职工购买雪糕，送往井下各岗口，叮嘱他们做好防范、注意休息，保障安全上岗。

在送清凉的同时，医务室梳理了健康小知识，为职工普及防暑、肠胃病等常见健康问题。为井下各单位场所配齐防暑药箱，为职工免费发放藿香正气水、口服补液盐等多种常用药品。

常态化开展“职工面对面沟通交流会”“问卷调查”，下发便民服务卡，明确各部门职能、主要责任人及其直接联系方式，进一步畅通职工反映各类问题的渠道。修缮篮球场，建成文体活动中心、敞开式书吧、按摩推拿室、皮肤理疗室等公共设施，建立了井口直饮水供应点等多项民生工程。成立职工之家、青年服务驿站、生活维修服务群等，切实为职工做好日常工作、生活服务，实现职工服务全覆盖。

正通煤业结合“五型机关”创建活动，进一步增强各职能部门服务意识，切实关心关注基层单位和职工群众的所思所盼，积极主动向职工靠拢，打通了服务职工“最后一公里”，极大提高了职工的幸福指数。

煤界“灯塔”指明路

汽车在戈壁上奔驰，不久，我们眼前远远地出现一座金光灿灿的巍峨高塔，在阳光的照射下熠熠生辉，蔚为壮观。这就是营盘壕煤矿。

营盘壕煤矿地面土建工程主色调为金色，与不远处的察罕苏力德游牧生态旅游区遥相辉映，是内蒙古自治区最具人文特色的旅游式生态矿井。煤矿所在地属于鄂尔多斯市乌审旗纳林河矿区。营盘壕煤矿最早的设计生产能力是每年1200万吨，但因为属于冲击地压矿井，国家规定每年只能产煤800万吨。配套了一个铁路专用线集运站，有专门的列车往外运煤，平时主要发往宁夏回族自治区和山东省的一些化工企业。

营盘壕煤矿地下的实际储煤量是22亿吨，可采煤11亿吨，按照每年800万吨的设计生产能力，可以采100多年。配套的洗煤厂洗煤能力可以达到每年1000万吨。周围的河流属于黄河水系，所以外排的矿井水质量要求非常高，营盘壕煤矿投资三亿多元，建了大型的水处理中心。处理后的水可以供给周围地区绿化时使用。

说到办理手续的过程，那真是“山路十八弯”。营盘壕煤矿员工首先得做牧民的工作，和当地的每一位牧民签署协议。从乌审旗办完手续，到鄂尔多斯市审批，再到内蒙古自治区审批，审批完之后拿着手续到国家能源局核准。为此，矿上设立了专门的办公室，按照时间节点，每人负责具体项目的落实。

张彦宽是通防专业副总工程师，原本在南屯煤矿任区长，38岁当选党的十九大代表，是山东省基层工人的代表。2010年，张彦宽获得全国五一劳动奖章。

2009年，张彦宽参加全国煤炭行业技能大赛，获得“阳光杯”全国煤炭行业瓦斯检查工技能大赛第一名，荣获“全国技术能手”称号。

这种全国性的比赛要经过层层选拔，每个矿选出三名选手参赛。比赛分理论和实践操作两项。实践操作环节会模拟井下的现场，参赛者需要找出一些隐患点和关键点。这些点都是提前设置好的，看参赛选手能不能找出来，看谁找得最全，主要考核平时工作过程当中的精细化和准确化，包括责任心。

通防专业的覆盖面相当广，当时总决赛进行了五个工种的比赛，张彦宽参加的瓦斯检查工是其中的一种。进入总决赛的120多个人都是从全国煤炭行业里选出来的佼佼者。成绩按百分制来计算，理论成绩占40%，实践操作占60%。凡是进入总决赛的人实力都很强，最后的成绩咬得很紧。

瓦斯是煤矿的五大自然灾害之首，每年全国都会有几起瓦斯爆炸造成的煤矿事故，因此检测瓦斯在矿井里是个非常重要的工作，专业性非常强。瓦斯检查工就是专门在矿井中检测有没有瓦斯并对其进行及时处理的技术工人。

煤层当中天然富含瓦斯，采煤的时候，煤层遭到破坏，瓦斯就自然释放出来。所以矿井的通风非常重要，要不断有新鲜的风流进入矿井，把瓦斯稀释掉。瓦斯被吹走之后，井下才能安全，如果瓦斯检查工不能及时发现积聚在角落里的瓦斯，瓦斯遇到明火就容易引发爆炸事故。阳光集团济宁二号煤矿建有模拟动车，模拟了井下的环境。总决赛开始之后，四个人一组，轮流到模拟室进行检测。每个人都背着光学瓦斯检测仪，检测模拟洞室的每一个地方。

按照规程的要求，必须把需要检查的地点全部检查到位。仪器的使用也是考点，局部通风机、高顶冒落地点及采空区的边缘等都是比较容易积聚瓦斯的点，这些点都需要精确的检测，评委现场打分。张彦宽的实践操作最后以98分的成绩遥遥领先。

张彦宽来营盘壕煤矿已经两年半了，之所以到这里，是因为矿井水文地质类型复杂，属低瓦斯矿井，煤尘也有爆炸危险性，煤层自燃等级为Ⅰ级，自燃倾向性为容易自燃，最短自然发火期为34天。精通通防技术的张彦宽被抽调到这里，负责建设一支井下维护的“铁军”。张彦宽来的时候，此处的技术力量比较薄弱，通风系统不是特别健全。

新中国成立初期，各矿多采用离心式通风机通风。电动机容量最小为25千瓦，最大为75千瓦。1953年后，淄博矿务局根据《煤矿保安规程》的规定和生产发展的需要，开始进行风机更新。由于轴流式风机的效率比离心式风机高，又便于风量与风压的调节，各矿逐步采用轴流式风机。

后续，各煤矿又一步步改进。风桥由铁风筒式和发碹式改为水泥支架结构，使风桥断面加大，降低漏风率。风门由全木结构改为木塑、木铁、木胶板结构，并改单门为正反两个风门。密闭墙由矸石砌筑改为砖砌结构，密闭质量提高，杜绝了跑风漏风现象。

营盘壕煤矿矿井采用立井开拓，使用中央并列式通风方式和抽出式通风方法，设有主井、副井和风井三个立井井筒，井口及工业场地位于井田中央，地面标高+1246米。矿井划分两个水平，主要大巷分煤层布置，南北两翼各布置胶运、辅运、回风三条大巷。各采区利用大巷布置工作面条带式开采，采用走向长壁后退式采煤法，用全部冒落法管理顶板。2020年1月，张彦宽来到这里之后，将通风系统全部检查了一遍，花六个月的时间进行了完善，建了十三组风门。其间，他遇到了煤层自燃的现象，三月的一天，矿井发生了自然发火的险情。当时一位排水工人在工作的时候，不经意间闻到了一股疑似酱油的味道，并且味道越来越浓。工人及时向中控室汇报，中控室给张彦宽打电话，张彦宽立马下井赶到现场。

张彦宽到现场之后，发现焦油味儿已经很重了。用仪器检测之后，他发现一氧化碳的浓度已经达到了100多ppm，并且能够看到少量的烟从煤层的缝隙中冒出来。张彦宽判断这个地方是煤炭的自然发火。

当时张彦宽带了三个人去处理，他果断地做好任务分配。薛天宝手持手钻，朝着丝丝缕缕冒出黑烟的地方打钻孔。钻孔打好之后，段小东立刻举着提前准备好的高压水管往钻孔里注水，煤层之间是有裂隙的，注水进去之后，内层的高温逐渐降下来。把高温置换出来之后，张小闯举着工具注入凝胶，将煤层之间的裂隙填平，只见乳白色的凝胶在煤层的黑缝中乱窜，矫若游龙。填充完毕之后，就将氧气完全隔绝了。最后为了保险起见，他们用喷水泥砂浆将其封闭。

一系列操作完成，煤层里的火就被灭掉了。为什么会发生这种自然发火的现象？因为煤层当中含有一定量的一氧化碳，由于井下空间封闭，不像井上空气那么畅通，如果风量没有足够大到将一氧化碳生成的热量带走，就会持续升温，升温的一氧化碳继续释放更多的热量，造成循环往复的升温过程，达到燃点之后，就会自燃。距离煤层表面1米的地方有氧化生热点，但我们平时根本就发现不了。

6月和8月也出现过类似的情况，技术工人都采取措施进行了及时处理。防火灭火对营盘壕煤矿来说是比较艰巨的任务，除此之外，一个是防水，此处煤矿的水量很大，每小时能够达到1600立方米；另一个是防范由冲击地压带来的安全生产事故，由于煤层埋藏得比较深，大约有760米，煤层越深，矿井打得就越深，承受的地下压力就越大。

巷道在地下始终承受着重压，极易变形，并且这种压力是看不到的，平时毫无觉察，而等到压力释放的时候，瞬间就会产生一个巨大的弹性形变，造成重大事故。为了防止出现冲击地压事故，技术工人平时会打钻孔，提前把巷道周围的压力释放掉。打好钻孔之后，从钻孔里往外“吐”煤粉，煤粉“吐”了出来，压力也就卸掉了。

掘进二区党支部书记武国于2015年来到营盘壕煤矿，当时营盘壕煤矿还比较荒凉，只有一座宿舍楼，主塔正在建设中。井下采的煤主要通过主井提升到地面。营盘壕煤矿的主井相当有特色，新来的大学生往往被其吸引。

副井主要用来提升物料和供矿工上下，是封闭的，和电梯差不多。一开始来的时候，武国还挺担心的，坐在罐笼里非常紧张。武国带着一支队伍，主要从事掘进工作，给采煤创造条件。掘进机只能在地面上分解，运输到井下安装。由于时间紧迫，平时要用5天安装完毕的掘进机，他们在井下用了不到30个小时就完成了安装。掘进任务比较重，现场环境相对简陋，风量不足，有的工人穿了大裤衩儿，戴着矿灯在井下加班作业。

办公楼后面有一座假山，它实际上是由煤矸石慢慢垒成的，如今已经有30多米高。当时因为有环保的要求，煤矸石等废弃物不能外排，只能就地处理。日积月累，慢慢形成了一个巨大的石堆。后来经过开会研究，某位工人想到也许可以用废石垒一座假山，大家一致觉得主意很好。于是，大家在工余时间用挖掘机往上运输了一部分土壤，栽树种草，进行了绿化。如今它已经成了野鸡和野兔子的乐园，而对于工人来讲，这是一处美丽的风景。

围绕矿区，他们还挖了一道护城河，将经过处理的水排进护城河，这也成为矿区一景。在继续堆叠煤矸石的过程当中，大家也对假山进行了有意识的设计，需要栽树的地方提前预留好坑位，不同种类的树木得以在此处安家。后续，比较风雅的工人慢慢将其命名为卧龙山、豪情湖、迎客山、凌波湖等。

关于矿井水的来源，一般来讲，一是地面河流、泉源、沟渠、水库等贮存的水和大气降水的渗透或通过裂隙流入矿井；二是老空水，在古井密布的地方，煤层浅部多被采空，采空区积水形成庞大的地下水库，不仅通过裂隙渗入矿井增加涌水，而且往往由于矿井防范不力而突入矿井，造成严重水灾；三是地下含水层。

古代的淄博份子井属于季节性开采，一般不进行排水，遇水即停。明末清初，淄博煤井排水有多种方式。一是自流式，即井口位置较高的矿井在井底部横开排水道，使井内涌水自流井外。德国地质学家李希霍芬所著的《旅华日记》，记载了淄川梁家店附近一煤井的排水情形："开矿者顺山势在矿井底部开水沟两条，一条深2尺，一条深4尺，矿井之水自然流出。"井筒较深时，也有在井筒中部开凿水道的，用牛皮包提至水道倾倒，使水流出井外。二是倒空式，俗称"倒布袋"，即在矿井下，把采煤面的水倒运到采空区或已废弃的旧井内。倒运水的方法因地势而异：在地势凹凸不平处用"水篼子"（条编、圆形，容量1.5立方英尺，盛水容器），由十多名工人排成一行，逐个传送，把水倒往采空区；在地势较平的井巷里，将木制或铁制的容器放在拖盘上，像拉煤一样，拖运至采空区。三是堰道式，即把下部采区的积水排到上部倾倒，使其流出井外或老空区。排水前，由下而上每隔5—7米筑起若干个台阶，每个台阶设一人，用水篼子逐级倒运到上部水道，流至采空区或倒到平巷内流至仰井，提升至井外。

20世纪初，淄博各煤矿由于开采规模逐渐扩大，排水方式有所改变。大部分矿井采用辘轳车、人力或畜力绞车提升，以牛皮包为容器把水排至井外。后来有了蒸汽抽水机、水泵等机械，排水系统逐渐完善，排水能力不断增强。

营盘壕煤矿的水主要来源于地下含水层。

说到营盘壕煤矿的水量之大，武国提到了某年夏季的一次险情。虽然地上非常炎热，但是井下相当冷。施工人员在掘进的过程当中，听到了异常的声音。打钻孔时，工人刚抬起钻头，水就从煤层中"哗"一下喷了出来。

看着汹涌的水流，现场的工人凭经验感觉情况不妙，一边赶紧汇报，一边想方设法堵水。但常规的凝胶、水泥砂浆已经作用不大，只能挡得了一时。就是在这种情况下，工人们轮流堵水，避免了大决口。他们连续几天几夜穿着衣服在井下奋战，累了困了就躺在地上睡一会儿，饿了吃点儿东西接着工作。

几天后，矿上通过多方打听，联系了全国知名的专家来矿，经过现场勘察和集体论证，拿出了堵水方案，最后才解决了那次险情。

"提升"是采煤的重要环节。

一开始的小煤窑用辘轳缠绳索系条编筐，由2—4人摇转提升，每次1筐，每筐容量120斤，每日提升3—8吨。少数井口架设滑轮，用绳系筐人力牵拉提升。1887年，官办淄川苏家堤煤矿首次使用蒸汽机械提升。1904年后，德华矿务公司淄川煤矿使用蒸汽绞车提升，成为当时淄博提升技术设备最先进的矿井。1914年，淄川煤矿3处立井，有提升动力锅炉4台、蒸汽绞车3台；提升井架全系铁制，最高42.18米；提升容器用矿车和多层罐笼，日提升能力达到1500吨。

清末民初，淄博民营煤矿提升有辘轳、畜力（马或牛）绞车、蒸汽绞车三种方式：

一是辘轳提升。在矿井边筑3—4米踏台，架设双绞把辘轳车，绞轮直径0.5米左右，将棕绳或钢丝绳绕绞轮中央缠4—5周，绳两端分别系煤筐，亦有一边系煤筐，一边系水包。绞轮两端安木柄绞把，以4—6人摇转，两筐依次间隔运行，提升煤筐或水包。煤筐容量120—240斤，每日提升200筐，日提升能力30吨左右（小井日提升能力3—8吨）。水包容水280斤或350斤，日排水量可达7000—8000立方英尺。此种提升多用于中小型煤井，工人上下井时，在绳上系一木棍，俩人对坐其上，手握井绳，再用小绳绕腰部系于井绳上，以防危险，然后转动辘轳，以此升降，亦有坐煤筐上下者。

二是畜力绞车提升。因其绞轮形似玩具“老牛”，俗称“老牛车”，提升能力较强，一般用于井深30—50米的大井。其构造是在矿井上架设一木架，其上安装直径0.7尺的两个绳轮；再于距井口7—10米处筑一绞车房，房中竖一长3米的铁轴，轴上安直径2米、高1米的木制圆筒，将直径2寸的井绳缠绕4—5周于圆筒上，绳两端穿过架于井上的绳轮，系煤筐和水包于井筒中。木制轮上安装一横杆，以4—6匹马或牛拉拽运行。每筐载重400斤，每日提升200筐，日提升能力40—50吨。

三是蒸汽绞车提升。这是以蒸汽为动力的提升机，俗称“高车”。井口架设井架，多为木质。悦升等较大煤矿有的用铁架，高度7—9米，上安置铁轮，井绳经铁轮引拽煤筐上下。绞车能力以汽缸直径区分，有7英寸、9英寸、10英寸、12英寸、16英寸等规格。其速度则以绞车大轴回转一次带动滚筒转动的比率计算，如“一转一”即大轴转动一次，滚筒转动一次。“一转一”12英寸绞车，相当于28马力；“三转一”6英寸绞车，相当于15马力；“三转一”10英寸绞车，相当于38马力；“三转一”12英寸绞车，相当于50马力。

提升容器为条编筐，小矿井筐的容量为220斤，大矿井筐的容量为450斤或640斤。20世纪30年代初，悦升公司始用罐笼、煤车提升，煤车容量0.5吨。提升井绳用钢丝绳，规格为6股19丝，直径0.6—1英寸不等，长为720英尺，系日本、德国产。一般8—12英寸绞车，每日（24小时）提升400次，总能力100—120吨；排水每日提升可达1000—1200次，每次1000—1500斤，日排水量3万立方英尺。

现代煤矿的立井提升一般都采用罐笼提升。

营盘壕煤矿主井提升机副班长程桂霞是内蒙古自治区巾帼标兵。她日常负责主井提升设备的开动和基本维护。由于长期的工作积累起比较丰富的经验，一些简单的漏油、运转异常等小毛病，她能处理的就随手处理，处理不了的才让维修部门派技术员来处理。为了不出现事故，主井提升班每天都要精心巡检，每班三个人，其中两人各看一部车，另一人负责巡检。

提起矿上对自己的照顾，程桂霞一度眼含热泪。

兄长去世得早，留下一个侄女，只比自己的儿子大一岁。由于自己的婚姻发生变故，父亲去世之后，她和母亲两人带着两个孩子相依为命。程桂霞在矿上工作，老人家照看两个孩子，其间得到了矿上的诸多照顾，平时家里遇到困难，都是工人们帮着解决，所以一家人和矿上感情很深。

如今侄女已经结婚，儿子入伍，苦日子熬出了头。在对抗苦难的过程中，主井提升班的几个人感情也日益加深，亲姐妹一样互相照顾，每个人都想的是即使到了交接班时间，也要把自己班上该处理的问题处理完，这样才能安心下班。

副区长张艳负责排水、通风和矿井提升，他是2017年来到的营盘壕煤矿。张艳善于利用现有的材料创造新工具，解决实际的问题，而且带出了好几位非常优秀的徒弟，有的在区队干技术主管，有的成为技术员，还有的成为班长。

业务上，张艳对徒弟比较严格。刚毕业的大学生，实践能力相对来说比较差，有时候下班之后张艳会留下一两个人，让他们从基本的錾、锯、锉、钻开始练起，练好基本功。如今的老师傅们带徒弟都非常用心，只要徒弟肯学，“知无不言，言无不尽”，和三十年前的情况大相径庭。

张艳年轻的时候，只能偷偷学艺。师傅领着徒弟去干活，每到关键的时候就把徒弟支走，比如让徒弟去拿样工具、去买点儿东西等。徒弟回来之后一看，关键部分已经干完了。徒弟只能打打下手，做一些辅助性的工作，特别有头脑的才有可能集腋成裘，学到真本领。

张艳最出色的徒弟之一孔栋，现在已经任区队主管。2020年1月，通风机房的叶轮损坏，需要更换新的叶轮。原来是比较原始的锥形三齿轮，通风量不够，正好借此机会更新换代，改善矿井的通风条件。原叶片由于使用时间过长已经锈蚀了。

当初叶片都是用吊车安装的，张艳带着孔栋到了现场，两个人钻进三米多高的风机，对螺丝进行了除锈，之后上油保养。十多个小时后，用普通的拆卸工具仍然无法拆掉螺丝。张艳和孔栋经过讨论商议，自制了拆卸工具，最终解决了难题。

副总工程师兼调度室主任黄传贤刚来营盘壕煤矿的时候，是掘进工区的区长。当时供电系统不是特别稳定，黄传贤在副井提升罐笼里亲身经历过两次停电。当时一个罐笼可以乘坐18个人，罐笼提升的速度相当快。而瞬间停电之后，罐笼里的人直接“飘”了起来。现在提起来，那种瞬间魂飞魄散的感觉仍然让他记忆犹新。当然，如今再也不会出现那种情况，因为每个罐笼可以同时容纳150个人，300人下井的话只需要两次。

当时井下挺热，通风条件不太好，工人在巷道里干活，衣服很容易湿透。穿着湿透的衣服回到地面，特别是严冬，气温低到零下20多摄氏度，上井的瞬间整件衣服都会结冰，成为冰雪铠甲。

最初引进掘锚一体机时工人们遇到了适应难的问题。大家一开始都不会用，练习了整整三个多月，才能够熟练掌握。一些年龄大的工人抵触新鲜事物，不愿意学习，其中一位矿工说，咱这个工作面采完都不一定能够熟练。他们被黄传贤严厉批评了一顿：必须看到新型设备的优势，在不熟练的情况之下，也许一时没有旧的工作方式快，但等熟练之后会越来越快，那个速度是苦劳力难以比拟的。

做管理工作相当辛苦，那个阶段的黄传贤基本上常年住办公室。由于条件艰苦，部分职工闹情绪，不愿意干活。黄传贤给大家做工作：省内生活条件当然好，但我们是承担着对外开发的任务出来的，在初始阶段没有达到目标，工资肯定和预期的有落差，只要我们找到工作当中的不足，进一步提高工作效率，工资肯定会随着目标的完成越来越高的。时过境迁，谈起当年的事情，黄传贤不住地摇头，苦涩中蕴含着几分温暖。

赵大成在地质测量队，在矿上属于稀缺工种。目前营盘壕煤矿有五位地质测量技术员，但因为其中一人马上面临退休，所以剩下的四人非常忙碌。他们主要的工作是在井下给掘进队“放线”，用激光打在煤墙上，给掘锚一体机指明前进的方向。

由于掘锚一体机每天至少要掘进20米，所以赵大成等人要对掘锚一体机进行实时跟进。地表是高低起伏的，所以随时需要对激光束的位置进行调整，跟随掘锚一体机的进度往前移动。放线的工作和掘进的工作，可以说是一对矛盾。放线的技术员要趁割煤的空档，不失时机地把激光束架起来。

一台全站仪至少需要四个人操作，前边一个人，后边一个人，中间两个人。掘进阶段井下比较黑暗，需要一个人用照灯把前方照亮，然后进行观察。一次放线调试，正常要一个多小时。几个人在掘进产生的烟尘中打着手势，在轰隆声停息的间歇，声嘶力竭地传递着信号，直到方向调整准确，才停下来喘口气。

副总工程师张学字，2011年6月来到了营盘壕煤矿的项目筹备处，当时周围还是茫茫戈壁，只看到荒凉的土地上竖立着一个高高的井架。主井塔建于2015年，从设计之初，工程师就改变传统观念，设计了93米高的八角形钢筋混凝土结构。

施工之前，南京设计院给出的原本是传统的四角建筑样式。张学字提出了修改意见，将四角形改成八角形，突出建筑特色。为此，张学字专门到南京，和设计院的工程师进行了对接。一开始设计院不同意，已经设计好的方案要推倒重来，耗费人力物力，而且给实际建筑过程带来困难。但张学字在建筑方面不是外行，在沟通的过程当中，他提到一个关键点：将四角形改成八角形的设计，不会增加施工量，但是可以大大降低风荷，给主井塔的安全稳定带来巨大保障。多亏了这次奔波，营盘壕煤矿主井塔是上海大世界吉尼斯纪录中最高的蒙古族特色建筑。

居住条件慢慢改善。2014年11月，中班锅炉房开始供暖，锅炉有供水、供汽两条管线，供汽管线现供热范围为主井、副井、风井井口，供水管线现供热范围为临时办公区、采掘楼、变电站、压风机房、通风机房、锅炉房、单身宿舍楼，保障了矿建二期冬季正常施工及职工基本生活。

营盘壕煤矿有着得天独厚的资源赋存、异常优越的交通条件和地利优势，是兖矿集团历史上最大的立井煤矿，在国家煤炭行业中名列前茅。

百年老矿开新篇

一个人的寿命是有限的，对于“不可再生资源”来讲，一座煤矿的“寿命”也是有限度的。随着医疗手段的发展，人的寿命越来越长；但随着科学技术手段的发展，煤矿的“寿命”反而越来越短——掘锚一体机等大型掘进设备的采用，大幅提高了采煤速度。

当我们站在孙村煤矿的办公楼前，党委书记李良的一番介绍却打破了我们之前形成的这一观念。原来，在山东能源集团，有一座经历几次“凤凰涅槃”的老矿，那就是孙村煤矿，依然“老当益壮”。

提起孙村煤矿的辉煌历史，李良书记滔滔不绝。

孙村煤矿作为“百年老矿”，其发展史可谓一波三折，仅名字就有“德胜煤矿”到“复兴煤矿”再到“孙村煤矿”的演变。

1937年7月7日，卢沟桥事变爆发，拉开了中华民族全面抗战的序幕。当时日本叫嚣要“三个月灭亡中国”，8月入侵山东，相继占领了德州、平原、禹城、济阳等地。9月，因为日军进犯，新泰中学被迫停课。其中有一名叫高登岱的学生，家里比较富裕，个人也比较有闯劲儿，联络了30余人，筹集资金，在高秀山等人的协助下，创办了一座小煤窑。

煤窑在芦泉庄北，即今天的五四村附近。他们凿了两眼立井，一井深12米，一井深17米，开始挖煤。但是因为找到的煤层太薄，只有8寸厚，非但没有盈利，反而造成了巨大的亏损，一个多月的时间就破产了。

两个多月之后，日照县下元村的李少浦来泰安做生意，联合高秀山等人，在孙村赵家野再次尝试挖煤，号称“德胜煤矿”。原来芦泉庄的设备移到赵家野再次使用。井筒挖掘期间，因为井壁塌土造成了一名工人身亡。后来，他们凿到地下发现，由于之前的开采，煤炭已经所剩无几，只剩下细瘦的残柱，让众人空欢喜一场。僵持了一两个月之后，在1938年的春天封井。

之后，李少浦、高秀山、牛振昆等人把设备移到赵家野偏北，在一个叫“元宝地”的地方破土动工，开凿立井。幸运的是，凿到子夜时分，发现了一处两米厚的煤层，煤质非常好，这就是最初发现的“德胜煤矿”。

在场的人兴高采烈，只是因为怕惊动附近村子里的人，才强忍着没有大声欢呼。但他们知道，单凭这几个人的力量是不足以进行大批量开采的，于是两次进行了集资。李少浦有锅炉和气泵，高秀山以芦泉庄的设备入股，加上赵资瑜、岳柏良、胡佃伦等人共集资1002股，每股50元，折合法币50100元，作为生产经营的启动资金。

德胜煤矿组建了大柜、板柜和炭柜等管理机构，设了经理、窑头、上伙计和底伙计，由李少浦任经理，高秀山任副经理。由于是初创时期，并没有制定专门的规章制度，也没有任何契约，矿上的工人基本上是第一批股东和伙计的亲朋好友，以及从村里拉过来的熟人。时间长了，也有外地来找工作的一些人加入。

工资一般是按工作量发放，按照出炭斛数付钱，超出定额的部分有奖励。当时因为上井下井特别费时耗力，因此每一班的工人都要劳作24个小时，由矿上给井下的员工提供食物。

德胜煤矿的提升是用双滚筒小汽绞车，用气泵排水，因为当时的规模比较小，通风方式是自然通风。采煤沿袭残柱式采煤法，全部靠手镐挖掘，用油灯照明，人力拉筐。幸运的是，当时煤矿的瓦斯含量微乎其微，没有造成爆炸事故。

德胜煤矿的煤因为煤质优良，很快就声名远扬。

当时日军在张庄建了“三菱公司”，也在挖煤。听说附近有一块“大肥肉”，简直垂涎三尺，密谋要来抢夺。日本人的掠夺总是采取各种伪装，一开始他们派代表来和李少浦沟通，说是愿意出钱购买全部的股票。但是李少浦对于日本人的野心非常清楚，婉言拒绝了。

后来日方代表又提出要合办。李少浦等股东经过商议，认为合办只是一个借口，是日方插手煤矿的第一步，时间一长，早晚要被他们整个侵吞掉。于是，再次拒绝了日本代表的要求。

三菱公司两次受挫，仍然不甘心。他们还没有明火执仗要对付德胜煤矿，而是又暗暗搞起了小动作。他们仗着雄厚的资金、先进的技术，安排一队地质和掘进人员从张庄的井下慢慢往孙村的方向开拓，妄图从地下吃掉德胜煤矿。不过，由于巷道极长，当时的通风设备又非常简陋，负责地质探测和掘进的先头部队被闷死在井下，让三菱公司的人一时间不敢轻举妄动。

但日本人并没有就此罢休。

抗日战争时期，山东抗日根据地北海银行发行过一种货币，叫“北海币”。通过北海币，山东抗日根据地建立了独立自主的货币市场，稳定根据地的经济。北海币在抗日战争时期成为山东抗日根据地的主币，后来到了解放战争时期，成为山东解放区，乃至华北、华中解放区的本位币，为山东抗日根据地和解放区的经济建设作出了卓越贡献。

在日本人看来，使用北海币是“通共”的铁证。因此在1942年的10月，日本人派特务将八路军印发的北海币偷偷放在了德胜矿井内，然后派宪兵队查抄德胜煤矿，以“私通八路”的罪名将李少浦逮捕。

在逮捕李少浦之前，他们还做了一系列的准备工作。在张庄采煤所，他们让两个叛徒指认李少浦，两个叛徒咬定在抗日根据地见过李少浦，迫使李少浦招认德胜煤矿是八路军开设的。但李少浦知道这个罪名是不能认的，认了之后肯定要被枪毙，因此坚决不松口。灌辣椒水、抽皮鞭……日军对李少浦严刑拷打，但李少浦始终没有屈服。

之后，日本人先后将李少浦押送到新泰、泰安、莱芜等地，妄图通过长期的监禁和拷打迫使他投降。但是李少浦始终没有招认。后来，李少浦又被押解到济南泺源公馆（宪兵队）关押。

在济南，日本宪兵队换了一种办法，设宴款待李少浦，轮番敬酒，想要让李少浦喝醉之后认罪。但没想到李少浦酒量挺大，为人又非常机警，始终没有上套。由于外界汹涌的舆论和多方人员的营救，日本人找不到证据，只好将李少浦悄悄释放。

这次事件让李少浦彻底明白了，面对侵略是不可能置身事外的，只有投身革命拿起枪战斗，才有出路。因此，后来他真的走上了革命道路。

1945年8月15日，日本宣布无条件投降。8月底，鲁南区二地委派李少浦、马玉琨等人接管三菱公司。10月，新四军一师选派干部会同地方组织接收新泰、宁阳等地的煤矿。不过，孙村的德胜煤矿因为属于私人煤矿，没有被接收。

1946年11月，对德胜煤矿进行改造，以公私合营的方式继续经营，“德胜煤矿”更名为“复兴煤矿”，选举了牛珍堂任经理，高敬山任副经理。

1947年初，解放战争如火如荼，国民党军队大举进攻山东解放区，鲁中矿区办事处驻矿负责人奉命“空室清野”，向北转移。孙村的复兴煤矿当时为公私合营，但是设备和生产规模都比较小，所以撤离时并没有遭到毁坏。1948年5月，人民解放军相继解放新泰、莱芜等地，古老的矿山又回到了人民的手中。

华东财办工矿部委派陈庆泉、高敬山等接管新汶矿区，以复兴煤矿为重点，立即恢复生产，支援战争和革命事业。当时查明的股份共994股，已参加革命的李少浦以及外逃的张传经、胡佃伦等股份由公家代管，其余民股由公家以“每股300斤小米”的方式出资收买，确定公家投资31000万元（旧币），折合秋粮约100万斤。

由于矿井曾经遭受国民党的破坏，在接手的初期，煤矿每天产煤只有20吨左右。1948年10月，管理者对矿井进行了初步改造和修整，安装了1部汽绞车和高10米的立井架，增添了2部蒸汽锅炉。年底，工人已经发展到730余人，月产煤3500余吨。“复兴煤矿”更名“孙村煤矿”，孙村煤矿由此成为泰安地区解放后第一个大型国营企业，也成为新汶矿区兴旺发达的奠基石。

话题转到现代，李良书记的语调明显沉重了许多。

和其他大多数的老矿井一样，已经开采了将近百年的孙村煤矿，虽然机器不断更新换代，但是总有部分旧机器仍在沿用，导致系统流程非常烦琐、构造非常复杂，易产生的灾害越来越多，加上人员结构的老化，致使产能日渐萎缩。相对比较传统的生产方式已经难以适应现代化矿井的发展需要。因此，百年老矿孙村煤矿坚定不移地走上了智能化的道路。

而百年老矿的智能化建设并没有可以借鉴的先例。因此，当孙村煤矿决定推进智能化的时候，出现了一些争议的声音。有些老职工担心，智能化的大批投资会“竹篮打水一场空”；有的职工对孙村煤矿矿井的地质条件比较了解，认为在这么复杂的情况之下，缺乏专业的人才，根本就搞不成智能化……在这样的情况之下，孙村煤矿的领导没有被困难卡住，组织专业人员到国内先进的矿井对标学习，也邀请了高等院校、专业通信公司、信息中心的专家集中到现场进行勘察、授课，开阔矿上工作人员的眼界。

在技术条件相对有了一定准备的基础上，孙村煤矿分层召开了动员会、座谈会。各级领导分别给职工讲清楚了智能化建设的必要性，赢得职工的充分理解和支持，为智能化建设扫清思想障碍。

面向全矿选拔高技能自动化、信息化专业人才队伍，成立了智诚公司，由陈广友任经理。将“陈广友劳模工作室”打造成集“立项、探索、研发、施工、应用”于一体的专业化智囊团，与厂家、院校建立技术合作，引进创新技术，建立了智能工作面地面实训基地，为智慧矿山建设提供人才保障和技术支撑。

陈广友的大名在孙村煤矿无人不知、无人不晓。

1996年，24岁的他来到孙村煤矿北立井，负责老式的TKD继电器绞车维修工作。这种老式的绞车电路非常复杂，遇到故障需要将每条线路逐条逐段检查，往往要用好几个小时才能找到“病因”。

为了克服老式TKD继电器绞车的种种弊端，当时矿上购置了先进的PLC绞车，但是因为没有人懂得PLC编程，新绞车在井下搁置了将近一年。

年轻而充满干劲儿的陈广友主动向队长请缨，想要“唤醒”这台“沉睡”的现代化运输设备。队长非常高兴，支持他试一试。但是，等陈广友看了绞车的说明书后，瞬间被震惊了，对于从未接触过PLC编程语言的他来说，那简直是一份“天书”。

但别说“天书”，“地书”也难不倒陈广友。整整两个月的时间里，他整天抱着一本PLC编程书，从零开始仔细研究，看不懂、学不会的，就邀请厂家到矿上进行实践教学。他先后自学了《PLC基础知识》《PLC编程理论及算法》《PLC故障排除》等图书，成为新汶矿业集团最早一批具备PLC编程技能的职工。

PLC绞车顺利开启，极大提升了煤炭提升效率。孙村煤矿成立了以“陈广友”命名的党员创新工作室，方便他将新技能传授给大家。在工作室，陈广友毫无保留地将自己苦心钻研的PLC编程知识倾囊相授，把工友们逐渐培训成技术能手。

陈广友经常讲，从事维修工作要学会和设备交朋友，了解它们的脾气，才能让它们更好地工作。十年之间，陈广友和上百台机电设备结下了深厚的友谊，通过PLC语言与机电设备“对话”，处理了上千次故障，牵头完成了两次电控系统的改造。

2008年，孙村煤矿启动排水系统自动化改造工程。陈广友到地下1100米的泵房实地勘察，当他来到泵房的时候，被眼前的景象震惊了：在高温潮湿的环境里，那些职工手动操控排水阀，汗出如浆，需要不断挥手抹去，抹痕红殷殷的，让人一看就能感觉到蛰辣辣的疼痛。

这个场景激励着陈广友努力钻研。他和中国矿业大学的研究团队合作，仅用20天就完成了孙村煤矿地下1100米泵房无人值守工程，6名看泵工被安排到了更好的岗位。

而智慧矿山的建设涉及矿井工作的方方面面，千头万绪，环环相扣，是一项大工程。其中的每个项目都要经历立项、研发、施工、维护，虽然矿上给组建了一个18人的团队，但是这些成员来自不同的单位，学历参差不齐，相关的工作经验少之又少。项目推进之初，陈广友对于这18个人能否堪当大任也是颇为担忧。

为了激励大家，孙村煤矿工会大力推进了职工劳动竞赛和群众性建功立业活动，在各基层区域创建“一号九岗”。“一号”即工人先锋号，以车间工会、班组为单位开展竞赛，通过完善创建体系、严格创建标准、落实创建措施，创一流工作、一流服务、一流业绩、一流团队，打造团结实干的表率、创新创业的先锋、争先创优的模范、服务群众的楷模；“九岗”即安全、质量、节约、创新、技能、服务、创效、环保、和谐九个示范岗，每名职工均可参与竞争，车间工会主席根据各示范岗的竞赛标准及职工的日常表现，每个月开展一次综合评定，第一名晋升为当月的岗位之星。

作为智诚公司的经理，陈广友激励大家为荣誉战斗。在原煤运输系统集控改造过程中，郑传雨到现场反复勘察探索，编写PLC自动化程序，成功解决皮带堆煤、跑偏等问题，为该矿50部原煤运输系统皮带、5台给煤机、3部刮板机地面集控改造破解了“卡脖子”的难题，矿井原煤自动化运输从无到有，实现了零的突破。李晓晗协助研发供电保护监控系统，井下高低压供电管理实现无人值守。刘志锦研发公文签发、规程措施批阅、请销假审批等29项线上办公流程，升级办公自动化系统，让数据多跑路，让职工少跑腿，“解锁”矿井无纸化办公新模式……员工纷纷成为当月创新岗、节约岗、技能岗的岗位之星，而陈广友带领整个团队，成为孙村煤矿数一数二的工人先锋号。

短短一年时间，陈广友带领的18人研发团队聚力创新，自主建成“通、压、提、排、运”等集办公、监测于一体的智慧矿山集中控制平台，攻关研发自动化改造项目180余项，减少岗位工140余人，为矿井节省费用近千万元，打造了“指尖”上的智慧矿山。

现在，通过“智慧孙煤”手机客户端，井上可实现对井下人员定位、安全监测等信息的动态监控，井上协同办公项目全部实现网上办理，各项工作环节联系更加紧密，工作效率大幅提高。

在矿井升级建设过程中，孙村煤矿累计敷设光缆25000余米，安设万兆交换机10台，网络延迟时间由原来的10毫秒减少到1毫秒，消除了视频、传输卡顿堵塞、海量数据传输难题，成为全国首家井下应用万兆工业环网的矿井。陈广友带领团队积极拓展无线WiFi应用，在井下安装通信基站125台，实现无线信号全覆盖，彻底解决了有线传输困难的问题，通信联络进入无线网络时代。万兆工业环网与无线WiFi“双网”并行提速。

积极推动采掘装备升级，全面革新综采工艺，实现记忆截割、15秒快速跟机移架等功能，煤机提速至6米/秒，工作面仅需要2—3人同时工作，实现了“单班生产”。掘进投用地面远程遥控掘进机，引进小型遥控电动单轨吊、巷道修复机等“小快灵”设备，试验应用新式掘锚一体机，迎头9人就能完成作业任务，迈出“井下无人掘进”的关键一步。在原煤运输系统全部地面集控基础上，应用“变频器+永磁驱动”技术，实现设备“免维护”。改造副提电控系统，完成北立井整体更换检修，实现泵房防水门状态监测及远程操作，大系统可靠运行。

围绕打造“1小时”物资运输圈，建起“物资交接运输管控平台”App，利用网络化、集成化优势，实现物资运送跨专业、多区队协同作业，生产服务效率进一步提高。

孙村煤矿综采二队党支部是一支由13名党员组成的无人化、智能化先锋采煤队，也是新汶矿业集团最早使用无人值守泵站、电液控集中拉架、移溜、煤机记忆截割的队伍之一。面对井下特殊的作业环境，综采二队党支部全面打造“智采先锋队”，积极承担急难险重任务，将生产中积累的好的经验做法应用到支部建设中，促进党支部建设与安全生产共生共长，让党建成为看得见的生产力，为“智采稳产”奠定了坚实的基础。

通过对煤层库存、开采布局、生产系统的再分析、再论证、再设计，孙村煤矿将战略目光聚集到煤质好、硫分低的六层煤。六层煤位于地下800米左右，煤层稳定、结构简单，属于优质煤，净煤回收率可达到90%以上，有效可采储量150余万吨。之前的开采受限于采高，三机配套无法达到极薄煤层开采要求，他们历时两年多时间，通过对装备技术反复论证和现场摸索实践，确定了“大功率、矮机身、强截割、智能化”装备配套方案，前期小块段试采2619工作面取得圆满成功，边生产边留巷，成型率达90%以上，保证了同煤层连续开采。

作为新汶矿业集团第一个智能化薄煤层综采面，孙村煤矿2618工作面以“智能采煤机+电液控液压支架+变频软启动刮板输送机”三机配套模式为基础，集成应用“智能电液控支架、采煤机自动记忆割煤、一键式集控、智能泵站集中供液、端头支架自移、智能顶板离层观测”多项关键技术，实现了“常态化少人作业、人工干预动态巡检、远程集控一键操作”，月产纯煤达到了3万吨。

除了六层煤之外，孙村煤矿继续向赋存稳定、储量380多万吨的十三层煤进军。副总工程师褚恒斌介绍：“十三层煤与六层煤最大的不同就是煤层中间有夹矸，夹矸破碎难度大，为此，我们计划将普通煤机滚筒更换为异型滚筒，应用深孔爆破技术，通过超前预裂爆破对夹矸进行粉碎，再使用煤机截割。”

作为新汶矿业集团首批智慧矿山试点矿井，孙村煤矿累计投入1亿多元用于智慧矿山建设，让矿井迈向生产“智时代”。在安静的集中控制中心里，负责综采的职工穿着白衬衫敲打着电脑键盘，俨然写字楼里的白领，“一身煤、满脸黑”的井下工人形象被彻底颠覆。

孙村煤矿地处鲁中腹地，有铁路、地销两条煤炭运输线，交通便利，煤炭产品主要为冶炼精煤，适用于金属冶炼、焦化，是原料而不是燃料，行情紧俏，议价能力强，这也是老区矿井较新区矿井成本高却能生存的根本原因。

经过一系列探索，随着薄煤层开采、十三层坚硬夹矸机采等重点课题的突破，2019年以来，孙村煤矿共计找煤扩量318.8万吨，在现有可采储量的基础上，可再延长矿井服务年限15—20年。百年深井迈入智能时代，为同类复杂条件矿井智慧矿山建设提供了“孙村方案”，也给广大煤矿职工带来了新的希望和憧憬。

中篇

人间战歌

“化工之母”的荒漠娇儿

荣信化工是兖矿集团在内蒙古自治区第一个落地的项目，是根据原兖矿集团与鄂尔多斯市人民政府签订的《煤电化综合开发框架协议》，在鄂尔多斯投资开工建设的第一个煤炭转化企业。与其配套的是3.6亿吨储量的营盘壕煤矿。

因为煤价问题前些年煤矿亏损，荣信化工成为兖矿集团在内蒙古自治区的支柱产业，经营业绩位居能源集团煤化工板块前列。荣信化工以“保障安全生产、释放综合产能”为生存基础，以“对标行业先进、延链补链强链”为发展动能，已建成一期90万吨/年煤制甲醇项目和二期年产40万吨煤制乙二醇、30万吨聚甲氧基二甲醚项目，主要产品产能突破240万吨/年。自2014年投产至2022年上半年，连续八年实现盈利，累计生产化工产品1000万吨，实现销售收入177亿元，利润总额17.56亿元。

山东能源集团在山东省内最大的化工企业是鲁南化工，鲁南化工的优势在于产品的多元化，抗风险能力比较强，包括下游的新材料、聚甲醛等，都比较突出。

山东省新旧动能转换号角吹响后，鲁南化工抢抓“打造鲁南国家级煤化工产业示范基地”的重大机遇，坚持“存量优化、增量跨越”战略，分步实施醋酐和聚甲醛达产达效，净化系统节能升级改造，动力系统节能升级改造、醋酸百万吨技改扩产五大技改项目，着力彻底解决现有存量长期“卡脖子”问题。

先后实施“醋酸Ⅰ提质改造”项目、“醋酸Ⅰ挖潜增效改造”项目等六项技改。聚甲醛完成四个阶段的技术攻关后，又进行了甲醛制备改造、甲醛浓缩系统改造、聚合长周期稳定运行改造等240余项技术攻关。通过完成一系列技术升级改造，公司实现了现有存量产品的达产达质达效，醋酐和聚甲醛两装置变为“利润源”。

以下游高端用户对醋酸“碘含量”指标需求为突破口，将精脱碘醋酸作为鲁南化工抢占高端市场的“先行者”，持续开展高品质醋酸微量碘脱除技术攻关。对脱除流程、生产指标等进行攻关和优化，最终使醋酸碘含量达到并远远低于下游高端用户的碘含量标准，满足了高端醋酸客户需求。

随着产能释放、产品质量提升，目前鲁南化工聚甲醛产能居全国第二，醋酸乙酰类产能居全国第三，公司被评为山东省“十强”产业集群高端化工领军企业和高端化工产业“链主”企业，2021年营业收入突破100亿元，成为枣庄市首个营收过百亿元的单体企业。

当煤炭效益好的时候，对于化工企业来讲，效益反而要差一些。荣信化工每年煤炭的用量是400万吨，而煤炭的成本占总成本的70%。

鲁南化工现在面临的问题是如何把产业链拉长，而荣信化工面临的问题是怎样进行项目转型，往新能源、新材料方向发展。荣信化工的甲醇产量是整个山东能源集团最大的，年产90万吨的甲醇如何进行就地转化，后续的项目正在审批之中。荣信化工积极适应“碳达峰、碳中和”大背景和“控能、减排、绿色发展”新形势新要求，立足现有产业基础和能源集团陕蒙地区资源优势，围绕“一个平台、两条主线、四大方向”发展思路，以超大型水煤浆气化平台为依托，以甲醇和草酸二甲酯产业链延伸为主线，在延链补链的同时，突出高端、精细、绿色化工主攻方向，逐步形成聚烯烃、化工新材料、可降解塑料、绿电、绿氢等多板块融合发展的化工产业集群，努力建成行业领先的规模化煤基新材料示范基地。80万吨烯烃项目、绿色低碳锂电新材料项目等部分项目已进入前期实施阶段。

化工与人们如今的日常生活息息相关。我们穿的衣服，很多是利用煤炭化工技术制造的，手机壳最初的原料就是煤炭，通过初步合成甲醇，进行进一步的转化加工。因此，煤炭被称为“化工之母”。

合成车间设备副主任张金臣、仪表车间党支部书记冯坤、供水车间主任吴文水、汽化车间党支部书记刘万现等都是化工厂“元老”级别的职工了。2010年，他们一大早坐大巴车从山东出发，来到内蒙古自治区达拉特旗参加奠基仪式。冯坤记得非常清楚，是凌晨一两点钟到达的目的地，住在距离现厂址15公里左右的速8酒店。第一批来了30人左右，基本是鲁南化工的技术骨干，他们为了荣信化工的建厂，特地从山东赶来支援。

奠基仪式结束之后，第一批人分别到各个生产环节的设计院，协助项目的详细设计工作。他们按照国家标准对项目进行优化，包括重新审核盖楼的图纸、设备安装、土建工程的规划等。就拿设备来说，要凭借多年的工作经验选到更可靠、更省钱的。

在工厂兴建的过程当中，工作人员同步对周边道路进行了绿化。十几年来，沙尘暴在很大程度上已经被遏制。荣信化工刚刚建厂的时候，当地风沙特别大，沙尘暴最大的时候，面对面几乎看不到人。滚滚黄沙像一堵墙一样朝人压过来，给建设工作增加了很大难度，尤其是埋地管的工作，往往要反复好几回。今天把沟挖好了，还没来得及下管，晚上一夜风沙，第二天早晨一看，基本上填平了，还要重新进行挖掘。

除了沙尘之外，刚来的人最难以适应的就是太强烈、太刺眼的阳光。很快，所有人都买了墨镜，不戴墨镜的话基本出不了门。

荣信化工的建厂带动了周边的经济发展。我们去的时候，周围已经厂区遍布，成为一个大型工业区。回首来时的高速路，可以看到道路两旁都是茫茫旷野，一棵棵沙棘仿佛一朵一朵盛开在戈壁上的鲜花，耀人眼目。

当时化工项目的审批条件之一是必须打好各种大型设备的基础，因此第一年的建设是相当紧张的。中标当年，荣信化工已经把锅炉的基础打出来，紧接着又去打气化炉的基础，筹备购买设备，催办各种货物。设计图完成之后，还要进行设备的招投标工作，严格按照规范打造每一个环节。厂家供货之后，公司要进行严格的验收，质量不合格的话要退回。在安装的过程中，需要有专门人员负责质量监督，确保施工的进度等。荣信化工后来能顺利运行，得益于前期严谨的筹备工作和工艺包的优化。荣信化工有一个非常了不起的成就，即项目建成的当年就投产，产生了效益。

按照惯例，投产之前一般是六个月的试车周期。从单机开始到设备联动，从单元试车到投料试车，长达六个月的时间用来检验是否能够正常生产，如果达不到条件，那只能改进之后再来一轮。在化工界，来上两轮是正常的，三轮也不是不可能的。单单管道吹扫，就需要一两个月才能吹完。

从试车到开车投产的过程是有国家规范的，正常的开车费用能达到9000多万元，因为在这段时间需要投入材料，但是没有产出。当时荣信化工的开车是比较顺利的，试完车之后紧接着投入了生产。那么如果试车不顺利来回调试的话，就不可能有产品产出。

调试完皮带之后，要调试水系统，对于各种用到水的装置都要循环起来，这就差不多需要一个月。锅炉是调试中的关键环节，锅炉出完蒸汽之后，此时的蒸汽里面是有杂质的，需要进行管道吹扫，用蒸汽把管道里面附着的铁屑、杂质等全部吹出。如果这个过程没有把杂质清扫干净，后期可能就会引起重大的安全事故，一个小颗粒有可能在汽轮机的叶片上打出一个坑，严重的话可能把叶片打断。

煤化工的核心装置是气化炉。将煤兑水之后磨成浆，煤浆在气化炉里面和纯氧反应，在不完全燃烧的状态下生成一氧化碳。高温的情况下，水蒸气和碳也能反应，生成一氧化碳和氢气。从气化炉里完成反应之后，需要对氢气和一氧化碳进行提纯，将二氧化碳、氮气等杂质去掉。氢气和一氧化碳就是合成甲醇的原料。

在六个月的试运行期间，大家印象最深的就是管道的防冻。那时候的冬天气候比较寒冷，如果防冻做不好就有可能造成系统停产。而最容易冻住管道的往往是寒冬的深夜。刘万现当时在汽化车间，对此尤其刻骨铭心。原来在山东的时候，管道冻住之后，通上一次基本就没问题了。但在内蒙古零下二十八九摄氏度的低温之下，通了此处冻了彼处，通了彼处又冻了此处，真是让人望“管”兴叹。

发生冻结时，通常是后台值班人员第一时间发现，因为管道冻结之后，中控室的屏幕上很快就显示没有流量了。负责检测的工人对管道做排查，一般是利用测温仪，因为管道里面的介质是一百摄氏度，假如经过检测，发现某处的管道外壁温度过低，那八成就是冻住了。

某一天晚上，刘万现听说管道连接处的法兰冻住了，并且出现了漏水。法兰是轴与轴之间相互连接的零件，用于管端之间的连接，一般由法兰、垫片及螺栓三者相互连接，作为一组组合密封结构的可拆连接。当时是半夜，但他必须赶紧过去处理，如果不处理的话，管道接头处慢慢会挂上大冰坨，水淌到哪儿就冻到哪儿。流在地上的水，还不等扫出去，便冻了一层又一层。

刘万现和工友敲碎冰块，相互配合着把法兰拆开，换上垫子。整个操作过程当中，水不断滋出来，滋满了全身，一会儿就把两人冻成了冰坨，只有四只手还能动。原本简单的操作过程变得无比艰难。那时候刮风也不觉得冷了，厚厚的冰甲已经把身体护住了……

疏通工作一般是站在露天的管道上操作的。有一次大家处理被冻住的减压阀，三四个人站在管廊上，拿着蒸汽管一小段一小段去吹管道。乳白的蒸汽喷射在黑黝黝的管道上，飞溅到地上已经变成冰珠。几个人一直处理了六七个小时，到天亮的时候，整根管道终于通了。看着冉冉升起的一轮红日，几个人的眼睛里已经含满了泪水。

这都是第一年发生的事情，主要因为大家缺乏类似的经验。后来，他们针对管道做了很多保温措施，加设了保温棉。但在加保温棉时，假如有一个地方没有塞到，那一小段管道就容易冻住，而工人检修这一小段就很费劲，需要把一整段管道的保温棉拆除，慢慢去排查究竟是哪一段出现了冻结。

汽化炉有50多米高。在安装气化框架的过程当中，因为一开始电梯还不能使用，施工人员只能爬楼梯上下调试，上面布满了操作阀门。试车是一个动态的过程，有问题需要及时处理。每动一个阀门，就要上下一趟。50多米的框架，有时候大家一天要来来回回跑10余趟，腿很快就不是自己的了，只有靠着咬牙硬挺，才能够不耽误试车的进度。

几年如一日一心一意建设的大项目，试车过程就是一次大考。吴文水说，这就相当于孩子的高考，十多年的努力，父母肯定希望孩子能考个好成绩。项目建设完之后到底怎么样，能不能出产品、出效益，那得开过车之后才能知道。

甲醇成品第一次出来的那天，当时的执行董事、总经理季文普抱着10千克的毛玻璃瓶，仿佛抱着一个刚出生的孩子，瓶里存着的就是第一次产出的甲醇。他眼含热泪，小心翼翼地走到办公楼前的广场，向全厂职工报喜。整个公司瞬间沸腾起来，那种无以复加的成就感，让大家内心充满了力量。

职工如今大多在距离厂区10公里的镇上居住。工厂在建设的过程当中，每天都需要有两个人在工地上值班，对整个厂区各个设备进行安全巡检。遇到浇灌混凝土等必须一次成型的工作，负责人必须全程在现场盯着。

吴文水来荣信化工的时候，孩子才刚刚一岁，他当时要在荣信化工和成都成达设计院之间来回奔波。那时成都有到内蒙古自治区包头市的专列，每个季度他都乘坐这一趟专列，从成都回荣信化工。短暂休整之后，再从包头回成都。

当时的火车速度比较慢，让吴文水印象最深刻的是，有一次从包头坐火车去成都，坐了42个小时。绿皮火车上用煤炉子烧水，烧完一桶水之后，就再也没水了。整整两天两夜，吴文水在车上就只喝了一杯水，就着自带的干粮吃。绿皮火车冬天是没有暖气的，而成都到包头的温差特别大。有一次，国庆节从成都回包头，吴文水在成都穿着短袖衬衫、短裤上了火车，到包头下车的时候已经冻得瑟瑟发抖，内蒙古这边当时已经穿上了毛衣，甚至一部分人已经穿上了棉衣，明显已经到了冬天，一下火车完全是两个天地。

有的时候买不上有座的票，吴文水只能铺张报纸坐在地上。除了成都成达设计院外，吴文水也去别的设计院催图纸，其中最重要的是锅炉的图纸。接到任务之后，吴文水立刻动身去无锡，从无锡拿到设计图纸之后，还要去成都催土建图。

因为事情比较紧急，领导安排吴文水立刻买飞机票，但是他没有抢上。吴文水转而买火车票，可能是因为那几天去无锡的人特别多，火车票竟然也没有买上。最后没有办法，他只好从达拉特旗的小站上车，在车上补票。

吴文水上车的时候已经是下午6点多，第二天早上到了北京。在北京下了车，又转乘去南京。当时是七八月份，正好赶上学生放暑假，能挤上车就非常不错了。吴文水登上南京发往无锡的火车，已经是晚上了，只能在过道里站着，坐的地方都没有。他靠着墙壁，合着眼睛迷糊了一会儿。

到无锡是去一家锅炉厂，这一去，吴文水在无锡整整待了将近一个月，每天都要去锅炉厂的设计处等待。

整个锅炉相当庞大，设计图不是一位设计员绘制的，需要七八位不同专业的设计员共同完成。在一间大办公室里，挤挤挨挨全是人。锅炉厂项目很多，催要图纸的办事员也挺多，于是吴文水每天一早就过去，和每一位设计员沟通，看一下是不是在干自己这个项目的活儿。某些设计员工作量大，这边在催，其他的项目也在催，因此他只能多说些好话，下班之后请设计员出去吃个饭，加深一下彼此的感情。

在此基础上，吴文水对整个锅炉的设计逐步摸清了情况。在一个环节进行的同时，提前去沟通下一个环节的设计工作。比方说，某些设计员需要一些技术资料的参考，吴文水就跑书店、跑图书馆去找资料；甚至有时候会帮着设计员画图，做一些基础性的工作。设计员的图纸也要计入工作量，如果有人能免费给自己打下手，出更多的设计图，设计员自然非常高兴，因此吴文水的催图速度往往是最快的。

在做这些工作的间歇，吴文水还提前向各个供货的厂家进行询价，为锅炉的生产和安装提前做好铺垫。

经常在外奔波，对家里人的照顾明显就跟不上。吴文水刚出门的时候，妻子在家带着孩子，孩子还在地上爬。而等他第一次回到山东探亲的时候，发现孩子已经能站起来了，好像突然之间就会走了一样。

后来，吴文水和妻子商量，将孩子接到了内蒙古，同时把老人也接过来照顾孩子。虽然一开始遇到了语言不通的问题，但是时间一长，慢慢适应过来。下班之后，吴文水回到自己的小家，还是比较幸福的。因为风沙比较大，等家人都过来之后，吴文水晚上回家第一件事就是做家务。风沙刮的地上一层沙子，那时候孩子刚学会走路，动不动就摔跤，所以家人要不停地拖地，把沙子清理掉。

家里老人不方便过来的职工，确实会遇到各种困难。吴文水记得有一位同事，夫妻两个人都在荣信化工上班，每天早晨送孩子去上学，到放学的点轮流接孩子回家。有一次，孩子在学校不小心摔了一跤，胳膊摔骨折了。离老家比较远，亲戚不方便过来，两个人只好轮流请假照顾孩子，每天在医院、家和厂房之间来回奔波，特别辛苦。

近年来，荣信化工党委积极落实依靠职工办企业方针，推进厂务公开工作，成立暖心志愿服务团队，先后建成职工餐厅、职工洗衣房、文体活动中心等设施，相继办成了“放心水、安全车、暖心餐、温馨岗”等实事。成立羽毛球、篮球、健身、合唱团等职工业余爱好协会，定期联合达拉特旗乌兰牧骑、达拉特旗文联举办文艺演出，职工业余生活丰富多彩。荣信化工联合地方政府、企事业单位开展青年联谊活动，提供青年人沟通交流渠道。广大干部员工牢固树立“一家人、一盘棋、一条心”的主人翁意识，面对严峻的经济形势和繁重的生产发展任务，不埋怨、不抱怨，以实际行动支持公司合力闯关，工作执行力、落实力明显提高，展现了与企业同甘苦、共患难的责任与担当。

提起当时管道的建设过程，副总经理徐民充满感慨。

通氧管道6米1根，直径40厘米。管道运到工厂之后，需要进行光洁度的检查。但是从外面看的话，只能看到两头，中间是看不见的；如果用内窥镜看的话，放大之后，效果也不明显。怎么办？经过商议，只能钻进去，一点一点地仔细检查。但是直径40厘米的管子，只有身材比较瘦小的人才能够钻进去——徐民自告奋勇来做这项工作。

第一批管道有200多根。假如直接往里钻，钻到里边就动不了了。于是大家又想到一个办法，用绳子一边拴住徐民的脚，另一边拴住徐民的腰，两边一同使劲儿，往前走的话就往左拖动，往后走的话就往右拖动。如果没有人的协助，在管子里是转不开圈的。

而检查主要靠手，需要全部摸一遍。部分管道有鱼鳞状的毛刺，手摸上去，很快划出了一道道小血口。摸到毛刺之后，需要用砂纸进行打磨。打磨完之后，还要爬进去再次进行检查。这些鱼鳞状的毛刺如果不磨掉，生产过程当中一通氧气就会产生火花，严重的甚至会导致管道爆裂。因此，每根管道不是钻一遍，徐民有可能要钻上两遍、三遍，直到处理完所有的瑕疵。200根管道检查完毕的时候，徐民的胯部都磨紫了，手臂上、手上布满了血口。

二期工程管道运来的时候，因为有了经验，加上了防护措施，戴上护膝和护腰，情况好多了，但出了个“小插曲”。第二批管道卸货的时候，卸在了太阳底下，因此徐民钻进去之后，又遇到了另一个难题。经太阳一照，管道里面的温度达到了五六十摄氏度，钻完一遍，徐民浑身湿透，工人们都说，快成“烤鸡”了，赶紧将其拉到屋檐下。后续，管道被卸到了阴凉处。对于部分砂纸处理不了的管道，需要返回厂家处理，处理完之后，工人们还要重复进行检查，直到光洁如洗。

经过上下一心的数年努力拼搏，荣信化工已成长为重要的综合产能释放基地、绿色低碳转型孵化基地，规模当量、综合实力和社会影响力大幅提升，走在山东能源集团煤化工企业前列，保持行业一流水平。

更重要的是，荣信化工连续实现了安全稳定发展。发挥智慧管控平台的安全监管作用，利用微信安全检查程序，对各类安全检查问题逐一督促落实整改，形成闭环管理。发挥考核评比的激励作用，严格开展各类安全考核评比，考核结果在各类宣传媒介上公示，激发了基层单位安全工作积极性。发挥安全教育培训的强基作用，全面推行“四个一”培训与“山能大学”网络培训平台深度融合，实现线上全员培训。发挥安全生产月的推动作用，积极应对内蒙古自治区极端天气变化，常态化实战化开展各项应急演练活动，提升了全员安全应急处置能力。

依托山东能源集团在煤化工领域的技术优势，荣信化工一期项目煤气化技术采用“日处理煤3000吨级气化装置”，承担的两项国家“863”课题于2015年顺利通过科技部组织的结题验收，获得“世界领先，引领行业”的高度评价；荣获2016年度国家科技进步二等奖，2017年度中国石油和化学工业联合会科技进步一等奖；被评为高新技术企业和内蒙古自治区超大型煤气化技术研究开发中心。二期世界最大、国家重大科技专项“日处理煤4000吨级气化装置”，2019年一次性投料成功并实现稳定运行，2021年通过国家高技术中心课题绩效评价、科技成果鉴定，达到国际领先水平。荣信化工成为国内水煤浆气化技术重点示范单位，在山东能源集团化工板块首创启动实施“智能工厂”项目建设，成为内蒙古自治区智能制造试点项目，获得政府专项支持资金500万元；35个子项系统已全部上线运行，智能制造、智能管理水平显著提升。

荣信化工启动实施了一批节能降耗、绿色环保重点工程，解决了制约煤化工发展的“三废”问题。一期建设高浓盐水提浓处理装置，使外排高盐水回用率达到90%以上，年节约水费、排污费1500

余万元。二期建设多项蒸发分盐结晶系统，在山东能源集团内首家实现工业废水“零排放”。实施锅炉超低排放设计和硫回收尾气全部送往锅炉炉外深度脱硫，实现了锅炉烟气、硫回收尾气“超低排放”。与园区内周边企业合作，利用炉膛渣、粉煤灰生产陶瓷、集成房灌注浆料、砌块和炉渣砖等，废弃物综合利用率约90%，实现了废弃物“吃干榨尽”。

2018年6月4日，荣信化工代表内蒙古自治区接受全国人大常委会执法检查，得到上级充分肯定，成为地方环保治理、生态文明建设示范企业。面对全球经济增速放缓的形势，荣信化工上下逆势承压，风雨同舟，和衷共济，运营业绩逐年提升，技术创新持续突破。荣信化工陆续获得2016—2017年度国家优质工程奖、内蒙古自治区“五一劳动奖状”、鄂尔多斯市“五一劳动奖状”，以及山东省文明单位、省管企业文明单位等荣誉称号。

海上追风者

在紧邻山东省东营市的渤中海域，驻扎着山东能源集团新能源公司一支19人的特殊团队，他们劈波斩浪，将呼啸的海风转化为源源不断的电能，造福齐鲁大地。

这个团队即为山东能源集团渤中海上风电项目部，19人的平均年龄是36岁，其中党员12人，是一个敢为人先、无私奉献、创新实干、精诚团结的开拓型团队，在项目的建设过程当中，克服了重重困难，取得了优异的战绩。

2022年6月13日，山东能源集团渤中海上风电项目部安全质量负责人牛圣良等，搭载交通船“御风66”穿行在海上，赶往渤海中部与“德建”轮会合。他们专程赶来见证山东能源渤中海上风电A场址海上风场首台风机暨山东省首台海上风电平价风机安装。

山东能源集团渤中海上风电A场址首台风机由中国海装制造，单机容量8.35兆瓦，轮毂中心高度126米，风轮直径220米，叶片长度107米，切入风速3.5米/秒，我们离近了看就像矗立在海上的一座小山，而且是一座旋转的小山。这台风机虽然已经经过各项严苛的出厂实验，但是作为适应低风速的平价海上风电的新研发机型，在安装过程之中不可避免地存在着设计、装配、配合等方面的问题，这是对负责项目的这群初涉海风、亟待成长的年轻人的重要考验。

交通船“御风66”靠近“德建”轮。“德建”轮为支腿船，船甲板与海面有十多米的高度差，因此“御风66”号上的人员要乘坐吊笼登上“德建”轮。据牛圣良回忆，初次乘坐吊笼，看着脚下波涛汹涌的大海，心里着实还是有几分紧张的，下意识地用手紧抓着吊笼，直到吊笼安稳地落在甲板上。

顾不上赶路的劳累，牛圣良等人立即赶到会议室，了解施工的筹备情况，和各方参建单位人员再次明确施工的关键环节，对施工方案和安全管控的重要事项再次进行了传达、督促、学习，以保证整个安装过程万无一失。

6月14日清晨，风机吊装正式开始。经过3个多小时的努力，底段塔筒吊装到位。到了下午3点10分，中下段的塔筒翻身、起吊。第二天傍晚，中上段的塔筒翻身、起吊。午夜时分，顶端塔筒翻身、起吊。到16日凌晨4点的时候，四段塔筒吊装就位。

其间，牛圣良等人始终坚守在施工一线，无论白天还是黑夜，无论是高温闷热的塔筒内还是高达百米的爬梯，有施工的地方就有他们的身影，严格践行山东能源集团严抓工程进度和质量安全的职责使命，践行“把党旗插在工地上”的诺言，永远站在施工的最前线。

在施工之日，每天坚持“回头看”。晚上8点，他们与施工的主要负责人、经理等复盘当日的施工情况，记录和解决发现的问题。从14日到16日，他们记录施工缺陷、设计优化、合理化建议20余项，及时反馈给设计院、塔筒生产单位和相关参加单位，现场决策决定塔筒平台狭小情况的施工临时措施、塔筒螺栓固定原则等。

一些小问题被及时排除，风机安装进展顺利，但是一开始的顺利并不代表整个过程毫无波折——考验马上就要来临了。

相比于陆上，海上气象瞬息万变，前一小时还是风平浪静，接下来就有可能狂风暴雨，对船机施工的安全造成严重威胁。因此，海上施工必须抓住有限的窗口期，完成一个阶段的施工目标。风机安装有着严格的工艺流程和规范，什么情况可以摘钩，什么情况下可以继续吊装下一段，均有着明确的要求，不能有任何偏差，任何的偏差都有可能导致风机遭受毁灭性打击。

按照风机安装的具体要求，顶段塔筒吊装完成，螺栓紧固到额定数值之后，必须在12个小时内完成压机舱的作业。6月16日上午8点，经过靠泊、过驳和整整一夜的散热总成安装、内部接线等工作，风机机舱准备就绪，开始吊装。9点，机舱起吊，10点15分机舱就位。

按照最新的气象报告，下午2点将有20米/秒的大风，必须停止吊装作业，现场抗风。这意味着机舱就位之后，施工人员只有3小时45分钟的时间完成机舱螺栓拉伸紧固工作。就在这时，机舱施工的负责人通过对讲机喊话，说机舱螺栓与拉伸器尺寸不匹配，无法开展拉伸作业。机舱螺栓全部穿上、手动拧紧后，工作停滞，等待下一步的指示。

施工可以停止，但即将到来的狂风却给不了人们过多的时间。如果不能及时决策，采取有效的应对措施，必将严重危及塔头和机舱的安全，甚至出现倒塔的严重后果，给整个项目的推进造成毁灭性打击。

整个船上笼罩着紧张和压抑的气氛，所有人都沉默了，没有心情再说笑，等待着建设单位作出决策意见。而时间不等人，负责人牛圣良迅速通知参建方会议室集合。在他们汇合后去会议室的路上，脑子里便开始构思解决办法，同时告知项目部现场情况，共同商议对策。他们用最短的时间进行分析，找到了问题的起因。

原来是当初设计的时候沟通不够充分，螺栓与拉伸器套头采用了不同的标准，规格相同，但是大小不一。现场与风机设计厂家确认机舱安全性的条件和抵抗20米/秒风的必要条件，并进行了充分的论证。最稳妥的方式是将机舱拆除下来，但是没有机舱的话，根据作业指导手册的要求，顶段塔筒和中上段塔筒必须一并拆下，整个作业至少需要10个小时，时间上不能满足要求。

那最后就只剩下了一条路，采用临时加固措施。现场人员查看扭力扳手等可以替换使用的工具器具，根据风机厂家提供的数据，在每个螺栓上增加两个垫片，然后使用扭力扳手紧固至设定值。同时后方项目部协调参建方，从大连紧急调配一台拉伸器，为第二天的施工做好准备。

安排妥善之后，考验的就是执行力了，两路人员立即行动。现场施工人员按照方案要求，用两个小时的时间完成了机舱148颗螺栓的固定工作。下午1点左右，全部人员撤离机舱、塔筒，做好迎接风雨的准备。2点，狂风如期而至，持续了整整一夜。

项目部的所有人员都是彻夜未眠，不断注视着机舱，关注着实时动态。

还好，次日清晨，风势减弱。技术人员立即进入塔筒和机舱内进行检查和检测。经过一系列检查后，结果显示塔筒、机舱顶住了狂暴的大风，没有任何损伤。参检人员这才长舒了一口气，证明了采取的措施是有效的。

6月17日上午10点，历时12个小时，拉伸器从大连经东营送达海上风场。现场施工人员对螺栓进行了替换，重新固定拉伸器，后续工作有序开展，回到了正常的轨道。项目部的工作人员站在甲板上，看着海面上的水雾逐渐散去，绚丽的阳光重新普照，心情格外舒畅。

大家珍惜得之不易的成果，后续的施工速度加快。人工吊装完成之后，进行叶片的安装。

到了6月21日中午，牛圣良等人与监理共同对机舱内安装工作和叶片吊装进行见证、检查。正午时分的气温达到了35摄氏度，风平浪静，高温开始炙烤着甲板，对于海上施工有限的窗口期来说，却是难得的好天气。

下午1点左右，牛圣良等人穿戴防刺穿工作鞋、工作服、安全帽、救生衣、安全带进入塔筒，在35摄氏度的高温下，工作服压迫着胸口，使呼吸更加困难。塔筒为桶状钢结构，内部空气密闭，几乎不流通，而塔筒内刚刚完成了4层螺栓刷防锈油漆的工作。他们刚刚进入塔筒的时候，闷热夹杂着刺鼻的气息扑面而来，冲进大脑，强烈的窒息感让人头昏。

牛圣良等人顾不上刺鼻的气味，挂上防坠器，穿着厚厚的装备踏出第一步，爬梯站稳，抓牢，手脚并用向上爬去。100多米高的塔筒，望着上空数不尽的爬梯，简直是登天一般。在这个过程当中，每一步都要走稳，艰难的攀爬过程是对勇气和体力的巨大考验。极度的疲劳，加上高温、难闻的气味和厚厚的装备，每个人的手和脚都开始发抖，嘴巴慢慢越闭越紧。

爬梯的过程当中，时不时发出的“吱悠”声，原本像摇篮曲一样，此刻却让人心惊胆战。他们待一段时间就要休息一下，但是因为爬梯距离筒壁比较远，没有办法靠在筒壁上休息，只能喘息片刻。稳一下身形，抬头往上设定一个小目标，相互鼓励着继续往上爬。攀爬的过程当中尽量不要往下看，往下一看，透过中控平台看到底层的设备，令人眩晕。

每到一层平台之后，他们都要对变压器、变流柜等设备安装情况及每段塔筒连接处螺栓情况进行再次检查确认。经历了困难的攀缘之后，终于到达了机舱内部。此时这里正在调试盘车，准备安装最后一个叶片。机舱内同样是密闭的，温度特别高，并且伴随着轻微的晃动，置身其中特别容易产生类似于晕车、晕船的感觉，让人只想呕吐。

他们检查完机舱内设备、部件情况，从机舱首端直爬梯向下，即可进入轮毂。从那里，透过安全网，便能够看到大海了。而正在施工的工作人员，暴露在120米的高空中，这是极端危险的工作现场，项目组的人员见证了如此高难度的操作，心中满满都是钦佩。

“德建”轮主吊机带着单叶片夹具，夹持着最后一个叶片缓缓升起，经过半个多小时到达轮毂附近。巨大的吊具、107米长的叶片，172个螺栓都要精准插入轮毂螺孔，这种巨大的反差给人留下了深刻的印象。海上风电项目安装确实是一个庞大但是又非常精细的工作。工作人员站在轮毂边上，用对讲机指挥着吊机、缆风绳、单叶片夹具一步一步操作着，在轮毂内人员的密切配合之下，终于完成了叶片与轮毂的对接。

傍晚，牛圣良等人不知不觉中已经进入塔筒、机舱4个多小时。完成任务之后，他们撤到塔顶平台，仿佛淋了一场大雨一样，身上的汗水成股地往下流，滴落在平台上。他们这会儿站都站不住了，瘫坐在平台上，倚靠着筒壁，大口喘着粗气。

6月21日下午5点10分，山东省首台平价风机安装圆满完成。安装期间遇到的盘车故障等问题都一一被解决，并且安装人员记录优化建议50余项，制定了初步的解决方案，为后续59台风机的安装提供了有力的支持。积累经验后，他们可以缩短工期、提升质量，为项目安全提供了更高水平的安全把控。

牛圣良等人依靠整个团队的共同智慧、共同担当、共同决策圆满完成任务。虽然之前他们缺乏经验，但是敢于直面挑战、不断积累经验，仅仅两个多月的时间，便从别人嘴里的“门外汉”变成了技术骨干。首台风机的顺利安装，给海上风电团队树立了坚定的信念，使他们锚定“当年核准、当年建设、当年并网”目标，勇敢冲刺。用他们自己的话说：“我们不是在创造历史，就是在创造历史的路上。”

99天海上风电A场址项目取得核准，创出国内最快纪录；核准后65天完成首根桩基施工，成为山东省首个开工的平价上网海上风电项目；核准后130天完成首台风机吊装，风机参数创出3项第一；项目成本创出国内海上风电最低纪录……11项全国第一的背后，是他们辛勤付出的汗水。

我们一起回到项目的起点。

2021年4月2日下午，山东省发布了海上风电投资主体竞争性比选公告，要求4月7日上午8点前提交申报材料。

新能源公司党委副书记方勇参与了整个申报过程，知之甚稔。申请公告发布的时候正好是清明节前夕，看到公告以后，对于参与开发海上风电项目的同志来讲，压力非常大。因为只有短短5天的时间，而之前他们并没有做过和海洋有关的项目，开发经验方面肯定是要差一点儿的。

但是作为重大任务，新能源公司迅速成立了6人攻坚小组，去做项目的投标。三天三夜，大家全身心盯靠在会议室里，白天进行沟通和交流，连续和各大央企、土地开发商共20余家企业进行关于合作模式、后续的项目推进的洽谈工作。

这个过程中出现了一个小插曲。根据评选公告，50万元的投标保证金要在4月6日下午5点以前汇至招标公司的账户，不然招标名额就作废。因为公司前期只顾着忙标书文件，对保证金的事情重视程度不够，注意到的时候已经是4月6日的下午，于是赶紧给公司打报告申请资金。

银行是下午5点下班，争分夺秒，4点50分，在最后的时刻把钱汇至指定账户。距离截止时间仅剩10分钟，就是这10分钟，保证了公司能够顺利参加投标。

那几天山东能源集团和新能源公司给予了项目组最大的支持。

项目组成员无数次敲开各个办公室的门，特事特办，走着各种流程。短短四天四夜之内，形成30个分册、4650页、300余张图片、180余万字的申报文件，仅仅这些文件的装订工作就忙活了一夜。

4月6日晚11点，项目组成员开始进行最后一个环节：盖章。几个人一直忙到凌晨3点多钟才全部盖完。4点多，当时的领导没有休息，带着项目组的工作人员，一起把标书直接送到现场。在搬运的过程中，一套资料摔出了一道缝隙，从严谨的角度来讲，后期有可能造成隐患，领导便决定进行紧急重新装订，确保投标过程不出任何问题。

4月7日上午7点，他们重新抱着一大摞文件匆匆赶进会场的时候，其他的竞争者都感觉到压力很大。因为他们交出了一套十几家竞争者当中质量最高的标书。而短短的三四天之内，做出这么大体量的投标文件，简直是不可思议的。

过硬的实力和材料质量征服了评委和18家参评央企，顺利争取到省内最优质的渤中海上风电基地资源。

机会总是留给拼尽全力去抓住机会的人。后来，他们对整个投标过程进行了复盘，发现基本上做到了执行的时间点和方案计划的时间点吻合，每个项目重点环节都落实到了具体的责任人。

10月13日，山东省能源局下发海上风电建设中标公示，指出"山东能源集团主导开发渤中有关风场"，要求"2022年上半年开工200万千瓦，2022年底建成并网不低于100万千瓦"。

看到中标公示后，项目组成员"喜忧参半"。"喜"的是，争得了难得的新能源发展优质资源。"忧"的，一是开发周期短，原本计划2023年底并网的项目节点整整提前一年，并网周期从行业内常规30个月压缩至14个月；二是2022年国家补贴取消，上网电价由0.79元/度降低至0.3949元/度，海上风电平价上网时代如何盈利，需要行业内进行进一步的探索。

新能源公司连夜组织会议，正式成立了渤中海上风电项目部，直面挑战、勇于担当。经过两天的连夜奋战，3个海上风电场址可行性研究公开招标文件发布出来，启动了前期的工作攻坚战。

利用20天宝贵的招标公示期，公司项目部人员争分夺秒，分别赶赴江苏、福建和省内半岛南等项目学习调研。经常早晨6点就赶到了机场，晚上10点多才乘坐高铁返回，以一种“时不我待、只争朝夕”的精神，于10月底形成了一份完善的海上风电发展方案，立下确保并网50万千瓦、单位千瓦造价低于13400元的军令状。

他们是初次涉足海上风电领域，整个项目部的成员没有一个人有海上风电建设的经验。前来交流的央企曾经提道：“你们之前没有干过，应该多向有经验的企业学习。我们可以合作开发，派出团队帮你们做。”但项目部成员就不信这个邪，用加倍的努力来弥补经验的不足。第一个取得核准，第一个开工建设，第一个风机吊装，一步一步创出新的纪录，变不可能为可能，打响了山东能源集团新能源的品牌，打破了人们对发展新能源的固有认知。

在整个项目的建设过程当中，项目部成员严格按照行业标准来进行建设。2022年5月底，有一根单桩到货，工作人员在验收的时候发现了质量问题。虽然不至于危及风机的安全，但是项目部仍然坚持原则，提出返厂整改的要求。

之后，项目部召开质量分析会，对责任单位进行了处罚，并且立即更换了驻厂监造人员，对参建各方形成了巨大的震慑，也赢得了监理单位的敬佩和赞叹。虽然项目采取了EPC总承包模式（指承包方受业主委托，按照合同约定对工程建设项目的设计、采购、施工等实行全过程或若干阶段的总承包，并对其所承包工程的质量、安全、费用和进度进行负责），单位千瓦造价已经创出行业最低，但是项目部成员多方面积极努力，深挖政策协调红利。在征海补偿方面一个一个县区对接、一个一个养殖户争取，11版的征海补偿方案带来数千万元的节支。

海上风电场用海底电缆包括集电线路海底电缆和送出海底电缆两部分。多台风力机组所发的电能通过集电线路海底电缆汇总到升压站，将电压升高，然后通过高压送出海底电缆传输到岸上集控中心。其中，集电线路海底电缆一般为35千伏海底电缆，而送出海底电缆根据海上风电场距海岸距离远近而不同和海上风电场接入电网的要求可选择110千伏或220千伏的。

海底电缆（简称“海缆”）与陆上电缆（简称“陆缆”）在应用场景和性能方面差别较大。海缆与陆缆的应用场景不同，决定了海缆的生产制造和产品性能与陆缆有明显的差别。海缆需采用专用敷缆船和敷缆设备将海缆敷设于水底，因此要求海缆必须具有良好的阻水和机械性能，防止水分渗透导致海缆发生故障，同时良好的机械性能有利于防止船只锚害和洋流冲刷；此外，海缆还需具有防腐蚀、防海洋生物的能力，保证使用寿命满足工程需求。原材料是海缆和陆缆的主要成本构成，生产成本占比超过90%。

施工方案深抠细节、环环相争，海缆、陆缆方案数易其稿、不断优化，节约施工费用7000万余元。

2021年11月4日，前期工作攻坚战打响后，项目部同时启动A、B、G三个场址前期工作，将A场址作为主攻方向。每天晚上的8点和9点，都和两个科研工作团队召开视频会议。团队成员偶尔晚上10点之前离开办公室，还要相互调侃：“回去这么早，都有点儿不大适应了……”

前期手续办理涉及7大项、23小项，需协调海洋、海事、港航、自然资源、环保、行政审批等多个部门和用海、用地所在3个区县。部分人员前期工作时就驻扎在东营市，两个多月没有休息一天。家住东营的综合组组长夏志胜多次被劝说回家，但晚上又返回项目部继续工作。

在这样的拼搏精神之下，规划发布第二天，东营市海洋发展和渔业局（简称“海渔局”）特别召开办公会当天批复了用海预审，东营市行政审批服务局第三天就给予了核准，仅用时99天取得核准，创出前无古人的骄人成绩。

海渔局的批复是此次项目核准的难关。当时东营市自然资源和规划局发布了候鸟迁徙公告，在和海渔局交涉的过程当中，海渔局提到，海域的使用必须有相关的审批。A场址正好处于东营国家公园的鸟类保护区，是鸟类的栖息地，在全球鸟类迁徙的通道中占有重要的位置。

为了取得海渔局的批准，项目部积极联系山东大学研究鸟类的专家教授，研究鸟类相关的习性，探讨海上风电对于候鸟的趋避性有无影响。在此过程当中，他们还寻找了福建、广东等不同地方的观测报告。最终，经过研究发现，候鸟的迁徙高度一般在1000米到3000米之间，远在风机之上，并且风机之间相距600米，不妨碍鸟类穿行。

拿到了权威的研究报告之后，海渔局批准了项目的建设。项目建设之后，某网络平台还曾经发了一篇文章《海上风电和鸟类相映成趣》，记录鸟类围绕风机旋转这一奇特而和谐的现象。

2022年3月，项目部正式入驻东营港经济开发区。

经济开发区是一个普查人口不到4万的小镇工业园区。吃顿早饭理次发，逐渐成为项目部成员到港区后的最大消费，港区管委会及附近的企业人员都居住在市区，开通了每日的通勤班车来回往返。港区的工作人员到项目部对接的时候，曾经说过："这地方我们东营人都不愿意来，你们竟然能够在这儿坚持下来，真是佩服！"

渤中海上风电项目部仅有19个人，却承担着A、B场址共90万千瓦项目同步建设、其他场址同步推进前期工作等任务。面对人员少、工期短、任务重的现状，项目部全体成员不等不靠，远离总部和家人，吃住在项目现场，真是"在听得见炮火的地方指挥和战斗"。他们不抱怨不争吵，相互鼓励，默默付出，一心扑在工作上。项目部经常亮到深夜的灯光，温暖着每个人的内心。

首桩沉桩前，工程组组长陈虎主动请缨："我是组长，我先上船！"吊装前，安全质量组组长牛圣良主动来到现场，参与整个施工过程。

项目部成员连续10余天出海成为常态。由于海上作业窗口期短，他们需要24小时连续施工，在船上休息时，只能戴着耳塞，"躺"在海浪的怀抱里勉强入睡。首根桩基在开工仪式前4个小时完成立桩自沉，首台风机比计划提前一天开始吊装，一张张优秀的答卷给他们的辛苦付出提供了证明。

在积极向有经验的设计院、开发企业"取经"的同时，项目部成员各负其责，啃着一块块"硬骨头"。他们制作教学课件，互相学习力争超越，要求自己每项工作都比专业人士做得更好。2021年10月，项目部首次采用海上风电主机厂商优选模式，寻找最佳的合作伙伴，在技术、产品、产业等方面深度合作。11月，从规模化开发、定制化机型、财务降本等八个方面找出平价路径，建立数学模型，对投标最高限价进行模拟分析、科学设定，最终中标价与预测价仅偏差2.1%。

在推进项目前期手续办理的同时，项目部超前谋划后期施工中的具体工作，完成适应船机的资源报告并锁定不低于项目需用70%的船机，探索出预计建设周期为8个月的升压站建设模式。2022年3月，项目部成功完成钢板切割，保障了工期。

2022年5月，渤中海上风电B场址采用EPC总承包模式，中标厂家为拥有国内70%业绩的优质央企，单位千瓦造价破万元，创出了国内海上风电最低纪录，引发了整个行业的广泛关注。新能源公司以前瞻性的眼光带动技术加速迭代，引领了行业进步。风机单机功率由2021年半岛南项目的5.2兆瓦提升到A场址的8.35兆瓦和B场址的8.5兆瓦，促进集约用海。已量产的风机叶片长度由96米跃升至107米，项目部联合上海电气进行定制化生产，将风机叶片长度提升至112米，不断打破行业天花板，大幅提升风能资源利用效率。

渤中海上风电项目创新采用“主线节点责任制度”，将海上风电归纳划设为10条主线149项节点，变串联为并联，做到“以点带线、以线定面、节点到人、全员覆盖”，各主线并行推进，实现了每个节点受控。渤中海上风电项目全面引领了山东省海上风电平价开发进程。在渤中海上风电项目高质量推进的激励和带领下，“十三五”期间未实施项目纷纷加速上马，山东海上风电平价开发已成为业内焦点热点。

高强度的工作更需要团队的凝聚力。渤中海上风电项目部的19位成员互助互爱，成为相亲相爱的一家人。他们一块儿过生日，亲自动手烹制一道道菜肴，紧张的工作中透露着生活的温情。他们制作了项目部的徽标，开办了《迎着风的方向》项目部专刊。每个重大节点完成之后，大家在欢喜的同时，不忘立即复盘得失，总结经验教训，马上投入新的战斗。

渤中海上风电A场址首桩沉桩施工标志着山东能源集团“向海

揽风”迈出实质性一步，拉开了渤中海上风电基地规模化开发的序幕。渤中海上风电项目部高度重视首套钢管桩沉桩施工，提前一个月对施工人员组织、船只和工具器具准备、手续办理、专项方案编制和召开专家评审会、桩基生产进度等环节进行梳理，倒排时间节点，明确各环节负责人。

2022年，“4·16”首桩沉桩施工前两天，项目部工程组成员陈虎、刘辉提前登船，参与首桩施工前海上准备工作。根据工作计划，4月14日海上机位点进行稳桩器及辅助桩安设，4月15日为了准确测量海上风电场桩基沉桩的目标高程，工作人员需以陆上已知的高程水准点复测海上已知的高程水准点准确度。

陈虎跟随烟台打捞局高程复测人员携带测量工具，乘船前往风场附近的胜利油田埕岛中心三号平台进行高程控制网点复测。经现场测量，陆上和海上已知的高程水准点出现较大偏差，前期已建立的高程控制网是无效的，如果使用误差大的高程水准点指导钢管桩沉桩的高度，那么会导致风机高度出现偏差，将降低风力发电机组的输出效率和发电量。

针对高程控制网点出现的意外情况和迫在眉睫的首桩沉桩工作任务，陈虎回到施工船后，立即召开由EPC总承包方、监理、施工方相关人员参加的紧急会议。通过数据分析研判，他们找到了原因：前期提供的陆地控制水准点因土质松软出现沉降，无法为海上提供有效的控制点信息，影响钢管桩最终高程确定。

在会议讨论的过程中，有人提出，“误差不算大，事情不要声张，大家不说谁也不知道”，“时间紧，首桩先用这个误差数据施工，待新的高程控制网点建立后，以后桩基施工就准确了”等。

陈虎听到之后，给予了严厉的批评，对桩基施工的质量标准和能源集团建设项目质量要求做了重点强调。他要求每个人都要提供一套解决方案，大家一块儿想办法，如果拿不出切实可行的方案，每个人都没有办法离开会议室。

经过5个多小时的紧张思考和商议，大家最终研究出了妥善的解决方案。而方案拿出来的时候已经是4月16日的凌晨，距离规定的首桩施工时间不到10个小时，陈虎立即向领导汇报。整个事情的处理过程和解决方案得到认可后，他组织在场人员形成会议纪要，监督所有人在会议纪要上签字，共同对首桩施工质量负责。

4月16日晚9点50分，渤中海上风电A场址首桩沉桩施工圆满完成。项目部在最短的时间内督导新高程控制网点建立，通过对首桩高程复测，证明首桩高程处置方案是有效的。正是他们这种敢于较真的精神，守护着山东能源集团绿色低碳转型中的能源供应安全。

2022年7月5日，EW8.5-230机组配备的S112叶片下线，刷新当时国内已下线最长叶片纪录；9月8日，山东能源集团渤中海上风电B场址项目顺利完成首台吊装，刷新全球已吊装最大风轮直径机组纪录，引领中国海上风电正式迈入230米风轮时代；11月16日，机组成功一键并网，再度刷新全球已并网最大风轮直径机组纪录；12月30日，渤中海上风电B场址项目47台EW8.5-230机组全容量并网，刷新了全球商业化运行风机最大风轮直径纪录……

在一个个纪录的刷新下，山东能源电力集团渤中海上风电项目成为我国“十四五”重点建设五大海上风电基地最大规模全容量并网发电的项目，山东能源海上风电装机规模跃升至山东省首位。

险峰也怕担山人

初冬，清晨起来，李栋柱沿着宿舍楼右侧的砖铺小道向着食堂走去，耸耸肩、搓搓手，已经感觉到几丝寒气。院子里的“小溪”水面平静，像是结了冰，数日之后，果真就结冰了。李栋柱忽然发现波纹微微荡漾，绕过竹林，眼前立刻现出两只高瘦、挺立在岸边的白鹭。

白鹭并不怕人，侧头微睨了李栋柱一眼，继续伸着长嘴在溪水里一啄一啄。突然，一只白鹭嘴里已经横着一尾不停摆尾抽打的小鱼，紧接着，一张一合几个快速动作，将小鱼直送入喉咙深处。

在内蒙古恒坤化工有限公司（简称“恒坤化工”）的院子里，总工程师、副经理李栋柱指着如今已经用水泥加固堤坝的小溪，为我们介绍着当年的景象。池子里的荷花开了，幽香如爬山虎，挂满了几栋楼。

恒坤化工成立于2008年11月，作为煤化工生产企业，隶属于山东能源新矿内蒙古能源有限责任公司。当时的注册资金是6亿元，投产后迅速成为内蒙古能源公司实现煤炭就地转化、打造循环产业链、构建一流精细化工园区的重要支柱。2018年，被认定为国家级高新技术企业，2021年12月顺利通过复审。2020年12月，被认定为内蒙古自治区焦炭清洁生产研究开发中心。

恒坤化工位于内蒙古自治区鄂尔多斯市鄂托克前旗上海庙经济开发区精细化工园区，东距鄂托克前旗90公里，西距宁夏回族自治区省会银川市38公里。也就是说，此地虽属内蒙古，但实际上离银川更近，有人戏说："理发都得跨省，移动信号要看风向，刮西南风的时候手机是宁夏的信号，刮东北风的时候是内蒙古的信号。因此夏季的时候大多是银川的信号，冬天的时候可能都是内蒙古的信号……"周围煤炭资源储量非常丰富，其良好的区位优势为发展煤化工产业奠定了得天独厚的基础。

李栋柱毕业于重庆邮电大学，曾经在泰安盐化工企业工作过三年，一开始在烧碱车间实习，后来到了技术部任工艺管理员，后来提拔为车间副主任。他平时是一个善于学习、善于观察的人，进步非常快。因此，当恒坤化工开始建设的时候，李栋柱被调过来支援，进入化产车间工作。

那时候职工还比较少，化产车间两位主任只能轮流休班，刚到的18天里李栋柱一直住在厂里。车间开车之后，他也经常一两个月在工厂里值班。开车的时候，工人确实比较辛苦，因为一旦开起车来是不能停的。

2011年的冬天，天气尤其寒冷，李栋柱直到现在都还记得，早晨起来汽车打火半个小时才能启动。因此，他每天起来洗漱的时候，先把车打着火，等洗漱完毕，过了半个小时，车子刚好能够慢慢启动了。

在值班期间，楼下经常有人凌晨三四点喊：蒸汽管线冻住了！蒸汽有一百四五十摄氏度，而管线却被冻住，说明确实是太冷了。李栋柱说，最冷的时候一度达到了零下39摄氏度。管线被冻住之后，几个人拿着没有冻住的蒸汽管线，释放着蒸汽给管道加热。戴着手套，裹着大棉袄，他们像花蝴蝶一样，从南吹到北，从北吹到南。有时候一晚上都不得闲，每隔半小时相互替换一下。在吹的过程当中，手里拿着的蒸汽管线有时候也会被冻住。

不只年轻人觉得艰苦，老职工提起当年的岁月也会唏嘘不已。

建立筹备处的时候，党委委员、副经理许刚已经来到了恒坤化工。他介绍，当时感觉这个地方真是荒凉，“满眼都是沙漠”。沙子又细又密，时兴的翻盖手机，一年就要换一个，常在风中走，沙子很快把手机里的空隙全部塞满。他回到宿舍后，只能试着将沙子轻轻磕出来。天长日久，手机各项功能慢慢失灵。

许刚指着公司周围大片大片的树林告诉我们：“这些树都是建厂之后慢慢种起来的，可以说费尽千辛万苦，尤其是浇水，费了老鼻子劲儿了。”

在筹备处那段时间，第一批职工来了三个人。他们前期主要是做图纸的会审，办理相关手续，最早的时候住在长城一矿，后来在上海庙有了宿舍。许刚有一个特别深的印象，那时每到下午下班的时候，就看到长城一矿的好多职工穿着棉袄在栏杆上趴着，“说句很难听的话，就和监狱放风一样，好像被流放到了此地”。

恒坤化工的建设得到了当地政府的大力支持。许刚说，那时候办手续“太有劲儿了”，政府办事效率特别高，每一次回来都有成果。这和当时的一项政策有关系，内蒙古自治区在招商引资开发煤炭的时候，要求挖出的煤炭必须就地转化一半以上。在这种形势下，新矿集团很快决定建设恒坤化工。

煤化工是指以煤为原料，经化学加工使煤转化为气体、液体和固体燃料以及化学品的过程，主要包括煤的气化、液化、干馏以及焦油加工、电石乙炔化工等。作为煤矿人，顶多知道点儿“焦化工”，对于“煤化工”，建设初期只知道一点儿概念，没有人真正懂。但正是这一批“门外汉”慢慢摸索、慢慢学习，发展到现在公司有了一大批专业人才，技术上也基本实现了自动化。

恒坤化工创了几个行业第一，最突出的是焦炉煤气制取液化天然气项目。它是亚洲首家焦炉煤气化企业，也是世界上唯一一个实现焦炉煤气就地转化的企业，把研究成果从实验室搬到了工厂里，实现了工业化。

为了这个项目，企业付出了艰苦卓绝的努力。该项目的关键性技术是从英国Davy公司引进的世界最先进甲烷化技术和中科院的深冷液化技术。20世纪60年代末英国燃气公司（BG公司）开发了CRG技术，并于70年代初将其应用于石脑油等廉价燃料制取低热值城市煤气。在英国，采用CRG催化剂，BG公司投产和运行了多个煤气生产装置。20世纪70年代末至80年代初，BG公司研发出了与CRG催化剂配套的甲烷化工艺，可将煤气炉产生的合成气在甲烷化作用下转变成替代天然气，以弥补天然气的不足。20世纪90年代末，Davy公司获得了基于CRG催化剂的甲烷化工艺技术的转让许可权，并进一步对其催化剂和技术进行研究，研发出高性能催化剂CRG-LH，并在全球范围内推广应用。

Davy甲烷化技术流程和鲁奇甲烷化技术流程类似。前两个反应器为高温反应器，采用串并联形式，进料方式采用部分反应器循环进料，根据对原料气组成和合成天然气甲烷含量的要求，后面设一个或多个补充甲烷化反应器。由于高温反应器是在高温下运行，循环比比低温运行降低很多，循环压缩机尺寸变小，节省了循环压缩机成本，并降低了能量的消耗。由于反应温度高，副产中压或高压过热蒸汽可直接用于蒸汽轮机，提高了能量利用效率。

当时Davy公司研发的焦炉煤气生产液化天然气的技术，是在实验状态下完成的，世界上还没有人用于工业化生产。当时恒坤化工甫一建立，理念比较先进，瞄准了科技前沿发力。2013年项目做起来之后，国内很多家企业都来参观学习。后续的很多企业是站在恒坤化工的肩膀上腾飞起来的，企业在使用中不可避免地会遇到的一些问题，已经被提前解决。这就意味着，一个复杂的工艺包已经打开，国内其他企业只需要吸收整个探索成果就可以了。

恒坤化工在探索期走的弯路也不少，首先是得引进设备，成套的设备由北京众联盛设计院负责采购。因为当时北京众联盛设计院购买了戴维甲烷化技术包，作为项目的引进方，相当于在恒坤化工进行了探索性的实验。

许刚直到现在还记得，当时两次在北京开会，谈判了好几轮之后，英国人决定和恒坤化工共同建设这个项目。当时来指导项目启动的英国技术员标准很高，非常严谨。假如楼梯上有一点积雪扫不干净，他就会认为这是安全管理做得不够好。当然，对生活的要求标准也比较高，讲究品位，要在银川住五星级酒店。

技术上的高标准让恒坤化工受益不少。原来的培训资料都是英文的，涉及化工方面的专业术语必须依靠翻译。自己的技术人员通过培训学习，慢慢将其转化成中国人自己的语言，最后将新技术应用于实际操作。

恒坤化工在化工焦的生产研究中打破了常规。恒坤化工最初的设想是生产冶金焦，后以内蒙古上海庙矿区整体效益最大化为经营原则，改为生产化工焦。冶金焦和化工焦的强度和反应性不一样。一般来讲，冶金焦气孔率要求在40%—45%，化工焦气孔率要求在30%左右。冶金焦气孔率高，强度低；化工焦气孔率低，强度高。冶金焦主要用于钢铁冶炼，是高炉焦、铸造焦、冶铁合金焦和有色金属冶炼用焦的通称。化工焦主要用于化学工业中。

当时，恒坤化工最大限度地使用了上级单位自产的煤配煤，所以焦炉煤气组分发生了很大的变化，造成煤气中碳氢比较高，偏离了初步设计。所以在后续的生产中甲烷化催化剂表面出现了积碳现象，为解决这一问题，恒坤化工对项目装置进行了优化改造，同时对液化甲烷生产工艺控制进行了优化，减缓了催化剂的积碳速率。

那时候恒坤化工开了“配煤”的先河，因此许刚被同事戏称为“配煤大师”。所谓“配煤”，是把几种牌号不同的单种煤按一定的比例配合起来炼焦。采用配煤炼焦，不仅可以节约优质的炼焦煤，还可以充分利用各种煤的结焦特性，取长补短，改善冶金焦炭的质量。不同变质程度的煤各有其特点，在配煤中所起的作用也不一样，技术人员利用各种煤在性质上的相辅相成，使配合煤的质量满足炼焦生产的要求，对合理利用煤资源、节约优质炼焦煤、扩大炼焦煤资源具有重要意义。

为了达到更好的效果，2010年的时候，许刚数次赶赴北京煤科院，去做配煤实验。他当时主要带了三层煤、九层煤和五层煤（指该井田的煤层编号），还从宁夏带来一种煤。每种煤用蛇皮袋子装着，写明型号。

在火车站办好了托运之后，许刚带着食物，乘车同时出发。但煤只能运到北京郊区，所以许刚到了北京后，需要协调北京煤科院派车去装运。这些复杂的联络工作，许刚一个人就解决了。

北京煤科院将许刚带来的煤做了各种配比实验，调了若干种配方。其中配煤的检测中有两个指标尤其重要，一个是胶质层厚度，另一个是黏结指数。烟煤在干馏条件下加热到一定的温度范围时，表面逐层热分解，形成胶体状态，再逐渐固结成焦炭。胶质层厚度是反映煤的黏结性的指标，也是烟煤分类的一种指标。

黏结指数是我国北京煤化学研究所参考罗加指数测定原理提出的表征烟煤黏结性的一种指标。该指标的测定方法是按1：5或3：3的配比使烟煤和标准无烟煤混合后焦化，测定其所得焦块的黏结强度。烟煤的黏结指数测定是将一定质量的试验煤样和专用无烟煤样（我国以宁夏汝萁沟矿生产的专用无烟煤为标准煤样），在规定的条件下混合，快速加热成焦，所得焦块在一定规格的转鼓内进行强度检验，以焦块的耐磨强度，即抗破坏力的大小来表示煤样的黏结能力。黏结指数是判别煤的黏结性、结焦性的一个关键指标。

每次的配比实验要十几天才能出结果。其间，许刚住在附近的宾馆里，每天到北京煤科院看着技术员做实验，同时，时刻没忘了学习。他原是洗煤专业出身，对煤质分析有比较深刻的认识，把不同的煤配到需要的指标范围内，经过温度的提升，慢慢炼成焦，其中的道理是相通的。

事情就这样慢慢做成了。

焦化一期现有两套生产系统，分别为130万吨/年捣固焦项目和配套建设的1.2亿立方纳米/年焦炉煤气制液化天然气（LNG）项目。一期130万吨/年捣固焦项目投资9.7亿元，焦炉炉型选用5.5米捣固型焦炉，2011年9月投产，主要产品为焦炭、粗苯、焦油、硫铵、焦炉煤气。一期1.2亿立方纳米/年焦炉煤气制液化天然气（LNG）项目引进英国戴维公司世界领先技术，投资4.7亿元，于2012年12月底试产成功，实现了炼焦煤气资源利用的新突破。公司物资供应由山东能源集团物资有限公司负责，产品销售由新矿国际贸易有限公司负责，均在公司设有派驻机构。

自2021年以来，恒坤化工始终保持高产高效态势，其中2021年生产焦炭105.33万吨，实现利润6.04亿元，各项生产经营指标均创建厂最高纪录；2022年截至6月底累计生产焦炭52.55万吨，实现利润2.47亿元。

成绩的取得和广大职工齐心协力、关键时刻能顶上的精神是分不开的。有一年春天，某日上午9点左右，恒坤化工LNG车间的工艺循环水管线突然出现了爆裂。工艺循环水管线一般是埋在地下两三米深处，是在生产状态下无法停水的一个供水系统。

为了保证LNG项目整体的正常生产，恒坤化工只能派人争分夺秒进行抢修。接到险情的汇报之后，公司领导立即启动了应急程序，投用了2台挖掘机、7台潜水泵，组织了30多名有经验的职工，用最快的速度对管道漏水点进行处理。其中，有50多岁的老职工，也有20多岁的年轻人。天气还没有暖和起来，大家工作时都穿着全套的工作服。

抢修人员身穿防水裤，跳入地下的管沟，对破损管线进行带压堵漏作业。地面挖开之后，沟管里已经产生大量积水，而且在不断外涌，一开始是喷射状，水越来越多，很快没过了施工人员的肩膀，给施工造成巨大的困难。

用许刚的话讲："当时必须扎着猛子，潜到水下进行修补。"有些职工在水里泡着，泡了十二三个小时，而水像一碗浑浊的汤。管道有大海碗的碗口那么粗，抢修的方式，是在碗口粗的钢管外面再套一个更粗的管，把它包住，然后管子两边用螺栓固定。但是等包好一段之后，职工发现另外还有一段在漏水，整个管道实际上已经有点儿脆弱了。这次事故之后，公司集中更换了管道。

潜水作业50余次，全身湿透，皮肤被泥水泡得又白又皱的车间副主任郭德杰详细诉说了这次抢险任务。他说，当时没有考虑很多，只是想着尽快把问题处理好，别影响公司的正常生产。作为一名老员工，他对于管网的辐射情况比较清楚，更要冲在最前面，也给年轻人做一个榜样。

某位职工将抢修现场的视频拍了一条抖音，上传到网络上，广大网友纷纷点赞。集团领导看到之后，把这条视频牢牢置于视频页面的顶端。

经验丰富的许刚解决了很多棘手的问题。

有一次煤气阀门打不开，在现场的职工经验都比较少，很多专家都束手无策。职工汇报给许刚之后，由于他身经百战，泰然自若，先勘察了现场情况，后默默预想了所有可能发生的事情。他带了三个年轻人，爬上了两米多高的操作台，操作台上是一米四的阀门。许刚预想过，在阀门打开的一瞬间，肯定会有一股煤气喷出来，这种情况下必须挂好安全带。挂好安全带之后，用千斤顶把阀门顶开了。打开阀门的一瞬间，真的有大量气体喷涌而出。

当时也在高台上的李栋柱后来回忆说："那一瞬间真有把人吹倒的感觉。为什么说得有一两个经验丰富的老人在厂子里呢？确实，他们的经验非常重要。许刚经理管生产之后，我一直跟着他，亦师亦友。他能够接受新事物，我们有什么大胆的想法都可以和他商量。他一直对年轻人非常信任，既大度又开朗，交流起来也给人一种比较温和的感觉。当然在生产会上，有时候他会板着脸，非常严厉地批评大家，但是私下里实际上非常能够体谅车间主任们的辛苦。"

党群部部长鞠田文也是2011年来到恒坤化工的，那时候厂里没有食堂、没有澡堂，也没有班车。很多时候职工只能去对面的洗煤厂坐班车回宿舍。试运行期间，粉尘比较大，职工从生产一线下班的时候，灰头土脸的。还发生过一个小插曲，洗煤厂那边的职工，觉得恒坤化工的职工衣服太脏，不想让他们坐班车。没有食堂，中午大部分人只能买点儿泡面吃，凑合一下。

鞠田文当时在化验室工作。每隔15分钟需要取一次气体样本，几个人轮流，基本上前一个人出去了，过上15分钟以后，第二个人出发，而此时第一个人还没有回来，就这样循环往复。在化验室工作，职工需要做精细复杂的操作，没有办法戴手套。好多从来没有生过冻疮的女职工，手上也生了冻疮。冻疮有个特点，第一年得了之后，第二年还会复发，于是每到冬天，化验室的女职工手上就生冻疮，手被冻得都裂开了。这种情况持续了很多年。

再往后，条件慢慢越来越好了。办公室装上了暖气，食堂的饭菜也非常可口。现在的职工福利非常丰厚，联谊会等活动每年都会上一个新台阶。

山东、山西和宁夏当地的生活方式、语言、思想上的认识差别比较大，职工们面临的最大困难就是找对象。不同地方的人，有时候交流一段时间，会发现融不到一块儿，于是聊着聊着就没了下文。公司在进行招聘的时候，已有对象的求职者，只要其中一位符合专业条件，另一位无论学的什么专业都可以一块儿过来，到公司之后，再安排相应的工作。

为了解决年轻职工的恋爱问题，公司定期组织交谊活动，让单身的青年职工能够多交流一下。平时大家都忙，下了班回宿舍，没有太多的交集，而挤气球、抢椅子等活动，可以让大家尽快熟悉起来。

山东人受儒家思想的影响大，相对来说是比较害羞的，所以更加需要公司推动一下，不然的话，他们主动和别人交流的可能性非常小。当然，这个问题也不是现在才有，李栋柱来的时候就已经存在了。

提起恋爱经历，李栋柱说了一句很有意思的话："当时恋爱都是晚上10点以后。"因为人比较少，他那时晚上9:30下班，安排好交接班的工作后，坐着班车回家。回家之前先发信息，回去之后，和恋人在小区旁边的马路上转一转。

李栋柱的妻子孙倩在综合办公室，老家是临沂的，大家都说她"性格比较好，很务实，工作很努力，非常温柔善良"，和李栋柱是一对让人羡慕的“神仙眷侣”。

许刚说，最初“没什么上下班的概念”，最多的一年，他曾经上过360多天班。在跑手续的过程当中，许刚作为主管，每个月几乎能在呼和浩特市待15天以上，有时候早晨去呼和浩特，晚上还必须赶回来。他对呼和浩特、康巴什的熟悉程度远远超过了上海庙，哪个地方有什么饭店，有什么特色菜，哪个街道的门牌等都太熟悉了。

许刚如今也是“老人”了，从建厂一直到现在，为企业发展作出了巨大贡献。用他的话说，一群门外汉在茫茫戈壁滩上建设了一个现代化的化工大企业。他还说，创业的时候最快乐。

恒坤化工肩负着“最大限度使用内蒙古能源自产煤”的重要任务，起到稳定区域煤炭市场的作用。同时，伴随焦化二期的投产，恒坤化工大幅扩大了生产规模，既提升了区域话语权，又增强了生产焦炭品种的灵活性，能够保证产品及时对接市场，提升市场适应力和经营主动权。

与此同时，几千公里之外，新疆能化公司迅速崛起。

2004年4月，新矿集团积极响应国家“西部大开发”战略进疆开发，建设了千万吨级煤矿、世界最大单体的煤制气工程、房地产、装备制造等项目，产业分布在伊犁、喀什、巴州、阿克苏4个地州的9个县市。

在新疆能化公司煤化工甲醇车间，有位主管工程师名于德玲，被人称为“拼命三娘”。扎根驻外煤化工事业10余年来，她担责不避、任事不躲，虽然为人妻、为人母，上有老下有小，却一直充当着车间工艺管理的排头兵，敢打能拼、勇于创新，练就了过硬的“打铁”功夫。

俗话说“炉火明，接货不分南北；功夫硬，提锤任打东西”，这才能锻造出好钢好铁。而让甲醇项目实现高产高效的关键，就在于技术创新。

新疆能化公司煤化工30万吨甲醇项目属于国内较为成熟的设计规模，按照设计参数推算，理论上可实现日产1200—1250吨即年产36万吨的产能，相当于提高设计产能20%。但最初该公司甲醇产量一直徘徊在800—1050吨。

如何突破这一瓶颈，为公司创造额外的收益，一直让于德玲这位“铁娘子”日思夜想。她牵头成立了攻关小组，仿佛“焊”在了小小的办公室里，带着大家对比设计参数和运行数据，并进行探索、研究。他们逐渐提出了“将塔底温度提高至140.3摄氏度运行”等一系列技改措施，使甲醇产量创造了日产1256吨纪录。

就甲醇生产过程中的煤炭单耗，于德玲多次和设计院及集团公司的兄弟单位沟通，凭借多年丰富的操作经验，对合成气流量、温度、压力严格执行设计配比，减少前系统进入工段的供气预热时间，将常规时间由2小时缩短到30分钟，减少有效气体排放量，使煤炭单耗平均下降了7个百分点，年可节约煤炭消耗4.03万吨，创效1210万元。

于德玲还对氨净化系统流程进行了优化，将开车时间再缩短两个小时。由于德玲任组长的“提高CO变换率的流程改造”等项目在新疆能化公司科技大会上获得一等奖。2021年4月23日，新疆能化公司新疆煤化工首个以她命名的“劳模创新工作室”揭牌成立。在这里，她把自己爱岗敬业、艰苦奋斗与创新精神传递给了身边的每一个人。

伊犁一矿是山东能源集团在新疆开发建设的最大的矿井，年生产能力1000万吨。

刘德伟是第一批来疆的创业者，见证了整个矿区从无到有的建设历程。那还是在2007年，时隔12年之后，他的儿子刘江，在父亲的感召之下也来到了伊犁。

刘德伟和刘江父子情深，12年来因为父亲外出创业，两人聚少离多。毕业后，刘江坚定地选择了和父亲到一个单位工作，从“工友”到“室友”，开始了“同吃同住同劳动”的幸福生活。

这时，父亲刘德伟才逐渐给儿子刘江聊起了当年的创业历程。在茫茫的戈壁荒原上，风沙满天。顶着风沙，他们一步一步建成了一座千万吨的矿井。

刘德伟是伊犁一矿运输班的组长，而且多年蝉联优秀班组长。矿场用的是无轨胶轮车，这种运输方式的好处是机动性比较强，行车路线不受铁轨的限制。刘江的工作是在井下做通防设施设备的安全检测。

有一次刘江跑累了，想偷个懒，就给刘德伟打了个电话，让他派个车来接自己，没想到被刘德伟一口回绝了。一开始刘江非常生气，但后来想想，父亲是对的，公私分明，这才是做人的原则。还有一次，刘江漏检，被父亲狠狠地训斥了一顿，他从来没有见父亲这么生气过。而父亲那“狰狞”的模样也让他长了记性，深刻认识到了安全检测对矿井安全的重要性，每次工作都加了十二万分的小心。

正是这些“舍小家顾大家”“舍亲情顾工作”的创业者，组成了山东能源集团的钢铁长城。

能源界的“塞北传奇”

看着鄂尔多斯极高且蓝的天空，邸建友忽然陷入沉思。

第一次见面，和本书作者之一董玉文聊了不到十分钟，盛鲁能化公司党委书记、执行董事邸建友仿佛年轻了十岁：“谭践主席十多年前写《十年砺剑》那本书的时候，在孙村煤矿扎扎实实待了四个月，将孙村煤矿研究透了，那时我刚好是孙村煤矿的矿长，直到今天，我们对谭主席的认真执着仍然记忆犹新，就像昨天发生的事情。你说巧不巧，当时谭主席采访孙村煤矿，是为了给新矿集团立传；十年之后，作为谭主席的学生，董老师来到盛鲁能化采访，是为了给山能集团立传，这不是一段特殊的缘分？回头请董老师一定转告谭主席，我们郑重邀请谭主席来鄂尔多斯，和当年的老朋友们聊聊天、叙叙旧……”

邸建友在任孙村煤矿矿长之前，在翟镇煤矿任总工程师兼副矿长，那天刚从井下上来，同事告诉他，赶紧去集团一趟，领导找他谈话。邸建友深感意外，迅速洗了澡之后，赶赴集团。领导与他郑重谈话后，宣布集团任命，任命邸建友为孙村煤矿矿长，当天下午必须到岗。邸建友既惊喜又迷惘，回来将集团任命给同事们一说，大家都替他高兴，中午为他饯行。

就任表态发言，只有半小时的准备时间。邸建友坐在新办公室里，脑子里像开了锅一样：应该讲些什么？拿了支笔，在稿子上划拉，划拉来划拉去，一篇讲话稿竟然划拉成了！讲完了话，半年之后总结的时候，找到讲话稿，自己竟然认不出稿纸上到底写的什么字了。随手一丢，就此别过。五年之后，宣传科整理材料，稿子竟然再次出现——邸建友惊讶了：哪儿找出来的？原来此稿深埋在书架底层一本书里，宣传科费了九牛二虎之力才像挖煤一般挖掘出来。现在这份稿子已经成了孙村煤矿的历史文献。

我服从组织的安排，从今天开始来孙村煤矿工作。

首先我要感谢董事长对我的信任和栽培，董事长跟我谈完话后，我的心情可以用诚惶诚恐来形容，唯恐不能胜任工作，辜负了董事长对我的期待。我深感责任重大，同时也感觉压力很大。

孙村矿是一个百年老矿，除了煤矿普遍存在的水害、瓦斯、粉尘、冲击地压等自然灾害以外，还存在着“一最二高三多”：“一最”，矿井最深；“二高”，地温高、地应力高；“三多”，环节多、设备多、人员多。

在这么困难的情况下，我们孙村矿广大干部员工，在集团公司的正确领导下，在孙矿长直接领导下，做了大量扎实有效的工作。通过三年调整，开采布局合理，保证了矿井稳定；千米立井解决了通风困难、上下井人员和材料运输难的问题；目前正在进行的运输系统改造也是一件大事，系统优化后，环节减少、设备减少、人员减少。通过深化内部改革，加强企业管理，孙村矿出现了良好的发展势头。原煤产量一年一个台阶，每年都创出了历史最好水平。

这些成果的取得，为我们孙村矿以后发展奠定了良好的基础，也同样为我们树立了一个很高的标杆。这也是我的压力之所在，在此基础上，我们是继续发展，取得更大成绩，还是停滞甚至倒退？这对我们矿，对我本人，都是一个巨大的挑战。

从今天开始，我们就是一家人了，一个锅里摸勺子，实际上我也不是外人，我1986年到1990年在孙村矿奋斗过5年，对孙村矿有一定的了解。孙村矿有它实实在在的困难，也有有利的条件：我们有丰富的储量，工业储量是1.8亿吨；我们有特别过硬的干部职工队伍，有一个年轻化、知识化、团结的领导班子，再加上孙矿长为我们打下的坚实的基础。因此，我有信心团结带领全矿干部职工在现有基础上不断进取发展，在不长的时间内（1—2年），把孙村矿建设成为集团公司一流的矿井。我们要有敢为人先的精神，为集团公司发展作出应有的贡献。

在此，我给董事长和全矿干部职工表个态，从今天开始，我将以孙村矿为家，坚决贯彻集团公司的方针政策，在工作上扎扎实实，不遗余力，恪尽职守，在生活上与广大干部职工打成一片，广泛吸取采纳大家意见，想为工作所想，干为工作所干，做到清正廉洁，不利用职务之便谋取私利，决不允许我的家属、亲戚朋友和身边的人，打着我的旗号谋取私利或办任何不利于工作的事。

我所做的事，我所说的话，我所采取的措施，一切都是为了工作。我会一心一意扑在工作上，尽自己的最大努力把工作干好，不辜负领导的期待，不辜负广大干部职工家属的期待。希望大家支持我、监督我。

我的管理理念：制度化管理，程序化运作；做到人人有标准，事事有规程，处处有纪律，时时有考核；可以越级检查，不可以越级指挥；可以越级申诉，不可以越级汇报。

我推崇管理上有令则行，有禁则止，上通下达，政令畅通。

我的用人原则：道德品质好，能力强，理念统一，为最好；道德品质好，能力一般，理念统一，次之；道德品质一般，能力一般，理念不统一，第三；道德品质不好，能力强，理念不统一，坚决不用。

我的处事原则：公开公平公正，一切从工作出发，对事不对人。

我的做人原则：坦坦荡荡做人，扎扎实实做事，不搞小动作，就事论事。

我信奉的是：团队精神，集体的团队，民主决策，集中管理；我想通过交流，通过干事，跟任何人成为朋友，而不是对手。

我想致力于给大家创造一个宽松舒畅的工作环境，和谐透明的人际关系，鼓励大家在各自的岗位职责范围内，创造性地工作。

目前的工作重点：

1. 抓好当前的安全工作。各级管理人员要集中精力抓好井下安全生产，人员要到位，不要越位。

2. 人事一律不动，各司其职，各负其责，以往工作及各方面表现好的同志要继续发扬，以往工作及各方面表现不尽如人意的同志，要尽快改变，工作上水平。

3. 严格执行各项制度，近期主要任务是学习孙村矿的各项制度。我们孙村矿经过多年的积累，形成了一整套完整的管理制度，所有制度、规定、办法，只要不改动都有效，从今天开始，如果哪一位领导，哪个部门的哪一个人，执行走了样，一律进行查处追究。

4. 当前的重要任务是，按照集团公司学习枣庄矿业集团的部署，学习先进经验，转变落后观念，尽快把各项工作提高到一个新水平。

请大家相信，不管是谁干矿长，都想干好，其中的方式、方法、思路可能有所不同。我会学习孙村矿以往好的经验和做法，依靠现有班子和广大职工，希望能够缩短时间，尽快进入角色，使我矿的工作尽快进入快速发展的轨道，请大家相信我，帮助我，支持我。

谢谢！

质朴，而且思路清晰、掷地有声的讲话赢得了在座职工的一致拥护。之后几年，孙村煤矿焕发新的活力，逐渐成为新矿集团的主力矿井，为集团发展立下了汗马功劳。

2011年3月，经山东省委、省政府批准，新汶矿业集团有限责任公司、枣庄矿业（集团）有限责任公司、淄博矿业集团有限责任公司、肥城矿业集团有限责任公司、临沂矿业集团有限责任公司、龙口矿业集团有限公司六家企业重组，成立山东能源集团有限公司，这也是现在的山东能源集团第一次重组。

2011年7月27日，山东能源集团内蒙古资源开发办事处成立，邸建友奉命带队，开启“走出去”的开发创业新征程。

“十二五”期间，山东能源集团把内蒙古作为资源开发的重要区域，共规划建设煤矿项目18个，煤转化和配套项目56个，规划煤炭产能1亿吨，计划完成投资563亿元。但在2011年初，内蒙古自治区人民政府下发了《关于自治区煤炭企业兼并重组工作方案的通知》，将区内551家煤矿企业兼并重组为82家主体，对手续不全、配套转化项目不到位的煤矿企业全部整合，明确了整合重组完成的时间。

内蒙古区域是山东能源集团发展的主战场，也是集团未来的希望。资源开发办事处的使命就是对集团所属的煤矿及配套企业进行重组整合。在资源开发办事处主任邸建友的带领之下，办事处慢慢由3个人发展为13个人的团队。他们克服了人员少、阻力大等重重困难，对山东能源集团在内蒙古所属煤炭、煤化工等企业进行全面调研，深度分析企业资源的存量、发展现状及存在的短板，对于当前的瓶颈问题及以后的发展路径进行反复、深入讨论，形成了详细的调研报告，为山东能源集团省外企业存量发展、增量发展、优势发展提供了科学决策的依据。

内蒙古资源开发办事处在全面深度掌握相关兼并重组政策，积极协调自治区、市、旗领导和主管部门的基础上，历经千辛万苦，强化鄂尔多斯市煤炭企业兼并重组主体地位，保护了山东能源集团在省外的资源，为一批矿井进行了产能核增和手续办理，增强了区域发展的影响力、竞争力和资源开发的话语权，为山东能源集团转型发展作出了重大贡献。

2011年12月16日，山东能源集团内蒙古盛鲁能化有限公司在鄂尔多斯市康巴什区挂牌成立，是山东省委、省政府明确的，代表能源集团负责落实“外电入鲁”战略规划配套电源点项目投资和建设的主体企业。紧紧围绕国家产业政策导向和山东能源集团战略部署，抢抓国家电力体制改革及西部大开发、“西电东送”、“外电入鲁”等重大政策机遇，大力实施传统资源型产业转型、功能性产业升级、新兴产业培育“三大战略工程”，全力促成并积极参与“上海庙煤电基地”和“陇东煤电基地”两大基地开发建设，其产业投资发展布局主要集中在内蒙古自治区和甘肃省两省区。

上海庙镇位于内蒙古自治区鄂尔多斯市鄂托克前旗。此地的得名是有历史典故的，据说当年成吉思汗在出征的途中，在此歇息了一夜。当地的一位蒙古族的少女仰慕成吉思汗的名望，决定为心目中的大英雄制作一双精美的战靴。

姑娘通宵达旦忙碌着，但直到天明，战靴只做完了一只。军情紧急，第二天一早，成吉思汗的队伍便迎着旭日出发了，那位姑娘满腹遗憾。当地人得知此事之后，决心要为这只具有特殊意义的战靴建一座庙宇。

庙宇建成之后，被命名为“沙海庙”。“沙海”即汉语鞋的意思。多年以后，庙宇在历史的长河中慢慢消失了，但是“沙海庙”的名称却永远流传下来，外地人来了之后，以讹传讹，演变成今天的“上海庙”。

鄂尔多斯市的前身为伊克昭盟，“伊克昭盟”是蒙古语，意思为大庙。清初时期，鄂尔多斯部落六旗第一次在达拉特旗大庙结盟，于是有“伊克昭盟”。2001年2月26日，经国务院批准，撤销伊克昭盟，设立地级市“鄂尔多斯市”。鄂尔多斯市辖东胜区、达拉特旗、准格尔旗、伊金霍洛旗、乌审旗、杭锦旗、鄂托克旗、鄂托克前旗和康巴什新区。

“鄂尔多斯”亦是蒙古语音译，源于成吉思汗时的“斡耳朵”一语，有宫帐、宫殿、宫廷之意。传说成吉思汗有四大“斡耳朵”，分别是他四个后妃孛儿帖、忽兰、也遂和也速干的住所，每个“斡耳朵”都有各自的封地、属民，仿佛一座城池。

成吉思汗逝世之后，他的英灵及遗物被供奉在生前的大帐内，称为“成吉思汗斡耳朵”。三位夫人相继去世后，英灵与“成吉思汗斡耳朵”共同组成八座白色毡包——成吉思汗八白室，即成吉思汗陵寝的象征。

鄂尔多斯享有“歌海舞乡”的美誉，当地的人民喜歌善舞、热情好客，常常以敬献哈达、美酒、歌唱等形式接待客人。当地民间有六项国家级非物质文化遗产，即成吉思汗祭典、鄂尔多斯婚礼、鄂尔多斯短调民歌、漫瀚调、古如歌、查罕苏力德祭祀。民间有集宴饮、歌舞、游戏、竞技于一体的庆典娱乐活动——珠玛宴，也有草原牧人庆贺丰收、祈求草原人畜兴旺的盛会——珠拉格（马奶节）。

在山东能源集团联合重组以来，按照能源集团总体发展的战略，盛鲁能化坚持煤电传统产业与新能源、新兴产业同步开发，将煤电、新能源、综合电力服务三大产业板块做大做强，逐步构建形成了以“电”为主营业务、以“链”为发展支撑的产业新格局。

截止到2022年6月底，权属独资、控股、参股企业共11家，包括新源供热公司、盛鲁电厂（控股70%）、鹰骏环保科技公司（盛鲁电厂参股20%）、盛鲁售电公司、阿拉善新能源公司、鄂尔多斯新能源公司、灵台电厂、灵台新能源公司、景泰新能源公司、靖远新能源公司、平川新能源公司。现有投产、在建以及开展前期工作煤电、新能源发电项目总装机规模达610万千瓦，城市供热面积264万平方米。

盛鲁电厂2×100万千瓦煤电项目是国家“十三五”规划上海庙至山东±800千伏特高压直流输电工程的配套电源项目，项目于2017年5月24日正式开工建设，1#机组于2020年9月22日正式投入商业运营，2#机组于2020年11月27日正式投入商业运营，是内蒙古自治区第一台百万千瓦火电机组，也是山东能源集团第一个百万千瓦规模的大型火电项目，是“昭沂直流”通道配套电源项目中第一个取得核准、第一个开工建设、第一个建成投运、第一个向山东输送电的配套电源项目。

自项目进入整套启动试运行以来，锅炉点火、汽机冲转、发电机并网、168小时满负荷试运行等实现“十个一次性成功”，机组系统设备运行平稳，实现了工程质量、大件缺陷等“六个零事故目标”，机组各项经济指标与技术性能优良，设备运行稳定。截止到2022年7月20日，盛鲁电厂两台机组累计完成发电量183.6亿千瓦时，上网电量174.51亿千瓦时；上半年累计完成发电量58.65亿千瓦时，圆满完成了山东省委、省政府和省能源局保供政治任务要求。

盛鲁电厂副总经理王亚仑，1987年毕业后到了中信集团旗下的江苏利港电厂工作。利港电厂是当时国家第一个中外合资的电厂，也是中信集团成立以后引进利用外资的第一个电力项目。

中信集团是1979年由荣毅仁先生创办的。自成立以来，充分发挥了经济改革试点和对外开放窗口的重要作用，通过引进国外资本、先进技术和管理经验，按照国际惯例办事，在计划经济体制中探索走市场经济的道路，为国家经济建设作出了贡献，在国内外树立了良好信誉和形象，逐渐发展成为一家具有较大规模的跨国综合性企业集团。中信股份在香港上市的时候，资产已经超过10万亿港币。旗下的中信出版社在出版界也树立了响当当的名号。

2016年6月，王亚仑来到盛鲁电厂，电厂项目即将做完可行性研究，核准日期是7月15日。对于电厂项目，当时山东能源集团的管理层心里是没底的，因为之前主要业务以煤炭为主，虽然涉及电厂，但是电厂规模太小了。小电厂和大电厂虽然都叫“电厂”，但是它的设备系统，包括运营管理有非常大的区别。

王亚仑刚刚毕业的时候，30万千瓦的亚临界压力机组在中国就已经很了不起了，但当时美国、日本等国都已经有了百万千瓦的机组。

传统的热工控制装置采用分立元件的组装式仪表，硬件数量大，控制系统不可能设计得十分完善。新一代热工控制装置采用了以微处理机为基本单元的分散式控制系统，具有硬件可靠、内存容量大、软件功能强、采用模块化软件等特点，使得机组的自动调节系统设计得更加完善，调节系统的功能大大改善。

也就是说，不同的发电机组，它的炉膛燃烧形式是不一样的。当时的小机组是把煤磨成粉喷进炉膛燃烧，甚至有用人工把煤铲进炉子里去燃烧的，技术非常低端，煤的使用效率也非常低。当时的基础材料普遍不达标，不要说把炉子建造出来，就是设计也是根本设计不出来的。

发电机组的主系统通常指三大机：锅炉、汽轮机、发电机。其他的辅助设备看上去很简单，但实际上不然。煤燃烧后会有灰，机器必须把灰输送出去，当时是用抽气的方式抽出去，输送距离非常短。公司把国外的参数拿来以后，找国内最好的设计院进行设计，但是最多输送150—200米。这种处理系统显然不够用。

国外厂家当时提供的先进设备可以输送1.5公里，问他们是怎样计算的，这是人家的核心机密，不能说，他们只给结果。但是公司认为这不行，只有结果，万一设备上线之后不好用，那怎么办？国外厂家说，某地已经在用："你们可以去看，但是呢，计算方法不能告诉你们。"

机器投入使用之后，事实证明当时国外厂家技术确实比我们先进，"空气动力学"这一块比我们掌握得要好得多。员工面对全新的系统，不只是主机机电系统，包括所有的辅机系统，都得重新学习操作。在这种情况下，山东能源集团果断地和中信集团进行了合作。

在那之前中信集团和新矿集团曾经有过合作的项目，双方合作融洽，为之后的合作奠定了扎实的基础。中信集团有电力技术人员、电力建设人才、电力运营人才，山东能源集团有自己的煤炭资源，可以跑项目。双方取长补短，可以说是强强联合。

中信集团委派了王亚仑一行12人，参加盛鲁电厂的建设项目。盛鲁电厂逐步建成之后，运行情况良好，项目组的成员又一一奔赴新项目，当初的12个人现在只剩下王亚仑一个人继续留在盛鲁电厂。通过抽调山东能源集团下属一些小电厂的同志和社会招聘，公司组建了一个比较全面的人才团队，而当时那些小电厂的同志，现在都已经成了盛鲁电厂的主力军。仅仅用了两三年的时间，盛鲁电厂新投产机组运营就达到了先进水平。

一开始合作盛鲁电厂项目的时候，双方都非常担心。山东能源集团担心是不是跨越太大，原来是只有几万千瓦、十几万千瓦的机组，一下子跨到百万千瓦，技术上能不能行，毕竟中信集团只派了10多个人的团队。能不能把项目建好，当时是存疑的。项目什么时候能够建设起来，什么时候能够平稳运行，这些都是要打问号的。中信集团其实也有自己的担心，毕竟山东能源集团这边没有太多的电力经验，不同的文化能不能真正融合，对于整个项目的安全管理、技术管理能不能达成一致，双方能不能配合默契，都是存在一定担忧的。

王亚仑清楚地记得，第一批他带了两三个人过来。在会议室，底下坐着的职工一共将近30个人，眼神里不无茫然，用疑惑的眼光看着他们。看样子，职工心里在嘀咕："就这几个人能够做那么先进的项目吗？"同时，从职工脸上又看到了期盼，感受到一种对知识的渴求。不管怎么样，主心骨总算是来了。

总之双方的心情都很矛盾。底下的人矛盾，王亚仑带着三五人的团队也矛盾。虽然说得慷慨激昂，心里也在想："我要带的就是这么一个团队吗？我应该怎样去教他们，我虽然知道怎么开展工作，但是真正带他们去工作的时候，能行吗？"

见面会开完，王亚仑立刻向中信集团作了汇报，对于后续调来的人员，提出了建议：必须是每一个专业里面绝对权威的专家。经过选拔，后续调来的每个人，都是在各个专业相当优秀、能够独当一面的技术型人才。

盛鲁电厂也是中信集团做的第一个百万千瓦机组项目。利港电厂虽然做得很大，但只不过是60万千瓦等级的。后面公司也尝试开发过百万千瓦机组的项目，但是项目很难获批。因此王亚仑等人当时特别钦佩山东能源集团的职工，能够在这么短的时间内就把项目跑下来。

来盛鲁电厂之前，王亚仑在新巨龙煤矿待过一段时间，王亚仑当时担任总经理。当时新巨龙煤矿计划建设两台百万千瓦机组。但在山东，百万千瓦机组的项目没有跑下来，当时是从2014年到2016年，用了整整两年的时间，也没有申报成功。

到盛鲁电厂之后，王亚仑是比较满足的，感觉自己的人生是比较圆满的。他是从国家电力开始腾飞的时候，到了第一个引进国外技术、真正搞进口技术的电厂，也就是利港电厂，之前的老苏联机组和老捷克机组都已经过时了。在新巨龙煤矿的时候，王亚仑心里想："可惜我没能做到最大的百万千瓦机组，在我手上项目没有跑成。"但是现在听说盛鲁电厂，一个即将申报成功的项目摆在眼前，他是怀着非常激动的心情过来的。

项目获批之后，王亚仑需要负责各个单位的引进工作，包括总包的引进、施工单位的引进、主设备的招标、主要辅助设备的招标等一系列工作。现场工作主要是制订计划，然后去推进计划。那段时间，他确实非常辛苦。

当时，公司刚刚开始使用EPC总承包模式。在王亚仑的组织下，中信集团方建立了一个模式，叫"小业主、大监理"。毕竟团队只有12个人，在这种情况下，通常是设置监理，监理有大有小，如果说公司自身能力特别强，比方说五大集团，自己有的是人才，而监理是国家必须要有的，那就请个监理来，主要做见证的工作就可以了。

但是盛鲁电厂暂时没有过硬的技术力量，因此就采用了"小业主、大监理"模式。EPC总承包模式相对来说运行比较成功，所以不管是业主强还是弱，通常都会选择EPC总承包模式，包括国电和神华的项目，也是采用总承包模式进行建设。

总承包的范围可以有大有小，当时王亚仑带领的团队，对于整个过程的控制还是以自己为主，小业主的计划并没有完全成功。小业主的话通常是操心比较少，只要监管就可以了，主要依靠总包和监理的力量，让他们去提供技术支持和技术服务。但这种管理有一个缺点，要看监理和总包是不是尽力、负责。

王亚仑等人在项目建设过程中慢慢发现，真正值得信赖的还是自己这个团队。一些负责任的监理会帮你全流程严格把关，但是监理队伍良莠不齐，如果监管不到位，那么个别环节可能会出一些问题。而任何问题都会影响之后机组的运行，会产生一些隐患和薄弱环节。

由于总包已经拿到了总承包费用，对他来说，花钱越少越好，只要把事情办成就可以了。在这种情况之下，他可能会选择一些非主流的设备，这就需要业主去鉴别。假如业主的鉴别能力差，结果可能就不尽人意，给机组的运行带来隐患。

王亚仑团队全员参与，包括社会招聘的大学生，能用的全部用上。从设计开始，到选择设备、选择供货的分包商，对所有设备的技术规范都进行了监督，包括每一块仪表、每一个控制方式、每一个参数等等，全部进行把关。

当时他们把项目环节分成了a、b、c类，按照重要的程度，主要设备和主要辅助设备归为a类，王亚仑亲自把关。b类交给其他团队成员，c类可以交给监理。但是王亚仑团队后来慢慢发现，也会存在问题，因此最后a、b、c类都由他们统一把关，发现问题之后及时解决。

总包是选越便宜的设备越好。而对于盛鲁电厂，肯定是越先进越好、越可靠越好，这就是一对矛盾。王亚仑团队首先采取了对短名单(一般要排世界前三或全国前三)的方式，对设备质量进行把控。总包选择的供货单位必须进入短名单，不管是国产的还是进口的设备。

比方说高压阀门，材料都是进口的，但是国外的品牌很多，美国、日本、德国、意大利、比利时等都有，并不是说大国家的一定好，小国家的就一定不好，这就需要用比较丰富的经验去进行判别。有的产品可能是德国的好，有些产品可能是美国的好，某些产品可能是韩国的好……当时他们把这些设备全部都梳理了一遍。

对于那些先进的设备，一般的小电厂根本接触不到。比方说阀门，小电厂根本用不到太大压力等级的，用不到高厚钢和合金钢的。硬件，包括管道阀门，上面有各种各样的仪器、仪表，他们让总包替换了很多。

当时谈判占据了大部分的工作时间，可以说是“5+2”“白加黑”。王亚仑早上起来，第一件事情就是到办公室开会研究，到点儿吃饭，吃完饭之后又去办公室。每天晚上工作到什么时候，不一定，一定的是，工作到再也讨论不下去，人的脑子已经完全不听使唤，那种情况之下才去休息，这样的日子持续了将近一年。

设备的采购不是一次性的，包括辅机采购也是分批进行的。一方面设计单位设计图纸，另一方面现场施工，整个过程全部交叉在一起。因此第一年的时候职工特别辛苦，基本上没有周末休息的时间。当中信集团利港电厂来的技术员慢慢撤回之后，盛鲁电厂还能够良好运行，也得益于这种高强度的培训和实战。

像百万千瓦这种等级的发电机组，往往牵涉大件运输的问题。锅炉、汽轮机、发电机三大主机，全部都是上海电气集团生产的。发电机的定子是其中最大的部件，并且它很精密，同时又很脆弱，不能磕不能碰。定子的外套是纯钢的，里面包裹着发电机的核心部件，总重量达到了400吨。

由于定子是高精尖设备，精密到手都不能随便去碰，根本就没有办法拆卸，所以只能原样运输。当时公司组织了一个大型车队，前面有引导车，后面有保护车，配备了专门协调各种情况的运输人员。整个车队包括5辆卡车，从前到后，加起来长度要超过100米。

定子的直径有4米多，圆形中空。主运输车是一辆特制的平板车，底下密密麻麻都是车轮子。当时运输队从上海电气集团出发运到码头，通过长江入海运到天津。在天津上岸之后，转汽车运输，沿着公路一直运输到鄂尔多斯盛鲁电厂。

在路上，运输队经历了一系列艰难险阻。遇到桥梁，需要先把桥梁加固一下；碰到较矮的电线杆，需要采取临时的支护措施，把电线挑高；有些收费站过矮，定子没法通过，只能把收费站拆掉，过去之后重建收费站……因此整个运输费用相当高。

运输队运输的时候还要错峰运输，避开车流高峰，因此要专门有一辆车在前面探路。当时运输队找了专门的大件运输公司，因为有专业的经验，可以协调当地政府、协调交警、协调地方，甚至协调村民。

所有的配件运输过来之后，王亚仑组织团队进行检查。盛鲁电厂能够顺利投入运营，和这种精细化的监管是分不开的。整个安装过程，他们甚至从土建开始就参与。每一批钢筋、每一批砂石料、每一批水泥、每一批添加剂，只要进厂都要经过王亚仑的检验。

王亚仑的师傅叫赵明哲，原来在东北某电厂工作，是我们国家最早期的一批专业技术人员。14岁进电厂，是国家电力行业工龄最长的，给了王亚仑悉心的指导。

土建专工设备管理员王娟娟，参与了盛鲁电厂的建设过程，对其中的细节印象很深。比如，在建输煤栈桥的时候，皮带安装会有震动，而当时侧面墙上的瓷砖还没有贴。皮带运行的过程之中，瓷砖还没等硬化好，可能就会被震脱落。在墙上贴瓷砖是为了方便冲洗，运输煤的时候卫生要求特别高，每天必须要冲洗。过煤的时候，如果有粉末不冲洗干净，时间一长肯定会出问题。

王娟娟和生产厂家反复沟通了好多回，和总包也进行了多次沟通。最后达成的结果，是用4毫米厚的不锈钢瓦来代替瓷砖。这样既结实又干净，与瓷砖的造价也相差无几，三方皆大欢喜。而如果没有反复沟通，可能后期就要面临拆除、重修等问题。

副总经理于健比王亚仑来得还早，参与了整个盛鲁电厂从规划到建设的全过程。他随同党委书记、董事长岳公峰，和王亚仑一起参观了湄洲湾电厂和万州电厂。重庆的万州电厂也是百万千瓦机组的电厂。福建的湄洲湾电厂当时刚刚建成，马上要投产。

参观回来之后，他们开始谋划建设自己的电厂。项目前期每天晚上都要开会，审核招标文件。当时是夏天，于健印象最深的，是来自南方的王亚仑等技术员的行为习惯。山东汉子脱掉上衣，光着膀子凉快地干活。但南方人比较讲究，即使再热，也不会脱掉衬衫。一摞摞的文件要审，新公司的规章制度要建立，所以大家都憋了一股劲儿拼命工作。

于健担任财务总监，主要负责融资。2017年公司组建了银团，负责联络几家银行的贷款工作，因为项目的总贷款额是45亿元，任何一家银行都承接不了全部业务。

到了2018年上半年，国家金融政策调整，国家对火电项目的贷款额度进行了限制，之前谈好的几家银行都取消了放款。盛鲁电厂的一期项目当时需要的启动资金是14亿元，项目正在热火朝天地建设之中，资金是项目的咽喉。

于健等人仿佛热锅上的蚂蚁，在几家银行之间拼命奔波。谈判的过程，可以用“求爷爷告奶奶”来形容，当时贷款在基准利率基础上可以上浮到10%，于是他们请求银行，可以上浮再高一点儿，只要能贷到款，但是银行说上浮多少也不可能啊，根本没有额度。

“走投无路”的时候，一位小股东给于健推荐了国家开发银行，他们非常意外地把事情办成了。国家开放银行是一家政策银行，本身的贷款成本很低。因为他们能掌握国家的政策走向，盛鲁电厂属于“十三五”规划里面的重要输电通道，他们知道这个项目绝对没有问题，所以同意贷款。手续走完之后，资金即将到位。于健等人坐飞机往回赶，一晚上兴奋得睡不着觉。扛着巨大的压力，没想到终于把事情办成了。

在那之前，他们在北京整整盯了三个月。其间，不是没有时间回去，但是他们实在是不愿意回去，只要回到电厂，于健就要面对施工单位那一双双充满期待的眼睛。当他们看到于健表情的时候，立马察觉到这次贷款又失败了，脸上瞬间呈现的沮丧表情，让于健的内心背上了沉重的负担。

因为银行星期天不上班，他们星期一一早就到银行盯着。后来他们从国家开发银行贷款时，基准利率只不过上浮了一个点，拿到的资金成本相当低。之后陆续贷款47亿元，整个工程只算节约的贷款成本一项，就将近1.7亿元。

7月底，资金链就要断掉。而7月28日那天，第一批贷款终于到账。于健认为盛鲁电厂是一个有福气的项目，如果那个月银行不放款，工程可能就会延期，从而产生毁灭性的影响。在和国家开发银行签订合同之后，于健负责去催办，当然态度要好一点儿，相当于每天到银行打卡，动态掌握每个环节进行到了什么程度。

资金是工程的血液，没有资金保障，工程往下推是不可能的，所以第一批贷款到位之后，于健这位财务总监的心里踏实了不少。

贷款的问题解决了，工程才得以继续顺利进行。

2020年9月22日23点53分，山东能源集团内蒙古盛鲁能化公司盛鲁电厂2×1000兆瓦超超临界空冷机组1号机组一次性顺利通过168小时满负荷试运行，正式投运移交生产，标志着“蒙电入鲁”特高压直流工程首个电源点、内蒙古自治区首台百万机组、山东能源集团首台百万机组正式投入商业运营。

盛鲁能化公司党委书记、执行董事邸建友，党委副书记、总经理贾安刚，党委副书记、纪委书记、工会主席刘志君，党委委员、副总经理孙彦峰，党委委员、副总经理李宁，财务总监梁高峰与参建单位负责人现场见证盛鲁电厂1号机组正式投运。

1号机组自进入整套启动试运行以来，锅炉点火、汽机冲转、发电机并网、首次满负荷运行均实现一次成功，各系统设备运行平稳，实现了安全、工程质量、大件缺陷等“六个零事故目标”。

除了火电项目之外，盛鲁能化大力发展风电项目。

杭锦旗10万千瓦风电项目是上海庙至山东特高压外送通道配套可再生能源基地鄂尔多斯市杭锦旗风电基地中的一个子项目，位于内蒙古鄂尔多斯市杭锦旗巴拉贡镇境内。2019年10月24日通过竞争优选获得指标，2019年12月27日取得核准，所发电量通过“昭沂直流”通道输送至山东电网消纳。

项目设计安装25台单机容量4.0兆瓦风电机组，建设220千伏升压站1座，配套建设生产、生活楼等辅助设施，设备年利用小时数3059.7小时，年平均上网电量约3.06亿度。目前，31项开工手续全部完成，它成为基地内第一家取得所有前期手续开工的项目。2022年4月7日开始首台风机吊装。

阿拉善40万千瓦风电项目是上海庙至山东特高压外送通道配套可再生能源基地阿拉善风电基地中的一个子项目，位于内蒙古阿拉善左旗敖伦布拉格镇境内。2019年9月12日以竞争优选第一名成绩获得指标，2019年11月29日取得核准，所发电量通过“昭沂直流”通道输送至山东电网消纳。

项目设计安装122台单机容量3.3兆瓦风电机组，建设220千伏升压站1座，配套建设生产、生活楼等辅助设施，总装机容量402.6兆瓦，设备年利用小时数3249小时，年平均上网电量约13.08亿度。2022年5月15日正式开工建设，7月8日开始第一台风机吊装。

为了建设杭锦旗和阿拉善的风电项目，一群“追风人”在茫茫大漠上来回穿梭。

大漠的夜晚空旷而高远，星辰若隐若现，往远方望去了无人迹。这群“追风人”每天从太阳微微照亮地平线，一直工作到月亮升起，月光在砂石上洒下一层柔和的银光。

这支特殊的队伍中有一对师徒：王文强、秦育栋。他们通常要到晚上9点多才收工。每天完成工作，在班车上，还要交流一下一天的工作心得和收获。

王文强毫无保留地向秦育栋传授着实际的工作经验：“小秦啊，前期工作准备妥当了，施工进度就快了，现场施工要一直对照国标和规范，认真梳理问题，将理论同实际结合，设备安装这方面你要加强学习……”秦育栋愉快地答应着：“好的师傅，明天我会再来现场，继续向您学习……”

陆上风场的场址一般会选择在沙漠、戈壁等比较偏远的地方。从杭锦旗项目到风场巴拉贡宿舍，全程大约40公里，一段平顺的路连着一段颠簸的路，盯班人员每天早晨不到6点就要出发，赶到现场之后组织召开站班会，部署新一天的工作。

王文强是杭锦旗项目部土建专工，他说每天回到宿舍的时候几乎是晚上10点以后，睡觉之前大家还要聚在一起，对一天的工作做一个梳理，为第二天的计划做好安排。1998年出生的秦育栋刚来到大漠的时候充满了新鲜感，但日子一长，就要靠着坚强的韧劲在此地坚持下来。忙碌而充实的日子给了他一个非常好的磨炼机会。每天睡觉之前，他都会翻看床头上的工作笔记，随手添加一些学习心得，一点一滴积累了丰富的工作经验。

阿拉善项目风场临建在沙漠的深处，距离最近的敖伦布拉格镇有30多公里的路程，中途要经过大坝山，职工经常会用“上山”“下山”形容途中的感受。

从临建到基坑施工地点，汽车要跑过十几段蜿蜒曲折、崎岖不平的山路，时速只能在30公里上下徘徊。因此他们早晨出发，只能晚上回去，午饭在施工地点简单吃一些随身带的食物。

阿拉善项目进入全面建设期之后，风电机组基础浇筑进度加快，有时候一天就能浇筑两台。为了确保工程质量，必须全时段盯班，施工现场不能有一分钟的空岗。沙漠的天气变幻莫测，考验着每一名“追风人”。天气好的时候，炎炎烈日炙烤着大地，职工的嘴角、鼻翼被晒得一层一层爆皮。转眼之间，狂风抖起、飞沙走石，打在身上又沉又痛。在冬天，那些风雪交加、寒风刺骨的日子，只能咬着牙“挺”过去。

项目部的电气主管薛飞盯在项目上，一待就是一两个月。

有一次孩子生病发烧，他只能在手机视频里一遍一遍地问妻子：“怎么样，退烧了吗？”妻子安慰他：“好点儿了，好点儿了。”很多“追风人”内心都牵挂着妻子和孩子，薛飞也是如此。

直到三个月之后，现场施工安全质量管控慢慢步入了正轨，薛飞才休假回家。当他回到家之后，家里人对他没有一句怨言，这反而让他心里更难受。对于外出创业的人来讲，家人的支持是他们最坚强的后盾。薛飞的一番话道出了所有创业者的心声与愧疚："老人面前不能尽孝，妻子面前不能尽爱，孩子面前不能尽责。"

创业者深知肩上的使命和责任，只有他们"走出去"，只有他们走更远，企业才会发展得更好。

安环部安全专工韩建涛的2022年异常艰难。父亲突然患病，让一家人陷入困境。隔着1200多公里的距离，韩建涛只能深夜偷偷落泪。

在2019年底的时候，盛鲁能化在杭锦旗风电基地竞争优选工作中获得了伊和乌素第二风电场100兆瓦项目的开发权，并于2019年12月取得核准，预计2022年9月底前具备全容量并网条件。而韩建涛父亲生病的时间，正是杭锦旗风电项目全面加速建设的关键期。一边是父亲的病情，一边是紧张的工期，韩建涛左右为难。在电话里，父亲还安慰着他："家里都好，你安心在内蒙古工作，甭挂着家里……"

带着对家人的牵挂和思念，这些"追风人"仿佛一头头坚韧不拔的骆驼，勇敢地在沙漠扎根，将自己奉献给风电事业。

刚刚毕业来到公司的年轻人，有时也会遇到危险时刻。有一天晚上，因为刮大风信号站出了故障，整个临建都停电了。但冯志强需要把当天的一张重要报表汇报上去，没有办法，他只好抱着电脑、拿着手机，到地势高点儿的地方找信号。

焦急的时候感觉不出时间的流逝，他也不知道走了多久，试了多久，信号终于一点一点闪现。等报表发过去的时候，他才注意到四周都是漆黑的荒野。在这个荒凉之地，他的内心突然感到恐惧。他花了大半夜的时间，才慢慢摸索回了住处。

测绘的职工夏天要顶着30多摄氏度的高温，每天在沙漠中行走10多个小时，豆大的汗珠顺着脸颊流淌，扛着重重的测绘仪器奔波在沙漠的深处……这些年轻人让邸建友等领导深受感动。

工作态度首先要端正，工作能力更需要提升。

2022年9月7日，盛鲁能化为期两天的岗位技能比武大赛在盛鲁电厂正式拉开了帷幕，来自各权属单位共计45名选手参加比赛。这次技术比武采取“笔试+实操”相结合的方式，针对不同单位性质、工作需求、业务短板等情况设置电气、汽机等理论题，以及压力开关校验、综保装置、水冷壁泄漏等实操演练。

为了保证整个大赛过程及结果的严肃性、客观性和公正性，公司专门成立了五个专业工作组，按照竞赛方案，编制了安全预案、疫情防控应急预案、技术比武承办方案等，在现场安全管控、接待服务、卫生防疫等方面做足赛前准备工作。

在盛鲁电厂多功能中心仿真机室内，发电运行部李文通仅用8分钟完成了小机润滑油系统启动实操项目，以98分的成绩获得仿真机竞赛一等奖。实操板块中，仿真机竞赛和厂用变压器保护装置校验均结合日常工作，重点设计了贴近实战的应急演练科目，让参赛选手在竞赛中提高现场实操技能和解决设备实际问题的能力。

这次技术比武还采取“新老结合”的方式组建参赛队伍，为青年员工搭建了一个开拓视野、展示才能的平台，选拔出了一批爱岗敬业、技艺精湛、善于解决技术难题的高技能人才。

而提起盛鲁能化未来的发展，沉稳的邸总也不禁兴奋起来，滔滔不绝地说道：“我们要抢抓‘外电入鲁’通道配套电源点建设指标，做强煤电、新能源、综合电力服务三大支柱性产业，做优‘风光火储’‘源网荷储’‘多能互补’一体化、基地化产业链，坚定扛起保障山东省电力供应安全稳定政治担当大旗，为实现山东省电力供应‘三个三分之一’战略目标奠定最坚实的电源支撑。

“我们力争到‘十四五’末，建成投运煤电、新能源发电项目总装机规模超1000万千瓦。其中在内蒙古地区建成投运煤电、新能源发电项目装机规模650万千瓦，在甘肃陇东地区建成投运煤电、新能源发电项目总装机规模360万千瓦……”

宏伟的蓝图加上一步一个脚印的实干，让茫茫大漠上燃起了一盏又一盏明亮的灯。

犹记黄河日暮，沿着大堤一路探看，一路倾听省外创业勇士的故事；入夜，银川城灯火通明，从高处看来，娴丽而沉静，回顾着一路的所见所闻，内心五味杂陈，既激动，又有几分伤感。

那天，发生了一件特殊的事情。

我们在鄂尔多斯的整个行程，都是由盛鲁能化党群部边岱印部长提出的规划，经和山东能源集团宣传部高级业务主管巩翠海主任商议后确定的。整个行程中，边部长基本全程陪同，只有一次回公司开会，离开了一天，又弯道超车，赶到下一个地点与我们汇合。

边部长是较早来到省外创业的，后来他的夫人也到了内蒙古，几年后，女儿和儿子也来到父母身边，一家人在省外团聚。提起两地分居的日子，边部长依旧有几分唏嘘。

那天边部长陪我们在矿上采访，夫人携两个孩子在游乐场过周末。结果在玩耍的过程中，小儿子不慎摔倒在地，被铁栏杆划破了嘴唇。边夫人吓坏了，一边联系工作人员施救，一边给边部长打电话求助。接到电话，边部长和巩主任说明了情况，给我们道了歉，匆匆赶去。

在采访的过程中，我们的心一直悬着。

直到我们回宾馆的途中，边部长又匆匆赶过来，向我们说明了情况。孩子非常坚强，虽然在医院缝了十几针，可整个过程一声儿也没哭。我们看着边部长眼角闪烁的泪花，突然更深切地感受到省外创业的不易。

从这个小插曲当中，我们更加理解了省外创业者对亲人的牵挂。

石头里开出的生命之花

记忆穿过深山汹涌而来，随之而来的，是碎裂的石灰岩石块。我们来到东华科技公司，在党委副书记孙文丽、综合服务中心主任安丰余两位全程见证了东华崛起、壮大的人的眼睛里，看到了火光。

安丰余第一次来的时候此处还是荒山，“老安”那时也还是“小安”。

遥想当年，又瘦又帅的小伙儿站在刚刚削平的山头，安丰余心里装着前路的艰难，更装着面对新生活、新未来的渴望。二十年后的今天，站在“钢铁巨人”的脚下，老安不禁感慨：“岁月是公平的啊……”

2003年9月8日上午，淄矿集团举行第一条日产5000吨新型干法旋转水泥熟料线开工典礼，时任中国非金属矿工业集团总公司总经理、中国建筑材料工业协会副会长谭仲明、时任淄博市副市长周清利出席奠基仪式。

据人们回忆，奠基仪式之前下了一个星期的雨。8日上午，好不容易雨停了，组织仪式的工作人员心里有些许不安，几天的雨让地面泥泞不堪。嘉宾们走在毡布上，几乎是三步一滑。

但那天嘉宾们兴致很高，虽然弄湿弄脏了鞋子，但是一个市场前景广阔的大项目顺利开工，足够令人兴奋，一位领导说：“下雨是好事情，雨水就是财运嘛！”

奠基仪式之前有大半年的筹备期，经专家论证形成了《淄博矿业集团有限责任公司新型干法水泥项目调研报告》。之后，淄矿集团成立了项目筹建处，筹备建厂的各项事宜。

淄矿集团水泥项目筹建处第一批建设者共有25人，当时龙泉镇人民政府在巨龙大酒店提供了临时的办公场所。第一批工作人员负责监管协调现场施工和项目建设工作。后来筹建处成立了“四部一室”：工程部、市场部、财务部、人力资源部和办公室。

当时面临的主要困难有三项。

一是工厂选址。最初选择的是十公里外的另一处山头，但经过勘探，发现石灰石的储量不是特别丰富，于是才定在现址。此地紧邻龙泉石矿，龙泉石矿被地质专家认定为中国江北最优质的石灰石矿，钙含量超过55%，为东华水泥公司的创新突破奠定了良好的基础。

龙泉石矿一直作为备用石矿存在，东华水泥公司主要利用东部矿山进行生产。除了石灰石质量优良外，东华水泥公司和当地政府的密切合作是另一个主因。

一个项目的成功运作，天时、地利、人和缺一不可。之前淄川区政府和其他企业谈的合作项目因为各种各样的困难都没有成功，所以淄川区政府领导下决心要让东华水泥成为地方政府和公司加强合作的里程碑式合作项目。淄川区人民政府、龙泉镇人民政府和淄博矿业集团有限责任公司三方共同签订了《关于在淄川区龙泉镇投资建设新型干法旋窑水泥项目的协议》。项目当时被列为山东省重点工程、淄博市“30”重点工程、淄川区“形象工程”，得到了省、市领导尤其是王仁元副省长的高度重视。

厂址选定了，一个不可回避的问题是征地。此处虽是荒坡，但在册登记的是耕地，办理变更手续的过程相当复杂。此地牵涉周围的四个村庄，需要逐步商讨，落实补贴政策。

时任办公室副主任（主持工作）的安丰余没少和村民打交道。因为公司是和镇政府签署的合同，所以安丰余每天要花费大量的时间和前来问询的村民讲解：公司只负责落实镇上制定的补偿政策，需要村民回去和村里沟通，通过村里和镇上沟通，理顺工作流程。经过扎实细致的工作，项目累计迁移坟茔960多座，青苗补偿200多亩，为前期工程开工建设扫清了障碍。下一步是建设。施工队入驻，将山头削成了三个大的“台阶”。第一个台阶就是现在工厂入口处的小广场，也是办公楼所在地，第二、第三个台阶是水泥生产熟料线整体横跨的两个平台。

第二个亟待解决的是技术问题。整条熟料线的设计委托给了南京设计院。借鉴全国建设水泥项目的先进经验，公司与南京水泥设计院合作，在全国首家实施了“总承包管理模式”。南京设计院相关项目经验丰富，对水泥熟料线的设计项目驾轻就熟。设计师提出了日产5000吨新型干法旋转水泥熟料线的新想法，这么大规模的熟料线当时在全国也是比较领先的。设计院负责整个工地的现场勘察、设备购买和后期的设备维护、使用指导等。

设备问题解决了，另一个难题就是技术人员。淄矿集团的管理人员大多有煤矿工作经验，但让采煤的去生产水泥显然也是外行，于是他们从其他的水泥厂招了13位技术员，其中一位是从河南一家水泥厂引进过来的，是主要的技术骨干。

同步进行的工作是新手的培养。公司第一批招聘了28名大学生，在南京设计院的联络安排下，集体赴河南一家水泥公司进行为期四个半月的培训。人力资源部负责人田玉平带队。当时的条件还比较落后，位于河南平顶山的那家水泥公司虽然规模不小，但是管理比较粗放。大学生们去了之后，找了附近一处旅馆住下。旅馆是二层楼，不久，接连下了几场雨，结果“外面下大雨、里面下小雨”，学生们苦不堪言。

在这家公司里，他们跟着接产办主任邓强学习水泥生产的各个技术环节。接触的时间一长，他们从闲聊中得知，邓强原本也是山东人，因为技术过硬被招聘过来，担任管理人员。

四个半月的实习期内，东华水泥公司的领导多次去河南看望实习的学员。等他们学成回程的时候，没有一个人提前离队，并且队伍还多出两个人。这两个人对公司后续的发展起了非常重要的作用，其中一位就是现已成为公司副总的邓强，他也是公司高薪引进的13位技术员之一。这13位技术员是公司的宝贝，公司在经过研究之后，给他们分配了房子，给家属安排了工作。

第三个困难是试运行到正式投产期间遇到的大大小小的技术难题。时任工程部部长的李明良精通机电，带着队伍迅速熟悉设备的各个运作环节。现已成为公司副总的李明良激情勃发，声若洪钟："一家水泥厂关键是机电机器和电器设备，这两个只要玩转了就没问题！"

试运行期间也是设备的磨合期，大大小小的问题占用了检修队的大部分时间。很多时候他们都要忙到深夜。没有饭吃怎么办？公司提前和对面山坡上小饭馆的老板说好，今天晚上员工加完班过来吃饭，给留个门儿。老板好不容易等来了生意，一口答应。

在那期间，李明良三个月没有回家。四个人轮流值班，用对讲机喊得嗓子都哑了。机器部件之间时常出现不匹配问题，合肥一家机械公司提供的轴承经常出问题，李明良让那边赔偿："四盘轴承八万多！就这么玩啊！赔钱！尺寸明显有问题嘛！"

机械公司的主任委屈地讲："人家国外都是在数控机床上加工的，但是我们是人工加工的，你说谁能没个事儿？工人和老婆打仗心情不好，在外头和领导闹别扭了心情不好，他就有误差！其他的厂家也都这样……"

李明良："那你不是还出口设备啊，你出国的产品咋弄的？就凭这质量还不是一出口就扣死了？"

机械公司的主任："不一样，出口那个设备单独标了，出口价格是咱的三倍啊。那个我们掌控不了，我去找大厂，用数控机床加工的，我得多花钱。以后我们国产机床成熟了，慢慢地我就全部上数控的，就没事儿了……"

类似的事情不一而足，都是在时间的长河里一点一滴解决掉。

李明良对维修工人要求很高，特别强调维修安全。一旦出现需要维修的情况，李明良要求必须办好停电手续才能操作："一分钟也不行，必须办手续，对吧？你要是停电一分钟不办手续，慢慢过后十分钟人们也不办，早晚出大事，这是人命关天的事情啊……"

解决了这三个问题之后，东华水泥公司正式投产。由于生产的熟料材质优良，很快获得了周围建筑公司的高度认可，需求量稳步攀升，为之后一步一步走向辉煌奠定了扎实的基础。

在磨合的过程当中，人心也像水泥一样凝聚在一起。

从2003年到2008年，东华水泥公司紧紧围绕淄矿集团第三次创业目标和淄矿集团水泥产业发展规划要求，分四个阶段对公司进行了基本建设。

第一阶段：2003年10月至2005年2月。淄矿集团总投资3.7亿元，建设了第一条日产5000吨水泥熟料生产线，于2005年2月投入生产，并在较短时间内实现了日产5000吨的设计目标，公司由基本建设逐步向生产经营转入。

第二阶段：2005年3月至11月。东华水泥公司总投资1.1亿元，与山东淄博傅山企业集团有限公司合作，在淄博高新技术开发区为第一条熟料生产线配套建设了年产200万吨水泥粉磨站，同年11月

24日实现设计达产目标。

第三阶段：2006年3月至11月。东华水泥公司为第一条日产5000吨水泥熟料线配套建设了6兆瓦纯低温余热电站项目，同年11月27日实现一次并网发电成功，供电自给率超过28.6%，成为山东省节能示范项目。

第四阶段：2007年4月至2008年5月。第二条日产4500吨水泥熟料生产线于2008年5月初实现投料试生产，配套建设的9兆瓦纯低温余热电站同年6月底实现并网发电，东华水泥公司初步搭建起了熟料、水泥、发电为一体的建材产业架构和循环经济园区框架。

2009年至2015年是东华水泥公司发展最为迅猛的时期，也是公司发展最为艰难的时期。看到东华的效益那么好，淄博市尤其是淄川区的数家小型水泥厂先后建立。这个时期，不只淄博，整个山东乃至整个中国，水泥厂如雨后春笋般建立起来，市场竞争激烈，水泥总体产量远远超过了市场需求。

2012年左右，一场危机逐渐逼近。

由于东华水泥公司在质量方面要求非常严格，并且非常注重环保，所以水泥生产的成本要比很多小水泥厂高得多，在市场上慢慢失去竞争优势。整个公司陷入较为困难的境地。

面对国家严厉的政策限制和前所未有的市场挑战与考验，经过慎重的思考，艰难的抉择，东华水泥公司以先行者的姿态选择了水泥行业内没有可借鉴参考的模式——“轻资产”运营模式，并走出了一条整合资源、优化存量、优化产业结构的可持续发展之路，使水泥产业规模总量实现了快速增长。

所谓“轻资产”运营模式，简单来讲，就是公司派出先进的5—6人管理团队，从人员管理、配料用料、生产流程、财务管理等各个方面托管经营不善的粉末站。现在人力资源部的孙杰当时就作为派驻人员在淄博瀚森水泥有限公司工作了10多年。团队对瀚森的工作流程进行了梳理和整合，不到一年，公司效益大大增加。

管理团队的工资仍然由东华水泥发放，瀚森水泥只需要采购东华水泥的熟料，产量质量都有了大幅提升，双方形成了合作共赢的局面。公司通过“轻资产”运营，由原来的1家水泥粉磨站发展到6家水泥粉磨站和1家矿粉加工企业，形成了一股凝聚合力。水泥年产能由过去的100万吨提高到500万吨，水泥产量由2011年的96万吨增长至2015年的358.62万吨，矿粉从无到有，产品市场占有率逐步提高，熟料与水泥产能匹配能力、产能优势进一步凸显，实现了低成本快速扩张，增强了区域市场话语权。

2013年10月31日，淄博瀚森水泥有限公司完成整体收购，并实现顺利交接。2013年12月，东华水泥公司实施的“轻资产”运营模式被评为全省国有企业十大优秀商业模式。东华水泥公司先后获得全国煤炭系统文明单位、全国煤炭工业企业文化建设优秀单位和“6L”聚力文化品牌、国家安全生产标准化一级企业、全国建材行业优秀质量管理企业、中国建材企业500强、山东省诚信企业、山东省节能先进企业、山东省清洁生产先进企业、山东省水泥行业质量管理先进单位、山东省建材工业最具影响力企业等荣誉称号。

在此基础上，东华水泥公司全面推进精益管理，深化企业管理改革，抢抓“新旧动能转换”机遇，落实转型发展战略目标，以实现企业高质量发展。

东华水泥公司党委副书记孙文丽介绍：“公司坚持‘区域领先、走在前列’的战略定位，不断深化落实精益管理‘三步走’战略目标，强力实施了一系列超常规、突破性、颠覆式的工作举措，使企业发展呈现出健康向上的良好态势。进一步增强了驾驭市场能力，率先在淄博市通过P.I52.5R、P.O42.5R、P.O42.5低碱水泥产品认证，并通过核电水泥、道路水泥的国家生产许可验收，先后成功中标青岛新机场、潍莱高铁、济青高铁等国家级、省级重大工程，与山东省内四个高铁轨枕企业建立长期合作关系。公司被评为国家级绿色工厂，淄博万华分公司被淄博高新区评为绿色标杆企业，是淄博市唯一一家可以在供暖季不参与错峰生产的企业。”

如今，东华水泥积极履行社会责任，担负着周围村庄的供暖，而且是完全免费供暖，得到了周围群众的高度认可。由于各项补贴落实到位，再也没有上访的群众了，老安的工作也轻松了不少。

2017年，东华水泥公司为进一步激发队伍活力，引入职业经理人和职业经理人团队，让专业的人做专业的事，公司的整体管理效能得到了大幅度提升。

“精准定位是营销的关键。”杨霞作为公司首位引进的职业经理人，一进入东华水泥，就针对市场形势和公司产品状况，对“农工商”三大市场营销策略进行重新定位。公司先后签订了长深高速、济南地铁等重点工程合同20余份，抢夺市场增量约35余万吨。

此外，他们通过分析研判市场，加大高端产品的拓展力度，实现了从“量本利”向“价本利”的转变；通过在熟料事业部试点建立“人单酬”考核体系，形成了由部门到车间、车间到岗位、岗位到个人的数据链；智能制造项目被列入2018年淄博市重点项目，绿色制造项目一期“固废”项目通过淄博市环评……公司凝聚力节节攀升。

东华水泥公司党委成立于2005年2月，始终坚持把加强党的自身建设放在各项工作的首位，有力地促进了公司各项工作的健康发展。2019年初，东华水泥公司党委通过调研论证，在淄矿集团公司党委及有关部门的大力支持帮助下，一场轰轰烈烈的学习型党组织建设活动扎实展开。

具体执行交给了时任党群部部长的孙文丽："最难的点就在这儿，没有可以借鉴的经验，全都是凭着摸索。我们想在党建工作上再提升一个高度，像我们国企，肯定是党建引领，这是必须走在前面的，所以我们想做出东华特色来。这十几年，东华相对来说有了一定的文化底蕴，员工综合素质、综合能力也比较强，相对来说比较年轻，团队的凝聚力都很不错。有这个基础，我们想真正做到党建和生产经营真正的融合。"

整个学习型党组织建设活动分了两个部分：一是党员及业务骨干培训，二是建立智慧党建平台。

培训分为四期，前三期是党员及业务骨干，第四期是辅导员培训。时任党委书记、董事长的李庆文对此次培训非常重视，对第一稿人员名单不大满意，琢磨了很长时间，之后找到党委副书记和孙文丽，说："我们要想做就必须从班子成员带头。班子成员分到三期里面，全部带头参加培训。各基层单位一把手、部门负责人必须全员参加。开个玩笑来说，你们不是一直说脱不开身吗？我要让你们看一看，离开这个岗位，你们的工作还能不能正常运行？"

有了领导的支持，孙文丽内心像打开了一扇天窗。之前辛辛苦苦做的课程设计瞬间觉得相当值了。为了做好学习型党组织建设，孙文丽和时任党群部副部长的位少青多方考察，拟定了实施方案。

拟定实施方案之后，她们专程跑到北京，找了十多位国资委的党建专家审核方案。老专家们看了方案，从中体会到了东华水泥公司做事情的扎实、认真，仔细审阅之后作了详尽的批注。

批注中大部分是赞扬的词句，认为方案做得扎实有效，只在细节方面提供了参考意见。拿到专家的审查意见之后，孙文丽和位少青就更有信心了，跟合作的党建培训公司反复进行了修订。

四期培训班共培训了181名党务干部及29名辅导员。孙杰和孙冲当时负责仓库管理，沉默寡言，在培训过程中，他们却让同事们刮目相看。采访的时候，回忆起当时培训的情景，一开始还有点儿羞涩的孙杰立马变得眉飞色舞。

培训采取的是全封闭的方式。

每天除了学习相应的党建课程之外，上午、下午、晚上开课之前都有几分钟的表演节目时间。分了四个组，十人一组，每个组轮流上台表演节目。害羞的孙杰在同事的怂恿之下，也慢慢能够上台表演节目了。

她们跳的一段甩葱舞获得了阵阵掌声。结业前夜有一场大型汇报演出，每个组都要出节目，经过商议，孙杰一组决定这次跳舞要配上实物。可到哪儿去找葱呢？封闭管理是不可能出门的。经打听她们得知另一组里的一位成员因为发烧要回家输液，于是趁机求那位同事回来的时候带上一把葱。

同事进门的时候，还被门卫大爷开了一个玩笑，说："你们今天的晚餐是炒葱吃吗？"同事笑了笑，说："不是炒葱吃，而是看葱吃！"

孙杰拿到第一次觉得如此亲切的葱，高兴坏了，在水管上仔仔细细洗干净。节目表演的时候让所有的观众眼前一亮。

三年之后，再次谈到当时演出的情形，位少青仍然记忆犹新。经过实战性的一步一步培训，原本害羞的员工都做到了面对大家讲课。领导们在学习的过程之中和所有的学员一样统一着装，课上不允许接打手机，因此一到下课时间都忙着接打电话，让员工们窃笑不已。原本威严的领导们逐渐和学员消除了距离，回复了青春。

培训当中最有意义的一个环节叫"牵手"。除了领头人之外，其他的学员全部要蒙上眼睛，每个人抓住前面一个人的手，排成一字长蛇形状，在领头人的带领之下翻山越岭、共同前进。

他们从教室前的小广场出发，沿着小路慢慢爬上对面的山峰。山路崎岖蜿蜒，只有完全信任前面的人的带领，才能够将整条路走下来。整个过程大约两个小时，在这两个小时里，每个人的眼睛都是蒙上的，但每个人的心都是亮堂的，每个人和前面的人、后面的人，和队伍当中的每一个人，慢慢通过双手建立了心与心的连接……这种心和心的连接，在日后的工作当中发挥出了巨大的效用，几期培训班下来，整个公司凝结成了一个坚固的集体。

怎样把党建的成效继续巩固下去，长期坚持？孙文丽又带领党群部的工作人员和东营的一家科技公司联合开发了智慧党建平台。

智慧党建平台在手机上运行，类似于“学习强国”，针对党员和群众开发了两种不同的学习模块。她们付出了巨大的精力，每一个模块都要反复和科技公司的人对接。

在公司领导的支持下，智慧党建平台全员应用，从工资里单独开辟一块，作为检验学习平台的成果应用，根据测试情况来兑现，从董事长到新入职员工，概莫能外，这是东华执行力的秘诀。

在执行的过程当中，也遇到了一定的阻力。孙文丽不断去和部分管理人员谈话。在谈话的过程当中，孙文丽本人也曾有过一丝犹豫，但一件事情的发生让她变得更加坚定。

之前在检查各个党支部工作的时候，一般是实地调研，各个党支部把每个月“三会一课”等党建资料准备好。每个月都要花费大量的时间到各处去跑。自从应用了智慧党建平台之后，各个党支部只需要把开会情况直接上传视频就可以了，既避免了随意请假的情况，也避免了到处去检查的麻烦。

看着屏幕里党支部开会的实时录像，孙文丽由衷感到自己辛辛苦苦加班熬夜的工作是值得的。这项工作短期来看，增加了大家的负担，但形成了习惯之后，反而慢慢减轻了大家的负担。

以一套体系、一本教材、一支队伍、一个阵地、一个平台“五个一”建设为抓手，形成了以实施方案、评价办法为核心内容，以学习教育、持续创新、问题管理、作风养成、过程管控、激励约束等六大机制以及“2106”问题管理模式、“1+N”考核体系等配套制度为支撑的建设学习型党组织制度体系，实现了党建工作与生产经营工作深度融合。

东华水泥公司还有一项重要的技术优势，就是从阿里云引入的“工业大脑”。

2018年9月，阿里巴巴和山东省委达成了一项战略合作协议，在企业推行工业大脑系统，东华水泥公司作为一个试点单位，率先引入。

经过党建培训，原本羞涩的孙冲脱颖而出，人们发现这个沉默寡言的大男孩儿实际上非常内秀，他和另一位同事表演的双簧节目赢得了大家的热烈欢呼。他原本是学计算机的，在“工业大脑”引入的过程中全程参与，发挥了越来越重要的作用，现在已经成为信息技术部副主任。

在这之前，操作员要靠经验去判断某个环节要增加的配料的数量、比例等等。这种人工方操作方式有明显的缺陷，虽然每个人都有十年甚至以上的工作经验，但是大脑的判断实际上是有一定误差的，不可能百分之百一样。如今“工业大脑”可以根据之前的实测数据建立一套数据系统，根据进一步的应用不断优化系统，直到保持在一个较优水平。

2019年3月，开始应用到原料配置系统；6月，开始操作回转窑；11月，完成验收和调优。仅仅用了半年多的时间，就让整个系统达到了优化运作。

如今正常的维护运行只需要维护数据就可以了。比如说现场通信中断后造成一些数据的丢失，负责把服务器上所有的数据重新填补为正常运行即可。有两种填补数据的方法：一是拿前一段时间的数据补上；二是可以用前一段时间和后一段时间，也就是有数据的这段时间，取平均值填充进去。

引入了先进的“工业大脑”之后，公司实现了完全智能化的测算，建立了比例最优、成本最低的模式，这是“凝聚力”翻番的基础。

东华水泥公司在培养、选拔新人方面一直不遗余力。35岁的张喆瑶在历经党群部、办公室之后，现在已经是办公室主任兼纪委副书记。入职不到四年，刚刚26岁的罗少鹏已经是党群部副部长兼团委副书记。

2021年10月，东华水泥公司迎来了第四任党委书记、董事长张全，也就是这位“80后”，带领东华水泥迅速发展成“东华科技”，带领公司踏上创新发展的快车道。

瘦瘦的张总甩开大步，领着我们走进中控室。张总一边走一边逻辑缜密、条理清晰地介绍道：“进入21世纪，淄博八大煤矿资源逐渐枯竭，没有煤炭资源以后，非煤板块推出了重要项目东华水泥，当时提出来用500万吨的白色产品换500万吨的黑色产品。山东能源集团重组之后，淄矿集团也被赋予新的使命，尤其是在新材料研发方面。

“东华一路在改革创新，不论是在职业经理人人才队伍的建设，在市场的开拓上，还是在技术的革新上。一系列改革创新举措把东华推到了一个又一个历史高峰。特别是近五年来，经营质量又有大幅的提升，去年的产值是30个亿，营收18个亿，利润是3.9亿，资产负债率28%。近四年的毛利率都在30%以上，最高到33%。我们要打造一个赋有创新基因、有新的发展动能的企业。

“如果评价一下四届领导班子：第一届的时候是开疆扩土，虽然说有资源，但是发展阻力非常大；第二届站稳了脚跟，基本上处在一个稳定发展的阶段；第三届是改革创新；本届，也就是第四届，到了变革突破的临界点。这一届领导班子如果守摊子，按照现在这个经营水平和发展质量，再过几年好日子也没有问题。但是现在能按新的山东能源的目标发展改进新材料产品，依托资源拉长产业链，实现资源高端体系的建立，就是公司赖以发展的长远规划，公司更名以后就叫‘山东东华科技有限公司’……”

近几年，国家对企业的环保要求越来越高。如何在经营与环保之间实现双赢，是现代企业必须面对的新课题。东华水泥的经验是走工艺优化的“新”效益之路，这里的“新”效益包括增量经济效益、环保效益、社会效益以及这几种效益的多丰收。

谈到下一步的规划和公司前景，张总更是激情澎湃、滔滔不绝。

东华整个园区矿产资源储量是5亿吨。整个能源板块有三个，重点布局三个产业链条。第一条是钙基新材料产业链，纳米碳酸钙等高端碳酸钙的山东省市场需求空间相当大，但目前大部分还是依靠广西、湖北等省份供应以及国外进口；第二条产业链是绿色循环经济产品，把东华水泥作为一个未来的循环园区打造，生产水泥逐渐特种化，青岛胶州机场跑道用的就是东华生产的特种水泥，废水、废气、废料全部循环利用，余热发电，开启最大火力的循环经济；第三条产业链是打造双碳经济链，通过节能减排，实现正负抵消，达到相对“零排放”，现在企业用电一半是通过网购，通过光伏、风力发电以后，争取实现“0购电”，三年的时间，实现自己发电1亿度。生产纳米碳酸钙需要大量使用二氧化碳，本身就可以形成一个循环链条。包括矿山修复生态农业项目，用不同的方法来催生一些藻类。

预计用三年的时间投资50个亿，打造三大产业，实施五大工程，实现百亿的产值。部分项目已经开始落地实施了。

东华水泥的二氧化硫等关键指标都是全国最低。现在环保区空间决定了公司的发展空间。今年上半年利润1.9个亿，超额完成目标，还是在煤炭价格比较高位的情况下。煤炭成本占到价位成本55%左右。柳泉石矿含钙54%，可以做食品、药品，这是江北地区条件最好的石灰石矿，第一批产品已经出来了，市场适用性比较好。

绿色夯实生态之基既要金山银山，也要绿水青山。水泥行业是传统的重污染行业。但是，东华水泥公司自建企业之初，就立志保护生态环境，发展循环经济。他们秉承绿色开采、绿色生产的理念，在高耗能、重污染行业突围而出，成为绿色发展企业典范。

临走时，张全董事长笑道："按照彭老师的谬赞，我们不是水泥生产公司，不是高新技术材料生产公司，我们是专业凝聚力生产公司呐！"哄堂大笑声中，我们暂时告别了最新命名的"山东东华科技有限公司"。

“巨无霸”号守护神

当我们走进东华重工的大院，立马被高高耸立的厂房震惊；当走进高高耸立的厂房，又立刻被一台台“变形金刚”模样的巨大机器震惊。

车间内不时传出机器的轰鸣声，机器人团队擎着电焊机不知疲倦地工作着，焊花飞溅。地上摆满一排一排各种尺寸的支护零件。一边走，一边看，一边在繁忙的工作声中倾听着介绍，一圈下来至少也要一个多小时。

“巷道支护”是安全采煤的重中之重。

以淄矿集团为例，新中国成立前，巷道支护有砖石砌碹、单柱支护、木棚支架、矸石充填等方法。

砖石砌碹是用砖或料石砌成拱形碹，以形成封闭形支护，多用于开采规模较大的矿井和使用年限较长的巷道。1904年，德华矿务公司淄川煤矿在井下大门、车场、主要硐室（未直通地表出口、横断面较大而长度较短的水平坑道）及巷道顶板、壁帮压力大的地方，首次采用砖石砌碹支护。此后，中日合办淄川煤矿开凿的小竖坑底附近某些巷道顶板破碎处也采用砖石垒砌。1924年，中日合办博东公司在井下断层附近顶板压力大的巷道亦用砖石拱砌支护。

单柱支护是淄博煤矿普遍采用的一种巷道支护方式，博山地区的小煤井主要运煤巷道（拖筐路）狭矮，概无支柱，仅在片盘坑道（顺槽口）打单木柱支护，柱距3—4米。悦升煤矿公司除主要运输巷道外，其他巷道亦多用单柱支护。

木棚支架由一根顶梁两根柱腿组成，呈梯形棚状。20世纪20年代，中日合办淄川煤矿、博东煤矿公司在水平运输巷道和斜巷使用木棚支架，木材有柳木、白松。柳木多购自济南小清河，白松购自日本。

新中国成立后，淄博矿务局根据巷道用途和服务年限、巷道断面形状和规格、岩石性质围岩压力情况及技术条件，不断改革支护方法和材料，分别采用木质支架、钢筋混凝土支架（简称“水泥支架”）、锚杆喷浆支架、料石砌碹支架、金属支架等支护方式。

木质支架：20世纪50年代，淄博矿务局矿井巷道支护主要使用木质支护。一般巷道使用鸭嘴木棚子，断面较小的巷道使用矩形托板棚子，顶板完整、岩石坚硬的巷道则用点柱支护。20世纪60年代，淄博矿务局大力推广非木材支护，木支护巷道逐新减少。

水泥支架：1954年，淄博矿务局在洪山矿重点试用水泥支架。1957年后在全局逐步推广，水泥支架耐腐蚀，使用时间长，抗拉力和抗压力较大，但重量大，架设不方便，操作不安全。

锚杆喷浆支架：1956年冬，淄博矿务局在西河矿奎井10层1010轮子坡开始试用松木倒楔式木锚杆，支护巷道25米。1957年5月，又在7层707大巷锚固巷道20米，后又在10层中央下山主副巷试用涨圈铁锚杆。锚杆支护比使用木支架成本低，效率高，搬运方便，可减少通风阻力。但由于当时对锚杆的性能认识不足，担心控顶效果不好，加之往顶板上打眼操作有困难没有推广。

1965年第四季度，淄博矿务局学习鹤岗矿务局使用锚杆支护的经验，在黑山矿二井大石炭巷道试用压缩木锚杆支护巷道40米，并制造了锚焊机、钻孔机、打锚杆机等，龙泉矿亦试用倒楔式金属锚杆。

1972年，淄博矿务局开始推广光爆锚喷新技术，经过多次测试证明锚喷支护安全可靠，控顶效果好。

金属支架：1964年，淄博矿务局在西河矿7050下山采区开始试用U型钢棚支护和工字型钢棚支护。此后，各矿先后推广。此外，淄博矿务局在顶板破碎地段、部分硐室和大断层等处采用砌碹支护，围岩稳定区段则掘拱形巷道。

随着技术的更新换代，后续出现了液压支柱。

2022年12月13日，国家矿山安全监察局印发了三项煤矿顶板管理规定：《强化煤矿炮采（高档普采）工作面顶板管理规定》《强化煤矿锚杆支护巷道顶板管理规定》《强化煤矿架棚巷道顶板管理规定》。

《强化煤矿炮采（高档普采）工作面顶板管理规定》：

> 第三条：煤矿应当加强炮采（高档普采）工作面临时支护管理。针对工作面顶板的不同条件，在炮采工作面作业规程中明确一次起爆的范围，在高档普采工作面作业规程中明确临时支护距采煤机滚筒的最大距离。对新暴露的顶板应当及时进行临时支护，顶板破碎时应当将顶梁上方空隙塞紧、背实。
>
> 第四条：煤矿应当规范炮采（高档普采）工作面的控顶距管理，出煤后应当及时架设单体液压支柱。当工作面底板松软或者留有底煤时，应当采取支柱穿铁鞋等措施，严禁在浮煤或者浮矸上架设支柱。工作面达到最大控顶距离时，必须及时回柱，严禁在控顶区域内提前摘柱。
>
> ……
>
> 第六条：煤矿应当加强炮采（高档普采）工作面支柱的防倒管理。作业规程应当明确所有单体液压支柱的防倒措施，当煤层倾角达到或者大于8°，架设单体液压支柱时应当设迎山角，支柱间应当采取刚性硬连接防倒措施。
>
> 第七条：在安全出口与巷道连接处的超前压力影响范围内必须

加强支护，加强支护的巷道长度不得小于20m，高度不得低于1.6m。发生支架断梁折柱、巷道底鼓变形时，必须及时更换、清挖。

第八条：煤矿应当规范炮采（高档普采）工作面支护材料管理。单体液压支柱入井前，必须逐根进行压力试验。严禁使用损坏或者失效的金属顶梁、单体液压支柱。在工作面回采结束或者金属顶梁和单体液压支柱使用时间超过8个月后，必须对金属顶梁和单体液压支柱进行检修并进行压力试验，试验合格后方可使用。

《强化煤矿锚杆支护巷道顶板管理规定》：

第二条：煤矿在编制锚杆支护设计前，必须由煤矿总工程师组织开展现场调查和围岩地质力学评估，探明围岩结构，测定岩石物理力学参数，并进行围岩分类，确定重点管理类别。

……

第四条：煤矿应当加强施工过程管控。巷道掘进过程中应当及时进行支护，尽量减小空顶距、缩短空顶时间，空顶距、空顶时间应当根据顶板岩性在作业规程中作出明确规定。

第五条：煤矿应当在巷道掘进过程中对顶板的结构及岩性变化情况及时进行观测，详细记录顶板岩性观测情况，编制顶板探查孔岩性柱状图，并根据顶板结构、岩性变化情况及时修改设计。

第六条：煤矿应当对锚杆支护巷道进行顶板离层、围岩表面位移、锚杆（索）载荷监测；煤巷应当优先采用在线矿压监测。在线矿压监测系统必须设置临界值及预警值，具体数值及响应标准由煤矿上级公司技术负责人确定，煤矿无上级公司的，由矿长组织研究后确定。煤矿应当建立监测记录台账，每班记录监测结果，并在现场牌板上予以注明。

《强化煤矿架棚巷道顶板管理规定》：

第二条：煤矿在编制架棚支护设计前，必须由煤矿总工程师组织开展现场调查和围岩地质力学评估，查明围岩结构，测定岩石物理力学参数，并进行围岩分类，确定重点管理类别。

第三条：煤矿采用U型钢可缩性支架支护巷道时，应当根据理论计算所需的支护强度，合理选择U型钢的型号，确定支架间距。

第四条：煤矿采用梯形棚支架支护巷道时，应当科学设计巷道断面，合理选择工字钢型号，确定支架间距，确保梯形棚支护能有效控制巷道围岩变形，并采用理论计算方法验证支架的支护强度是否满足对巷道围岩压力控制的要求。

第五条：煤矿在掘进期间，应当根据顶板条件变化，合理确定掘进循环进尺，尽量缩短空顶时间，严禁空顶作业。前探支护必须紧跟工作面迎头，数量不得少于两排，且具有足够的支护强度，支护强度、方式应当在作业规程中明确规定。

从上述三个规定截取的部分条目中，我们也可以看出“支护顶板”的重要性。而对于山东能源集团来讲，由于有“东华重工”的存在，现已“一劳永逸”地解决了支护顶板的问题。

东华重工公司属于山东能源集团旗下高端装备制造产业板块，成立于2013年1月，坐落于孟子的故乡邹城。

公司的业务集煤炭成套装备研发、设计、制造、维修、技术服务为一体，下辖山东兖矿智能制造有限公司、煤机装备制造输送机事业部、唐村实业有限公司、金通橡胶有限公司、兖州东方机电有限公司，代管山东兖矿轻合金有限公司合计六家单位。公司及旗下所属公司均被认定为国家级高新技术企业。

经过十年的钻研和生产，东华重工现在已经做出了支护高度从0.6米到10米的各类掩护式、放顶煤支架系列产品，和久益环球签订战略合作协议，联合研发的高端煤机在国内外煤矿广泛应用。

2020年4月26日，东华重工携带“世界高度”亮相第十九届中国国际煤展会，全球首台最大采高ZY29000/45/100D两柱掩护式液压支架迅速成为全场焦点。该支架最高支护10米、单机重量超120吨，支护高度以及单机重量均处于世界第一。

2022年初，公司承揽了伊犁一矿ZFY21000型高端液压支架制造订单。为了确保山东能源集团这对千万吨主力矿井按期投产，东华重工启动了“安全生产百日会战”，系统谋划研发设计、生产组织、材料供应和质量管控等各个环节，科学排定了生产计划，全流程严格考核管理，最终按照既定工期高标准生产出足量的设备，满足矿井单工作面年产1000万吨配套要求，将在长达4000米的井下工作面服役超过3年，得到国内外同行业高度认可，有力支持了兄弟单位。

2022年10月20日，东华重工成功研发出世界首台50000kN液压支架试验台，首次成功完成超10米的液压支架压架试验，填补了世界空白。这种机器高达17米，相当于六层楼，净重达1300吨，确实是名副其实的“巨无霸”。

这台机器中最大的不可拆卸安装件重达192吨，在制造这台机器的过程之中，研发团队攻克了超厚钢板焊接、大焊缝应力消除、超高强度承压结构设计等多个技术难题，成为目前世界上可试验支护阻力最大、试验高度最高的试验平台，可满足国内外所有型号的大、中、小型液压支架的整机型式试验。

按照国家标准GB25974.1、欧盟标准EN1804-1对液压支架进行操作性能、密封性能、支护性能强度和耐久性能等全项目试验，该试验台多项性能指标均为世界之最，填补了超10米大采高液压支架加载试验台的空白。

东华重工研制的ZY29000/45/100D型超大采高、超高工作阻力液压支架，是目前世界上工作阻力最大，采高最高的液压支架，支架高度突破10米，设备配套能力满足矿井单个工作面年产1600万吨需求，技术达到世界领先水平；轻合金公司参建国家工信部新材料生产应用示范平台——高速铁路装备材料生产应用示范平台，是中车集团“复兴号”标准动车组、时速600公里高速磁浮车体铝型材主力供应商，产品力学、耐腐蚀、抗疲劳等综合性能优异，处于行业领先水平。

山东能源集团董事长李伟在新一年的工作规划中，专门提到了东华重工：

> 要紧跟山东能源战略布局，明晰企业定位，聚焦高端装备制造产业升级，牢固树立“质量就是企业的生命”理念，围绕支架质量、产能提升强化技术攻关，优化质量控制流程，建立质量管控体系，以质量塑品牌，以服务拓市场，持续提升企业核心竞争力。
>
> 要全面深化“两化”融合，持续开展全价值链诊断分析，把精益管理融入生产经营全要素各环节，提升经济运行质效。
>
> 要强化对标学习，优化体制机制，完善市场化考核机制，激发企业运行活力。
>
> 要深入推进三项制度改革，实施人才培优工程，搭建员工发展和成长平台，夯实企业发展人才基础。
>
> 要加强党风廉政建设，加强干部队伍建设，创造风清气正的良好干事创业氛围。

殷殷嘱托，对其寄予厚望。

一张闪闪发光的物流宏图

随着物流筹备组经理程文斌对一个个物流节点的准确描述，一张闪闪发光的物流网络出现在每个人的脑海。和清晰、专业、丰富的语言相配合，他双手在胸前快速挥动，仿佛一直在拨弄着一个看不见的魔方，幅度不大，但难掩心中激情。

“专业的人干专业的事”，营贸公司物流板块建立在人才引进的基础上，从源头上解决了分歧和争议。首先是联合北京交通大学，初步汇总营贸公司和集团所有的贸易营销数据，做物流规划调研，确定已有的经贸协同框架，知道准确的定位。在营贸公司崔文成、李贵国的带领下，五人小组兵分两路，用了一个月的时间马不停蹄对省外及山东的各个煤矿做了实地调研，为矿上的物流需求把脉，在需求点的需求基础上，构建物流框架。

这种调研是必须要实地走访的：“便于物流轨迹的测算，每个矿出矿的路径是不一样的，每个矿有每个矿的地方特色，作为调研人员，必须做到心中有数。在龙口矿的时候，我们向相关领导申请，能不能下矿去看一看？过去讲，煤炭是‘一半黄金一半血’，对吧？虽然我们现在不存在伤亡现象了，但是我们也要知道一线工人的疾苦。这样你才能知道你的煤卖多少钱合适。物流通道降本增效到什么程度？你不知道井下是热是凉，他们受的苦你感受不到，最起码你连作业面儿都没见，那你都是纸上谈兵，对吧？你说我们在采的有七十六个矿，年产多少吨，那太空泛了，所以说我们去龙口矿业重点调研，那是现在中国唯一一个海下煤矿。岩层结构是沙化了的岩石，贝壳较多，比较松散。咱矿里用回填和干喷技术，把防范这些危险做到最好。山东有最先进的液压顶板，做得非常好，非常安全。去一线看一看，就相当于心灵的洗礼，去看看最苦的地方。坐着‘猴车’到最远的作业面，离副井好几公里。底下的风能达到8—10级，现在用的是液压隔风门，过去的铁门是挡不住的。我们去的时候是9月份，穿着厚工装，在下面都不会觉得热，看了确实颇受教育。”

五人小组是汇集了不同地方的人才组建的，例如崔文成崔总原来是厦门国贸的总经理，程文斌原来在中国远洋运输总公司天津分公司工作。中国远洋运输总公司有“广大上青天”之说，下属的五个分公司所在地分别是广州、大连、上海、青岛、天津。集团对团队要求比较严格，作为引进的人才肯定是要独当一面的。前期可能不了解情况，分出一个人来带着，熟悉一下业务交叉点和矿区，会更快地进入工作状态。如果来的是一个大学生，就需要做一套完整的物流流程，无论谁来，只要是你喜欢物流，就能学会。把它建成一个体系，复制一下就行了。做好一个系统，货来之后，就像梁山港汽车一样，司机刷身份证就进去了，公司只需派人在调度室操作好就可以。配备好仓库，一个主管，一个文员，一个操作，就可以完成这一个仓库的任务，不论多大体量。

作为资源型企业，山东能源集团的物流板块比较年轻，虽然营销和贸易都已经非常成熟了，体量也非常大，但还是要着手把物流建起来，只有前期把物流建好，后期物流才能反哺贸易。经过数据整合和走访调研，集团作出了物流产业规划，近期正在搭建物流数字化平台，在国家倡导的降双碳的基础上，逐步完成物流布局。用领导的话来说：“我们虽然现在煤好卖，但未雨绸缪，正好是一个广交朋友、构筑‘护城河’的时机。煤炭前几年的价格一直在下降，因为成本高，开采出来之后盈余并不多。”

程文斌老家在天津塘沽，毕业十多年来他一直从事物流工作，跟着以前的老师慢慢学起来。他通过各种途径学习，出去与客户谈的时候，知道了细节，心里有底：“做物流，首先要建节点，节点的设立根据贸易的需求、营销的需求，包括上下游客户或者大宗货品流向的需求。节点放在哪儿最恰当？是我们成本最低、创效最高、大家都能用的地方。上周我们去石家庄走访了粮食储备库，几乎处于闲置状态，看了看油漆厂和石家庄的陆港。打算在石家庄地区为我们的贸易提供一个节点，就是一个中转的平台，方便省外的煤炭往省内运输。之前大多数采用汽运，因为汽运快。汽运过来之后做一个中转仓，发往邹平或者烟台。在石家庄建立节点，打开物流通道之后，煤炭通过铁路，通过汽运也好，直接运到日照港，客户到港口自提。把日照港的体量做大，一来构建海运的运力池，二来通过大体量可以降低成本，三来可以把海上通道也铺设一下。

“业内有一个询价和实货询价的区别。我有货，想真正用你的船，你给我的价格会是很实在的，但是我如果是只询价，可能两三回之后你就不想接待了，你天天老询价，对吧？我们是海运公司，又不是咨询公司，对不对？

“所以说这也是为了构建运力池，打开通道。成员性的平台改成了资源性的平台。以前可能是大家伙都不做数据物流，20世纪90年代的时候可能是长距离，你说多少就是多少，信息不透明、不同轨。到了后面是资金方在做中，资金方把货买过来，你交了保证金之后给你运过去。那个时期像建发、国贸等通过这种方式迅速积累起资本。现在，你会发现资本企业的觉醒正在改变这种格局，我的煤我自己用，肯定没有毛病，你说送到哪儿我还可以给你送到哪儿。这样就可以筑起自己的‘护城河’，用领导的话来说叫‘结硬寨，打呆仗’，这原本是曾国藩的一句话。

“在中国排名前两家的大物流企业，第一是招商，招商局最初做的是公共港口投资，2019年花了一千六百多个亿收购全世界排名第九的港口辽宁港之后，在中国的公共港口，招商局完全是老大哥了，旗下还有许多沿海的港口。第二是中远海，过去致力于向外走。参考两个成功案例，再推行自己的物流结构、物流体系，反推我们的煤炭，大部分在山东、陕西、内蒙古、新疆，它的终端消费点大多是钢厂，主焦煤是送到焦化厂或者钢厂，自己有焦化厂了，终端还是要去钢厂。以前可能在坑口就卖掉了，现在直接送到钢厂，一来可以提高客户的黏性，二来可以把通道打开。因为是自己的煤，在自己的物流通道上机动性就好。打个最简单的比方，我们的煤从日照港装船了，几号之前我要求钢厂打给我百分之几的预付款。比如说送到中天钢铁，走到那儿之后你没有按照贸易要求给我70%或80%的款项，我就可以选择不卸货，因为对方已经单方面违约了。方便的是货在自己的船上，无论是船、铁路、汽运，运距不重要，关键是货在自己手里，可以选择优势的处置通道。也许往下游，马鞍山钢铁要，往中间走一点儿，龙腾特钢要了。一样的东西我直接就卖了，没有必要‘货到地头死’，给你降价，非得卖给你。咱就变被动为主动了。

“物流通道，都在数字化信息平台上，演出了物流和数字化的联动。必须有了运力池，才能为集团的煤炭提供更强大的物流支持。有了点才能建设通道，有了通道才能有数字化的布局。

“我在平台上看着，龙腾特钢要多少，保武钢铁要多少，南钢要多少？如果你不履约的话，那我就近往下送。能正常履约的话，我后面的火车还要往这边走，晚两天的话我还能给你，这就起到了补充的作用。让咱的业务多样化，也保证了自己的利益，所以这个标准实际上是相当高的。前期做了两家钢厂，吕梁建龙和晋钢，海运开通鞍钢、首钢、鹤钢的几条通道，上周成功完成了五十五万吨保供煤，在宁夏地区完成了散改集、油改电，在宁夏中心储煤港设立了一个充电基地，与淄矿物产联合，采购了五十五台电动车，为周边十三家电厂供煤。不到一百天，已经运了十万吨。

“山能建设的物流要有山能自己的特色，我们不是去跟人家比运价，而是凭借地域的优势、资源的优势、体量的优势，通过运输距离的长短、运输半径的长短，将物流的运输线路拆分下来，实现物流的创效。

“打个最简单的比方，正常的冶金，矿大多数从天津港下，去内蒙古丰镇比较近。丰镇在河北省、山西省、内蒙古自治区三省区交界处，是自治区的南大门，素有‘塞外古镇、商贸客栈’之称，是物流集散地。汽运价格大概在120元/吨。做好了高碳铬铁之后，一般是往苏锡常发，转到下游的钢厂。它是一种脱氧剂，正常陆运直发的话是370元/吨。如果有竞争的话，无非我就是368元/吨，366元/吨，降点儿价格。但是我们给他改了一个线路，从丰镇花120块钱运到天津港，用小船短驳进江，进江之后两边一边有25块钱的港口费用。再送到龙腾特钢，运输成本一般情况下在270—280元/吨，这就是100块钱的边际收益。但是时间呢？你可能两天就送达了，我可能要15天、20天，但是只要形成了运输链，货物就源源不断而来了，就不是一次性购买行为了，圆满解决了时间问题。让利给厂家40元/吨，让利给贸易单位40元/吨，物流还有20元/吨的收益。因此一盘棋做成了三赢，物流的边际收益有了，贸易的资金收益有了，钢厂的降本增效也有了，他们很愿意和大体量的物流企业合作，来改善物流线路。

“长期发一条线，所有的运力都在运力池里，拿到的价格肯定就比别人低得多。所有的规划做到最后，就是在别人发不动货的时候，我们的船在开；别人的货运不出去的时候，我们的车在走，还能完成降本增效的目的。

“知识体系是怎么建立起来的？我总觉得吧，读万卷书不如行万里路，好多东西确实是要实地走访去看，我记得第一次跟着崔总去上海庙（镇），我说去上海为什么还有庙？一下车就到鄂尔多斯鄂托克前旗了，一个庙2000公里出来了。实地走访之后，才能说我这煤有多好，我这块儿口岸有多好，如果走到了，贸易就会告诉你是怎么打通的，同时避免煤炭检验的时候与收到的标准不一样。

“运力池就是说我的承载能力。打一个最简单的比喻，我要从济南运到济宁，考虑怎么走好呢？肯定是汽运最快。那就需要联系自有车辆的运输公司，我们是有要求的，注册资金是多少，自有车辆是多少，有没有不良记录？通过了我们风控部门的资信评定，进入我们的供应商名录，进入供应商名录之后就具备了被营贸物流选择的机会。具体选择标准是根据这家公司擅长走哪条线路，你说我全国都能做，那我肯定不选你，什么都能做其实就是什么也做不了，就是二道贩子，干脆别合作。你说我跑济宁跑得最好，或者说跑烟台这条线跑得最好，你得给我你的优势线路。在同一条优势线路上，通过3—5个供应商的价格比对，确定一家有一定实力、资信良好的公司。如果牵扯到沿海，就会有船舶公司的加入；如果走铁路，会有铁路的代理公司。因为大宗货品不涉及空运，所以我们只需要把公、铁、水、海匹配起来，优化一条物流线路。承运仓是一个虚拟的，相当于一个数据库，可以通过数字化把它表述出来，就是一个运力仓。整合一下全国各地的贸易供应商，把不好的筛出去，把好的留下。建立物流体系，把烦琐的细枝末节铺成体系，让这些线路交叉成网，进行数字化建设。

“人在做一项工作的时候，肯定想有一种价值体现。在这个领域想多做一些，不同的平台，见到的东西是不一样的，学到的东西也是不一样的。年轻的时候吃苦总比快退休的时候强，吃了你该吃的苦，你就能摘该摘的桃子。在学的过程当中，一开始也困难，慢慢去找方法，这和每个人的处事方法有关。

“沟通方式也很重要，谈的时候务实一些。首先人与人相交要懂得尊重，哪怕老师傅干了一辈子最简单的地面操作，他也有他的长处。好多时候你急赤白脸去跟人家说话，就不如客客气气的。不同的人需求的东西不同，他也渴望和你平等交谈，也渴望被你尊重。同样一台吊车，在港里装货、卸货的速度是不一样的。这里面都有技巧，同样一个师傅，装出来卸出来也是不一样的。正常情况下咱把该做的做了，得给予人家适当的尊重才行。咱去学习咱有什么好狂的？我们的老师傅讲话：‘我捧一捧海水，都知道过来的船有多重，知道排水量是多少。’当然这话可能有点儿吹牛，就是说我见过的东西太多，码头船的配仓可能我一眼就看出问题了，但是你们看不出来。最简单的，做风力发电机的风扇叶，四十多米、六十多米、七十多米长，运输的时候怎么运？平原地区，扇叶用有伸缩板的挂车运输，为什么过山道的时候要把扇叶儿竖起来？扇叶是直的，不会拐弯，在山道上走，不竖起来车就会掉下悬崖。

“集装箱为什么过山道的时候四个边角的箱锁是打开的？箱锁锁上之后，过再急的弯儿、开再快的速度，除非车翻了，箱子是掉不下来的。但要是走盘山路，尤其陡峭的盘山路的时候，箱锁是要打开的。货是有价的，人是无价的。一个重心不稳，开过去之后一脚刹车，箱子就带着车掉下悬崖了。如果把箱锁打开，万一出现危险，下去的是箱子，你有货运险，赔货就行了，但是司机还在。类似这种道理，也只有老师傅才能告诉你。

“同样一台吊车在港口运货，速度为啥不一样？我见到一个老师傅，快退休了，用他自己的话说，今天高兴我就干，不高兴就不干。港口很热，吊车里空调很小，不太管用。大伙儿都挺累的，无缝钢管儿最难卸，咱现在标准的是两头一样粗，它还有不一样的。活儿来了之后，天一热，人看着活儿就烦，尤其是室外作业。老师傅去了，拿丝杠挂起来，他有三套钩，一次能吊三根，但他慢慢儿给你干。

“工人们说我卸一吨是有一吨的钱的。司机是上班儿，他所谓的效益是寥寥的。我说师傅拿六套那钩儿啊，我给你买水去。夏天冰红茶、绿茶拿过来，老师傅抽烟，给他递支烟。老师傅干了一辈子这活儿了，这会儿把车帮打开，一次吊六根。一会儿一摞，一会儿一摞。要想快干，有一个拐弯半径，他会靠着柱子停车。尊重他，大伙儿乐乐呵呵聊会儿天、说会儿话，好多事儿就解决了。要说我给领导打个电话，你必须得快点儿。那样，今天晚上你也走不了……”

营贸公司下属的中垠国贸公司动力煤团队负责人郭玉新也是一员干将。大学毕业以后，郭玉新虽然换了不少岗位，但一直从事与煤炭销售相关的工作，从一名过磅员干起，转到一线销售，后来到了煤炭贸易公司。2020年5月，得知山东能源集团“不拘一格用人才”，郭玉新率领团队加入营贸公司中垠国贸公司。

当时全国下水煤贸易份额中长协煤占比超过70%，市场煤份额锐减，大量中小贸易商被淘汰。相对地销煤而言，下水煤业务操作难度更大，贸易风险更高。面对严峻的形势，经过研究分析，郭玉新决定以煤炭期现业务为起点，借助大集团的平台，在市场中寻找机会。他确定了“产研一体，产融结合”思路，一方面通过分析市场供需关系和判断市场走势提前布局产业，另一方面依托产融结合控制风险。

郭玉新采取了几个步骤打开局面。

首先是密集调研。为了摸清底数，他带领团队成员，在短时间内跑遍了内蒙古煤炭主产地鄂尔多斯大大小小300多家煤矿。那些天，他们风餐露宿，风雨无阻，常常吃饭、睡觉、工作都在车上，白天走访了解情况，晚上整理汇总分析，路上也是研究讨论工作，最紧张的一段时间，他连续一周每天只睡三四个小时。茫茫大漠见证了他们不知疲倦的奔波与跋涉。功夫不负有心人，根据调研情况，他带领团队初步构建了动力煤研究框架，包括数据库、信息库和分析体系，对原有数据库进行了完善更新，并花大量精力接触和联系期货公司、投资公司的研究人员，学习和研究对方的数据库和研究体系。

经过连续两个多月的密集调研，初期的研究架构升级到了2.0版本。他个人预测煤炭市场行情，从原来的模棱两可、懵懵懂懂，到现在操作起来更加心中有数、得心应手了。通过持续跟踪动力煤市场，他对未来的走势进行了大胆假设、小心求证，多次成功预测了行情走势和方向转变。基于供需和形势的准确判断，他带领团队积极展开现货贸易和期现工作，成功抓住了几波市场上涨行情，在下跌行情中也都保持低库存高周转，风险控制得当。牛刀小试的“产研一体”取得了成功，获得了超乎预期的效果。

没有稳定的客户支撑，期现业务就难以开展。刚开始，他们面临上游采购和下游销售没有固定客户的窘境，只能进行一些简单的拼缝业务。他利用研究体系大胆预判，2020年底煤炭市场极大概率出现供不应求的情况。这是他们突破困局的绝佳时机。他大胆向公司主要领导建言，得到了来自公司的大力支持。他们共采购40万吨煤炭作为库存，分别存放在北方港口和下游二港。最终煤炭市场走势比他预判的还要紧。他们抓住这次机会，将有限库存销售给了早就瞄准的有实力且可长期合作的几家优质客户，成功与这些客户建立了长期稳定战略关系，突破了贸易困局。

在开展煤炭贸易过程中，他逐步意识到，现货贸易周转相对较慢，特别在行情下跌时，下游客户买涨不买跌，库存销售困难，存货价值会大幅下跌；而在行情上涨时，上游供货商惜售情绪上升，采购又异常艰难，贸易进入两难境地。只有产融结合才是未来贸易大趋势。他引导团队抓住“产融结合”牛鼻子，坚定走产融结合的思路，一方面增加了采购渠道和销售渠道，另一方面降低库存持有风险。他们团队利用期货工具成功操作了两波期现正套行情，并在期货工具的保驾护航下，扩大了贸易规模。

学习力能提升战斗力，向心力能提升工作效率。他定期与团队成员谈话沟通，互相分享思想和学习心得，互相督促，共同进步。团队成员每日以日志形式汇报收集信息，反馈工作进展情况，持续跟踪市场动态。他们还经常复盘研究，把交流情况、分享信息的过程变成技能不断提升的过程。

20个月时间，郭玉新带着6个人的团队共结算贸易实物量191.08万吨，营收13.65亿元，实现期现净利润1.016亿元。2021年迎峰度夏期间，为了保供，郭玉新带领团队暂停其他盈利业务，全力以赴增储保供。短短一个月时间，采购煤炭约64.8万吨，顺利完成上级指派的任务。

2022年7月1日，山东能源营贸公司在宁夏宁东储煤中心成功举办电动新能源车投放仪式。营贸公司党委书记、董事长贺敬讲道：“营贸公司组建以来，认真贯彻能源集团关于营贸板块的发展要求，坚持做大做强现代物流贸易产业使命不动摇，聚焦物流节点布局精准发力，深入对接国家物流枢纽网络建设重大工程，积极运用产业链叠加和国际先进物流模型开展顶层设计，形成了以四大产业基础、三大业务体系、五大业务模式、五大发展方向和建设山东能源物流产业数据服务主平台为内容的‘43551’整体发展规划。

“枣矿物产与淄矿物产开展电动新能源车物流运输合作，是营贸产业整合以来积极推进内部资源共享、协同创效的有力举措，充分体现出营贸公司物流产业向更高层次、更高目标迈进的坚定决心。宁东储煤中心作为淄矿物产在宁东地区的重点推进项目，现已形成一套集煤源采购、加工掺配、短倒运输、自主销售于一体的全链条业务模式，下一步要继续巩固在生产加工、运输销售等方面的核心竞争力。

“枣矿物产、淄矿物产充分利用淄矿物产宁东储煤中心在产品加工、渠道开发、运输管理等方面积累的丰富资源，进一步加强联动配合、不断增进工作合力，做活做强电动新能源车运输服务这篇‘新文章’，积极推进物流与贸易、物流与营销、物流与加工、物流与金融全面耦合发展，争取多点盈利、多点开花，为能源集团在世界500强提档进位、打造全球清洁能源供应商和世界一流能源企业贡献营贸力量。

“新矿国际在蒙宁周边建立了硅煤、焦炭、电煤多个加工基地，变单纯的贸易商为有实体支撑的资源供应商，‘贸易+实体’模式是贸易模式的升级版。在跨区域贸易上，在全国物流节点上设立8个办事处、合作铁路站台8处，与铁路局签订战略长协，打通运输瓶颈，实施蒙煤入滇、疆煤入滇、陕煤入川等跨区域业务，延伸了产业链，提升了价值链。积极协调能源内部新疆硅煤和内蒙古硅煤资源，进行精细加工，在云南实施‘煤场前置’，贴近市场，增强了硅煤市场竞争力和市场话语权，将能源集团打造成全国最大硅煤供应商。”

山东是耗煤大省，每年调入煤量在3亿吨左右。山东能源集团是省内最大煤炭企业，承担着“一个保障、两个优化”重要职责和使命。2020年国内新冠肺炎疫情发生以来，山东能源集团积极落实党中央、国务院，省委、省政府统筹疫情防控和经济发展、能源保供的决策部署，坚决履行保障全省能源安全政治责任，全力战疫情、保生产、保供应、增储备，在保供增储、保障民生、稳定经济、促进发展中彰显了山东省第一国企的责任与担当。

成立由集团主要领导任组长、分管领导任副组长的领导小组，下设5个专业组，建立周调度、月总结、季通报督导协调机制，对困难和问题及时协调解决，高质高效统筹推进。

煤炭是工业的粮食。2020年初，晋陕蒙等全国煤炭主产区煤矿复工复产艰难，煤炭市场骤紧。1月26日（正月初二），武钢煤炭库存告急，危及安全生产。之后，鄂钢、马钢、山钢、中信泰富特钢、大冶特钢等重点钢厂煤炭库存也拉响警报，相继来函来电催煤。为解武钢燃“煤”之急，山东能源集团紧急组织有关矿井复工复产，紧急调拨肥煤4000吨，全力协调铁路部门，优先装车发运，2天内运抵，比原先平均7天交付期整整提前了5天。为增产保供，山东能源集团制定严格防疫措施、复工方案和应急预案，紧张有序组织矿井复工复产。同时，及时了解下游需求状况，精心组织生产、销售、运输各个环节工作，从原本非发运矿点库存中紧急调拨资源，全力组织装车发运，重点做好对湖北疫区的煤炭保供工作，做到应供必供、有需必供、足额保供。

2021年冬春供暖期间，山东能源集团在保供最紧张的1月份连续9天日供电煤5万吨以上，极大缓解了电厂的燃煤之急。2021年1月发运电煤133.21万吨，合同兑现率110.24%，有效支撑了保供电厂的生产安全，确保了电厂平稳运行和群众温暖过冬。

魏桥热电承担着滨州市主城区及邹平、惠民、沾化、北海开发区等县区城市供暖任务，供暖面积达2700万平方米，居民近30万户。魏桥集团下属单位向尚服饰公司还承担着生产抗菌口罩的重要防疫任务，一旦缺煤限电，将影响山东乃至全国疫情防控工作。2020年2月3日，200辆满载煤炭的车辆分别从兖矿能源的生产矿井陆续驶出，紧急驰援山东魏桥创业集团。当晚，该热电厂燃“煤”之急得到缓解。

另外，山东能源集团还按照省疫情处置工作领导小组（指挥部）、省发展改革委及地方政府要求，积极组织保供聊城高唐热电、莘县城市供热有限公司、东阿华通热电、淄博瑞光热电，有效保障了地方能源供应、供暖供电、防疫物资生产。

2021年，面对市场价格持续居于历史高位的情况，山东能源集团采取停售市场煤、减少原煤入洗、缓发炼焦煤、调集省外资源等措施，强化生产与销售联动、省外矿井与电厂配合，控制好重点客户发运节奏，累计供应华能、华电、国电等16家电厂电煤1459万吨。全力保障迎峰度夏、迎峰度冬期间电煤供应，6—9月份实现电煤中长期合同兑现率101%；10月份以来还补发了上半年因电厂原因欠供的120万吨电煤，兑现率达135.51%，得到了省领导的肯定和表扬，省发展改革委给山东能源集团发来了表扬信。

矿井里升起了北斗星

2021年1月10日，距离春节一月有余，山东烟台栖霞某金矿上，工人们正在紧张地忙碌着，准备最后一波冲刺，之后过一个富足的年。哪想到“轰隆”一声，剧烈的爆炸发生了。

在地面中控室值班的人员看到电脑屏幕瞬间被白颗粒挤满，还未反应过来，监控传过来的爆炸声带着所有的屏幕瞬间苍白……

1月11日晚，接到报告之后，山东省委、省政府迅速成立省、市、县一体化应急救援指挥部，下设综合协调、现场救援、技术专家、医疗救治、新闻舆情、安全保卫与交通保障、后勤保障与联络、家属接待、疫情防控、事故调查、生命通道联络保障等11个工作组，立即开展救援工作。现场指挥部坚持科学施救、有序施救、安全施救，紧急调集省内外救援队伍20支，救援人员690余名，救援装备420余套。

接到山东省委、省政府的救援令之后，山东能源集团迅速行动。第一时间调集权属兖煤、淄矿、龙矿三支专业救援队伍，106名救护队员和指战员，配备16台各类救援车辆、203套救援装备，连夜赶赴救援现场。

但井下救援存在一个问题：信号不好。在救援之初，由于剧烈的爆炸，之前的矿井信号系统遭到了严重损坏，而通信不畅严重制约着救援工作的开展。“山区信号弱，通话声音小”“救援队伍多，沟通不方便”“井下情况不明，工作方案不好制定”……现实的困难摆在眼前。

关键时刻，应急救援指挥部某专家突然想到，山东能源集团所属的云鼎科技旗下的北斗天地股份有限公司在矿山通信方面已经作出了重要成果，应该对解决救援难题起到非常大的助力，于是尽快通过山东能源集团联络北斗天地。

北斗天地股份有限公司接到山东能源集团通知之后，迅速组织四名通信骨干成立了通信保障团队，携带应急救援装备迅速赶赴救援现场。应急救援通信装备包括四套窄带自组网电台、二十套窄带自组网单兵终端、四套宽带自组网电台、两套三防智能手持终端。

马上就要进入腊月了，那年的冬天相当冷。北斗天地股份有限公司是半夜接到的消息，仅仅用了一两个小时的时间准备，凌晨时他们已经把装备打包好，从西安出发，坐火车赶往烟台。

到烟台之后，会合山东能源集团的救援大队统一奔赴救援现场。等他们赶到救援现场，已经是深夜了。当时烟台下着大雪，晚上路面结了冰，现场架起了应急救援灯，人影幢幢，都在忙碌着。从每个人嘴里不断呼出的哈气，透过飘飘扬扬的大雪，组成了一层薄雾。

到达现场之后，北斗天地的技术骨干第一时间将装备进行了部署。在此之前，救援队是通过电话线进行信息沟通的，也就是说救援队员在下井的同时，要拉着一根电话线下去，到换班的时候把电话线再拉上来，这样一来，通信非常烦琐，清障的效率也比较低，并且过程极其艰难。由于爆炸产生了很多锐利的金属框架棱角，好几个队员在井下救援的时候，被划破了手脚，而长长的电话线在下井的过程当中也时常被卡住。

北斗天地的网络通信装备可以建立无线区域通信，给井下救援人员和地面的指挥中心建立一个视频和语音通信的环境。1月13日，通信保障团队在对救援人员进行了简单有效的设备功能和使用方法的培训之后，救援人员携带无线自主网络通信装备下井。通过特制的手机顺利采集到了井筒清障工作的视频数据，并且进行了一个班次长达两个小时的视频通话调度。

通信保障团队提供的高清纪实视频的影像为省应急救援指挥部及现场的专家组作出科学高效的决策部署提供了有力的支撑，有效避免了语音通话时语言表述上的模糊不清。在使用的过程之中，专家们和各个救援队伍对北斗天地的技术装备也给予了高度的评价和认可。这种技术不仅解决了影像视频传输的难题，也让救援人员之间的沟通更加方便。相互之间可以更加默契地配合，为救援工作赢得了宝贵的时间。事故发生之后的每一秒都是非常关键的。

在联系北斗天地之前，当时井下通信装备用的是摩托罗拉对讲机，但救援人员下井之后就发现和地面的指挥中心失联了，直到后来联系上了北斗天地，才解决了通信难题。

从信号传输的角度来讲，北斗天地的网络通信设备有一项突出优势，可以利用中间节点把信号进行转发，这样原本3000米的传输极限加一台设备就可以变成6000米，再加一台设备就可以变成9000米，通信距离大大延长。

由于矿井是往地下延伸，信号传输难度倍增，矿井通常在700米以上，有的能够达到1000米，普通对讲机的传输距离是够不到的。

回到栖霞某金矿。随着救援工作的不断推进，救援过程也不断出现新的问题。最大的难题在于下井的队员之间无法及时取得联系，无法及时输送补给品给被困人员。如何在面临大量堆积物的情况下保障井下通信畅通，及时输送补给品，是救援成功的关键。

通信保障团队根据现场的实际情况充分发挥技术和装备的优势，对装备的利用进行了一次次改进，利用无线自组网通信距离抗干扰、自中继优势，制定了通信解决方案。窄带自组网装备主要为现场救援指挥提供语音通信调度，宽带自组网装备和智能手持终端结合使用，用于采集井下救援时的实时视频信息，地面指挥中心通过单兵终端或智能手持终端对井下人员进行实时调度指挥，进而实现最佳的救援方案。

1月17日，在通信设备的强力支持下，救援人员终于打通了一条从地面至被困工人所处巷道的钻孔。通过这一钻孔，可以与井下被困的工人建立联系，并投放食品、水等。当天晚上10点左右，三号钻孔也开始投放给养，由铅坠带着牵引绳缓缓下放，手电筒、营养液、药品、纸笔等被投放至井下。

经过紧张的一个多小时的等待，将近12点，救援人员缓缓拽出了钢丝绳，发现给养已经被全部取走，并且从井下传回来一张纸条，上面写着“五中段现有11人，六中段1人，另有10人情况不明”。虽然救援工作远未结束，但这张纸条给现场的所有救援人员注入了一剂强心针。

1月18日凌晨5点，一号钻孔贯通。同一天，三号钻孔架设电话，实现了首次与地下被困矿工通话。1月19日下午6点，栖霞金矿爆炸事故医疗救治组在与五中队被困矿工电话联系的时候了解到，大部分矿工通过补充给养，身体状况得到改善，11名被困的矿工当中有8人的身体状况良好，两人有轻度不适，1人因为在爆炸中头部受到冲击，伤势比较危险，处于昏迷状态中。

据五中段被困矿工反映，六中段的一名被困矿工也受了伤，但是具体的情况还不是特别明朗。1月20日，三号钻孔贯通，因为有一定的水量导入井下，对被困人员的生存环境形成了一定的威胁。情况汇报给专家组之后，专家组经过讨论研判，决定启用四号钻孔作为备用的生命通道，在投放和配送的物质中，除了日常的给养之外，还增加了粥、热水、保温桶，另外增加了用于大小便检验的标本，用于矿工升井之后进行及时医学治疗的基础。

1月24日，回风井顺利打通，救护队员携带应急通信保障装备下井进行人员搜救。通信保障团队要同时保障地面、井下、搜救人员的多点通信，为救援人员在井下无外部信号时提供可靠的通信手段。为了确保通信效果，技术人员分成了两班，每班十二个小时，连续多天二十四小时坚守岗位，为事故救援提供了坚强有力的通信保障。

通信设备整个的设计理念是基于应急现场解决通信的一些痛点。发生应急事故之后，出现断电和断网的现象是非常普及的，不管是地震也好，金矿爆炸也好，现场原有通信设备是没法使用的。而对于整个救援过程，不管是被困的人员还是搜救的人员，生命是一样宝贵的。当去保障被困人员的时候，同时要保障搜救人员的生命安全。有了通信保障，对搜救人员来说也是一种极大的心理安慰。

1月24日上午11点至25日下午，先后有11名被困矿工安全升井。当第一位矿工升井的时候，现场响起了掌声的巨浪，许多人激动得热泪盈眶。当然，人们很快就沉默下来，因为在被困的22名矿工当中，有10名已经遇难。遇难的工人主要是因为发生二次爆炸时，正沿着救援梯攀爬，结果受到极大伤害。

在这次救援过程当中，山东能源集团的救援队伍展示出了极高的专业水准和工作能力，不抛弃、不放弃，连续15个昼夜坚持在救援现场，为11人的成功获救贡献了重要的力量。

当救援队伍冲锋在救援一线的时候，有一支团队在后勤保障中为救援人员提供了不可或缺的帮助，他们用专业的技术、可靠的设备和担当奉献的精神，有力助推了救援工作科学高效的展开，他们就是北斗天地通信保障团队。

北斗天地股份有限公司隶属云鼎科技股份有限公司，以“实现北斗应用的跨界融合，打造天地一体智慧化综合服务商”为目标，围绕高科技上市公司平台的战略定位，牢牢把握数字经济发展趋势，不断增强自主创新能力和科技研发水平，主动作为、守正创新，统筹推进煤矿智能化建设、工业互联网产业发展，为推动公司向质量更高、效益更好、后劲更强转变。

无线自组网应急通信保障系统是北斗天地深耕智慧矿山工业应用研发时的一项关键技术，此系统是一款高度集成化、小型化、便携式的通信指挥调度系统，具有便携机动部署、多网络环境应用、多样灵活通信接口、双电池供电、防水防震动等特点，在极端情况之下，仍然可以保证第一现场的通信畅通，尤其适用于野外、作训、救援、机动行军、应急救灾等场景。

北斗天地股份有限公司深耕矿山工业智能与“北斗+”两大产品体系，以信息化、智能化发展为聚焦，致力于能源工业自动化、信息化、智能化的建设与服务，推出了矿业国际专网系统、辅助运输系统与环境定位、职业健康体检系统、设备管理系统、综合资讯平台、综合信息管控平台，为智慧矿山提供智能的核心产品，为用户提供专业化信息系统规划设计、研发、生产、集成、施工、运维一环服务。

以“北斗+”为特色，融合北斗通信、北斗定位、自组网等技术，形成了以通信和定位为脉络的产品路线。作为井下通信的重要组成部分，还有矿用高端5G专网系统，由网络服务器、5G基站控制器、5G手机的配套设备组成，为矿井安全生产提供了网络支撑。这套系统已经在转龙湾矿井以及淮河能源集团测量二号煤矿、唐家会煤矿成功上线应用。

还有一项造福广大矿工的技术就是职业健康大数据管理平台。利用这个平台可以对职工的生命体征信息进行集中展现。职工下井的时候，佩戴着专用的通信智能手表实时将生命体征信息上传到平台。在中控室的平台上，经过工作人员的演示，我们可以看到每一位矿工的姓名、工号、血压、心跳等种种信息。

如果职工出现突发情况，比方说血压骤升或者心脏骤停，手表就可以通过SOS一键报警。做好了职业健康大数据平台，可以防患于未然。因为是实时显示，也就没有办法进行数据造假，因此有安全健康隐患的职工根本不可能下井工作，从而避免突发事件，进一步保障了矿工的生命安全。

配套设备还包括便携式信号灯、多参数的便携仪，可以检测空气中的甲烷、一氧化碳等气体的含量，假如某个指标过高，能够及时报警。而在求救的过程当中，只要报警，周围所有人员都能够接到预警信息，将救援时间大大缩短。实时监测数据的定位精度如今已经可以达到毫米级，用于矿山监测、大地测量、自然灾害的监测，通过蓝牙连接北斗通信App，维持手机等智能设备在无公网的情况下实现应急救援和应急报警。

北斗天地股份有限公司成立于2010年。2010年至2013年是响应国家新兴产业培育战略的初期创业阶段；2014年至2016年主要开展经营业务的改革，并开始股份制改革的创新发展阶段；2017年至2019年公司以技术为先，逐步进入高效创新阶段。

2020年，北斗天地以纳入上市公司为契机，进一步推动了矿山产品的产业化，产业化发展进入创新创造的新阶段。北斗产业化应用已经写入“十四五”规划和2035年远景目标纲要。在央视召开了发布会，那是全球首套5G专网系统，专家专门下井做了直播，全程两个多小时，极大提高了北斗天地的知名度。

依托山东能源集团的雄厚实力，协同高端资源，先后成立了山东分公司、青岛子公司和北京子公司，在洛阳建立了高端研发团队，统筹做好资源板块和业务整合，公司采用的是扁平化组织架构，山东青岛、北京设立的子公司总经理均由公司班子成员兼任，汇集了西安、青岛、北京的高端人才，在行业内逐渐崭露头角。

业务范围涉及陕西、内蒙古、甘肃、山东、山西、安徽、宁夏，包括拉美等地；在全国比较大的煤炭省份，像安徽、山西、陕西、内蒙古、甘肃等各个区域设置了办事处。围绕公司的发展战略，进一步推动了党建工作和科技创新工作的深度融合，不断增强党建工作实效性和创新性。

开展核心技术骨干认定工作，确定45名骨干员工按照“重要岗位有党员，主要骨干是党员，关键时刻见党员”的目标，把“双培养一输送”工程作为公司人才工作的出发点和落脚点。所谓“双培养一输送”，是指把业务骨干发展成党员、把党员培养成骨干，把党员骨干输送到重要岗位。

北斗天地的职工队伍是比较年轻的，大多都是高科技人才，平均年龄31周岁，对整个公司的战略发展目标都非常认同。对标行业先进企业，采用弱基建结构，打破原有事业部模式，建立以客户为中心、以产出为核心的组织体系，再造业务流程，优化资源配置。设立市场、技术、产品三个委员会，设立研发中心、产品线交付中心、运维中心等十一个部门，采用“能上能下”的赛马机制，通过全员竞聘确定中层干部。

2022年1月，通过部门互评、绩效打分、年度述职三结合的方式对各个部门进行综合考核。对考核卓越的一人予以转正，考核不合格一人进行免职降级，有效贯彻了山东能源集团三项制度改革的相关要求。

在高标准、高质量的要求下，公司业绩蒸蒸日上。而目前随着国家对矿山监管越来越严格，也为北斗天地的发展建立了良好的外部环境。要求井下限员、管理工作面限员、采掘限员，全矿井线单班下井不能高于500人，采煤工作面不能超过16个人，掘进工作面不能超过9个人。而想要达到这些要求，同时保证开采进度，只有通过信息化、自动化的方式减员提效才能实现。

围绕机遇，北斗天地开发了更好的产品。而整个智慧矿山的运行系统也让所有的参观者感觉到很踏实、很放心，感觉到我们的矿工兄弟安全了，智慧系统对他们的人身安全起到了非常好的保护作用。在矿上，矿工的生命是最重要的，要不惜一切代价去保护，“生命至上、人民至上”的理念在这里体现得非常具体。

职业健康系统在整个行业内目前北斗天地是首创，产品的广泛应用改变了整个社会对煤矿工人安全的看法。以前大家老觉得煤矿是高危工作，现在有了先进的设备，也就变成了相对安全的行业。之前，假如父辈是矿工，除非迫不得已，是绝对不会让孩子来继承父业的，但现在有了北斗天地的产品，很多父亲改变了他们的想法和看法。

2017年9月，西安欧亚论坛举办，兖矿集团承办了北斗产业国际化发展论坛，这是一个面向国际化的论坛，通过中国国防工业协会邀请了孙家栋院士参会。

孙家栋先生是中国科学院院士、国际宇航科学院院士、国际欧亚科学院院士、中国航天科技集团公司高级技术顾问、探月工程领导小组高级顾问、探月工程首任总设计师。

2019年9月29日上午10点，中华人民共和国国家勋章和国家荣誉称号颁授仪式在人民大会堂隆重开幕。“共和国勋章”以红色、金色为主色调，章体采用国徽、五角星、黄河、长江、山峰、牡丹等元素，章链采用中国结、如意、兰花等元素，整体使用冷压成型、花丝镶嵌、珐琅等工艺制作，象征勋章获得者为共和国建设和发展作出的巨大贡献，礼赞国家最高荣誉，祝福祖国繁荣昌盛，寓意全国各族人民团结一心共筑中华民族伟大复兴的中国梦。

八枚“共和国勋章”，八个闪亮的名字：于敏、申纪兰、孙家栋、李延年、张富清、袁隆平、黄旭华、屠呦呦。在新中国成立七十周年之际，由中共中央总书记、国家主席、中央军委主席习近平颁授。

当时孙家栋院士已经坐在轮椅上，而在那之前两年他赴西安参加欧亚论坛的时候，身体还不错。在下了飞机去宾馆的途中，时任兖矿集团总经理李伟向孙家栋院士作了汇报，特别是作为能源型的公司在信息技术产业发展方面的探索。老人家很感兴趣，主动提出“到你们那儿去看看”。

在这之前，公司已经做好了充分的准备。孙老先生到了一楼的展厅，看了具体产品的介绍，大为激动。

“北斗”是国家的信息基础设施，构建人类命运的共同体。孙院士曾讲：“它应该是给全球、全人类免费服务的，不光为中国，也要为全世界的人民服务，在亚太地区的布置精度相对较高。北斗卫星系统发射到天空之后，不光是用于军事，它更大的生命力应该是各行各业都要去使用，往民用方面去探索。”

所以到北斗天地来视察的时候，他说：“没想到你们有那么多奇思妙想。你们在煤矿做监测，保障整个煤矿的生产安全，真是了不起。北斗在国有企业要发挥自己独特的优势，在国际民生行业做北斗产业的应用是国家大力倡导的。GPS为什么发展到那么便宜？功耗又低，精度又高，就是因为全球不断有人在用，它是一个非常开放的平台，不断有研发人员在投入，所以它的成本慢慢会分摊得特别低。而如果仅仅作为军事应用，这个行业就会越做越小。所以大众应用一定是卫星导航产业的发展趋势。国有企业要承担社会责任，在国际民生的重点领域要先走一步，把北斗和矿业结合，发挥协同创新的优势，作为行业来说，那是一个非常广阔的舞台……”

孙家栋院士非常高兴地给北斗天地题了字，并且写下一段寄语：

希望北斗天地公司要发挥技术优势，进一步支撑兖矿集团“北斗+矿业”发展战略，依托协同创新模式，服务国家战略，立志打造北斗产业的天地。

孙家栋

2017.9.26

2022年6月19日下午，位于浮山湾畔的青岛国际会议中心内，众商云集，群贤荟萃。由商务部和山东省人民政府共同举办的第三届跨国公司领导人青岛峰会在这里开幕。众多的企业设置了展台，山东省人民政府主要负责人一行从山东能源集团展区前走过，参观了东华科技的新材料，参观了东华重工之后，继续往前走去。

五六分钟之后，李伟董事长来到展台前，问大家都看了哪些产品，听说没有看北斗天地的产品，李伟董事长赶紧走上前去，借着合适的机会，向周乃翔省长介绍了北斗天地。周省长一听也非常有兴趣，回过头来又参观了北斗天地的产品。

北斗天地隶属云鼎科技，而云鼎科技是由山东地矿“摘帽”更名而来的，因为公司的主营业务发生了变更，已经从铁矿石开采业务变更为信息化技术服务和煤气化技术推广业务。2020年4月12日，山东地矿股票交易撤销其他风险警示，由“ST地矿”变回“山东地矿”。经过两年多的时间，通过实施资产重组，剥离了低效业务，主营业务从传统矿石开采变为信息化技术服务。

当时兖矿集团接手山东地矿也作出了非常大的牺牲。2019年，原控股股东地矿集团持有公司将8536万股股份无偿划转给原兖矿集团有限公司（如今的山东能源集团有限公司），该部分股份占公司总股本16.71%。划转完成后，山东地矿控股股东由地矿集团变为山东能源集团有限公司。在山东能源集团有限公司为地矿集团、山东地矿共计提供了11.03亿元借款后，公司资金压力缓解。

2020年，山东地矿出售鲁地投资51%股权，将原有矿业开发、医药制造、特种轮胎制造和贸易等低效业务全部剥离，同时，收购北斗天地68.35%股权和国拓科技90%股权。

据云鼎科技党委委员、董事会秘书刘波介绍，云鼎科技是上市公司，用人制度采用市场化招聘，所有的部长、员工，除了班子成员之外，全部采取市场化招聘、竞争上岗的办法。在人才引进方面也走在了前列。

煤矿智能化建设是我国煤炭工业继炮采、普采、综采之后的第四次技术革命。2021年3月，工业和信息化部等八部门联合印发了《关于加快煤矿智能化发展的指导意见》，全面启动煤炭行业新基建。山东能源集团联合中国联通共同启动了矿用5G专网系统研发项目，发布了矿用高可靠5G矿专网系统，标志着“5G+智慧矿山”的建设迈出了关键的一步，成为新型基础设施建设在煤炭行业应用的重要里程碑。

借助中国联通5G大宽带、低延时、多连接的能力，将5G技术应用到矿井，打造矿山一张网，能够准确全面地获取井下安全、生产、环境等各种信息。直线数据可靠传输、设备实时控制，为矿山人、机、物全面互联提供支撑，实现了减人、提效、保安全。

在5G+智慧矿山的建设上，以采煤智能化为基础，向机电、洗选、辅运、掘进、通风系统延伸，建成矿井综合管理平台，实现各业务环节流程互通、数据共享。发挥5G在矿山、煤矿智能化建设中的支撑作用，加速5G的推广应用，打造高可靠运行的智能化场景，推进5G在煤炭行业的融合创新，助力矿山数字化转型和高质量发展。云鼎科技股份有限公司以5G网络工业互联网平台为基础，打造具有煤炭领域特色的工业互联网整体解决方案，助力行业数字化转型。

云鼎科技首席技术官王卜堂介绍，云鼎科技与联通公司成立“5G智慧矿业联合实验室”，研究成果获得工信部“绽放杯”一等奖。5G高清视频通话、视觉识别检测、远程控制、综采设备的核心应用为5G矿山建设提供整体解决方案。十余个矿山项目中落地，集中解决了井下辅助运输中安全事故频发、调度困难、运输效率低等问题。

2021年5月20日，山东地矿正式更名为云鼎科技股份有限公司，成为山东能源集团旗下专注于信息技术服务和工业智能化应用的高科技A股上市公司。下属三家子公司，北斗天地聚焦智慧矿山领域，自主研发全球首套高可靠5G专网系统及系列产品；国拓科技专注智慧化工领域，推出并拥有77项专利技术；山东数科为客户提供集研发、设计、集成、运维于一体的ERP财务共享全生命周期，为智慧智能建数字苍穹，建设新一代云数字底座，构建万物互联的智能世界。

云鼎科技从华为、阿里、浪潮等业界龙头引入了很多人才，支撑引领企业发展战略。首席技术官王卜堂就是其中一位优秀的代表，对于信息产业来讲人才是第一位的，当初在华为公司的时候，他已经看到了煤炭行业的发展契机。

经过多年的研究，王卜堂发现，整个煤炭行业相对于其他行业信息化程度相对落后。在一次去上海出差途中，王卜堂来到云鼎科技，和当时的党委副书记、总经理尤加强进行了一次详谈，最打动王卜堂的是领导层愿意往前看的意识。

自然，他也了解过山东能源集团的业界地位和行业优势，特别是兖州煤业，在信息化程度上是走在煤炭行业前列的。当时有一句俗语叫“南兖煤、北神华”，但是他第一次来到云鼎科技，走进办公楼的时候，感觉是挺失望的。因为他发现，这是传统的机关式的办公室，不大像一个创业科技型企业。

华为是开放式的，从建筑上来说就非常明显，只有高层领导是独立的办公室，其他的领导大部分都和员工一块办公。大办公室，便于讨论、便于沟通，并且打破了部门的限制，建立了高效快捷的工作模式。可能中午讨论完，躺在椅子上休息一下，晚上加班到很晚的时候，甚至可以睡在办公室。

带着失望的心情，王卜堂见到了当时的云鼎科技党委副书记、总经理尤加强。尤总出身化工行业，但对于新事物、对于技术有自己的理解。王卜堂认为，考察一家公司首先要考察领导班子的情况，尤其是高层领导的情况。如果高层领导很保守，对于科技创新型的企业来讲是没有前途的。经过交谈，王卜堂发现尤加强对科技互联网怀揣着包容和接受的心态。

王卜堂的内心还有一段煤矿情结，当他第一次接触到煤矿工人的时候，被井下黑暗的环境深深打动，他内心深处一直想为矿工做点事情，通过科技手段改善工人的生活，这是他不变的初心。同时，他也考虑到，煤炭行业这种信息化比较落后的现状也是转变的契机，未来的发展一定可以为企业营造出良好的空间。没有创新的基础、没有土壤的话是很难做事情的。高层管理者思想的开放当然是非常重要的一点，不懂没关系，能够接受新事物，能够容许懂的人发挥出来，就特别好。所以当时尤总对王卜堂也做了一定的承诺，授权他来组建科技研发团队。

一个团队的组建需要文化的沉淀。大家都来自五湖四海，每个人的行为方式不一样，没有文化的呈现是很可怕的一件事情。从事信息产业的一般都是偏年轻化的团队，一百多人的团队管理起来的实际难度是相当大的。

围绕管理，王卜堂下了很大功夫。他认为首先应该围绕一个核心，先从做事的核心角度把人才聚起来，定义好每个人的职责和每个人的目标，明确工作界限，这样才能够一块儿往前走。文化不一样没有关系，文化是在发展的过程当中慢慢沉淀出来的。第二是根据客户的特点制定相应的流程制度，制度不需要太复杂，让大家有章可依就好。第三点，也是最重要的一点，就是客观公正评价每个人的工作成绩，赏罚分明。不管是高层领导还是中层领导，都要身先士卒，才能把团队带起来。

在此基础上，经常组织一些团建活动，让每个人都有强烈的归属感。在做事的过程中慢慢形成整个团队的基本行为准则，也就建立了基本的文化。

云鼎科技的制度和文化也慢慢开始在所有子公司当中产生了影响。

2020年底，北斗天地做某项目交付的时候，当时工期比较紧张，原本公司有明确要求，晚上10点以后不要再加班，以免影响第二天的工作。但此刻情况紧急，大家每天都加班到很晚。当时云鼎科技北斗天地软件产品部主管黄鑫加班的时候发现了一个问题，对面是阿里的办公大楼，当他10点走的时候，阿里的楼还灯火通明；当他加班到凌晨两三点的时候，再看一看对面，灯都还亮着，员工都还在；有一次他熬了一个通宵，想看看对面怎么样，最后惊讶地发现，对面也是一直亮着灯，好多人也是熬了一个通宵。

当他下楼的时候，碰到几个抽烟的人，发现全都是阿里的员工。阿里是不考勤的，虽然他们开发了打卡系统，但是自己公司不打卡。他心想，在这方面不能不佩服阿里巴巴灵活的理念，员工依靠自身的动力，早上愿意几点来就可以几点来，熬了一夜第二天可以不来上班。

在云鼎科技的二十一楼，驻扎着华为的“煤炭军团”，整个一层都是华为的办公地点，有七十多个人。华为的管理相对来说比阿里要严格，华为的园区做得非常漂亮，让职工愿意来，来了以后给发福利，吃饭也非常便宜，十块钱就能吃得非常好，赚钱又享受。

黄鑫曾经到阿里、华为去学习，体验了怎样营造比较舒适的工作环境。他们每年都会为公司的发展定一个目标，比如说有一年是“素质提升年”，通过一系列的活动促进素质提升，所有职工想要买什么书可以直接上报，网课也可以报销，支持大家通过各种路径学习，10月份进行技能比武。

科技企业需要不断学习，特别是软件研发，三年一个更新换代，假如不学习的话，很快就会因为跟不上社会的发展被淘汰。在研发团队中间，鼓励头脑风暴研讨法。对于研发来说，团队氛围特别重要，大家从不认识到认识，从相互之间不一样的工作方式到磨合成一致。经常有一些讨论，针对项目选型，进行进度分析、方案讨论，强调尊重科学。个人的主张不代表一切，大家都把自己的想法说出来，共同讨论、判断，结合了所有人的长处和智慧，去除了各个方面的壁垒。

王静宜也是团队的负责人，她是北京大学的信息学博士，现在是云鼎科技北斗天地副总经理。北京的整个研发中心都由她负责传帮带，高手带新手，通过这种方式极大提高了云鼎科技的研发能力。而为了引进王静宜团队，云鼎科技也作出了大量努力，专门在北京成立了公司。

2022年10月17日，云鼎科技股份有限公司与华为技术有限公司在山东济南签署了框架合作协议。根据协议，全面启动人工智能、智慧园区、人才培养、智能穿戴、通用终端等领域的合作。这次合作对于拉通能源科技创新协同优势、共同推动传统产业转型发展具有十分重要的意义。

双方将以能源产业数字化和数字产业化发展为突破口，充分发挥各自业务及技术创新优势，协同推进物联网、大数据、人工智能、区块链、5G等新一代信息技术在全要素、全产业链、全价值链中的深度融合，携手拓展新模式、培育新业态、打造新产业，加快形成一批可复制推广的经验做法，共同打造新旧动能转换新高地，高质量高水平服务“数字中国”建设，加速拓展能源科技新赛道。

下篇

精神火炬

精神渊源追溯

为了搞清楚枣矿集团的历史，我们两次赶赴枣庄，辗转两家博物馆。

去之前，我们听说，晚清名臣李鸿章，曾经做过民国大总统的黎元洪，甚至少帅张学良竟然都和枣矿集团有着扯不开的关联，这让我们甚感不可思议。

在中兴矿局博物馆，讲解员娴熟的讲解为我们揭开了历史的神秘面纱。

枣矿集团前身为清朝光绪四年（1878年）创办的山东中兴矿局官窑——中兴煤矿股份有限公司，当时中兴煤矿与开滦煤矿、抚顺煤矿并称为中国三大煤矿。1956年成立枣庄矿务局，1998年改制为山东枣庄矿业（集团）有限责任公司。

“枣庄”这一地名的流行还和中兴矿局的成立有关系，民国元年（1912年），《中兴公司章程》正式施行，其中说明：“本公司总矿在峄县城北枣庄。”至此，枣庄地名在社会上才开始逐渐传播。

枣庄素称鲁南煤城，采煤历史悠久、煤质优良。李鸿章曾称枣庄煤“较日本上等煤尤佳，与英国松白煤相仿”。清光绪三十年《峄县志》载：“矿务之见于三代前者也……讫唐五代不废。乾嘉盛时……漕运数千艘，连樯北上，载煤动辄数百万石。”又有记载：“枣庄矿区内有唐宋时旧井甚多，土人所开浅井遍地皆是。”清代已大量开采煤炭并外运。今日的枣庄那时还是“峄县”。峄县，在清代隶属兖州府，辖现枣庄市的市中区、峄城区、台儿庄区全部，薛城区东部、山亭区南部，临沂市的兰陵西南三镇，济宁市微山县韩庄镇，以及徐州市北境部分乡镇。

据说当年当地百姓在自家田地里，或者之前的人开采过后遗留下来的煤窑内，就可以采煤。这可真像今天人们开玩笑所说的“家里有矿”。那时候更多的是街坊邻居三五人、七八人一块儿去开采，工具比较落后，产量当然也很低，每人每天最多也就开采500斤左右，一部分留作自家使用，一部分作为商品出售。

在这种零散开采的过程当中，由于开采经验的积累，更多的人联合在一块儿，逐渐形成了较大规模。到了19世纪末，峄县绝大多数煤田都形成了大规模的协作生产，产量比之前也有了大幅度的增长，煤炭生产带来巨额利润。

光绪三年（1877年），以金铭为首的一些乡绅、富豪，连同济宁的富商、东明知县米协麟等人共同集资一万余两白银，在峄县开办煤窑。但他们投资的时候，没有想到煤矿的耗费那么大，不久资金便用完了，被迫停工。于是，当时主事的几个人到处找门路，找到了李鸿章。

当时李鸿章是直隶总督兼北洋通商大臣，可以说是权倾朝野。直隶总督衙门在天津设立了行辕，每到冬天，李鸿章常常在天津办公。围绕行辕也就形成了一个车水马龙的小小繁华之地，从全国各地赶来找李鸿章办事儿的官员可以说是络绎不绝。

金铭等人找到和李鸿章关系非常密切的淮军将领，向这些官员说明了峄县的煤田储藏量非常大，而且煤质优良，具有很高的投资价值。经过辗转，他们的报告真被送到了直隶总督李鸿章面前。

原本一座煤窑是不可能让李鸿章花费心思的，但是当时有一个特殊的背景，也就是近代史上非常著名的洋务运动的兴起。两次鸦片战争的接连惨败和之后的太平天国运动让清王朝的统治岌岌可危。

洋人的坚船利炮让朝野上下的进步人士痛心疾首，变法图存的呼声也日益高涨。魏源等一批主张“开眼看世界”的人提出学习西方的先进科学技术，改革吏治、开通言路、吸收外资、振兴民族工业、开启民智等。

在慈禧太后的支持下，以主张“师夷长技以制夷”的恭亲王奕䜣为首发起了洋务运动。在曾国藩、李鸿章、张之洞、左宗棠等一干晚清重臣的领导下，从19世纪60年代开始，先后在上海、广州、武昌等地聘请外国教官，购买船舰和枪炮。在山东、湖南、四川、江苏等地相继建立军事工业，其中非常重要的有1865年建立的江南制造总局、金陵机器局，1866年建立的福州船政局，1867年建立的天津机器局等一大批军事工业。

在洋务运动的推动之下，晚清迎来了“同治中兴”，曾国藩、李鸿章、张之洞、左宗棠被称为“中兴四大名臣”。自从同治九年（1870年），李鸿章接替曾国藩就任直隶总督以来，工业的建立和发展催生了一批民用工矿业和轮船、铁路运输业，这些企业有的是官办，有的是官督商办，也有的是官商合办，企业对煤和铁的需求和消耗不断增加。19世纪70年代初，李鸿章和两江总督沈葆桢曾经上书清政府，力陈开采煤炭、开采铁矿的重要性，并提出开办煤矿、铁矿业的要求。清政府批复“开采煤铁事宜，着照李鸿章、沈葆桢所请”。

光绪二年（1876年），两江总督沈葆桢在台湾基隆创办中国第一个新式煤矿。1878年，上海轮船招商局总办唐廷枢在李鸿章的授意下成立官督商办的开平矿务局。而山东峄县关于煤矿的这份汇报正好契合了李鸿章的当前所需。而且峄县的位置非常重要，距离京航运河只有40千米，而台儿庄自古以来就是运河码头，如果峄县的煤真如汇报中所说“量大质优”，那很快就可以解决当前的燃“煤”之急。可以借由运河，输送到金陵机器局、江南制造总局，支持新兴的工业用煤。

于是，李鸿章委派米协麟、戴华藻等人前往峄县，筹备开办煤矿的具体事宜。在李鸿章的大力支持下，1878年春，官商合办的山东峄县中兴矿局正式成立。之后的一两年内，直隶通永镇总兵贾起胜、直隶候补道张莲芬等人，先后筹集白银六万两入股中兴矿局。中兴矿局的生产规模逐步扩大，创办以来，先后开挖矿井12对，每天出门达到了百吨以上，矿工多达数千人，成了山东省内的大型煤矿，在全国也有了相当的知名度，与开滦煤矿、抚顺煤矿并称中国三大煤矿。

正如李鸿章所料，从峄县开采的煤源源不断由陆地和运河运往南京、武昌、上海等地，有力支持了工业的发展。1883年7月13日，李鸿章在奏折中写道："该局地基不临江海，不虑洋人窥视；万一海疆有事，洋煤不来，峄煤可源源接济。"奏请峄县中兴矿局所产煤炭，仿照"台湾、开平、湖北等处开煤奏准成案，每吨交出口正税银一钱。各省兵商轮船机器制造局用煤，准其一律免税，完税之后，经过常关，应准呈验税单放行，运煤船只完纳船钞，免征船料"。

减税之后，大大降低了生产成本，让中兴矿局的煤炭更加畅销，仅在峄县境内专门做煤炭生意的商号就有三十多家。但是，就在中兴矿局蒸蒸日上、日益鼎盛的时候，却突然发生了一起重大的透水事故。

1893年6月的一天，一百多名矿工正在半截筒子小窑井下采煤，老井空洞里的积水突然汹涌而出，因为水势凶猛，井下的矿工们乱作一团，争先恐后地拽住拉煤的绳子往上攀爬，导致四股绳子突然断了两股，最终导致一百多名工人被淹死。1896年1月，山东巡抚李秉衡以“山东历办矿务并无成效”为由，奏请清政府封矿，矿局停办。

中日甲午战争以后，帝国主义开始疯狂在中国划分势力范围，分门别类控制中国的经济命脉。在国家存亡的紧急关头，一部分爱国人士掀起了救亡运动。为了缓和国内的矛盾，清政府制定了一些通商惠工的政策，促使民族工商业有了一定的发展。原中兴矿局的股东张莲芬等人上书清政府，为防止“外夷占夺佳矿”，要求复开枣庄煤田。

1897年7月，张莲芬受直隶总督王文韶的委派，到枣庄勘察煤窑的情况。次年4月，张莲芬向王文韶报告了枣庄煤矿的情形，并请清政府批复复开枣庄煤田。考虑到枣庄“地近胶澳，必须招洋股或借洋债”，“借以联络，以杜争夺”，也为了解决资金不足和技术困难，遂与德国驻天津税务司德璀琳达成在峄县枣庄合办煤矿的协议。1899年2月20日，在张莲芬的主持之下，正式成立了“商办山东峄县华德中兴煤矿股份有限公司”，招募工人，恢复中兴矿局的矿井。到1906年，公司已经拥有煤井26座，日产原煤300余吨。北到济宁，南到镇江，沿着京杭运河设立了8个分销厂。公司资产增加至70余万元，同时开始招募股金40余万两，筹建台枣运煤铁路。

1908年，公司更名为“商办山东峄县中兴煤矿股份有限公司”，经营状况良好。但在1915年2月，南大井发生了透水和瓦斯爆炸事故，造成了499名矿工死亡，矿井被淹。经此重创，公司经营状况急转直下，张莲芬也在内忧外患之下忧愤辞世。

1916年11月，公司在天津召开股市董事会议，改组董事会。在天津设立总公司，在枣庄设立总矿，推举徐世昌为董事会会长，戴绪万为驻矿经理。联络南北股东，增加资本，濒临破产的中兴终于东山再起。在1915年的矿难之后，中国籍的矿师朱言吾负责对当地的煤田地质情况进行了探测。朱言吾听取了南开大学地质学家丁文江的意见，租借英国商人一台沙立文钻井机，由丁文江主管钻探工程。九年中打了几十个钻孔，测绘了东西八十余里、南北十余里的地质图。探测出北大井的深层煤，又在邹坞、山家林等打了普查钻孔。1923年探测出陶庄煤层，离地面仅有二十多米，十分便于开采。

中兴煤矿历经风风雨雨，由小到大，先土后洋，逐步实现了近代化的机械生产，产、运、销结合，走出了适合中国办煤矿的路子，有效抵御了帝国主义的觊觎。这里面也积累了大量的经验。

当时中兴煤矿聚集了一批素具人望、熟悉矿务的企业家。公司规定，董事人选以股本多少为依据，选派经理和聘请技术人员皆以人才为重。第一任董事长、经理张莲芬“才识干练，娴于矿务，自信其志，外能结友排议，内可聚信同仁”。

张莲芬的经营思想非常先进，当时的矿山、铁路、发电厂、修理厂等都急需购买先进器材设备，张莲芬顶住部分目光短浅的股东的压力，决定从德国西门子引进当时最好的设备。那时津浦铁路还未修好，为了能够顺利运输，张莲芬在运河上制造了一艘官舫及十余艘货船，下水运煤至瓜州，然后在接到机器设备之后，逆水上行运到台儿庄。在台儿庄下船，用牛拉、马驮将几万吨重的设备运回枣庄。单单这一次运输，就不知道费了多少劳动和血汗。

在中兴煤矿公司的历任董事会会长中，有一个人曾经做过大总统，那就是黎元洪。黎元洪在清末的时候做过湖广总督，辛亥革命爆发以后，革命党人成立中华民国湖北军政府，用手枪“推举”黎元洪就任都督。袁世凯死后，黎元洪继任大总统，他在中兴煤矿拥有60万元的资本，是最大的股东，所以被推举为董事会会长。

北洋政府总统徐世昌也曾经做过中兴煤矿公司的董事会会长。

当时他仕途顺利，并没有亲自去经营管理，委托朱启钤全权代表自己处理一切事务。当时徐世昌在中兴煤矿公司并没有太多的股份，但是因为他担任要职，在中兴困难之际被推上了董事会会长的位置。

当时在董事会里还有两个非常著名的人物，都叫张学良。一个是张作霖之子少帅张学良，另一位是张莲芬之子张学良。因为二人重名，因此开会的时候，大家一般都称呼他们各自的号张汉卿和张仲平以示区别。少帅张学良戎马倥偬，无暇顾及董事会中的正常业务，除了参加比较重大的会议之外，都委托地质学家丁文江代表他到会。

1925年8月，大军阀张宗昌为了筹措军费，加征中兴公司煤炭出产税每吨四角，全年合计38万银圆，限期十天之内缴清。中兴公司迫于压力给了张宗昌10万元，但是他仍不罢休，给中兴煤矿的矿警安了一个勾结土匪的罪名，想要趁火打劫。后来还是由张学良出面，张宗昌投鼠忌器，方才避免了一场敲诈。

为了增加营业项目，中兴煤矿公司在经营煤炭的同时，先后投资入股开办了中兴轮船公司、鼎中盐业公司、开兴成煤业公司和连云港码头；修筑台枣铁路，除自营运煤外，还兼营客货运输；自办发电厂除自用外，还向商民供电获利。同时建有砖瓦厂、机器厂、材料厂、水泥厂、炼铁厂等10余个分厂。中兴煤矿公司开创了一条以煤为主、多业并举的发展道路。这时的中兴煤矿公司，拥有3座近代化的大型矿井和台枣铁路，还拥有中兴轮船公司、鼎中盐业公司和开兴成煤业公司3个大公司，发电厂、水泥厂、和兴钢铁厂、永兴炼焦厂和洛口木材厂5个厂，29个分销厂，以及连云港运煤码头、医院、学校、农场等设施，资产超过千万元，成为国内屈指可数的大型综合性企业。

中兴煤矿公司十分重视文化教育事业，近40年的发展历程中，先后创办了六所学校。在那个动荡的年月，形成了一套完善的组织系统和教育模式，培养了大批的人才。部分学生在抗战初期即积极参加中国共产党领导的抗日救亡运动，不少人成长为领导干部，有的为革命献出了年轻的生命。

中兴煤矿公司在中华民族工业史上是一个标志性的企业，枣庄也因此成为近代民族工业文明的发源地。新中国成立之后，枣庄又成为新中国的老工业基地。

主心骨

薛城人喜欢晨练。一大早，沿着运河往南走上几公里，或者往北走上几公里。每隔一段，有一道桥加在运河之上。运河的水收拾得十分清澈，两岸打理十分规整，形成了两道狭长的公园。晨练完毕，可以在街上吃点儿早点，溜达着走回家去。街道不远处有一所党校，这就是山东能源集团枣矿集团党校。

枣矿集团党校是中共山东省委党校直接业务指导的大企业党校之一，是山东省国资委党员干部教育培训基地之一、枣庄市党员教育现场教学基地、中国企业培训示范基地。面向矿区，拥有党校、干校、工会学校、团校四块牌子；面向社会培训，拥有山东省委党校继续教育学院枣矿分院、企业党支部书记学院、企业支书研习院三块牌子，均与党校合署办公。

党校创建于1958年8月，在整个山东能源集团系统也是建校较早的。2017年7月，枣矿集团党委在党校挂牌成立全国首家企业党支部书记学院，在社会上引起强烈反响。党校现有专职教师二十余名，还有一百多名由上级党校、高等院校专家学者、企业领导及优秀管理人员、党务工作者组成的专家库，力量十分雄厚。

因地制宜，党校在周边开辟了红色教育基地，例如铁道游击队纪念馆、115师抗战纪念园、台儿庄干部教育基地、遵义会议纪念馆等现场教学点。

枣矿集团党校到如今仍然发挥着巨大的作用，和历任校长的努力是分不开的。比如高克华校长，山东淄博人，1986年至1992年任矿务局党校校长兼党委书记。办公室主任尹振峰给我们介绍了高书记的故事。

高书记是淄博人，性格风风火火。小时候家在农村，原来在矿上做过机电工，后来做到了宣传科科长。那时候工资比较微薄，高科长常对职工们说："啥时候一块钱一张的纸币能够不破捆儿，那就知足了！"所谓的"不破捆儿"，就是发到100块钱。那是20世纪60年代的事情，到党校之后，已经发到几百块钱的工资了，这也能够体现出时代的变化。

高克华长得又高又大，认真严肃的样子常常不怒自威。高克华每天下午雷打不动在办公室学习、读报，《大众日报》《光明日报》《红旗》等，要读七八种报刊。大家对高克华是又敬又畏，党校那时有一百多名职工，一上班的时候大家有说有笑，尤其是女同志，相互夸夸："你的裙子怪好！"……"你的鞋怪好！"……但只要路过高书记的办公室，没有一个人敢嘻嘻哈哈。

高克华对党校老师的要求是非常高的。他常说："来参加培训的矿区书记们，在矿上的生产任务这么重，培训的时候是想听点儿真东西，咱们不能糊弄他们。党校的老师，一定要各个方面的学问都精通才行。不能只把马克思主义哲学挂嘴边，古希腊哲学你也得懂，讲哲学你不懂苏格拉底，行吗？黄金分割定律、水分子的结构、化学分子的构成等基础性的科学要能融会贯通，这是不能随意发挥的。如果按照你的理解去发挥我们党的理论，可以吧？当然不可以。作为一个好老师，在课堂上讲的时候，不能低估下边学员的鉴赏力。有一些矿区书记读马列主义、读《资本论》，可能读得比我们的老师都多，理解得可能比我们的老师还要到位。因此，我们的老师在备课的时候首先要认真投入。如果《毛泽东选集》都没有读完，你就在上边讲毛泽东思想，那怎么能行？”

那时候尹振峰给高克华开车。高克华每天都会把社论的精彩文章剪下来，尹振峰有时候也帮着粘贴。尹振峰非常喜欢文学，读了大量的书，因此对于高克华的粘贴习惯是非常清楚的——往本子上粘的时候，必须要分门别类，某篇社论是跟着某个主题走的，后来一翻的时候可以翻出来。那时候还没有电脑，学习就是靠做笔记，一点一点去积累。

换了司机之后，新司机有时候也帮高克华粘贴剪报，但贴了几次，高克华就不让他贴了。因为他只知道贴上，不知道往哪儿贴合适。后来高克华见了尹振峰说：“还是你知道怎么学习，这里面看似简单，实际上学问大着哩！”

20世纪80年代末90年代初，全国掀起了经商下海的热潮。当时的矿务局也是经济挂帅，函授教育举步维艰，很多的政治性培训已经陷入停滞状态。因此当时矿务局的领导也和高克华商议，枣矿集团党校能不能继续办下去。有人甚至建议在党校原址上盖小区，发展房地产。

高克华觉得困难是暂时的，等经济发展到一定阶段，人们肯定会重视政治学习的。为此，高克华会同当时的几位副校长一块儿到各地去调查研究，决定哪怕再苦再难，还是要继续把党校办下去，充分发挥京沪高铁、京台高速、运河、微山湖等的区位优势，这才有了今天逐步又扩大规模的良好局面。

党校工会主席、纪委书记王翔详细介绍了枣矿集团党校的课程设置。作为“应用型党建”的代表，枣矿集团党校所有的课程都特别注重实用性，比方说发展党员分五大步25个环节，能够起到切切实实的作用。党校教师也特别注重各个岗位的锻炼，现任党校党委书记、校长黄祥根就是这方面的突出代表。

从基层干起来，就能讲工人的事情；在经营做物资采购和销售，懂得物资采购和销售当中存在哪些风险，管理技巧是什么；做过物业公司经理，就知道怎么做好后勤服务，怎么给职工做好服务，怎么给上级做好服务，在服务层面有一套真东西；转到组织人事工作，知道怎么管理人才，怎么选拔人才。

在给宣传部门的职工培训过程中，邀请省委党校、济南大学、山东师范大学、山东广播电视台等具有丰富实战经验的专家学者、知名教授、资深媒体人授课，围绕深入学习习近平总书记关于意识形态工作的重要论述，坚决打赢意识形态保卫战，增强全媒体时代舆情应对能力、新闻写作技巧，融媒体策划与制作等课题进行深刻阐述和生动讲解。

王翔本人就非常擅长给基层的党支部书记上党课，他有一个“六大匠”的理论，非常著名。他说：“基层党支部书记首先要当好‘教书匠’，要给学生一杯水，老师可能要有一桶水，要有很强的学习能力；二是要当好‘篾匠’，农村原来有编筐的，党支部书记要把每一位党员编织在一起，把党员团结在一起，形成凝聚力，要有本事把大家组织起来，这就相当于篾匠；第三要学会当好‘泥瓦匠’，我们的支部书记在遇到事儿的时候，个人能力必须要技高一筹，出现问题能摆平；第四是要当好‘雕刻匠’，工作必须讲究创新，要讲究精益求精，眼下政治工作或者说意识形态工作已经成为维护国家安全和社会稳定的重要工作，要打造好党建品牌，必须得有精益求精的雕刻家精神；第五是当好‘打铁匠’，习近平总书记说过，打铁还需自身硬，作为支部书记，站起来必须能讲，坐下来必须能写，深入基层还必须得能干；最后一个是‘裱糊匠’，支部书记面对不同的人群，必须有不同的角色定位。基层领导和行政领导不一样，行政领导是垂直性管理，而支部书记要运用无声无息的管理，针对不同的人群，采用不同的方法去做思想政治工作。支部书记工作还涉及单位和单位之间的协调，在沟通和协调交往的过程之中，在兄弟单位之间起到桥梁纽带的作用……”

王翔书记的党课之所以这么有吸引力，就是因为他经常把自己的经验融入课堂之中，让大家能够和自己的生活、工作经历紧密契合。比如说支部书记讲安全生产，开会的时候应该怎么讲？王翔在讲安全的时候，运用了大量的典型故事，比方说“一颗蹄钉”的故事：“在1485年的时候，英国国王理查三世要面临一场重要的战争，这场战争也会关系到整个国家的生死存亡。战斗开始之前，国王让马夫去备好自己最喜欢的战马，马夫找到铁匠，让他给马钉上马掌。铁匠钉完三个马掌，在钉第四个的时候，发现缺了一颗钉子，马掌就不是特别牢固。马夫将状况向国王作了汇报，眼看战斗即将开始，国王没有在意第四个马蹄铁，匆匆赶往战场。

“在战场上，国王领着士兵冲锋陷阵，奋勇杀敌。但突然之间，一只马蹄铁脱落了，战马仰身跌翻在地，国王也被重重摔在了地上。一见国王倒下，士兵们四散而逃，整个军队瞬间土崩瓦解，一败涂地。敌军趁机俘虏了国王。国王在被俘虏的时候痛苦地喊道：钉子，马蹄钉，我的国家就倾覆在这颗马蹄钉上。

“由这个故事留下了一句话：‘少一颗蹄钉，掉一个蹄铁，毁一个帝国。’用这个故事给大家讲安全生产，都听得非常入迷。而这个事例正好可以和液压支柱联系起来，每个液压支柱中间都有一个锁扣，锁扣附近有一根连接绳，需要把连接绳系在锁扣上。但往往工人在操作的过程之中，因为怕麻烦，不系连接绳。如果出现特殊情况，就有可能造成安全事故。对于安全事故的严重性，通过我讲的故事，支部书记们、职工们都留下了深刻的印象。”

王翔还经常给大家讲应该怎样处理人际关系，经常举电视剧《亮剑》里面的例子：“李云龙和赵刚搭班子，李云龙是行政一把手，赵刚相当于支部书记。怎样做好行政管理工作？这里面就要讲究技巧。赵刚第一次向李云龙报到的时候，李云龙让赵刚喝酒，赵刚说不会喝酒，李云龙就骂骂咧咧地说不会喝酒来干什么。赵刚也不客气，说我是来打仗的，不是来当酒囊饭袋的。俩人闹了个脸红脖子粗。后来在战斗过程之中，敌人架起了三架机枪。李云龙带着战士冲锋，也没有把握。而赵刚‘啪啪啪’三枪，撂倒了三个机枪手，彻底征服了李云龙。这就说必须要有过人之处，才能形成互相尊重的良好局面。”

党委书记、校长黄祥根经常强调：“致治之道，首重人才。党校发展的关键主要在队伍、关键靠青年人才。”

对于新教师的培养，党校也已经建立了固定的制度。针对青年教师有成才三年规划，扎实推进“卓越工程”计划，到2024年，“80后”“90后”分别成长为科级、副科级管理人员，主力培养一支思想新、专业精、业务强、敢担当的青年教师队伍。

学校还安排青年教师和矿区党支部结对子，搞共建，让青年教师更好地了解党务，适应党校发展的新需要。定期组织青年教师参加业务和素质能力培训、观摩教学的活动，每季都选配青年教师到不同的科室、部门轮岗锻炼。

根据青年教师的专业和兴趣特长，明确发展目标，确定授课专业、科研方向，通过“跟学外聘教师”“伴学实践教师”“师带徒”等形式，专业理论文章转化成课程、工作创新转为课题等渠道，推动青年教师在教学、科研等方面出成果、见成效，形成传承有序的良好局面。

企业党支部书记学院成立以来，举办了全国各地的培训班600余期，每年平均培训学员一万余人，在打通企业“党建最后一公里”方面发挥了独特的职能和作用，已经成为推动全国企业党支部书记学习交流的重要平台。其办学经验也先后《学习时报》《中国领导科学》《中国企业报》《大众日报》《齐鲁晚报》和人民网、新华网、光明网、中国青年网等媒体广泛报道。

2020年12月，学院在“首届国有企业党的建设论坛”上作典型经验介绍。2021年4月，学院在第四届“数字中国”建设峰会之“数字党建”高峰论坛上作了经验交流。学院先后获得山东省文明单位、山东省省管企业文明单位、中国企业教育先进单位百强等荣誉称号。

五个月后，夜幕笼罩，飞机徐徐降落海口美兰机场。第二天一大早，我们就迫不及待奔向江东新区这片热土，寻访山东能源集团奋斗在祖国南疆的贡献青春和热血的不同寻常的团队：山东能源（海南）智慧国际科技有限公司。

江东新区位于海南省海口东海岸区域，毗邻琼州海峡，总用地面积约298平方公里，分为东部生态功能区和西部产城融合区。其中东部生态功能区包含国际重要湿地东寨港国家级自然保护区，西部产城融合区包含临空经济区、滨海生态总部聚集中心、滨江国际活力中心、国际文化交往组团、国际综合服务组团、国际离岸创新创业组团、国际高教科研组团。而山东能源（海南）智慧国际科技有限公司恰好坐落在江东新区的核心位置。山东能源集团的这个团队，在祖国南疆贡献自己的青春热血。

在星罗棋布的楼海中，一幢伟岸的大厦显得与众不同，这就是山东能源（海南）智慧国际科技有限公司的办公大楼，冉大帅是该公司的党支部书记。我们凭窗临海远眺，冉书记打开了话匣子。分管党建工作的他自然从这个话题谈起。混改企业性质的党建工作无先例可循，他们大胆实践，勇于创新，踏出了一条培根铸魂的“三同”之路。

2018年9月，山东能源集团贯彻落实习近平总书记在庆祝海南建省办经济特区30周年大会上的重要讲话精神和党中央、国务院关于深化国有企业混合所有制改革的重大决策部署，坚持“国有体制、市场机制”的改革导向，探索推进混合所有制企业改革工作，全面参与海南自贸港建设，在海口注册设立海南区域总部——山东能源（海南）智慧国际科技有限公司（简称“海南智慧国际”）。海南智慧国际自成立以来，公司按照“打造能源集团全球化的窗口、承接海南自贸港政策的桥头堡以及融合新经济的桥梁”的战略部署，发挥山东省产业资源优势和海南自贸港制度集成创新优势，围绕“打造国际领先的大宗商品供应链生态组织者”的愿景目标，助力加快海南自贸港建设，推动各项业务稳步发展，目前已形成大宗商品贸易、智慧交易服务、新型仓储物流、产业资源园区四大业务板块。

党建与生产，精神与物质，两手都要抓，两手都要硬，这是公司始终坚持的核心理念和最高宗旨。近年来，海南智慧国际党支部针对“混改企业性质、业务类型多元、市场化程度高、党员队伍分散”等特点，积极践行“同心、同向、同行”核心理念，深入探索“双入双创”党建工作模式，大力推进党建工作和业务发展深度融合，在“深入、进入、融入”上持续用力，逐步形成具有自由贸易港特色的党建品牌。党建创新模式得到山东能源集团党委领导的高度肯定和表扬，2022年被评为“过硬党支部”。

谈到第一“同”，冉书记语气自信地说是“思想同心”。

首先，强化政治引领。旗帜鲜明讲政治，充分利用“共产党员网”“学习强国”“灯塔—党建在线”等平台和“三会一课”、微信等多种灵活形式，常态化开展政治理论学习。党组织班子成员参加习近平总书记关于国有企业改革发展和党的建设重要论述专题培训班，政治判断力、政治领悟力、政治执行力得到提升，领导核心和政治核心作用充分发挥。组织开展“弘扬革命精神　重温入党誓词”、“牢记党员身份　集中缴纳党费”主题党日、庆祝建党101周年“我想对党说”主题宣传、“弘扬航天精神　激发奋进力量”爱国主义教育、“红色经典诵读”等系列配合活动，进一步强化广大党员的政治意识和身份意识，营造良好的政治氛围。

其次，突出思想引导。讲好员工“思想政治课”，利用新员工培训、职工读书会、员工座谈会等契机，用通俗易懂的语言传播党的路线、方针、政策，引导广大员工听党话、跟党走。深入挖掘身边先进典型和优秀人物，结合绩效考核通报表彰先进集体和个人，设立员工荣誉墙，让广大员工学有榜样、赶有目标。持续完善企业文化建设，制定企业文化宣贯方案，分期分批做好全员宣贯培训，推进企业文化理念落地生根，思想育人、文化育人取得明显成效，广大员工思想认同、价值认同程度高。

再次，注重队伍建设。坚持“党管干部、党管人才”，树立鲜明的市场化导向，按照“干部能上能下、员工能进能出、收入能增能减”选人用人思路，丰富完善人才内培外引工作方式，加大优秀年轻干部选拔培养，累计提拔到中层以上领导岗位5人，一般员工职务晋升11人，市场化考核淘汰25人。以开放包容的姿态广纳各方人才，采取全球招聘、内部竞聘、柔性引进、中介猎取等方式，累计引进硕士毕业生76人以及各领域专业人才共143余人，人才助推企业高质量发展成效显著。

“心似已灰之木，身如不系之舟。问汝平生功业，黄州惠州儋州。”苏轼能够成为宋代文学乃至宋代文化的典范，除了天赋才情与个人努力，与他一生三黜的人生经历不无关联。黄州、惠州、儋州时期，既是他一生的苦难期，也是其文学创作的高峰时期，可以充分反映苏轼自身的心性变化及其文学成就。正是苏东坡等大文豪的驻足，海南才有了丰厚的文化底蕴。今天，也有一批接一批的有识之士来到海南，所不同的是，他们是在党旗指引下，在祖国召唤下来此建功立业。

冉书记胸前的党徽熠熠生辉。继续向我们介绍着第二“同”，便是“目标同向”。

对照机关党委党建考核标准和指导要求，开展制度体系自我评估和改进工作，制定《党支部落实“第一议题”制度实施办法》《党组织议事规则》《党建工作经费预算、使用和管理办法》《党费收缴、使用和管理办法》《党支部党内组织生活制度》等基础性制度。做好党建工作保障，权属公司全部完成“党建要求进章程”，党组织职责权限、机构设置、运行机制、基础保障得到明确。加强党建阵地建设和党建文化建设，按照“七有七上墙”的标准，投入五万余元建成党建共享活动中心和学习园地。

坚持“走出去”开展调研，组织人员到青岛特锐德参观学习，围绕“践行三同理念、勇当自贸先锋”，提炼“思想同心、目标同向、步伐同行”的党建核心理念，倾力打造具有海南自由贸易港特色的党建品牌。坚持把党建和业务深度融合，充分利用交易服务平台功能作用，积极推进与江东新区管理局共同发起的党建共同体建设，通过党建组织链与会员企业链的交融互动，助力平台运营主体做大，引导平台会员企业做强，助推园区贸易产业集聚发展。目前，党建共同体成员涵盖行政主管、企事业单位以及平台会员等单位30余家，成为自由贸易港党建品牌的一张“靓丽名片”。

坚持党建带群团，完善《工会经费收支管理实施细则》等5项基础制度，先后牵头组织开展职工花艺、青年联谊、主题读书、辩论赛、趣味运动会、户外采摘等喜闻乐见的群众性集体活动，组建篮球、足球、羽毛球等文体活动兴趣小组，常态化开展跨公司之间的文体活动。尊重员工主体地位，签订“1+3”集体合同，成立企业劳动争议调解委员会，通过“员工之声”“吐槽墙”广泛听取员工意见建议并分批集中答复，以实际行动回应员工关切的问题。加强职工之家阵地建设，投入50余万元建成职工书屋、健身房和瑜伽室，协调海南省和海口市两级工会下拨12万元工会建设补助资金。2022年，职工书屋被海口市总工会命名为职工书屋示范点。

回顾几年历程，公司业务从蹒跚起步到奋力奔跑，这一路，总有一种力量陪伴在大家左右，催人奋进，生生不息。这种力量是成长，是守望，是责任，也是担当；这种力量是改变，是坚守，是向善和向上的冀望……这第三个“同”是“步伐同行”。

抓好党建和企业文化建设有机融合，紧紧围绕公司战略规划和发展历程，总结提炼以“奋斗为本”“结果导向”“共同发展”为主要内容的企业文化核心理念，印发《企业文化手册》，制定《企业文化宣贯实施方案》，配合开展企业文化宣贯培训。发挥山东能源集团海南区域总部展厅的“窗口+形象”作用，把企业文化融入展厅内容，以海口地区企业文化和党建文化“上墙”为示范，系统推进企业文化深入基层、深入员工。利用公司成立四周年契机，策划制作公司主题视频歌曲《一起奋斗吧》，被山东能源集团转载并得到员工广泛传唱，增强了员工的荣誉感和归属感。

突出把方向、管大局、保落实，把党组织的职责权限、机构设置、运行机制、基础保障等党建工作要求写入公司章程，明确和落实党组织在公司法人治理结构中的法定地位。建立“双向进入、交叉任职”体制，党组织班子成员按照法律程序进入经营层，保障党组织各项决策部署有效落实。厘清党组织、董事会、经理层权责边界，制定《党组织议事规则》《议事清单》，对党组织职责、决策事项、议事程序等进行明确规定，形成了各司其职、各负其责、协调运转、有效制衡的公司治理机制。

坚持党建与业务深入融合，协同发展，切实将党的政治优势和组织优势，转化为公司的核心竞争力。四年多来，公司全面对接海南省战略发展规划和自贸港政策体系，快速有序推进产业布局和项目落地，逐步形成大宗商品贸易、智慧交易服务、新型仓储物流和产业资源园区四大产业板块。累计实现营业收入2600亿元，完成实体投资30亿元，资产总额近100亿元，海南国际能源交易中心累计交易额近1万亿元。2021年，公司被认定为海南省总部企业。

正午时分，冉书记带我们乘电梯来到一楼。中间挑空的大厦处处满目葱茏，而走出旋转大门便是缕缕春风拂面。冉书记指着地面正中水池说：“这寓意四水归堂，还可以理解为一心向党。”

长天万里，风光无限。极目楚天，我们耳畔仿佛传来拔节生长的声音……

先锋号："五四"采煤队

淄矿集团有一支特殊的队伍。

这支队伍建队已经六十余年了，队员换了一茬又一茬，一代又一代，"战场"换了一个又一个，但这支队伍仍然"拖不垮，打不烂"，每逢关键时刻，能够"冲得上，拿得下"，都说"铁打的营盘流水的兵"，偏偏这支队伍是"流水的营盘铁打的兵"，这支队伍就是"五四"采煤队。

"五四"采煤队先后两次被国务院，四次被原煤炭部，五次被山东省委、省政府授予先进集体称号，其中有六个人受到党和国家领导人接见。1975年10月，在全国煤炭采煤掘进队长会议上，"五四"采煤队被原煤炭部命名为"永葆青春的'五四'采煤队"，列全国煤炭工业十面红旗之一。而这一面光辉四射的红旗的诞生，饱含着无数队员的心血和汗水，承载着代代相传的"五四"采煤队奋勇拼搏的精神。

"五四"采煤队首任队长名崔德锡。1954年8月17日，已经是洪山煤矿副矿长的崔德锡在省人民代表大会上被选为全国人民代表大会代表，先后出席了第一、第二、第三届全国人民代表大会。

2013年，淄矿集团专门派人对时年89岁高龄的崔德锡老人进行采访。在和老人的交谈中，他重复最多的一句话就是，"五四"采煤队的精神是干出来的，是拼出来的。

1950年7月，作为班长的崔德锡接到了试验长壁式采煤法的任务。长壁式采煤法是指相对于短壁采煤法的一种概念。传统的采煤是几个人为一组集中在一起操作，为了避免危险，小组成员相互协作，团结战斗，形成了很强的团队意识。长壁式采煤法分为走向长壁采煤法和倾斜长壁采煤法。长壁工作面沿倾斜方向布置，沿走向推进的采煤方法称为走向长壁采煤法。长壁工作面沿走向布置，沿倾斜推进的采煤方法称为倾斜长壁采煤法。

1951年试验成功之后，在淄博召开了面向全国的现场会，由崔德锡将这一经验向华东和全国推广。1952年10月，他们又创出了日进三循环的平行作业法。这一年，工作面推进了1376.5米，创下了当时的全国最高纪录。

那个年代的“五四”采煤队是炮采队，要人工放炮落煤、人工攉煤装煤、人工架棚支护。炮采采煤方法也经历了不断改进，从开始的木头支护发展到摩擦支柱，配合交接顶梁，或者摩擦支柱配合长工字钢花顶梁，再到单体液压支柱，不断发展提高。

在这个阶段，由前进式采煤方法慢慢改为后退式长壁回采采煤，平行掘进两条巷道，有的叫上下巷，也有叫上下顺槽，到里面再把上下巷贯通，这个贯通的巷道就是切眼。因为是从切眼处退着往回采煤，所以叫后退式，因为切眼比以前的长些，联合起来就叫后退式长壁回采采煤法。

工作顺序是先在煤壁打炮眼，装炸药放炮，放炮后出煤，架棚支护顶板，再移动溜子，最后放顶，完成一个循环工序，周而复始，基本上每天都是这个工作流程。

炮采队和其他的工种不一样，分的任务完成了可以提前升井。谁也不愿意在井下多待一会儿，都想要早点儿升井，宁愿多出力气也愿意到炮采队。所以煤矿后来慢慢形成了一个说法，叫“死任务活时间”，分配好了一定任务量之后，大家都会积极赶进度，干完之后可以早点儿升井。假如非得待够规定的时间，就会产生磨洋工的现象。

放炮的时候，采煤的工人到上下巷去蹲一会儿，那时候也叫“躲炮”，非常类似汪曾祺先生提到的“跑警报”。“躲炮”的时间，也是煤矿工人在井下最欢乐的时间，因为没法干活儿，大家可以随便聊天儿，说一点儿最近的新鲜话题。

1964年，崔德锡去北京参加第三届全国人民代表大会，当时还发生了一件有趣的事情。按照大会的统一安排，崔德锡和当时已经调往山西省任省委书记的舒同住在同一个房间。舒同原来在山东工作的时候，崔德锡去省里开会，经常见到他，但是和省委书记同住一个房间，对于崔德锡来说还是第一次。

舒同非常忙，还没等把带的东西摆放好，来找他的人就接连登门了。大部分都是请示工作的，很多人拿着文件让他审阅，也有一部分是到房间来求舒同书记写字。于是，舒同书记在房间的会客间摆好了“文房四宝”，凡是来求字的人，有求必应。

有一天，舒同拿出一个鼓鼓囊囊的大信封，对崔德锡说：“老崔呀，麻烦你帮我把这个信封送到小平同志的办公室，好吧？”崔德锡连忙说：“行行。”按照舒同指点的房间，崔德锡将信送到了邓小平同志的办公室。

大会快要结束的时候，已经纠结了好几天的崔德锡终于鼓起勇气，不好意思地对舒同说：“舒同书记，你每天给这个人写给那个人写，能不能也给我写一张？”舒同听了崔德锡的请求，说：“能给你写，不过在这里不能写，回去后我一定写好给你寄去。”

崔德锡回洪山煤矿不久，就收到了舒同书记从山西寄过来的字，写的是一幅中堂。他记得中堂的题字是“百万雄师过大江”，两边条幅字的内容他想不起来了。

崔德锡带领“五四”采煤队创建了一个良好的传统，用今天的话来讲就是“传承有序”。之后的几十年间，“五四”采煤队先后转战岭子煤矿、葛亭煤矿。2015年10月，“五四”采煤队成建制调入正通煤业公司，开始在黄土高原上续写新的战斗篇章。

为什么要把“五四”采煤队调到正通煤业？因为正通煤业是淄矿建井史上最复杂的一个矿，大水、冲击地压、高地温等自然灾害叠加出现。时任队长张兴海说：“没到正通就听到过到正通的困难；到了正通，才知道困难比预想的要大得多。”井下恶劣的条件，加上对新工作环境的不适应，部分职工思想出现了波动，新加入的队员甚至有个别人当了逃兵。

面对这种困难应该怎么办？“五四”采煤队一路走来，靠的就是越困难越要往前冲的“精气神”。吃大苦，耐大劳，敢打敢拼、敢打必胜的过硬作风。副队长李光秋在班前会上回顾着自己在“五四”采煤队27年的工作经历，为职工们加油打气。一个又一个的老“五四”人讲起“五四”采煤队的故事，重温一路走来的奋斗历程：“碰到困难绕着走不是咱们队的传统！”

他们在全队职工中开展了“红旗是干出来的，不是保出来的”大讨论活动，将“五四”精神再次输入全队每一个人的心中，大家重新鼓起了勇气、打起了精神。青年职工郭鹏伟深受感动，他说：“比起老一辈人吃的苦，我们面临的困难算不了什么，更不应该缩手缩脚。红旗，不能在我们的手中倒下；精神，不能在我们身上丢失。”

全队很快达成了共识，凭着这股硬劲儿，“五四”采煤队顺利完成了正通煤业首采工作面的回采任务，打胜了省外创业的第一仗。

每当面临困难的时候，党员干部都会身先士卒，冲锋在前。正通煤业201工作面开始过轴底的时候，冲击地压显现更为集中。当时地面除值班人员，其余人员全部下井参与现场生产。为了解决工作面大量涌水积聚的问题，区队班子全天在井下现场指挥。当工作面推进到轴底150米左右，涌水突然增大，转载机被水漫过，无法开启。

危急形势之下，区队班子泡在齐腰深的水里，和职工一起研究方案。经过讨论，他们在工作面设置人工“分水岭”，采取潜水泵抽取积水等措施，最终避免了工作面积水影响生产。

当时在工作面配置了七台潜水泵，因为工作面的涌水还有大量的煤块，导致潜水泵故障频发。潜水泵在泵窝里，要想维修或更换潜水泵，就得跳到齐腰深的泵窝里，用手拉葫芦将泵吊起来。为了加快水泵的更换和维修速度，副队长和班组长来不及穿防水衣就直接跳到泵窝里。榜样的力量是无穷的，在队长、班长的感召之下，青年职工杨飞负责工作面潜水泵的日常运行管理，一个班的时间他几乎都泡在水里。潜水泵的吸水笼头经常因小煤块堵塞，他就跳到泵窝里用手把煤块抠出来。就这样，他一直坚持到工作面顺利通过轴底。

很长一段时间内，每当班长李大奎撩起自己的裤脚，都会看到小腿上下全红得发紫，布满疹子和水泡，还有深深的抓痕。这是在水中长期浸泡产生的影响。他说：“在水里时间一长，腿部以下皮肤肿胀，行走过程被磨破，更难受的是，腿上、胳膊上、手上起了湿疹、水泡，除了疼还特别痒……”而这种情况并非个例。

每当回到家，家里人看到这种异样的情况，问是怎么回事，他们总是哈哈过去，避重就轻化解家人心中的疑虑。在这样的恶劣环境中，坚持不懈继续工作，他们很少向家人提及任何困难：“虽然苦了点儿，但是我不能给集体拖后腿儿，不能给‘五四’采煤队精神抹黑。这是一个集体，大家都吃一样的苦，班上人都请了假，我们工作怎么开展？虽然刚干不久，但是看到前辈精神什么理由不坚持下来？”

在与困难斗争的过程中，“五四”采煤队也在不断总结提升，创新了波浪式回采、煤水分离联合清淤等技术，制定了水害、冲击地压等多项灾害防治措施，克服了复杂地质条件，保证了安全生产。

随着矿井灾害防治的不断深化，正通煤业井下的条件也得到了改善，矿井生产慢慢走上正轨。由“五四”采煤队回采的302大采高工作面取得集团公司朴素精益质量标准化验收第二名，获得集团公司“精品工程”称号。

现任正通煤业“五四”采煤队队长燕雷说：“‘五四’采煤队的精神就是团结协作、无私奉献，也是一代代‘五四’人用青春和热血书写的奋斗史。在‘五四’精神的引领之下，我们将不断突破提升，出色完成各项目标任务，让这面旗帜高高飘扬。”

六十年来，他们用行动诠释了“特别能吃苦、特别能战斗、特别能奉献”的“五四”精神。而“五四”采煤队的这种精神，不仅成为正通煤业广大职工心目中的标杆，也激励着整个煤矿行业全体职工不断砥砺奋进，在实现高质量发展的路上阔步向前。

心脏守护者及众勇士

兖矿能源集团兴隆庄煤矿机电工区矿井维修电工郭金陵，中共党员，在主提升机维修岗位上工作了三十多年，先后获得中国能源化学地质工会“大国工匠”、全国煤炭行业技能大师、全国煤炭工业劳动模范、山东省优秀青年岗位能手、山东省有突出贡献技师、山东省首席技师等荣誉称号。

矿井提升机是联系井下和地面的主要运输设备，维护矿井提升机的安全，在矿上也是一项极为重要的工作。为此，郭金陵自学外语，对着英汉双语字典，从一个单词、一个句子慢慢摸索，翻译理论资料，深入了解设备性能，将设备运转控制的机理融会贯通，创造了“细观察、听声音、嗅气味、感温度”的“郭金陵提升机故障判定法”，使兴隆庄煤矿实现了全年大型设备完好率99%以上，消除了一小时以上的电气故障，百万吨事故率控制在0.1小时以下，确保了矿井原煤生产任务的顺利完成。

1991年，技校毕业的郭金陵来到兴隆庄煤矿，在主提升机维修岗位上一干就是三十多年。在纯朴的“靠技术生存”的理念支持下，不断努力提高自己的业务水平。先后参加了兖矿职工大学煤矿机电专业学习、ABB公司专业知识培训，并且以优异的成绩结业。

“技术创新都是由易到难，咱当不了发明家，但可以做个能工巧匠。”这是郭金陵经常挂在嘴边儿的一句话。三十多年的工作实践中，郭金陵成功处理了设备疑难故障一百六十多次，完成副井单、双罐主提升机的电控系统升级改造任务、提升信号闭锁系统及上下井口操车设备的PLC电气控制系统改造安装工作。

郭金陵制作的操车液压站故障测试盒，有效提高了操车设备故障处理思路，创造了操车设备液压系统调试法，实现了副井推车机后备保护功能。对主井提升机运行周期进行优化，从原来的提升周期85秒提高到了现在的81秒，使主井两部提升机增加提升能力37万吨，矿井年增产效益达1亿元。

他发明的“郭金陵副井操车模拟装置培训法”“郭金陵主井底堆煤保护法”“郭金陵提升机过卷开关快速调整法”等先后五次被用于全国和山东省煤炭系统举办的维修电工技术比武等赛事活动，具有良好的实用性。

提到“郭金陵主井底堆煤保护法”，可以说是郭金陵的得意之作。机斗出问题之后会产生堆煤，主井井底一般都有堆煤保护，之前是用红外线、雷达等传感器，但是原来的传感器基本不起作用。郭金陵苦苦思索解决难题的方法，很多时间也没有想到好点子。

主井底环境非常恶劣，风大、水大，碳粉非常多。为了找到解决问题的办法，郭金陵在主井底蹲着，风“呼呼”地吹过来——没想到这阵风恰好吹来了灵感。郭金陵想到，之前的心思都用在煤检测上了，而没有想到井下的环境。在井下，只要有风，那就说明提升机是运行正常的，而只要能够检测到风，也就能够判断井底的情况了。

有了想法之后，事情做起来简单多了。不多久，郭金陵便发明了风动检测装置，用风板带动检测开关，一举解决了堆煤保护的难题。

郭金陵带出来的徒弟也十分优秀。徐晓晓、祝玉平、张厚旺在集团公司技术比武竞赛中包揽了前三名，徐晓晓获得山东省富民兴鲁劳动奖章、山东省技术能手等荣誉称号。

提到这些成绩的取得，郭金陵认为得益于老工人的言传身教。

他记得刚刚来矿山的时候，遇到有一位接近退休的老工人赵明言。当时他们到主井塔去换自动闸，自动闸门接近50斤。赵明言一个人扛着闸门，往又陡又窄的楼梯上走去，四十多米高的主顶塔，当他扛上去的时候，已经累得满头大汗。

但即便在这种情况下，赵明言也没有让跟着他一块维修的年轻人帮忙。那种任劳任怨的精神，直到现在，一提起来还让郭金陵非常感动。

兖矿能源鲍店煤矿运搬工区班长张矿军作为煤矿工人的代表，和时任济宁市委书记林红玉一起，作为济宁市仅有的两名代表，参加了中国共产党第二十次全国代表大会，这让整个矿区的广大职工都兴奋不已。

1995年9月，张矿军技校毕业之后被分配到鲍店煤矿，一直从事机电维修，一干就是将近三十年。张矿军从小在家就特别勤快，母亲一直教育他“做人要实在，做事要勤快”，母亲的教导让他养成了良好的品行。

参加工作以后，老师傅们娴熟的维修技巧和渊博的专业知识让张矿军非常羡慕，暗地里给自己定了一个人生目标：最多二十年，也要像老师傅们那样成为“维修大拿”。为了尽快实现目标，他特别注重跟着师傅们学习，仔细观察维修的各个环节。

业余，张矿军购买了许多专业书籍，像着了魔一样，每天天不亮就起来学习。那时候查阅资料的手段非常有限，不像现在有先进的网络搜索。每天上班，张矿军都会准备一个小本，把遇到的问题记下来，下班之后对照专业图书耐心查找解决的方法，将方法记录在问题之后。在以后的实践当中，对照方法去解决现实问题；用解决现实问题的实践，再去修正查阅到的方法。他经常熬到深夜，记了厚厚的十多本笔记本，建成了一个维修知识的专业宝库。

除了每天的工作时间，张矿军还特别注重外出学习的机会。有一次在参加机电专业学习培训时，他看到一张梦寐以求的电机车制动系统图，上面密密麻麻的符号和线条看得他头晕目眩，但正是这种复杂的系统图牢牢把他吸引住了。

为了彻底弄懂图纸的原理，他找了一个放大镜，仔仔细细沿着一条一条的线路钻研摸索，直到把整张图纸全弄明白，并且深深地印在脑子里，对每个元器件的结构、功能都了然于胸。而等做完这一切的时候，他发现窗外一片煞白，原来天已经亮了，兴奋当中的他竟然一夜都没有合眼。

随着业务技能的逐步提高，张矿军的能耐得到了领导和工友们的一致认可，每当遇到较高难度的维修工作都会想到他。这也让他进一步体验到了成功解决问题的喜悦。为了让自己的专业知识更上一个台阶，张矿军报名参加了成人高考，攻读大学的课程。自从工作以来，张矿军每次参加技术比武的活动都能名列前茅。

2017年，鲍店煤矿8301工作面开始了单轨吊的安装工作，张矿军被抽调过去协助。当时都是第一次接触单轨吊，没有什么经验可以拿来借鉴，他们对照图纸，反复进行实验研究。有一次为了处理一个故障，张矿军在现场一待就接近二十个小时。那时从井口到8301工作面，单趟要走两个半小时，其间还有上坡下坡。张矿军当时一周要下去五趟，除了劳累之外，脚面都磨出了血泡，像蜜蜂蜇了一样火辣辣地疼。他用布把脚包好，回到家用碘酒擦拭一下消消毒，第二天又接着下井。

作为一个特别爱琢磨的人，张矿军平时喜欢搞点儿小革新、小创造。刚参加工作没多久，他便发现，矿上用的电机车属于凸轮控制系统，有诸多的缺点。他带领本班组的人员配合厂家对电机车的控制系统进行了重新设计和改造。经过改造后的斩波调速电机车运行时不会产生火花，调速时的震动非常小，故障发生率极低，配件也不再容易损坏，降低了驾驶人员烧伤的现象，保证了矿井电机车运输的安全生产。

他总结说，“电机车的电气故障可通过‘望、问、试、听、测’来诊断”，这句名言被称为“张矿军电机车电气故障快速处理操作法”。短短几年的时间，张矿军和他的团队先后完成了创新成果三十六项，其中三项获得国家专利，十二项获得了两级公司的表彰。

由于常年埋头矿上的工作，张矿军对于家庭有很多的愧疚和遗憾。2017年4月，妻子被确诊为乳腺癌中期。当听到诊断结果的时候，张矿军感觉到绝望和无助，他痛恨自己平时没有多关心一点儿妻子，假如在家庭上多用点儿心的话，可能就不会是这个样子。工作之余，他竭力抽出时间，尽量早回家多多陪陪妻子。

时间来到2019年，鲍店煤矿承担了全国首个智能化综放工作面的建设任务。所谓“综放工作面”，就是在足够煤厚的普通综采工作面的基础上，从后面架设一部大功率的刮板输送机，用来把前面采煤机割不到的煤放下来，再运走。其中辅助运输智能化改造主要由张矿军负责，也是整个智能化综放工作面的重点和难点。

而那时正好是妻子化疗的关键期。一边是公司对自己的信任，一边是家庭的需要，张矿军陷入两难，十分惆怅。看着张矿军焦急的样子，妻子忍不住对他说：“别担心，你忙你的，我自己能行。”

那段日子，妻子经常一个人去复查、化疗。每回回到家，看着妻子日渐消瘦的模样，张矿军心里都非常不是滋味。作为丈夫，他为妻子做得太少了。而妻子的离开，也成为这个大男人心底永远的痛。

出席党的二十大回来之后，张矿军第一时间返回了工作岗位，和工友们面对面交流，传达大会精神，畅谈学习的体会。

他来到电机车停车场和电机车维修车间，查看电机车运行的情况，向工友详细了解近期设备的运行情况："这些电动机车、电机车最近怎么样，没有影响矿井的生产吧？"工友们说："这些机器仿佛也有灵性，这段时间特别听话，出了不少力，却没有捣蛋过一回。"

"作为一名党的二十大代表，又是工区设备维修保养负责人，我要当好矿井辅助运输设备的'金牌保姆'。"张矿军激动地说，"习总书记对咱们能源行业有新的指示和要求。我要牢记总书记嘱托，学习好、宣传好大会精神，发挥好示范带头作用，为矿井生产注入新能量。"在繁忙的日常工作当中，张矿军每个月都会有将近二十天在井下检修维护设备，他对电机车每个元器件的结构和功能都了然于心，被工友称为"活电路图"。随着矿井的发展，原来使用的机车已经全部更换为蓄电池的机车，矿工们对新投入的机车性能以及如何保养维修都不是太熟练，张矿军带着机电维修班的工友们每天深入井下，随时掌握机车的运行状态，针对可能出现的故障提前做好预防，及时处理突发问题。有时候在井下连续工作长达二十多个小时。

在此期间，张矿军会不断地和工友们聊天，勉励大家要坚持"干好一件事"，"走好一条路"。自己要坚持"带好一帮人"，促进矿井的安全生产，让党代会的精神在矿区一线落地生根。

而工友们听说张矿军回来的消息，不管是不是党员，都自发地聚集在党员活动室，你一言我一语向他了解党的二十大盛会实况。

张矿军被热切的期盼团团围住，说起自己的参会感受："当时在人民大会堂中的激动和感动情景，让我久久不能忘怀。让我切身感受到了习总书记和党中央的号召力、引领力，也让我感受到了我们伟大、光荣、正确的中国共产党超强的凝聚力，并为自己是一名共产党员感到无比自豪和骄傲。"

工友王保华问他："党的二十大对我们普通劳动者有新的要求吗？"

张矿军说："报告中特别强调了，必须坚持科技是第一生产力，人才是第一资源，创新是第一动力。这就给我们的基层工作者提出了要求，要坚持立足本岗，发扬劳动光荣的精神，积极参与创新项目，始终保持蓬勃的生机和旺盛的活力，持续推动矿井高质量的跨越发展……”

为了能给大家讲好回程的“第一课”，张矿军在闭幕会后就争分夺秒地将参会所得形成党课，系统整理了大会期间的笔记，又对同事可能关心的问题做了精心准备。上井后，张矿军参加了所在党支部的主题党日活动，以亲身经历为党员们上了一堂形象生动、内涵丰富的党课。

听了张矿军的党课之后，工区党员王文说：“非常振奋，我们要学习好、贯彻好党的二十大精神，继续发挥党员迎难而上的示范带头作用，为矿井的高效发展和国家繁荣富强贡献一份力量。”工友王树保说：“在以后的生活和工作中，我会以张矿军同志为榜样，在平凡的岗位上，为矿井发展共同奋斗。”

谈到未来的工作打算，张矿军说，他今后会花更多精力在创新创效第一线。自己也会关注新时代一线技术工人的培养和接续，基层一线技术革新完善和提升。“作为党代表，这是我履职的初心，也是我的责任。我要更加努力，在平凡的岗位上发光发热。”

“接下来，我还将到各单位去宣讲。我要当好‘播种机’，宣传好党的二十大精神，也要在自己的实际工作中做好贯彻落实。”张矿军补充说，“同时，我会积极倾听身边群众和工友心声，努力做好党员、群众与组织之间的桥梁，更好地担负履行党代表的庄严使命，不辜负各级组织的培养和关爱。”

兖矿集团兴隆庄煤矿出了两位“大国工匠”，一位是高兴亮，另一位是郭金陵，也是整个山东能源集团仅有的两位“大国工匠”。

高兴亮今年56岁了，中共党员，是兖矿能源集团兴隆庄煤矿生产准备工区车间副主任，先后获得了全国技术能手、全国五一劳动奖章、全国能源化学地质系统首批“大国工匠”、全国煤炭行业技能大师、百名感动中国的矿工、第三届全国煤炭技能大赛采煤机司机第一名、山东省首席技师、山东省有突出贡献技师、山东省劳动模范、泰山产业领军人才等众多荣誉称号。

在矿上，采煤机是核心的设备，很多人把它称为煤矿的“心脏”，高兴亮一直是矿井的“心脏守护者”。三十七年来，他由一名被外国专家轻视的维修“菜鸟”，通过自己的刻苦努力，成长为拥有十二项国家专利、享受国务院特殊津贴的高级技师。

当年，不到19岁的高兴亮技校毕业之后被分配到兖矿集团，成为一名井下综采维修电工。那还是20世纪80年代，矿井上普遍使用有链牵引的采煤机，由于采煤机功率较大，时常会有断链伤人的事件。1985年，兴隆庄煤矿进口了一台英国产的AM500无链液压牵引采煤机，这台液压牵引采煤机非常先进，可几乎没有人懂怎么维护，于是高兴亮被调去参加厂家的业务培训，跟着英国工程师学习使用和维修采煤机的知识。

某一天的课间，高兴亮注意到英国专家手里拿着一张图纸，纸面上纵横交错的线路，看上去非常复杂。高兴亮非常好奇，盯着图纸看了半天，依旧一头雾水。那时他的英语基础相当差，于是连说带比画向英国专家请教。英国工程师正在和他的朋友聊天，听懂了高兴亮的问题，不屑一顾地对他说：“这是采煤机液压系统的原理总图，你是学电的，说了你也不懂，不要问了。”

工程师冷冰冰的回答，霎时间刺痛了高兴亮的心。他暗暗下定决心：采煤机液压系统的原理总图我一定要学会，你们可以学懂的，我一定也能够学懂，并且还要比你们更精通。

培训会结束后，高兴亮向矿上申请，改行到采煤机做维修工——这也是他踏上刻苦自学、钻研之路的起点。刚刚工作半年的高兴亮，每月的工资是48元钱，他省吃俭用，积攒了两个月的工资，自费购买了各种液压机械方面的资料。下班之后，工友们都去打篮球、玩扑克消遣，只有他一头扎进资料堆里，如饥似渴地琢磨那些高深的维修知识。

不到一年的时间，高兴亮的业务技能水平就得到了很大的提高。在英国工程师那里看不懂的采煤机液压系统总图，如今他已经能够倒背如流，日常检修工作中遇到的各种机器故障，也能够得手应心地维修了。高兴亮讲："人活在世上，总要有目标和追求，只要坚守住心中的理想，总会有所收获。对我而言，就是扎根煤炭、锲而不舍、精益求精、追求卓越！"

2001年冬天，兴隆庄煤矿承担了国家煤炭行业"十五"攻关项目，高兴亮被任命为"十五"攻关实验小组采煤机组的组长。

当时实验小组采用的德国进口SL300电牵引采煤机，在调试运转的过程当中发生了滑靴断裂。由于当时组装的时候采用的是液氮冷冻技术，先对部件进行冷冻处理，再运用热胀冷缩的原理，装好之后可以非常紧密地和元器件卡在一块儿，有点儿类似于榫卯原理，不过他们是一次性的，无法拆卸。滑靴断裂之后，需要更换新的滑靴，但矿上没有液氮冷冻设备，负责技术调试的两位德国专家摆弄了半天固定滑靴的销轴，就是安装不到位。

忙活了两个多小时，德国专家在井下急得满头大汗，依旧束手无策。分管采矿的副矿长把高兴亮拉了过来："老外没招儿了，我们得给他们想想办法。"高兴亮来到现场，钻到煤机底下，经过仔细的观察，找出工具箱里的器材，现场做了一个专用的安装工具，仅用了十多分钟就顺利把机器安装到位。通电之后采煤机得以顺利运转。

两位德国专家看着高兴亮的操作，愣了又愣，直到采煤机启动起来，兴奋地朝着高兴亮伸出了大拇指。

“十五”攻关综放工作面月产原煤达到了63.2万吨，一举刷新了全国的最高纪录，提升了我国综放核心技术在国际上的领先地位，为“十五”攻关项目的全面实施奠定了坚实的基础。

在刻苦自学的同时，高兴亮也没有忘记将学习成果教给更多的人。他说：“一个人技术再高，个人能力终究有限，教会更多人，技术才能真正传承下去。”如今五十多岁的高兴亮已经面临退休，退休之前他最大的心愿就是把多年积累的经验贡献出来，手把手地教给一批一批的年轻人。

在矿上的大力支持下，高兴亮充分运用“大国工匠技能实训基地”、劳模创新工作室、技师协会“三室一体”运作模式进行综合教学。对于徒弟们，他一招一式地传，手把手地教，为了把机械、液压、电器方面的知识融会贯通，他总结了多年的故障处理经验，主编了《电牵引采煤机使用维修技术培训教材》，把掌握研究的维修技能毫无保留地传授给年轻职工。

在高兴亮的悉心培养之下，徒弟们成长也非常快。在2015年中国技能大赛——“冀中能源杯”第六届全国煤炭行业技能大赛中，高兴亮作为特聘教练带领三名兖矿能源的参赛选手去河北邯郸参赛，三名选手全部走上了领奖台，分别取得了第六、第十和第十三名的好成绩。这在全国性的客场比赛中是没有的，受到了大赛组委会的高度评价。

提起徒弟们的成绩，高兴亮喜悦之情溢于言表。如今，他所培养的徒弟中，两人获得了全国煤炭行业技能大师的称号，三人在省级二类技能大赛中获得了第一、第二、第三名的好成绩，徒弟王小波今年还获得了山东省技术能手、齐鲁首席技师荣誉称号。“大国工匠”的精神在传帮带中得以薪火相承，生生不息。

出生于1976年11月的周涛，现在是协庄煤矿综采二区的副区长，2020年11月被党中央、国务院授予全国劳动模范称号，2021年4月荣获全国能源化学地质系统“大国工匠”，是山东能源集团新矿集团协庄煤矿的骄傲。

周涛老家是楼德镇的，1997年技校毕业即来到矿上工作，在一线从事采煤和掘进，都是煤矿上最苦的工作。入职十年后，作为班组长，周涛一年365天有三百多天都要下井。他很喜欢和工人们聊天，他说，在和工人的交流当中，才能真正知道井下需要什么东西。通过集思广益，周涛在安全管理方面有了许多创新的想法。

周涛出身于农村，从小干农活，练就了一副好身板。在井下，他充分发挥出从小吃苦耐劳的精神，有多大力出多大力，从不叫苦叫累。父母都是老党员，从小受到的家庭教育让他时时刻刻把人民群众放在心上。到了煤矿上之后，周涛同去的同学，后来吃不了苦很多都回家了。但是周涛的父母一直以一个共产党员的标准要求他，给他提供了坚强的后盾和支持。

在800米的井下，虽然有灯，但和在地面上照着太阳完全是两种心理感觉。25年来，周涛在井下待了8000多天，对他来讲，对井下的环境慢慢变得比对井上的环境还要熟悉。在周涛左胸膛上有一个疤，那是有一年在上夜班的时候出了意外留下的。

那晚周涛发高烧，原本已经和矿上请了假，但是因为有一个紧急情况，矿上又给周涛打电话，说能不能过去看一下，只要坐着指挥就可以，不用下井。

接到电话后，周涛立马赶到班上。当时已经是凌晨3点多，工作面上一直没有开始生产。周涛问运输机司机是怎么一回事。司机说运输机出了点儿问题，一直没有检修好。周涛当时已经烧到了38.9度，意识已经有点儿模糊，但还是决定到井下去看一看。

摇摇晃晃站起来，周涛就要往井下走。值班的领导说，不急，他们快准备好了，没有必要再下去了。但周涛还是拖着病体下了井，赶到工作面之后，发现技术员还在摆弄机器。在周涛的协助之下，又花了将近半小时，终于把运输机维修好。

运输机开启之后，运转正常。松了口气的周涛开始往上走。正走着，大概是出于身体的本能，周涛意识到身后好像有个东西在往下掉，他猛一回头，就看到一个黑乎乎的东西朝着自己脑袋砸过来，下意识地扬了扬下巴、朝后弯了弯腰，结果那个黑东西一下砸在他的胸膛上。巨大的冲击力让他感到窒息，再加上高烧，脸庞瞬间通红。

左右的工友都吓坏了，赶紧过来扶住周涛。黑乎乎的东西滚落在地，咔嚓一下边边角角磕得四散飞去。大家低头一看，原来是从顶上掉下来的一大块煤，当时因为工作面所在的煤层属于大倾角，出现了这种意外。

煤块砸在胸膛上产生的巨震，将周涛的安全帽都冲到了地上，过了很久呼吸还是剧烈而急促。工友架着他赶紧上井。到了井上之后，带班领导也大吃一惊，简单问明情况，立刻安排赶紧去医院看一看。周涛当时已经慢慢恢复了气力，乐观的他还给领导开了个玩笑："幸亏我肉厚，要不然这一下麻烦了。"

到了医院之后，伤口渗出来的血已经染红了周涛的胸膛。因为地方特殊，没有办法打麻药，周涛只能忍着巨大的疼痛，配合医生取出扎进胸膛里的碎煤渣。豆大的汗珠沿着额角奔游，汇聚成线。由于冲击力过大，碎煤渣扎得相当深，又多又乱，以至于第一次清理没有完全清理干净。后来发炎，又去了一次医院重新清理。

从这件事就可以看出他的责任心。周涛当班长的时候，下班之前必得把副班长找到跟前，把所有人的工作安排好，煤矿安全无小事。

由于长期在井下，家里的事情很难兼顾。年龄一大，父亲和母亲的身体状况越来越差。父亲中风之后，半边身体不能活动。几年之前，母亲查出了癌症。但怕耽误周涛的工作，没有太大的事情，父母一般都不和周涛说。老父亲对他说："你安心上班，不要有什么思想负担，我们家里人反正已经形成了习惯，都能支撑的了。"媳妇生第一个孩子的时候，周涛也在井下。等下班上了井，才匆匆赶到医院。

我们去采访的时候，周涛脱产两年半正在参加专升本的学习，正好赶上休假，过两天就回北京。来到劳动关系学院的都是全国各地的先模人物，有石油的、电力的、纺织的，让周涛大开眼界，抱着向所有人学习的态度，在那里周涛可以说是如鱼得水。

不仅自己努力工作，周涛也没少带徒弟，其中一个徒弟叫韩伟，来自济南章丘，是综采三区的一名技术员。大学毕业之后韩伟就来矿山工作，疫情原因，一年多没有回家了。

2021年的春节，为了响应国家号召，在和家人沟通后，韩伟选择了在矿上就地过年。师傅周涛刚刚获得了全国劳动模范的称号，本来想着要回老家过年的，但是听说徒弟不回家，于是决定陪着徒弟一起在单位上就地过年。

在综采三区的值班室，忙完了年前的工作之后，周涛和韩伟将提前购买的春联拿出来，周涛退后几步校正着方向，韩伟悉心地将其贴方正。除夕夜，周涛一展身手，给韩伟做了一道"色""香""味"俱全的红烧带鱼。除了周涛和韩伟之外，有一批将近退休的老职工也主动申请留下值班，因此除夕夜大家言笑晏晏，细数一年来矿上的点点滴滴，谈到趣事笑得前仰后合，比在家里还热闹。

除夕一大早，验收员吕玉山就像往常一样，来到了工作岗位上。采访的时候他还向我们解释：“当时坐在办公室的时候，心里想，过完这个春节我就要退休了，可能也是最后一次值班了，我要站好最后一班岗。正好也借着这个机会，把这些年的工作心得和年轻人分享一下……”

看着韩伟，周涛常常想起自己刚来到矿山的情形。刚到矿上的时候，他就立志要“干一行、爱一行、精一行”，不懂就问，不会就学。他主动向老师傅和工友们虚心请教，绝不轻易放过任何一个难题，三两年之间，熟悉了煤矿生产的各个技术环节。

担任班组长之后，周涛带领全班组学业务、练本领，创新开展了“岗位小课堂”“技术讲堂”等活动，他特别注重在工作现场“手把手”“一对一”培训，使全员素质得到大幅提升。当时煤矿上有一个难题，就是采煤工作面的桥式转载机与刮板输送机合茬槽处的链子经常会飘起来，造成安全隐患。经过多年的工作实践和潜心钻研，后来周涛终于设计出了防脱槽器，解决了矿上的老大难问题，后来大家亲切地把这种防脱槽器命名为“周涛防脱槽器”，得到了全矿的推广应用。“周涛防脱槽器”的使用极大保证了矿井的安全生产。

2021年5月，新矿集团工会向职工发出了《弘扬工匠精神　争做时代楷模——向“大国工匠”周涛同志学习的倡议书》，其中提道：

“向周涛同志学习，就要学习他爱党爱国的忠诚。周涛同志30多年坚持奋战在生产一线，讲党性、重品行、做表率、树形象，用实际行动践行党的宗旨，时刻保持共产党员的先进性。在生产任务、改革创新以及新冠疫情防控等急难险重任务面前，他总是挺身而出，冲锋在前，以实际行动展现了一名共产党员的责任和担当。

“向周涛同志学习，就要学习他爱岗敬业的执着。履职尽责、苦干实干是周涛工作以来的真实写照，在平凡的工作岗位上脚踏实地、孜孜不倦，努力精通专业知识，以强烈的事业心和责任感，在平凡的岗位上干出不平凡的业绩，以新担当新作为，交出新答卷。

“向周涛同志学习，就要学习他开拓创新的精神。以敢为人先的精神开拓创新，力争在本职岗位上奋力拼搏。学习周涛同志干一行爱一行，钻一行精一行，把工作当作事业，把职责当作使命，勇于探索，在实践中不断总结、反复研究，自我加压、主动担当、锐意进取，用实际行动争当先进、争做标杆。

“向周涛同志学习，就要学习他甘于奉献的品质。牢固树立劳动最光荣、劳动最崇高、劳动最伟大、劳动最美丽的观念。学习周涛同志吃苦不言苦，知难不畏难，以始终如一的无私奉献和辛勤付出，满腔热情地干好本职工作，不折不扣履行每一份职责，体现了一名基层劳动者的朴实品质。”

杨廷进是兖矿能源鲍店煤矿综掘一区555队生产一班的班长。2010年，他参加集团公司招聘，成为井下采掘工人，是一名名副其实的“80后”矿工。

分到同一个班里的几位同事，由于家庭情况相对来说比较好，从小也很少吃苦，所以对于下井的工作非常不情愿，对于综掘工作更是心怀抵触。而杨廷进和他们不同，从不叫苦叫累，在熟悉了井下作业的环境和工作流程之后，成为单位上第一个也是这一批进来的职工中第一个主动要求学习新技术的，此时距离他下井工作只有三个月。

当他提出这个要求的时候，有的同事跟他开玩笑，说他逞能，不好好珍惜只有一年的非常珍贵的“学徒休闲期”，竟然主动去找罪受、找苦吃。听到讥讽的杨廷进没有生气，他笑着回答说：“我不怕工作上的困难，也不怕吃苦受罪，只要师傅愿意教我，我就愿意去学。”

对待工作的极大热情和扎实的业务功底，让杨廷进在一年的学徒期结束之后，很快被提拔成组长，2016年又当上了副工长。在日常的工作中，一有间歇，他就思考开机子的方法，经常上网查阅相关的技术资料。每天睡觉前，都不忘在脑子里像过电影一样呈现出截割的画面。经过不断思考和实践，他开机子的水平突飞猛进。在6303工作面，他创出了单进8排共7.2米、平均7分钟截割一排的优秀战绩，众多的老师傅也自叹不如。

工班长有“兵头将尾”之称，在矿上的位置非常关键。工作中，杨廷进时刻以最高的标准严格要求自己，时刻以身作则。面对生产现场地质条件复杂、地板涌水、煤流运输线路长等困难，他带头采用了设置单体、加密锚索、减小排距等一系列措施，有效控制了顶板煤矸石掉落、下沉等问题，抓好了排距的控制，始终保持每班6排以上的掘进正规循环。

每当在掘进现场遇到困难的时候，甚至在无法正常组织生产的情况之下，杨廷进也从来不泄气，立刻投入探索钻研操作方法的紧张思考中。在工作中他大胆进行现场实验，努力克服各种障碍，在长期的实践中形成了一套自己的工作方法。特别是在困难的施工条件之下，也能大幅度提高掘进进度，保障了矿井正常的生产接续。

他总结探索出“切割、支护、供料、循环作业间隔规定”，每道工序责任具体到人，根据现场的变化随时变换切割方式。他带领班组在6311二分层轨顺生产过程中，确保了每天的掘进进尺保持在5米上下，最高纪录达到了9米，最终创出了月进565米的“奇迹”，为整个工区“保安全、创水平”作出了突出的贡献，因此杨廷进也被职工亲切地称为“尖刀”班长。

综掘工作工序复杂，掘进进度快，现场条件变化大，工班长如果班前会布置不严谨，现场施工会出现很多意想不到的事情发生。对此，杨廷进做到了“三个”经常：经常根据现场变化，突出重点、突出关键落实制度，有针对性地抓实不断变化的现场、薄弱环节的安全生产管理；经常利用QQ群、微信等多种形式提示各班组注意哪些针对性问题，执行好哪些规定，又有哪些新规定；经常对照规程进行现场检查，对问题处理坚持“三不放过”原则，班后集体一问题一分析、纳入考核扣罚责任人。

近年来，杨廷进所在的班组先后多次过断层、透窝，过三叉门、碎顶、软岩带，从未出现过重大事故，杜绝了轻伤以上的人身事故，工程质量的优良品率达到了98%以上。而在他的带动之下，555队多名职工被提拔为副工长、组长、安全网员，成为保障矿井安全生产、促进高质量跨越发展坚不可摧的骨干力量。

杨廷进本人在首届“能源杯”技能比武大赛掘进机司机比武中荣获了第一名，是兖煤青年岗位能手、兖煤技术能手、“山能工匠”，连续三年荣获能源集团和兖矿能源优秀班组长，获得了一连串的荣誉称号。

翟镇煤矿先后培养出“齐鲁首席技师”刘玉水、“煤炭行业技能大师”王瑞波、“山能工匠”王龙、“新矿工匠大师”单光伟等一大批行家里手，懂理论、精实践，非常接地气。据不完全统计，近几年来在翟镇煤矿共培养技师、高级技师170余人，中级工以上职工占比达到矿工总数的54%，为企业高质量的发展做好了充足的人力储备。

“以岗位为平台，以实践为课堂”，是翟镇煤矿培养新人作出的重要探索。走进翟镇煤矿的工作现场，处处都有老师带徒弟的工作场景，现场教学、现场讨论、现场学习，将理论知识与现场实践结合起来。通过培训进现场，书本上枯燥的知识顿时变得鲜活有趣起来，能够充分调动职工学习技能、专业业务的积极性。年轻的徒弟们在实践中掌握了业务的要领，更快地汲取营养，不断提高业务知识水平和能力。

作为翟镇煤矿技师的突出代表，翟镇煤矿专门为王伟明设立了工作室。工作室里各类检修工具、仪器仪表、废旧设备配件一应俱全，画图、设计、拆卸、组装、实验，一连串的操作流程承载着磨炼和挑战。

每天，王伟明都会利用下班时间和徒弟们相聚在创新工作室，一同研究设备运行原理和设备检修技术，共同学习煤矿提升机的相关知识，真正做到了“台上讲变实践学，驱动力变新生力”，为矿井建设发展贡献了一份力量。

王伟明曾获“煤炭行业技能大师”、“泰山工匠”提名奖、“山能工匠”等荣誉，现在是机电副区长。他出生于1980年11月，2003年9月一毕业就被分到了翟镇煤矿运转工区大筒电工组，每天和继电器、接触器、保险、开关等几百个元器件打交道。一点点学、一遍遍练，手很快磨出了血泡，血泡破裂结痂，慢慢变成了老茧。

王伟明上学时学的是机械工程机器自动化，到了矿上之后也算是学有所用，仅仅用了半年的时间，他就熟悉掌握了绞车电控系统工作原理、元器件各个接点的位置和作用。

王伟明来到翟镇煤矿并非意外，父亲和母亲都曾经在新矿集团工作过，因此他也算是正儿八经的“矿二代”了。父亲当时在煤销科，专门做煤炭的销售工作。虽然父亲和母亲都从事矿上的工作，但在正式上班之前，煤矿工作在王伟明心里也只是一个大体的概念，真正自己开始工作的时候，才系统接触各个工种。

第一步先是当学徒。辅助工区管理着全矿的提升井、绞车、供电、通风四大运转系统。以通风系统为例，风筒里面两个井口进风，通过提风机把空气提上来以后，形成一个循环系统。辅助工区的职工不算一线的采煤工人，一线采煤工人主要是混采和掘进，辅助工区负责煤的运输和后续的处理。辅助工区又分为机电工区、运输工区等三个分区。运输分轨道运输和皮带运输，轨道运输主要是放置机车，运送物料或者职工；皮带运输是负责把煤运到井口，通过主井提升。

王伟明参加工作之后，对各个工区的情况还是比较陌生的，但是矿上也给他安排了专门的老师，都是比较有经验的。每天跟着师傅们这儿看看，那儿学学，听老师们介绍各个工序。

三个月的学徒期之后，工区组织了一次考试。考试题不是很难，他们平时也接触过。但可能因为紧张，王伟明一时间脑子没有转过弯儿来，有几道题没解决。而经过老师一指点，才发现原来那么简单。王伟明觉得非常丢人："学了三个月，没学到什么东西！"但"塞翁失马，焉知非福"，正是这一次的"丢脸"，让王伟明塌下身子来，立志要好好学点儿东西。

王伟明这批职工来到矿上之后，有四五年的时间没再进过新职工，因此老师们对他们这一批人的期望也特别大。怀着一份愧疚加一份期望，王伟明投入紧张的学习和实践中。白天在现场认认真真工作，晚上回家看书、看图纸，一年的时间不到，就能够独立值班了。

当时地面上的工作人员一般是早晨6点至7点上班，下午5点下班，下班以后，整个工区大部分人都走了，只剩下值班的，一般是一名技工和一名电工。王伟明经常作为电工值班，类似于医院的急诊，出了问题第一时间处理。

一开始的时候，王伟明值班遇到很多问题，有的时候绞车开不起来，有的时候提升机开不起来。遇到这些问题，要赶紧去检查，看哪里跳闸了，哪个零件坏了。一开始没有经验，王伟明检查不出问题来，只好请老师来处理。请老师处理了两三次之后，王伟明自觉很对不起老师，自己值班儿，连累老师也不能休息。

于是，在值班的时候，王伟明经常会带着书本，遇到问题赶紧现场寻找处理的办法。未雨绸缪，也对各种问题提前进行深入研究。慢慢开始成熟起来。

在矿上工作十年以后，王伟明从一位普通工人成长为班组长再到大班长。2013年，工区为他成立了工作室，也是全矿的第一个工作室。通过工作室来带一部分年轻职工。矿领导也发现，个别的带徒，不如聚在一块儿系统进行学习。

从2003年到2013年，十年间，历经摸、爬、滚、打，在各项比赛当中，王伟明多次获得了大奖。新矿集团组织的技能大赛一般分四大类，采掘电焊工、矿井维修工、钳工修理工、提升机司机，这四个项目王伟明每年都参加，慢慢脱颖而出，得到了领导的高度认可。

之所以能够脱颖而出，一方面靠的是个人干活实在；另一方面，当了班组长之后，王伟明带领矿工弟兄们，在保证安全的基础上，能够多出工作成绩。

2005年的春节，王伟明和师傅改造主井绞车电控系统。那时候全矿的检修人员都回家了，王伟明和师傅利用三天的时间更换了一套绞车电控。三天三夜，王伟明和师傅一直在主井塔上进行改造工作。平时生产的时候是没有大量的时间去检修的，每天有两个小时就不错了，如果有24小时，那就是大检修时间。但若要更换电控，还是来不及。

在主井塔上，王伟明和师傅从除夕夜干到大年初三，工友们轮流回家，主动过来值班，协助王伟明和师傅更换电控，工区也专门安排了人给他们送饭。如今王伟明还记得，年夜饭是吃的鸭子，也算是人生最特别的一个除夕夜了。

对于这种情况，家里人是有点儿意见的。老父亲给他打了好几个电话，他都没有回音儿。一两天之后，把电话打到工区，才得知了具体的情况。回到家之后，王伟明一个劲儿给父亲解释，这是一次非常重要的检修，时间非常紧。这才得到了家里人的谅解。

多年来，妻子对他的印象也是三天两头地值班，家里的事情“再大也是小事儿”，矿上的事情“再小也是大事儿”。

翟镇煤矿的自动化改造也是由王伟明工作室牵头搞起来的。

2013年10月，翟镇煤矿成立了第一个自动化班组。所有的成员都是大学生和青年职工，由王伟明带领，重点解决矿井四大运转系统自动化编程集控、大型设备系统优化及现场技术攻关等方面问题。一开始是进行局部创新工作，有什么问题需要解决，怎样去优化，最后开始改程序，把一些人工操作的系统改成自动控制系统。

在自动化改造的过程中，工作室还编制了《自动化安装、调试技术规程》《集中控制日常性维护措施》等实用教材；开展以师带徒“云课堂”、“五小”创新发布会、绝技绝活展示会等活动，培养出30多名复合型人才，先后完成中央配电所供电系统集控改造、乳化液自动控制系统等创新项目20余项。

王伟明发明了“氩弧焊快速焊接电机转子引线工艺”，创新提出“主提升机PLC故障快速查询法”，有效提升设备运行能力；带领团队先后安装主井提升机闸瓦间隙监测装置、新型恒减速液压站，实现数据在线监测预警；负责井下重介浅槽煤矸分离、井下水净化处理系统安装调试等30多项改造项目，创效上千万元。

而他个人认为，对翟镇煤矿最大的贡献，是在主井提升方面的研究。原来主井提升从动车到停车是120秒，经过多年的探索、优化，把时间缩短到了105秒。绞车单次的运行时间提高了15秒。别看单次提高15秒，好像是微不足道，但是15秒乘以每天的提升次数，再乘以一年的天数，能够节约一大批工作时间，大大提升了煤炭的提升效率。

每年的雨季来临之前，王伟明都会提前组织检修工人，为中央泵房的水泵进行试运行，对降压站所有电器线路进行防尘和防潮湿清扫。对于王伟明来讲，“学习是一辈子的事儿”，他经常把“越努力，越幸运”这句话挂在嘴边儿。

贵州矿业龙场煤矿筹建处综合办公室副主任商金星虽然还不到40岁，但看上去却着实显得有几分“苍老”。

商金星老家是河北衡水的，2004年2月10日入职新矿集团鄂庄煤矿，四个月之后到了贵州。到了贵州矿上之后，商金星一直在办公室工作。间或有同事回家休假，商金星心里也是着急，但是又不好意思说，一直到整整七个月之后，才第一次回家。

那时已经接近春节了。鄂庄煤矿的几位同事去接他，一下车就问：“咱吃点儿什么去？”商金星一本正经地回答：“别的都别说，先给我俩馒头，我先啃着！”这是为何？

商金星第一次到贵州的七个月间，有一个月是冬天，当时大雪封山，矿上吃饭都成了问题。附近的村民都是住在山顶上的，一般都是种植土豆。大雪封山的那一个月，商金星他们已经连续吃了一个月的面条。

贵州当地人不以面食为主，是以米饭为主。但商金星他们提前没有准备好米饭，只准备了面条。有一段时间实在吃不下去了，他们就商量着到哪儿去买点儿大米，但后来经过多方探听，始终也没能买到。只能相互劝说着再坚持几天，等化了雪就出去买。

2006年，商金星到了贵阳，住在项目部上。柏杨农场和煤矿都在贵阳，商金星一直在项目部守着，有时候去跑跑银行的事务。那段时间因为在省会，条件要好一点儿。2010年，柏杨农场开始建设，到了2011年下半年，贵州矿业公司成立。2012年，新矿贵州能源启动，商金星被借调过来。2013年开始整合，整合完以后又回到柏杨煤矿。在这个过程当中，人员逐渐减少，2014年的时候剩下五个人，2015年的时候就只剩下了商金星自己。

柏杨煤矿在2014年施行政策性关闭，当时有三十多人。荣辉煤矿有一个筹备处，好多人调了过去，也有调到其他单位的，并未特意安排商金星留下来。

当他们只剩五个人的时候，陆陆续续走了四个。有两位职工是临时招聘的，另两位去自谋职业。当时的矿领导也和商金星商量，商金星想，假如自己走了，矿上可能会再派一个人来，但是假如派另外一个人来，和当地的关系不一定能搞好，不如商金星在这儿更合适一点儿。

长期以来，商金星和当地老百姓的关系是相当融洽的，比如今天可能不想做饭了，就到附近村里找一户人家去吃顿饭。在相处的过程当中，商金星也感受到了当地百姓的淳朴。

之前商金星在办公室的时候，征地阶段和当地村民没少打交道，每回到了村委会，都会一块儿吃顿饭，喝点儿酒，遇到困难的时候也会相互帮助。当地村民搬家，有时候也会到矿上找商金星他们帮忙。搬家一般会置办“搬家酒”，即使是住三层楼房，从二楼搬到三楼，也是要请“搬家酒”的，矿上的职工过去帮忙，慢慢地关系变得非常融洽。

五个人的时候还不觉得有什么，看着伙伴们一个一个都走了，商金星心里也蛮不是滋味。商金星一度也动过回去的念头，但是看着矿上的东西，他又觉得不能任由这些设备丢弃。

那时候矿上还有一些防爆开关柜、几个变压器，这是大型的设备，还有很多小的工具、零件和一些办公设备。如果丢了东西，作为矿上的职工也是有责任的，所以商金星就暂且留了下来。在矿上，虽然大家都已经离开了，但是商金星仍然会每年对矿上的物资进行盘点。

矿区占地二百多亩。院子里有灯，但晚上巡夜的时候没有手电。为了自卫，商金星始终在枕头边放着一把菜刀。

板房后面挨着一座小山坡。一天晚上睡觉的时候，商金星碰到一件蹊跷事情。因为夏天热，大家都习惯开着窗子睡觉，有一根筷子似的小蛇，爬到了被子上面。幸好商金星醒来得及时，当他看到被子上的小蛇，被吓了一跳，立马抓住被角，使劲儿往外抖去。小蛇撞在窗棂上，很快翻了个个儿，掉到窗外去了。屋内的商金星已经是浑身冷汗。

矿上有一只叫“大黑”的狗，被大家养得胖胖的，走路慢吞吞，肚子甩来甩去。商金星儿子四五岁的时候，曾经来过一趟贵州，刚走到院子里，就被大黑上去扑倒在地，当然并没有咬他，而是和他玩。

工友们都走了以后，大黑和商金星相依为命。但后来，商金星慢慢养活不了大黑了，因为大黑每天要吃上一盆饭，比商金星吃得还多。和商金星一块儿待了不到一年，饿得皮包骨头。

后来无奈之下，商金星把大黑送给了当地的老百姓。

2017年9月，荣辉煤矿的职工郑虎因为妻子生病回了家，商金星替他值班。郑虎回家以后，过了没多长时间，自己也查出了重病。荣辉煤矿清理完之后，柏杨煤矿准备土地复垦。

后来，柏杨煤矿的东西全部运到荣辉煤矿。之前商金星临时找了个人帮忙看柏杨煤矿，晚上住在矿上，有事儿商金星就往那边跑。两个矿相距一百公里，从一个陌生的环境投入到另外一个陌生的环境，比原来更恶劣，没有院墙，一条小路穿过煤矿。

一开始商金星每天晚上提心吊胆。荣辉煤矿当时也有一些遗留的变压器和配电柜，还有绞车，设备不少。当时有了一只手电，商金星就觉得挺幸运了，虽然拿着手电照也照不太远，但是至少能看到大概位置，晚上听见动静就出来转一圈。

间或会有喝多了酒从那里路过的，有的时候一群小孩到仓库里捉迷藏，仓库的门已经朽坏。当地有一个人外号叫"土匪"，有时候来矿上和商金星一块聊聊天。

很长时间商金星都是一个人待在矿上。有位领导对他说，趁着周末，也经常回家一趟。商金星此时在县城安了家，给门口老倪说一声，晚上帮忙看着，自己回家一趟。

荣辉煤矿宿舍的房顶是泡沫板的，墙体是空心砖的；柏杨煤矿是板房，透风撒气，冬天冷，夏天闷热。贵州地方的冬天是湿冷，阴冷阴冷的直往骨头缝里钻。

某一天晚上，商金星看到墙角出现了几只老鼠，后来爬到桌子上。当时商金星就站在床前，但这些小老鼠一点儿也不怕人。看着桌上的老鼠，商金星既欢喜又害怕，喜悦的是见到了久违的活物，害怕的是万一睡觉时老鼠咬自己。

后来几乎形成了规律，每天都有几只老鼠来回穿梭。而商金星，慢慢养成了睡觉不关灯的习惯。以前每三天抽一包烟，后来一个人一天抽三包。孩子已经15岁了，长成了小小少年。因为商金星很长时间不回家，一回去，孩子都认不出他了。妻子让儿子叫爸爸，但是儿子死活不叫。

每次来贵州，商金星都得将春夏秋冬一年四季的衣服备齐。矿上没有办法洗澡，冬天用融化的冰水洗衣服，夏天用雨水洗。

不过，如今的条件已经好多了。在经过了七年的坚守之后，商金星回到了县城，和妻子重新团聚了。但是两口子天天在一起，商金星却不太会说话了，不太会和妻子沟通。晚上睡觉也和妻子分屋睡，因为商金星是一熄灯就睡不着，妻子是亮着灯睡不着。

七年后，矿上清点物品，一件都没有损坏和丢失。

第一救援令

早上6点40分左右，一骑摩托从正通街头右拐，驶向聊斋路。

车上人短发、精瘦，还挺年轻，拐弯的时候下意识地减了一下车速，拐过弯来，又恢复了原速。哪曾想，从右手边密林背后突地蹿出一辆三轮车来，三轮车迅疾右拐，车屁股刚好和年轻人的摩托对撞。

年轻人脑袋一黑，一下踩住刹车，双手紧紧攥住车把。

微胖的中年人紧急刹车，一跃而下，接连两个踉跄，骂骂咧咧地绕到车后，查看情况。

中年人呆住了。

年轻人双脚尖在柏油路上扎着，雕塑一般凝固在了摩托上，指肚粗的一根钢筋穿过脖子，从后面刺出来一拃，血花回流，在伤口积聚，混合着冷汗往下爬……

中年人心里一凉。

矿难者，国难也！

早在《史记·外戚世家》中就有关于矿难的记载："窦皇后兄窦长君，弟曰窦广国，字少君。少君年四五岁时，家贫，为人所略卖，其家不知其处。传十余家，至宜阳，为其主入山作炭。暮卧岸下百余人，岸崩，尽压杀卧者，少君独得脱，不死。"

其后，关于矿难的记载，史不绝书，尤其是煤矿业发达的明朝。

近几十年，科布鲁克矿难、南约克郡矿难、津巴布韦矿难、大牟田三池矿难、山西大同老白洞矿难、丹巴镇矿难……以其死亡人数之多、死难者死状之惨，一直是牵动全世界人民神经的大事件！

新中国成立不久，1953年，在全国范围内成立了九支矿山救护队，淄矿矿山救护大队即其中之一，这也是山东煤炭系统第一支矿山救护队……矿山救援属高危行业中的高危工作，危险时刻与他们相伴。一旦发生事故，别人都是向外逃，而救护队员们却是向里冲，时刻面对着二次漏水、二次爆炸、二次冒落、烈火毒烟等常人难以想象的危险和困难，而且可能随时发生次生事故，危及自身安全。

坐在救护大队培训室，听着刚刚退休的大队长李刚业钢钉一样一个字一个字砸在桌面上的叙述，我们仿佛又回到了很多年前的课堂，窗外，梧桐树在风中轻摇。在这里，李大队长是绝对的老师、专家，作为采访者，做一个认真听讲的好学生，成了我们的本分。

李刚业双鬓微白，虽然已经退休，但看上去也就四十多岁的样子，紫红脸膛写满沧桑和坚毅，几十年的事情藏在心中，条分缕析、清清楚楚。

从1987年入职开始，李刚业挨个体验了救护大队所有的职务，两年队员之后，从小队长到技术员，从技术员到副中队长，从副中队长到总工程师，再到副大队长、大队长，其中一段时间还是党委书记兼大队长。

从普通的救援队员到大队长，他经历了15年的时光。在大队长任上，他干了19年，一直到退休。在他之前，整个救护大队创造了比较辉煌的战绩；在他担任大队长之后，可以说是更上一层楼。李刚业的优势是善于总结经验，形成了一套标准化的流程。在采访中他告诉我们，由全国安全生产标准化技术委员会煤矿安全分技术委员会制定的《矿山救护队质量标准化考核规范》，就是由他们来起草的，也就是说，他们把救援做成了一种“国标”。

口号：招之即来，来之能战，战之必胜！

每天的训练流程：

早晨6点准时起来跑操，5000米。8点上班，练习可燃气体检测仪、热成像仪、氧气呼吸器、液压镐等各类救援工具及设备的操作应用。所有的救援装备都要进行反复操作、反复训练，持续2—3个小时。要求学会快速使用，能够在极短的时间内给遇险者用上仪器。

下午先是一个半小时的业务理论学习，然后搞体能训练。业务学习阶段非常仔细全面，李大队长等经验丰富的老队员会定期分享实战案例，这里面甚至包括大量的医学知识，比如怎样做人工呼吸？这是比较简单的，我们都能想到。复杂的如怎样来固定骨折的胳膊、腿或者更复杂的部位？对于昏倒的人怎样来进行处理，怎样来进行判断？各种灭火器型号、作用、使用方式都是他们讲述的内容。

体能训练分两大步骤：首先是携带装备的10000米长跑，然后是单杠、双杠、仰卧起坐、俯卧撑等项目。

如此日复一日、周复一周、月复一月、年复一年，形成肌肉记忆，在发生险情的时候，根本不用考虑怎样去做，脑袋中自然而然就有了系统性的反应。这让我们想到严密的计算机程序。

李刚业是把救人当成一项神圣的事业来做的。拯救的是生命，付出的代价，稍一不慎，有可能也是生命。以命换命明显是不合适的，不可能通过这种方式让救援队长期发展下去。只有高强度的、形成肌肉记忆的、下意识的精密的应对流程，才可以避免以命换命，才可以用最小的代价赢得最多的救援成功机会。

整个救援队没有集体节假日，轮流值班。轮流值班时时刻保持至少有一个中队可以随时出发救援。一个中队分三个小队，每个小队十个人左右。具体到每位队员，十个当值班、十个带值班，然后可以休八天，无论是当值还是带值，都要保持24小时在岗，并且能够随时出发。

关于“随时出发”，李刚业定了一个标准，叫作“一分钟集合令”。

“一分钟集合令？”只是这个名字也着实让我们大吃一惊。

什么叫作“一分钟集合令”？李刚业解释：“我们有特殊的电铃，只要电铃一响，任何人不管你在干什么，就算是在洗着澡、吃着饭、上着洗手间，一分钟之内必须在救护车上集合。”

“不可能啊！”我们惊呼，“不可能做到一分钟所有人都集合的！”

“我们已经做到了。”李刚业面色冷峻地说。

“怎么做到的？”

“就得靠训练，就得靠管理。没有铁的制度和纪律，怎么可能做到？即使没穿衣服，我们的队员也会伸手抓起衣服先到车上集合，到车上再穿衣服。电铃一响，司机迅速上车，上车就马上开到楼前的集合地点。”

很久之后，我们都难以理解，要经过多少的艰苦努力，才能够做到一分钟集合。

这是奇迹。

70年来，淄矿矿山救护大队三代队员共处理各类灾害事故2400余起，抢救遇险遇难人员2300余人。其中1100余人经抢救脱险，人均5人以上，为国家挽回经济损失3亿多元。最可贵的是，在担负的所有抢险救灾中，他们杜绝了自身伤亡，实现了安全救援，创造了一个个救援奇迹。

淄矿矿山救护大队五次被评为全国先进集体。31次被原煤炭部、国家安全生产监督管理局、省政府、省煤炭局、山东煤监局授予先进集体光荣称号。2003年被国家安全生产监督管理局、全国总工会、共青团中央授予矿山救援特别奖。2004年被山东省委组织部评为先进基层党组织。2005年9月被国家安全生产监督管理局评为全国矿山救援先进集体……

一次次的救险经历，李刚业如数家珍，他给我们介绍了几个真实的案例。

2002年11月29日，临淄镇多家铝土矿发生大面积冒顶事故，8名矿工被困井下。在这起事故的抢险救援中，他们奋战五天六夜131个小时，将遇险矿工全部安全救出。当最后一名矿工安全升井时，急切守候在现场的矿工家属、群众顿时沸腾起来，同声高呼："恩人万岁！共产党万岁！"

2003年11月14日凌晨4点左右，淄川区昆仑镇某页岩矿发生特大透水事故，22名矿工被困井下，生死不明。7:20，他们接到命令火速到达。历经26个小时艰苦卓绝的战斗，22名被困人员全部安全救出……

其中我们觉得最具代表性的，是在井下被困600多个小时的一位矿工，600多个小时，20多天，这个数字已经超出了我们能够理解的极限。教科书上说人在不吃不喝的情况之下，最多能够活7天，那么他是怎样能够坚持到20多天的？

李刚业说："经过大量的救援实践，我们总结出了一件事情，人在井下只要有水，只要有风，基本就可以存活下来。有风不用说，空气是第一位的，那么有水呢？井下的水很多时候一遇到矿难都会掺入一些油污，矿工可以用安全帽把水舀起来，然后通过衣服过滤一下，过滤到另一个头盔里，就可以饮用了。

"怎样才能够不饿死？他们要四处找东西吃。发生危险的时候，最初的两天人是感觉不到饿的。头两天他们会非常惊慌，不停地去寻找生路，各种方式去逃生，因此头两天不用担心饿。两天之后，绝望了，找不到生路，饥饿感才慢慢把人给抓住。第三天、第四天最难熬。肚子饿，没东西，胃疼，疼得在地上打滚儿。

“第四天之后，人会逐渐失去理智，他会抓住身边一切能吃的东西，把它们塞进肚皮，比方说木头，把木头啃成木屑吞下去。衣服一点一点地撕碎吞下去，皮带那都是好的。有的甚至会吃土，把土也塞进去。填了一肚子难以消化的纤维、木料，再喝上水，这时候人慢慢地就没有了饥饿感，可以支撑好多天。

“只要能等到外面的救援队到来，基本上都可以存活下来。没有问题。”

这让我们想到了杰克·伦敦的著名短篇小说《热爱生命》。

曾经有一次矿难事故相当棘手，那是矿井坍塌。矿井坍塌之后，想重新把道路开出来是相当困难的。勉强开出来，也不能保证井下被封住的人的生命。怎么办呢？队员们在一块儿商量方案。

最后，经过实地勘察，他们讨论出一条非常规的救援方式：利用附近一个早已废弃的矿井，横向打通巷道。在打通矿道的过程当中，需要利用炸药。作为一个老矿区，用炸药横向开出巷道，能不能保证安全，这是一个大问题！

救护大队无权做这个决定，只能立马向上逐级汇报。当时的淄矿集团董事长来了之后，经过多方的调研讨论，拍了板：“可以，干吧！”

于是，他们立刻着手下井横向开道，测算好了方位和距离，一边用炸药先导，一边一寸一寸掘进。那是一次艰难的经历，因为要赶工期，工期就是生命，因此在用炸药开巷道的时候，所有的队员都付出了自己最大的努力，没有时间等待硝烟散尽，只能戴着双层口罩一边驱赶硝烟，一边再次爆破。

方案取得了成功，最后被困井下的人全部得救了。

最凶险的一次也就是我们刚刚提到的，在井下被困了600多个小时的矿工，最后也被成功营救出来。救护大队用一个一个鲜活的例子刷新了人们的认知，刷新了救援纪录。

“这不稀奇！因为我们的救援队员和需要救助的人是心连着心的，只靠仪器，做不到如此精准！”严肃的李刚业第一次笑了。

刷新救援纪录最辉煌的行动，是十二年前的一次国际比赛。

2010年11月9日至12日，在澳大利亚乌洛纳市举行的第七届国际矿山救援技术竞赛中，面对来自美国、波兰等10个国家的16支矿山救援队，淄矿救护大队力挫群雄，以团体总分第一名的成绩夺得最高奖，创造了中国自2002年参加国际矿山救援技术竞赛以来的最好成绩，为祖国赢得了荣耀，也让淄矿救护大队名扬国际。

作为中国的代表，淄矿救护大队派出8名队员参加这次国际比赛，李刚业领队。通过具体的考核项目一项一项进行评比，所有的评比都是非常规的，根据自己掌握的知识，全凭自己创造性的决策去解决问题。

在这场比赛中，李刚业印象最深的是其中两项。

第一项，给大腿骨折的人做包扎处理。大腿骨折必须用夹板固定，不然很容易引起二次受伤，造成无可挽回的致命性的伤害。比赛开始之后，队员们围绕伤员开始想办法。手头没有救援工具，于是到裁判那儿去询问，但裁判全部都是说英语，救护大队的队员却没有人懂英语，只能比比画画。

最后写了个条子，裁判指指应急仓库，让他们自己去找。等到兴冲冲拎回急救箱打开，他们又傻了眼，只有消毒水什么的，根本没有最关键的夹板和绷带。

经过紧急商讨，急中生智，他们想出了一个办法。没有夹板怎么办？这个人的另一条腿可以作为夹板！夹板找到了，需要固定。

大腿骨折，理论上讲必须要固定四条绷带。可绷带一条也没有啊，怎么办？救援队的标配，每人有一条雪白的毛巾，当时在场的是六位队员，每人一条毛巾，六条毛巾两两相接，做成了三条绷带，迅速给伤员包扎上。

最后一条怎么办？他们利用了伤员自己腰上扎的皮带，创造性地解决了第一个困难。当他们交上自己的答卷的时候，发现其他队都没有想到这个方法。

第二项比较艰难的比赛是给一位肠子外溢的伤员做紧急处理。肠子流出体外，最担心的是感染，因此绝对不能把肠子塞回肚子内。一般来讲，需要用一个碗，把肠子在伤者的肚腹处扣住，用绷带包扎送去医院急救。

在急救箱里没有碗。怎么办？他们想到了安全帽。对流出肚腹之外的肠子做了简单消毒处理之后，用安全帽扣在伤者的肚子上，用绷带包扎后送去医院。

整个比赛过程当中，淄矿救护大队做到了“零失误”，最后整体评分第一名，获得了冠军。

颁奖酒会上，发生了一个小插曲。

按照淄矿救护大队的一直以来的传统，凡是比赛，第三就算失败，最次也要拿到第二。

在去澳大利亚参加比赛之前，他们预感到应该能够拿奖。于是提前做好了条幅，能够展示队伍的名字，因为他们知道在国际性的比赛上，所有的字幕肯定都是英文。

颁奖酒会进行时，他们也比较紧张，获奖情况是现场宣布，他们并不能确定百分百能够拿奖。

及时拉开条幅的任务交给了张小国。张小国提前做了多次演练，保证万无一失。但是到了现场，他仍然有点儿紧张，不时把条幅从桌子底下拿出来看一看。别的队员提醒他："不要这个样子，万一一会儿我们拿不到名次，你又被别人看到我们准备了条幅，那不是很丢人吗?"这话把张小国弄得更紧张了。

直到屏幕上出现了冠军的名字，他们不认识全称，但他们看到了China，于是上台领奖。张小国瞬间不紧张了，按照提前演练好的，一秒钟把条幅拿出来甩开，拍下了一张珍贵的照片儿。

救护大队一路艰辛，流下了多少汗水？每个人都可以车载斗量。

采访过程当中，我们一直有一个疑问："李刚业作为大队长，是如何能够保证自己的命令贯彻到底的？难道就没有人提出过反对？难道就没有人认为这是一种过于严苛的管理?"如果在其他行业的管理中能够做到如此令行禁止，那么必将能够打造一支支行业铁军。

李刚业说："这并不罕见！在整个淄矿集团，乃至山东能源集团，我们每个部门几乎都有类似的优秀传统。怎样才能够保证队员能够服从命令？很简单，大队长以身作则。所有的灾难，大队长作为'一号队员'永远冲锋在前，所有的命令大队长率先执行，那么队员们自然都能够跟上！"

哦，这个道理说起来太简单了，但是呢，扪心自问，有几个人能够做到这种大队长?

几天之后，同行的韩科长偷偷告诉我一件事情，他说你们是不知道，现在救护大队已经赶赴西安，假如你们来的再早几个月，到现场去感受一下那种氛围，你们就明白了。我去过，那些救援队员啊，在大队长面前给我的感觉就是一个字：怕！又敬又畏！

救护大队也有过艰难的时刻。

李刚业介绍："最困难的那几年，我们有65位队员，但是矿上只给发40个人的工资，另外25个人的工资需要我们自筹。怎么样才能自筹？我们想了各种方法去赚钱，在后院开辟了土地，种菜、养鸡、养猪。按照我们的工作标准，养猪也要养到最好。我们的母猪，下崽儿的时候能下到15头，这是一个惊人的数字。我们怎么养呢？每天都要把猪洗刷得干干净净，把猪舍打扫得干干净净，给它们营造一个赏心悦目的生活环境。在这样的环境里长大的猪，膘肥体壮，精神头倍儿足！”

救护大队的养殖业在省里也出名了，受邀去做经验分享。但是呢，救护大队不以救护著名，以养猪著名，矿领导有点儿不满意，把李刚业叫过去，说：“李队啊，你们这有点儿不务正业啊！”

李刚业讲：“那没办法，我们要解决生活困难嘛！”

幸好这只是一个小插曲，几年之后经济条件慢慢好了起来，李刚业提出要扩充队伍。多少人？至少要150个人。领导嫌多。李刚业讲：“我们虽然是招150个，但能留下多少呢？我们就是招200个，最后也不一定能够留下100个。”

李刚业的话，不幸而言中。

救护大队当时的工资标准非常高，公告一发布，年轻人趋之若鹜，150个名额很快招满。但是不到一个月，一多半儿的人通过各种途径想要调离这个单位。

李刚业苦笑道：“年轻人吃不了这个苦。”

我们借机反问：“你是怎样吃得了这个苦？”

李刚业说：“生命，这是生命的力量。假如一个人经历过拯救了几条生命之后的喜悦，那么他就再也离不开这个工作了。我们从井下把那些矿工救出来的时候，矿工的家属围着我们一口一个‘恩人’。救人是一种使命，是一种责任。人活一生能够救几个人，他这一生无论再苦再累，不白活。

“1976年唐山大地震的时候，我们的前辈曾经去救援，在人民大会堂得到了国家领导人的接见和高度称赞。几十年之后，在唐山大地震中被救下来的那些人，还有不断回来找到我们表示感谢的。

“有一家12口人，只活下来两个，其中一个人被救下来之后，坚持要自杀，活不下去了。直到有人告诉他，他的侄子也还活着，这个人最后才终于活了下来，和他的侄子相依为命。当时他并不知道救他的人是谁。30年之后，他们爷俩找来了，找来之后，见了面第一件事情，就是下跪……”

中年人已经束手无策。

片刻，猛然惊醒，掏出手机拨通急救中心电话，语无伦次地总算说清楚了出事地点，之后呆呆地看着陷入半昏迷状态的年轻人，叫道：“兄弟！兄弟！醒醒啊……”

年轻人重新睁开了眼，看着扎进自己脖子的钢筋，痛苦地思索着什么。过了一瞬，他对中年人说：“钢丝钳，拿钢丝钳，截断钢筋，截断钢筋！”

中年人一开始没听清，还以为年轻人在说胡话，待年轻人重复了两遍，他终于行动起来，奔到车头，七手八脚地从工具箱里找到了钢丝钳。危险和意外的惊惧给了中年人从来没有过的力气，他双手抓住钢丝钳，狠狠地朝钢筋绞去，一绞、二绞、三绞……钢筋断成了两截。

救护车来到了！

昏迷之前，年轻人还来得及看清医生的白大褂。

年轻人活了下来。他的生命也是被救护大队所救，但是和其他被救的人不同的是，他本身就是救护大队的一员。作为救护大队的一员救下了自己。当时情况万分危急，血流如注，假如没有经过日复一日、年复一年高强度的体能训练，假如没有经过日复一日、年复一年救援知识的学习，我们可以肯定地说，他不会活下来。

最高的救援是自救。

是否可以说：救护大队是整个行业的守护者，它所代表的精神，是山东能源集团能够迅速崛起、壮大的基础和力量！

鲁黔文化结硕果

2023年初春，我们来到贵州安晟能源有限公司采风。座谈片刻，孔庆军总经理便指着西边说，建议你们到青龙煤矿走走，那里有典型的人、典型的事，特别是有一个鲁黔文化融合的故事。

冒着刺骨的寒风，顶着淅淅沥沥的小雨，翻越座座高山，驱车一个多小时，我们来到青龙煤矿。

站在我们眼前的这位中等个头，微胖，脸上挂着憨乎乎的笑，但眼眸投射出睿智的光芒，他就是贵州安晟能源公司青龙煤矿副总经理杨佳鑫。

杨佳鑫出生在黔西毕节威宁县，是地地道道的贵州人。他毕业于贵阳煤校，后来该校并入贵州工业大学。杨佳鑫说："过去贵州老百姓对煤矿的认知都是比较传统的，认为是'地下小煤窑'，一个是累，第二是环境差，第三安全没保障，有危险，经常出事，所以父母一开始不同意我来煤矿上班。"

当时的农村人比较尊重教师，杨佳鑫报考的时候不是报考的煤炭专业，报考的是师范类专业。阴差阳错，教师专业没录上，调剂的时候调整到煤矿专业。

2003年毕业之后，兖矿进入贵州开发，杨佳鑫当时是在贵州工业大学被招聘的第一批学生。毕业的时候杨佳鑫感觉到，山东是比较发达的地方，兖矿是国内一流的企业。黔西公司当时名为黔西能源开发有限公司，到贵州工业大学宣传时就是这种情况。

2003年7月，杨佳鑫来到兖矿贵州黔西公司青龙煤矿。刚去青龙煤矿不久，领导便派他去兖矿东滩矿学习。四个月后，他又去了杨村矿学习。在山东的7个月，对他一生影响很大，用他的话说：“山能的文化，齐鲁的文化，够我受用终身。”

由于地理环境和观念文化不同，贵州人习惯于休闲，慢节奏生活。而日后，齐鲁文化逐渐深入杨佳鑫的骨髓。

第一是“担当”文化，这点在矿上体现得非常到位。用文化领航，用文化激励人。说到担当，杨佳鑫好像有一肚子的话要讲。他说：“实际上可能我们过去还没有进入职场，不是很了解怎么担当，进入团队之后，看到我们的领导，在创业过程中针对遇到的问题、困难，彰显出了担当和执着。这让我作为一个从学校毕业走入职场的青年感慨万千。”让杨佳鑫记忆犹新的是，他平生第一次到井下。兖矿东滩矿在地下800米，当时他们去的工作面属于一个孤岛面，矿压比较大，井下巷道的压力也比较大，走到端头之后，听到顶板有“哐哐哐”的声音。一听到声音，我们三个同学一块赶紧往外跑。跑出来好远，杨佳鑫回头一看，老师纹丝不动。老师们都没跑，老师说不要怕，它属于正常的抗压活动，安全保护都是没问题的，放心就好了。

第二是“创新”文化，或者叫“历练”文化。在采煤队的时候，杨佳鑫一开始是管机电，机电是自己熟悉的东西，长期跟检修班。后来突然安排到生产班去盯生产，一开始不是很理解，感觉机电干得挺好，到了生产班之后，环境不一样。煤矿有个特点，检修班主要是检修系统、检修设备，环境要好一些，到了生产班环境要差一些。

过了一段时间之后，杨佳鑫发现，这是让你不仅懂机电、懂系统维护，领导还要让你去了解生产上的工艺，这对个人的成长非常关键。在生产干上几个月之后，你会发现，原来对整体的理解是有局限的，到生产上全面了解之后，豁然开朗，对你的整体工作能力是一种提升，素质也跟着提升了。

杨佳鑫感恩这个平台，从最底层的电工干起，到电工班长，后来一步一步到办事员、技术员，最后到工区任副区长，从采煤调到机电干副总工程师，从副总工程师又到了生产上。从杨佳鑫的整个成长过程可以看到矿上对人才培养的思维和路径。这种理念就是让你到不同的岗位上去历练、去锻炼，能够全面了解企业的各个不同系统、不同环节的实际情况。

在山能文化日积月累的浸润之下，杨佳鑫的目光眼界跃上了一个新的台阶，也走上了副总经理的领导岗位。然而，杨佳鑫始终不忘自己曾是一名普通的矿工，“以身作则，以上率下”是他的座右铭。

俗话说，打铁必须自身硬。作为一名管理者和基层单位的带头人，在管理上要行，技术上要懂，实干上要能，干起工作来腰杆子才硬。瓦斯治理是采煤工作面的一项重要工作。机电专业出身的杨佳鑫对于瓦斯治理方面的知识颇感欠缺，工作中或多或少有些伸不开手脚。杨佳鑫暗下决心，一定要把瓦斯治理的专业知识学到手。

他努力到现场学。每次矿上组织的“一通三防”检查他都“全程陪同”，认真听取检查人员对现场问题的整改意见和方法要求，对于不明白、不会做的，他就现场咨询，非搞明白了不可。带着问题学，对于现场中经常遇到的各种问题，专门请教有关部门的技术人员或专家，直到从理论上和技术上都搞清楚了为止。向书本、制度学，尤其是上级和本公司制定的瓦斯治理的有关文件，适用性、针对性都比较强，学起来实用、管用。各级公司组织的瓦斯治理培训班他都积极参加；办公桌上摆着瓦斯治理的管理制度，没事的时候随手拿起来就学。功夫不负有心人，很快，工作面瓦斯治理的有关技术他就都能掌握和应用了。

几年的工作实践，杨佳鑫明显感觉到知识层次和知识面的不足，还需要进一步深造和学习。他先后报考了贵州大学采矿工程专业专科、本科，利用业余时间函授学习。经过六年的努力，顺利取得了专科、本科毕业文凭。回想这六年的求学历程，他颇有感触。职工们说他经常眼睛发红，面带倦容；妻子说他一点儿家务也不做，对孩子管的也少了，有时回家都是一种奢侈。杨佳鑫说："通过函授学习，我学到了很多的东西，思路开阔了，知识面也宽了，基础知识更扎实了；在区队工作，经常值班、跟班，办公开会、早起晚睡，还要抽时间学习确实不容易，有辛苦，也有牺牲，但我觉得值。"

2023年2月，回采工作面因地质构造影响，区域消突不达标，工作面必须停产，采取浅孔抽采局部防突措施。由于空白带范围大，钻孔施工时间长，还有移动钻机以及管路的连接与撤除，瓦斯治理的每个循环下来需要将近4天的时间，工作任务、月度计划怎么完成？面对这种困难局面，杨佳鑫坐不住了，他连续一个星期不回家，不是现场考察，就是组织生产骨干讨论，为了验证某个问题，有时一天要下几次井，探讨缩短瓦斯治理循环时间的办法。通过反复酝酿，他们采取将抽放软管、多通固定在支架上的办法，省掉了每个循环都要撤除、安装抽放软管的工序，仅此一项每个循环节约一个小班的时间。同时，在采煤工作面合理穿插工序，先采工作面需要钻孔抽放的部位，在抽放瓦斯时再采剩余部分，最大限度地实行平行作业，成功将工作面瓦斯治理循环时间由11个小班缩短到了3—4个小班，大大提高了工作面推进速度，有效解决了制约生产的难题。

杨佳鑫就是这样，以坚韧不拔的精神、兢兢业业的态度、踏踏实实的作风，自觉接受着艰苦工作的历练，实践着对党的事业的忠诚，为兖矿对外资源开发战略的实施作出了突出贡献，赢得了公司领导的高度评价和广大职工的普遍赞誉。青龙煤矿也获得了许多荣誉：国家级的标准化矿井，国家级的智能化矿山，国家级的绿色矿山……

魂系沂蒙的第一书记

在鲁西矿业，我们听宣传部张红芳部长谈到了一个令人潸然泪下的人物，他就是临矿集团原扶贫办公室副主任刘建光。从头到尾，张部长的眼里都闪着泪花……

1971年6月，刘建光出生于山东临沂，祖父曾是淄博矿务局洪山煤矿矿工，1951年被评为山东省“工农兵劳动模范”；父亲曾任临沂矿务局总厂副厂长、供应处处长。1991年，踏着父辈的热血，刘建光扎根煤矿，历任山东能源临矿集团鲁北公司副经理、鲁北煤炭配送基地公司副总经理，临矿集团安全技术培训中心副主任。

2016年刚刚过完元宵节，刘建光去济南出差，路上接到临矿集团组织部门的电话，通知他第二天到临沂市委党校报到，参加为期一周的全市第三批第一书记培训班。

在七天的培训过程中，刘建光认真学习习近平总书记关于扶贫工作的重要论述和党中央决策部署，对党和国家关于“三农”工作的理论、路线和方针政策有了较为深入的把握和理解。对“第一书记”这个特殊身份也有了更加全面清晰的认识。

带着这次学习和深入思考的成果，刘建光开启了四年的扶贫征程。

3月，刘建光来到临沂市兰陵县鲁城镇刘家郭村就任驻村第一书记。因为家境比较殷实，刘建光从来没有体验过农村生活的艰难。而在农村担任第一书记，也意味着要离开条件优越的机关，放弃城里舒适的生活，牺牲陪伴家人的时间。但是刘建光也深深知道，作为一名共产党员，关键时刻必须“舍小家顾大家”。

第一次来到刘家郭村，刘建光就被村名吸引住了，因为同行的另一位书记刚好姓郭，名郭圣刚。

刘建光打趣道："老兄，看这就是咱俩要帮扶的村儿，刘家郭村，你我也是刘加郭组合！"

郭圣刚也非常兴奋："是啊，来得早不如来得巧。"

刘家郭村位于匡王山的半山腰。1958年政府发动修建会宝岭水库时整村搬迁过来。原来是在匡王山的山脚之下，由于在一个盆地之内，形状特别像一口锅，而全村住户都姓刘，遂取名"刘家锅村"，后来逐渐演变为"刘家郭村"。

行李还没有安顿好，两位书记就直奔村"两委"办公室，召开驻村见面座谈会。

在聊天的过程之中，村党支部书记刘成林看着刘建光越来越好奇，问道："刘书记，你是临矿集团的，向你打听个人，你认识刘春祥吗？"

刘建光一愣，脱口说道："那是我父亲啊！"

"你老家是赵家坝村吧，门口是不是有一棵老槐树？"刘成林继续问道。

"对呀，你怎么知道？"刘建光愈发惊奇。

"原来你真是刘厂长的儿子！"刘成林喜出望外地说。

原来，山东能源临矿集团的前身是临沂矿务局，作为根扎沂蒙大地的红色国企，1986年开始帮扶贫困农村建设。20世纪80年代末90年代初，刘建光的父亲刘春祥担任临沂矿务局总厂副厂长，热心参与扶贫事业，主抓对刘家郭村的援助，给当地人留下了深刻的印象。哪曾想到30年之后，儿子刘建光也来到了同一座村庄，继续推进扶贫工作。

有了这份"子承父业"的情结，刘建光对这片土地更加倾心。

父亲30年之前就做过大量的工作，而直到现在这里仍然没有脱贫，这让他陷入了深深的思考。

刘家郭村山清水秀、风景宜人，全村有200余户600余人，土地多由开荒而来，大多数非常贫瘠，人均耕地还不到半亩。截至2016年第一书记驻村前，村里一无所有，属于典型的山区、库区贫困村。年轻人都外出打工，另谋出路。村“两委”班子也是涣散不齐。

面对村里的情况，刘建光急得整夜睡不着觉，绞尽脑汁，苦苦思索办法。经过一番思考，他认为首先要从修路开始，带领村民走上脱贫发展之路。

在他的鼓动策划之下，第一书记工作组立即向省、市、县有关交通部门提出政策申请，也向临矿集团领导申请汇报，得到了全力支持，项目资金和建材很快到位了。村民们大喜过望，奔走相告。

但是，也有部分村民放出风来：修路是好事儿，不过不能砍树、占门前的地，要不村里就得赔钱。对于这些不愿意砍树的村民，两位书记三番四次登门拜访，解释修路的好处。有一些村民不愿意填埋地瓜窖，他们赔着笑脸儿上门，软磨硬泡，直到说服为止。对于几位不让在门前动工的老人家，他们提着礼物去探望。

就这样，他们带领村干部遍访了全村所有的农户，召开了数十次大大小小的会议，终于说通了全体群众，赢得了广泛认可，修好了两千多米宽敞平整的穿村路和生产路。

路修好之后，村民高兴极了。有的说：“俺家住在半山坡，都几十年了，出趟门，回个家，比登天还难。这下好了，路修到了家门口，俺要好好感谢两个书记！”还有的说：“一脚油门儿就到了自家田里，又一溜烟往家里倒腾收成，上门收这收那的也说到就到。这些年，咱们受穷受苦，都是让这路给憋的！”“原来，谁家有个红白喜事——进去出不来、出来进不去。现在方便多了，锣鼓唢呐一响半个庄！”

修路、改厕、路灯安装、饮用水净化、基础设施改善等一系列工作继续推行下去。两位书记东拼西凑争取资金，给村里打了八口灌溉水井，为之后的种植打下了坚实的基础。

刘建光和郭圣刚发现，刘家郭村虽然耕地匮乏，但是山体开阔、光线充足，非常适合发展清洁能源。于是，他们主动与县里的有关部门联系对接，为村里申请建设了光伏发电，首期便完成了40千瓦光伏发电扶贫项目的建设。刘建光趁热打铁，又向临矿集团申请了15万元的帮扶资金，进行第二期20千瓦光伏发电项目的扩建。所有的光伏都和国家电网并网发电，每年发电的收益七万多元，26户贫困户全部精准脱贫。

面对村里劳动力大量流失的情况，两位书记因地制宜，发展起了适合本村条件的养殖业、种植业以及手工制造业。2016年5月引进了草编加工项目，联系山东煤炭技师学院入村，对六十余人进行了培训。帮助申请小额扶贫贷款，提供了务工的机会。还组织党员、村民代表和致富能手二十多人到费县电商工业园取经学习，让大家走上了主动创业、各显其能的新门路，十几名外出务工的村民陆续返乡就业、创业。

“农村富不富，关键看支部”，党的领导是老百姓的灯塔、航标。两位书记驻村的前两个月，每次召开党员大会或者村民大会，村民有的自带马扎，有的干脆往台阶上一坐，抽烟的、嗑瓜子的、闲聊天儿的，秩序非常混乱。他俩找到村支部书记刘成林：“火车跑得快全靠车头带，‘两委’班子战斗力提不上去，党员示范带动作用发挥不出来，就会拖住脱贫发展的后腿。”

刘成林也非常着急：“这现状俺也急得慌，也想改变，可是狗吃刺猬——不知从哪儿下口。”

刘建光经过分析发现，村“两委”干部年纪偏大，文化程度不高，思想观念相对来说比较传统，少了一股子想干敢干、敢闯敢拼的劲头，所以必须要建强班子，带好队伍。

于是，他们制定了加强党组织建设和发展党员、培养后备干部的具体规划，召开党员大会，推选一名党员发展对象，确定了四名入党积极分子，逐步健全完善“三会一课”、财务管理、党员议事等制度，促进村级事务的规范高效运行。

村“两委”的办公场所年久失修，已经非常破旧，党员学习活动只能轮流凑到每个人的家里。于是两位书记决心打造一个综合社区服务中心。

他们协调兰陵县供销社，获得了10万元的专项资金维修办公楼。社区服务中心的内部配备还没有，他们连夜起草购置办公用品的申请，向临矿集团党委组织部部长何祥成反映情况。又由何祥成向集团党委做了专题汇报，得到了临矿集团党委书记、董事长刘孝孔的大力支持：“作为红色国企，我们要发挥企业优势，助力脱贫，为全省早日打赢脱贫攻坚战贡献力量，树立好临矿的品牌形象。”很快，临矿集团捐赠的电脑、打印机等办公用品就到位了。

有一次，在参加献爱心活动的时候，刘建光认识了民营企业家、兰陵县万家福超市的总经理吴俊清，两个人一见如故。在刘建光的热情邀请之下，吴俊清主动和刘家郭村结对子，多次伸手援助。

2017年10月，刘家郭村社区服务中心落成并投入使用。除了提供行政办公、社区医疗等民生服务之外，还设立了村民文化活动中心，有了阅览室、放映室供村民使用。不定期举办各类的知识讲座、技能培训。还修建了两处千余平方米的健身活动广场，配置了健身器材。

村民刘成利说：“以往种地都是凭经验，但是种植新作物，就丈二和尚摸不着头脑了。这下好了，第一书记给俺们送来这么多好书，有啥不懂的，到这里一看就明白。农闲时，来这儿充充电、加加油，感觉知识面更广了，眼界更宽了，脑瓜更充实了，日子更有奔头了。”

在工作推进的过程之中，两位书记也发现了一个非常严重的问题，就是村“两委”成员依赖症比较严重，大小事情都习惯于找他俩询问，等答案、要思路，缺乏自主意识。

作为第一书记来说，“帮扶”是核心工作，“帮钱帮物不如帮助建个好支部”，刘建光想，必须要扭转村“两委”成员的等靠思想，强化村干部的主人公意识。

结合“两学一做”学习教育常态化、制度化主题党日活动，两位书记组织党员干部进行了政治理论学习，商讨党务村务，研讨脱贫措施，激发自我加压、破解难题的斗志。在刘家郭村驻村帮扶期间，两位书记共召开“两委”会会议86次，党员大会22次，学习先进典型8个，培训“两委”干部党员482人次，党支部战斗堡垒的作用和党员先锋模范作用显著增强。

两位第一书记卸任后，刘家郭村党支部书记刘磊带领班子自力更生、奋发作为，完成了户户通用电改造、饮水安全、美丽乡村建设、300亩金银花基地建设等多项工程，让刘家郭村从全镇垫底的“三类村”一跃成为“一类村”。

老父亲刘春祥听刘建光说了当年村子的新变化，不顾年纪老迈，故地重游。

见到了老支书刘成林，刘春祥非常动情地说：“当年你还是小青年呢，是村支部副书记，现在咱们可都老了！”

“当年你给俺村通了电，让俺们从几百年的黑灯瞎火中走了出来，如今建光又给俺村通了路，还干了那么多大好事，建光建光，你父子俩真是让俺们见了大光的‘贵人’啊！”老支书夸道。

如今的刘家郭村已经成为魅力非凡的旅游胜地，村民们分享着党的惠民政策带来的幸福生活，可是这一切刘建光却再也看不到了……

派驻第一书记，致力富民兴村的举动在山东能源集团并不罕见，比如在枣矿集团，可说是广泛动员，结对精准帮扶。

来自柴里煤矿的胡安奇，2021年10月28日被枣庄市选派到薛城区周营镇铁佛村担任乡村振兴第一书记。派驻到村当天，胡安奇就住在村委会，白天走访入户，在田间地头、街头巷尾与党员群众交流调研，一边宣传政策和了解情况，一边征求乡村振兴的意见和建议。

对于村民反映的各类问题胡安奇一一记录在册，晚上加班整理汇总。每日按时填写驻村日志，帮助派驻村制定两年乃至长期的乡村振兴发展规划，努力把村民期望的事情，变成自己要干的事情。

借鉴枣矿集团柴里煤矿成熟有效的党建工作经验，胡安奇带领村两委班子创建了独具特色的铁佛村“1+1+N”党建项目。

“1”即村两委党员班子成员作为主联责任片区联系负责人，负责联系片区内各党员的日常学习、联系、服务、督导等工作；“+1”即责任区内按照居住范围，确定每栋楼房或局部居住区域有一名主联党员先锋岗，负责包保联系、宣传、引导、帮扶和服务岗内群众；“N”即党员先锋岗内若干职工群众，党员包保农户，定期走访调查，实现党员联系服务群众全覆盖。

经过半年多的实践运行，先锋模范作用得到充分发挥，党支部的基础堡垒作用更加巩固，给后续的一系列脱贫行动打下了扎实的根基。

在胡安奇的策划下，村里先后对村蔬菜市场南侧常年闲置小屋21间，包含周营镇联通公司常年占用1间，经上门洽谈予以收回，公开公示进行承租，每年为村增加收入4200元；联系临城法律事务中心，对村内原铁西村大队部旧址公开竞拍出租，每年为村增收7900元；沟通村蔬菜市场承包人，最终为村争取每年提高租金5000元……

发展边角经济是拓宽增收渠道的重要一步。胡安奇带领村委和部分党员、群众到山亭区北庄镇洪门村、水泉镇棠棣峪村、滕州市柴胡店镇安后村等地现场学习。针对村内缺少绿化的实际问题变换思维发展村级边角经济，在村中心街和部分缺少苗木的花池内种植巨峰新品种葡萄树约400棵，安设高标准支架360米，全部承包到户，预计果树长成后每年可增加村集体收入5000元。创新蔬菜种植销售方式，以村党组织领办合作社为主导，开启蔬菜销售集采集供模式，与大型公司和客户洽谈获取订单，采用蔬菜原产地直供方式，去除中间商贩环节，实现了合作方与种植户的共赢。

不只做事情出色，胡安奇本人也非常传奇，他有一个广为人知的绰号——“献血状元”。胡安奇坚持无偿献血二十多年，累计献血量5.8万毫升，相当于14个正常人血液量的总和，平均每年献出全身近一半的鲜血，按一般手术用血需要400毫升计算，胡安奇的献血数量意味着大概有145个人的身体内流淌着他的血液。先后获首届全国百名优秀青年矿工、五次荣获国家级无偿献血奉献奖金奖、第二届感动枣庄十佳人物等荣誉称号。

回到鲁西矿业。刘家郭村的工作步入正轨之后，刘建光和郭圣刚又匆匆赶往洪沟村担任驻村第一书记，继续将建设刘家郭村的先进经验运用到贫穷落后的洪沟村中。

在洪沟村，他们先是推行了平衡会工作制度。每天下午6点农活结束后，第一书记和村“两委”成员碰头，梳理当日的工作，查缺补漏，确定第二天的重点工作。他们带领村干部对确定的工作任务建立台账、挂牌督战，梳理一件，办成一件，销账一件。

党员肖明岭说："说实话，刚开始组织这个平衡会，我挺排斥，干了一天活够累的，晚上还要去开会，开会能把钱开来？可是硬着头皮参加几次之后，发现开这会还真管。把大事小情都放到台面上，把困难和问题都摆出来，让大家都出主意想办法。"

村北的主干道上，经常有村民晾晒的各种秸秆和牲畜粪便，严重阻碍交通，也污染了环境。为了解决这个问题，两位书记带着村"两委"成员召开了现场会。

会后大家很快行动起来，推小车的、开手扶拖拉机的、拿铁锨的，开始了大清理，两位书记也抄起了扫把，加入奋战当中。

洪沟村始建于明朝，原名"横沟"，因为村里有一条又深又长、横贯东西的大河沟，直到20世纪80年代后期也没有得到有效的治理。一到雨季，沟内洪水泛滥，村里被淹得一片汪洋，晚上村民都不敢出门，生怕失足掉进沟里，因此更名为"洪沟"。

河沟两岸是村民的自建房，沟沿两侧是村里的两条交通要道，非常狭窄，一到雨天就非常泥泞。2018年7月的一天，洪沟村下起了瓢泼大雨，接连下了好几天。为了保障村民的生命财产安全，两位书记带领村干部轮流值班，24小时不间断巡查。

事情过后，两位书记决心要把村里的道路打通。

为了筹集到资金，刘建光拜访了临沂一位出身洪沟附近村庄的集团总经理，募捐到了28万元建设款。两位书记通过与省、市、县有关交通部门申请，争取到了修路专项资金80万元和市财政"一事一议"资金20万元，又协调临矿集团、沂水县三众集团共同捐助40万元。刘建光甚至从在济南工作的老同学中又筹集了20万元，终于凑够了铺路修桥的资金。

刘建光求爷爷告奶奶募集资金的事情在熟人和朋友中间传开了。有人也劝他："建光兄弟啊，你这是何苦呢，办公家的事，动用自己的人脉，办成吧，不仅没人领你情，你还欠一屁股人情；办不成吧，怪丢人，下次见了都难为情。收收手吧！”

刘建光笑了笑：“给自己办事，我脸皮子薄，犯不上求人，给百姓办事，我就厚脸皮了，咋着？我愿意，把村民的事儿置办好了，我才心安理得！”

修路的资金筹措到手之后，还有新的难题：拆迁。迁坟、拆房、改门修院，牵扯到沿路的不少农户。部分村民宁可不修路，也不允许破坏自己门前的一草一木。

村干部们一筹莫展。两位书记带着村干部一户一户人家去劝说，嘴皮子都磨出了老茧。刘建光又请了老朋友万家福商贸公司的吴俊清一块儿帮他说话，让村民们从思想上认识到修路的重要性。

在迁坟的过程当中，两位书记付出了巨大的精力。特别是在修建南北走向的主干道时，有一户的两座祖坟横亘在路中央。这户人家是单门独户，两位书记多次上门劝导，主人横竖不同意，修路工程一度陷入了僵局。

刘建光打听到，户主的叔叔住在另一个县，带着村干部带上礼物专程去拜访。叔叔很感动，专门派了户主的堂哥赶到洪沟村劝说，最后终于将户主说服。

道路在磕磕绊绊、千难万阻中终于修通了。新路修通之后，刘建光和郭圣刚开心极了，他们对待新路就像自己的儿女一样，特别怕磕碰，怕被超重车辆碾压，决定在进村、出村口设立限高门。

制作公司报价1万元。但是刘建光和郭圣刚非常犹豫，他们想要为村里省下每一分钱，为村民多做一点事儿。于是，他俩决定自己动手制作。

开工的那天，现场有不少村民都围拢过来，看着他俩笨拙地抄着焊枪轮番作业，焊花飞舞，降落在他们手上、身上。一开始还有很多村民在笑，但是后来看着看着，好几位村民都流下了眼泪。

当他们落泪的时候，两位书记却绽开了笑脸。

路修通之后，接下来是发展产业。

洪沟村先天条件比较差，农作物种植模式相对单一，村民们没有集体收入。于是两位书记立足实际，充分考察了当地的土质与种植条件之后，和村“两委”商议改变种植模式，发展中草药种植。

两位书记多次和临沂罗欣药业公司联系，邀请公司领导、专家入村考察土质和种植品种，确定种植项目。之后，采取订单式种植丹参80余亩，签订了自2019年起的种植回收协议，每亩收入比种植传统农作物高1000元，极大调动了村民种植的积极性。

从这儿开始，逐步打造了一条从中草药种植走向集约化、品牌化的村民致富路子。就在刘建光去世的前一天，他还催促郭圣刚：“抓紧组织人员到丹参地拔草，签订合同，一天一结算。不能再耽搁，伏天一到，草一疯长，就把药苗给吃了。”

62岁的赵子正对于刘书记一点一滴的付出都看在眼里：“成天泡在丹参地里，闲不住，俺每次都喊他歇一歇吧，这样干身体哪受得了，看着怪心疼，他可是个细皮嫩肉的城里人啊！干这么重的活，吃饭还吃不好，俺跟他们说来家里吃，他们摆摆手，转身到小卖店吃泡面。”

丹参比较值钱，刘建光担心有人盗挖，经常半夜起来去地里巡查。有一次一不小心掉进沟里，摔得浑身是伤，脚肿得像面包一样高高鼓起来。

除了中草药种植之外，两位书记又借鉴外村的经验，针对村里390亩苹果园和大棚蔬菜拉长产业链，计划建设储量400吨的智能恒温库，启动果品蔬菜生产、冷藏、销售“一条龙”产业链条，可大大提高产品附加值。另外，水库改造承包、联合开发大棚、增收车间等项目也都一一启动。

两位书记还筹措了10万元为洪沟村建起了两处1000平方米的文化广场。六一儿童节前夕，协调临矿集团资助6000余元为全村6—12岁的儿童90余人赠送了书包、文具等学习用品。每年的中秋节、春节，都给全村60岁以上的老人及建档立卡的贫困户发放米、面、肉、棉衣等慰问品。

他给村民带去了温暖，没想到的是，自己却突然撇下他的村民们，过早地走了。

这位钢铁汉子，当死神悄悄按下倒计时键，他仍然坚守在岗位。

2020年7月6日：上午参加沂水县委党校乡村振兴讲座，下午向所在镇党委书记和镇长汇报工作；

20:30，组织洪沟村“两委”成员研究合同签订和资金支付；

22:30，回到宿舍，和郭圣刚商量丹参地除草事宜；

23:00，催促郭圣刚休息，说自己还要整理审核资金付款明细。

2020年7月7日7:30，经郭圣刚发现，刘建光已昏迷不醒，左手边还放着前一晚的会议记录……刘建光经送医抢救无效不幸殉职，年仅49岁。

得知刘建光去世的消息，妻子急急忙忙赶到洪沟村。满村的父老乡亲都挤上前来，想安慰安慰她，但一张口就哭成一片。

“可心疼死我们了。他来俺村，抛家舍业，给村里出了多大的力呀，受累不说，连饭也吃不好，这么年轻就走了……”

“早起晚睡、加班加点成了家常便饭，村里没有他转不到的地方，一旦有了建设工程，就全天候上阵，有时接连一个多月都不回家。他用实打实的行动和成绩单，感动了每一位村民，成了俺村的‘自家人’、好伙计……”

刘建光去世的消息很快传到刘家郭村，村民都难以置信。

83岁的村民刘泽亮指着自家一台32英寸液晶彩电：“这还是刘书记送给俺的呢，这几天一看电视就想哭。俺以前吃地瓜干的时候哪想到还有今天的好日子，都是因为有了刘书记这样的扶贫好干部、好党员，俺们才越过越好。”

刘成林老泪纵横：“前一阵父子俩还来村里呢，东转西转，舍不得走。真是天不长眼，让俺老白头送他黑发人，心里疼得慌啊！”

2020年7月16日上午，“为国为公鞠躬尽瘁攻坚好书记，爱党爱民呕心沥血脱贫领路人——刘建光同志告别仪式”在临沂市殡仪馆举行。

挽联高悬，刘建光的遗像摆在正中，赶来送行的二百多人依次缓缓向前吊唁，神情悲戚。一只只花圈肃立两侧，寄托着人们心底的哀思。

临沂市委组织部、扶贫办领导，沂水县委、县政府领导，县扶贫书记代表，帮扶村代表，驻村第一书记，刘建光生前所在单位山东能源临矿集团代表……纷纷前来送别。

刘建光的女儿一时间难以走出失去爸爸的残酷现实，在山东省委宣传部2020年8月举办的“中国梦·新时代·话小康”百姓演讲比赛中，她的深情告白让现场观众潸然泪下：

可我，还是时常梦到爸爸，他说：

“闺女，你成家了，我得去给你看孩子，我不挑不拣，做饭、当保姆，一分不收，只要带着我就行。”

“闺女，今天回家吃饭吧？西红柿炖牛腩。”

“闺女，教教我这个软件，我在设计入村景观。”

“闺女，上网给爸买个锅，村里老赵家的锅坏了。”

到如今，我从没感到爸爸已经走了，推开门还是他忙碌的身影……

爸爸，他还在扶贫的路上！愿爸爸的天堂没有贫困。

煤田，也能成为艺术的土壤？

在山东能源所属的煤矿转上一圈下来，其中印象特别深的，是矿上对职工的业余文化生活都非常重视。当然，除了业余的之外也有专业的，新矿集团翟镇煤矿的丁风文和兖州煤业鲍店煤矿的于明波是其中两位杰出的代表。

先说丁风文，现在是翟镇煤矿的工会副主席，是两项非物质文化遗产传承人，一个是山东柳琴，一个是得胜盘鼓。

丁风文今年五十岁，老家离矿上四十公里，基本在矿上居住为多。技校毕业之后，1991年分配到翟镇煤矿。当时翟镇矿还没有投产，三年的实习期正好赶上矿井的建设期。建设期当然条件相对来说比较艰苦，荒郊野外，非常荒凉，办公楼前当时还是一些砖窑，破破烂烂的，杂草丛生。现在食堂的所在地当时是一个大坑，死水一潭。

离丁风文家比较近的煤矿是禹村煤矿。毕业后的第一选择当然是离家比较近的煤矿，但当时禹村煤矿资源已经枯竭，马上面临关闭，是一个处理矿井。禹村煤矿的人员要向外分流，调拨到新单位，这也是新矿集团当时的规划。因此当时的翟镇煤矿也负担着一定的分流责任和建设新矿集团千万吨局的大任。

丁风文从小就比较喜欢“吹、拉、弹、唱”，家里有这个传统。丁风文的大哥喜欢河南豫剧，豫剧里要边打鼓边唱戏，丁风文的大哥就担任着“掌鼓板”的角色，“掌”有掌握整个乐队的意思在里面。黄岩出土的北宋戏曲砖里面有“执节者”砖刻，“戴冠，博衣，束带，袖管结束，右手执一竿扬于头上，左手提一号角形状的器物于腰下，其眼角上挑、嘴角微笑、身姿后仰，神情飞扬地陶醉在激昂的音乐当中，衣袂随之飘舞，像是翩翩欲上高天仙界”，属于传统文化里面的精髓部分。

姐姐也喜欢唱戏，对于古典曲目《卷席筒》等非常熟稔。丁风文上小学、初中的时候，每天晚上家里都要排戏，排完之后，挨个村去演出。一开始丁风文只是跟着大哥、大姐去凑热闹，慢慢地受他们的影响，耳濡目染也喜欢上了文艺。当然作为少年人，那时候他最喜欢的是唱歌，更多是唱流行歌曲。

直到现在，丁风文还记得一帮人抬着演出道具，在黝黑的乡下赶路的情景。和他一样的几个小孩子，围绕着队伍，跑前跑后、跑着跳着。那是一段欢乐的时光。

在学校，丁风文立刻成为文艺表演的主力，每逢学校里组织文艺汇演，老师总会派丁风文出场。而丁风文的表演总能一次次让大家眼前一亮，博得阵阵喝彩。

到了翟镇煤矿之后，丁风文得知矿上已经成立了一支业余文艺宣传队，每年春节都要提前三个月排练一台晚会，当然同时为了活跃职工家属的业余文化生活。从各单位来的大学生或是技校的毕业生，喜欢文艺的聚到一块儿，从工会派了一个负责人，每天一起排练，有唱歌的、跳舞的，还有喜欢摆弄乐器的。那个时候的节目相对来说也比较简单，比方说“三句半”“打铜锣”等等。

刚来到矿上的时候，丁风文被分配做辅助工，在机电工区开绞车。在绞车司机岗位上一干就是九年。一直到1999年，翟镇煤矿成立了文工团，那时候叫“军乐团”。因为文工团培养了三十六个女孩儿，也被称为“女子军乐团”，这三十六位女孩组成了一支乐队，有正式的军装，有铜管儿、长号、萨克斯、圆号，还有军鼓、大鼓等演出装备，建成了一支小型编制。丁风文被任命为副团长。

1999年4月1日，丁风文记得非常清楚，那一天他正式告别绞车司机的岗位到工会任副书记，主管文工团。当然，此项任命并非突如其来，从1991年到1999年期间，因为领导知道丁风文的特长，每年都会借调他到工会协助工作。

柳琴还没有正式登场，丁风文在乐队里主要弹贝斯，那是一支电声乐队。1995年底是新汶矿务局建局四十周年，矿务局下了个文件，让各单位组织锣鼓队参加矿务局四十周年庆典。鄂庄煤矿是威风锣鼓，良庄煤矿是泰山锣鼓，而翟镇煤矿则是得胜盘鼓。

盘鼓，当时来讲是最大号的鼓，每只鼓重达二十多斤，直径能达到一米，高三十厘米。打起来声震天地、气势非凡。

丁风文最初接触得胜盘鼓是通过电视，国家运动会开幕式上的盘鼓节目深深吸引了丁风文的目光。经过多方打听，他找到一位地地道道的老师傅，是开封环卫局的一位老工人，纯粹的民间艺人。于是丁风文向矿上打了申请，将老人请到新泰来深入切磋交流。师徒二人对盘鼓进行了多次的改良，从鼓谱到队形的变化，逐渐形成一套属于翟镇煤矿也可以说是适合矿工的盘鼓。

从1995年开始，丁风文正式成为得胜盘鼓的传承人，后来他的老师都很服气。翟镇矿的得胜盘鼓和开封盘鼓有点儿相似，但是在丁风文的大胆创新之后，他的老师曾经评价："现在他们的盘鼓比开封的要好上十几倍！"因为开封的盘鼓现在已经日趋没落，民间打鼓的人越来越少，这也是得胜盘鼓被评为非物质文化遗产的重要原因。

盘鼓的历史其实已经有几百年了，发源地就在开封。丁风文作为非物质文化遗产得胜盘鼓的传承人，对盘鼓感情深厚，和教出来的队员也建立了深厚的友谊。如今丁风文已经不亲自教盘鼓了，带出的徒弟们继续一代代往下传承。丁风文讲："盘鼓是有鼓魂的，你必须倾注感情，你打出来的鼓，和没有感情的打法不一样。”

丁风文曾经率队参加过三次泰山登山节的开幕式，当时在玉皇顶上还拍了一个专题片。一支鼓队标准是三十六个人，丁风文作为指挥，也是团队的领队，在泰山之巅，置身空旷之地，在他的引领之下，大家激情澎湃，真正打出了气势恢宏的“鼓魂”。

每年的大年初一，丁风文都要把鼓队组建起来，除了给职工家属表演，还到附近的农村，走街串巷，以打鼓的形式拜年。

每到一家一户，鞭炮齐鸣，鼓队受到热烈的欢迎。鞭炮声之后，紧接着是震天的鼓声。通过这种方式，也把矿区的文化带到了附近的乡镇和农村，拉近了地企之间的感情，增加了地企之间的友谊。从另一方面说，为企业的发展减轻了相当一部分阻碍。比方说，企业发展可能占用到某个地方的土地，通过文化交流产生的这种联系，要比生面孔办事容易得多。

除了鼓队，丁风文还组建了二百人的大团队，进行综合的民间艺术表演，包括高跷、舞龙、舞狮、秧歌、旱船和广场舞，带动原本沉寂的乡村沸腾起来。大家聚集到街上，一张张红扑扑的笑脸，互相传递着过节的喜悦。

丁风文打鼓已经打了将近30年，每次打鼓仍然充满感情、充满激情，他说鼓魂就在他的心里。虽然没有上过专业的音乐学院，但是丁风文的音乐素养并不缺乏。军乐队，也就是后来的文艺宣传队，以服务企业为主，丰富职工的文化生活，提升企业的形象。

带着这个目的，文艺宣传队得到了大量的实践机会，每年都有一个大活动或者几个小活动。从另一方面讲，也逼着这些队员们自身的艺术水平不断提高。如果连续几年都用一个队形，毫无二致，领导和观众都会产生审美疲劳，觉得缺乏创新。因此丁风文不断去创造新队形、新节奏。

参加得胜盘鼓队的，有一部分是井下的职工，一部分是井上的职工，还有一部分是退了休的，愿意跟着打。从三十六人的队伍现在发展到了四十五人，而且通常都来自不同的工种，每年聚集的时间相对来说比较短，因此对于鼓谱，并不能每年都变。但丁风文总是会试着做一些调整，让队形更连贯，既美观，还好听，并且热闹。打鼓的时候，该急的急，该缓的缓，用层次感将鼓声丰富起来。

除了作为业余文化生活的重要组成部分，盘鼓还有另一个重要作用——鼓舞煤矿工人的干劲儿。当鼓声响起，一下一下地敲击，把大家的劲儿也敲出来，仿佛战斗的号角，将煤矿工人凝成一支能够攻坚克难的铁军。

据说盘鼓最早的作用是为了祈雨求福，后来增加了庆祝丰收的功能。而矿工顺利完成生产任务，为高产高效庆贺的时候；儿子考上了大学，金榜题名的时候；结婚，洞房花烛的时候……在喜庆的日子里，都要用到得胜盘鼓，包括如今新泰的饭店开业、超市开业、高速公路通车，都以能够邀请到正宗的得胜盘鼓加油助威为荣。

打鼓看似劳累，实际上最能解乏。人在打鼓的时候，两膀尽力挥动，精气神一上来，可说是乐而忘忧。丁风文自豪地说，两任矿长、好几位副总，还有其他的好多领导干部，都曾经在鼓队打过鼓。

山东能源集团第一届职工运动会在泰安天乐城启动，由丁风文组建五十人的得胜盘鼓队参加了开幕式表演，赢得了在场观众的热烈掌声，将整个盛会的氛围瞬间烘托起来！

得胜盘鼓入选的是市级非物质文化遗产项目，而丁风文的拿手戏山东柳琴已经获批省级非物质文化遗产项目，由山东省人民政府、省文旅厅颁发了证书。

在山东柳琴这方面，丁风文的祖师爷叫薛传训。

薛传训1911年出生于山东省新泰县的一个贫农家庭。少年之时，拜山东费县牟金贵为师，学习柳琴调。后来因为生计所迫，两次流浪关东，沿途曾经靠着演唱柳琴戏乞讨糊口。

1952年，薛传训回到了故乡新泰，1958年到了新汶矿务局的禹村煤矿做了炊事员，并且参加了矿上宣传队。薛传训是山东柳琴的第四代传承人，而曲艺的山东柳琴是由戏曲山东柳琴演变而来的，已经有一百多年的历史。

1960年在全国职工文艺汇演上，薛传训演唱了自己的拿手曲目《越唱心里越快活》："我结合工作来识字，干什么学什么，蒸馒头学会了热馍馍，哎，热馍馍，哎嗨呀，咿……"周总理也是现场观众之一。薛传训很快风靡全国，北京电影制片厂还曾经专门为他拍了一段视频。

薛传训的节目在全国一炮打响之后，山东柳琴也迅速唱响全国。

山东柳琴表演形式新颖活泼、热烈奔放，并且以山东方言演唱，具有浓郁的乡土气息和地方特色。灵活的唱法特别能够接地气、聚人气，深受喜爱。提到《越唱心里越快活》的经典唱段，直到现在在矿上仍然人尽皆知。从第四代传承人薛传训到第六代传承人丁风文，山东柳琴已经形成了一个完整的曲艺系统。

为了迎接2008年的北京奥运会，申奥成功之后，新矿集团举办了柳琴培训班。当时丁风文在乐队的专长是拉大提琴，集团原本安排了一名原来唱京剧也学过柳琴的小伙子跟着薛老师参加培训，但是几天之后，薛老师说："唱腔没有能够体现柳琴的精髓，不是那个味儿……"因为薛老师是土生土长的新泰人，和丁风文的老家挨得非常近，口音是一样的。

中午休息的时候，矿领导不满意，说培养的还不够。于是丁风文主动提出，自己原来有唱歌的基础，也比较喜欢柳琴，也许可以试一试。于是，丁风文开始跟着薛老师学习《越唱心里越快活》。从那之后，丁风文就迷上了柳琴，学会了之后开始参加演出。

薛传训在矿上被工友们亲切地称为“大老薛”，称他在戏曲方面的专业精神为“大老薛精神”。“蒸馒头学会了热馍馍……”之类的唱段普通职工们都能来上几句。但是一招鲜不能吃遍天，学会了传统曲目之后，在丁风文面前还摆着创新和突破的难题。

丁风文觉得柳琴应该更加能贴近现实生活，符合群众的审美，反映矿区的发展变化，为传统文化注入创新的因子，这样，柳琴才能真正在矿山扎根，成为引领职工精神文化生活的新向标。

夜班的矿工下班的时候，经常看到丁风文的窗前通宵达旦亮着灯。他还在创作柳琴曲，精雕细琢，改了一遍又一遍。面对没有从事过的生产项目，他一趟趟跑基层采访，采访的时候手不离本，记满了新的体会。他在带领团队出去演出的时候，一有空就和当地的群众聊天。因为艺术来源于生活，这给了他很多的启发。

凭着长期的努力和韧劲儿，丁风文创作了《山能发展谱新篇》《安全弦》《警钟长鸣》《说说咱矿山新变化》《我为矿工点个赞》等五十多个反映职工生活和矿区发展的优秀作品，在基层矿井巡回演出。经过传唱，普通职工们也逐渐能够哼上几句安全唱段。既保证了“非遗”的不变味儿，又能够让老传统焕发新活力。

2009年，为了创作《泰山颂》，丁风文查看文献、翻阅资料，数次到泰山周围的村庄走访，通过群众的口搜集大量的一手素材。曾经有一个月，他爬了六次泰山，膝盖骨疼了很长时间。他把泰山沿途的风光和厚重的历史进行结合，创作出来全新的柳琴作品：“万仙楼、斗母宫，听泉观瀑似神仙，南天门映衬蓝天下，天门的云梯是十八盘……”甫一演出，便获得无数赞誉，后来一举夺得了全国煤矿曲艺小品大赛二等奖、泰安市曲艺大赛一等奖和泰安市非物质文化遗产特别奖，这也成为他的保留曲目之一。

传统文化需要创新，也需要人才的培养，可以再传承、再延续。在这方面，丁风文也不乏担忧，因为现在的年轻人很少愿意学这些“老玩意儿”了。于是，他从教自己的儿子开始，一步步将自己的本领传承下去。一开始儿子也不太喜欢，但是在丁风文的教育下坚持下来，后来逐渐爱上了柳琴。

为了培养更多的新人，丁风文定期免费举办柳琴培训班。在第六期的培训班上，他开始正式收徒，第一批收了五位徒弟。作为一种艺术门类，柳琴平常的训练也非常枯燥，徒弟们的嗓子经常会唱哑，手磨出了老茧。但是那五位徒弟没有一人退缩，并且带领更多喜爱传统技艺的年轻人加入进来。柳琴团队已经由丁风文的“一枝独秀”发展到现在的四十余人。

丁风文手把手教授调音、写词、柳琴养护等各种技巧，进一步改进了传统形式。前面一个人拿着柳琴唱，后边有十个人左右的小乐队伴奏，而且加入了伴唱的形式，更加丰富了柳琴的表现力。用二十一年的坚持和耐心，丁风文让传统文艺在矿区开出新花。2019年，他创作并且带领徒弟表演的山东柳琴《为咱山能点个赞》获全国煤矿职工曲艺小品展演“十佳节目奖”、山东能源职工文艺展演曲艺类第一名。

从泰安市文化和自然遗产日活动现场回来之后，丁风文带领弟子继续活跃在矿山的最基层，进区队、到井口：“来到井口唱一段，拉一拉企业安全与发展，哎嗨呀，咿——”用极富民间魅力的表演说说煤矿的安全发展，增加了职工的精气神儿。每年端午节送粽子、春节送水饺慰问的时候，翟镇煤矿不光要送食物，还要送上独特的艺术节目。

目前，丁风文正在申请山东柳琴的国家级非物质文化遗产项目。山东柳琴对于伴奏的要求特别高，其中有二胡等传统乐器，队伍里面平均年龄六十多岁，有的是给薛老师伴奏过的老前辈。在保持柳琴原汁原味的基础上，融入新元素。用丁风文的话说：“‘活’起来的‘非遗’才能焕发出更加旺盛的生命力。”

在项目的传承方面，最难的是一得会唱，二得会创作，还需要有组织能力。有一次丁风文到莲花山部队进行慰问演出，部队的班长问他在车上做什么，他说在车上一直在创作，到了现场之后就要进行表演，因此大量的创作都是在路上完成的。

于明波是兖州煤业鲍店煤矿的矿工，2012年参加了中央电视台《我要上春晚》节目，获得7月份的“人气王”，就像“旭日阳刚”那样一夜之间爆红网络。而他惟妙惟肖的模仿才能在矿上早就人尽皆知，他有个外号就叫“小演矿”。后来以讹传讹，在网络上变成“小兖矿”。

1982年，于明波出生在山东省汶上县，祖父和父亲都曾经当过矿工。他的模仿才能要追溯到读初中的时候。有一次放了学，于明波在家看电视，正好演的是《洛桑学艺》，小小的于明波被洛桑精湛的口技深深吸引住了。

他盯着电视中的洛桑，只见他嘴唇配合着舌头，不停地发出各种乐器、动物的声音。于明波兴奋异常，不自觉地就跟着练了起来。但对于一点儿唱功都没有的他来说，对于神奇的口技这种高难度的艺术，可以说只能是望洋兴叹。

之后，他每天都会将电视台调来调去，看看有没有类似的口技表演节目。他时常独自憋在屋子里摆弄各种乐器，对声音越来越敏感，甚至睡觉、吃饭、走路、上课的时间也一直在嘟嘟囔囔地练习着各种声音。不久之后，他又从电视上看到了洛桑突然逝世的消息。同情着偶像悲剧的命运，他心情十分低落。而之后的一段时间，于明波仿佛突然开了窍，嘴里发出的声音开始有了艺术的感觉。

中学毕业之后，于明波考入兖矿技校。有一次在技校的联欢晚会上，他和同学一块儿模仿了小品《洛桑学艺》。他的口技表演让在座的老师和同学大吃一惊。从那次表演中，他也体验到了站在舞台上的美好感觉。掌声进一步激发了他的艺术灵感。

念完技校之后，于明波来到了煤矿工作，立即被分配到了综采专业。每天在地下八百米深的矿井里至少待上八个多小时，面对着发出轰隆声的采煤机和长长的隧道，于明波经常陷入沉思，他不断回忆起中学时候的情景，嘴角常常浮现出一抹微笑。

那时一天到晚琢磨口技，痴迷起来对于同学都能够达到“对面相见不相识”的程度。只要出了门，碰见鸭子就学鸭子叫，碰见鸟儿就学鸟儿叫，看到路边的人在吵架，也会学着模仿几句。于是，井下枯燥乏味的工作不但没有让于明波消沉，反而给了他一个自己找乐子的空间。他经常和轰隆隆的采煤机飙高音，采煤累了就学一学狗叫，学一学牛叫，在漆黑的巷道里经常把工人们惹得哈哈大笑。

一线的采煤工都带着防尘面罩，从外观上看不到嘴在动，但对于明波来说，隐藏在防尘面罩之后，他的嘴一刻也不停歇地动着，不断地模仿各种声音。

当时还出了一个笑话。有一天，于明波模仿了一个比较尖锐的声音，絮絮叨叨地诉说着家庭琐事。第二天早上，区长给他们开会，说：“昨天你们谁把家属带下井了，我怎么听着一直有一个老娘们儿在说话？”区长的问题在当场并没有得到解答。只有于明波低下头捂住嘴偷偷笑着，据他猜测，可能他模仿的又尖又利的声音让下井视察的区长产生了幻觉。

两年之后，于明波调到了另一个矿上。在那里工作一年之后，他有了一个外出学习的机会。当时每个单位都有成人高考的指标，想起自己的艺术爱好，他报考了山东艺术学校的声乐专业。于明波非常珍惜这次来之不易的学习机会，几乎把所有的精力都投入了紧张的学习之中，可说是“一头扎进艺术的海洋”，尤其让于明波兴奋的是专业课。经过多年的苦练，像当时流行的张宇、杨坤、动力火车、阿杜、林俊杰、刀郎等众多歌手的成名作对于明波来讲都不在话下，并且他模仿出来的声音，简直和原唱毫无二致，这让于明波慢慢成为专业课老师最看重的学生之一。

在艺术学校期间，于明波还拿了一次山东电视台歌手大赛的最佳翻唱奖。毕业之前，江苏省盐城市的歌舞团到学校招聘，对于明波的才能大加赞赏，主动要求和他签约。但经过慎重的考虑之后，于明波并没有答应，还是选择了回原单位上班。

回到煤矿之后，于明波的父亲和他推心置腹做了一次长谈：“也读了艺术学校了，也可以说圆了艺术梦了。回来之后还是要安心工作，年龄也不小了，也应该结婚了……”

不久，于明波和女友结了婚。婚后，妻子一直非常支持他。我们现在从网络视频当中还可以看到，有一次妻子带着孩子一块儿陪于明波登上了东方卫视喜剧真人秀节目《笑傲江湖》的舞台，儿子一边跳街舞，一边也做了口技表演。节目《大喇叭》得到了评委冯小刚、宋丹丹等的高度称赞。

妻子主动给于明波买了昂贵的合成器和吉他，供他练习声乐和创作，并且对他说：“上大学不容易，千万别丢掉两年刻苦努力的学习成果。”一份固定的工作，稳定的收入，让于明波和家人之后的几年过得相对来说比较舒心。但时不时地于明波也会暗自感叹学无所用，不能够发挥自己的艺术才能。

有一次妻子出门的时候和出租车上的一位老司机聊天，聊到了丈夫的情况。碰巧老司机也是一位比较喜欢唱歌的人，他说年轻人有梦想，还是应该想想办法，把自己的才能发挥出来。妻子听了之后，也觉得应该协助丈夫去寻找更多展示艺术才华的机会。

在妻子的鼓励之下，于明波去找文体中心的一位领导，说明了自己的想法。正好遇到一个好机会，一向非常重视文化艺术宣传的鲍店煤矿正在整个兖矿集团范围内召集有文艺特长的职工，代表整个集团筹备春节期间的巡回演出，并且要对外巡演。借着这个机会，于明波被抽调到鲍店煤矿。

仿佛鲸鱼回归了大海，新的环境给了于明波淋漓尽致展示才能的机会。他模仿的歌星、笑星、口技表演，无不语惊四座。后来他将模仿秀带到了兖矿集团在贵州刚开发的各个矿区，每次演出都能赢得矿工们的热烈掌声。

在鲍店文工团中几个月的演出生涯让于明波切切实实感受到了自己的价值所在，但演出结束之后，他只能又回到原来的单位。幸运的是，时任鲍店煤矿党委书记的郭军一直没有忘记这位有艺术才华的小伙子，专门安排时任鲍店煤矿工会主席、党委副书记王荀晏把于明波调进鲍店煤矿工会，负责矿上的安全宣传和节目表演。

有了发挥才能的广阔天地，于明波太开心了，平时有时间就去矿上给工友们演唱歌曲。有一次，在单位举办的晚会上，于明波参与的节目占到了整台晚会的三分之一还多，让大家钦佩有加。

2008年的时候，近二十年没有开过班的中国煤炭系统曲艺培训班再一次开办，于明波抓住机会报名参加，学习期间认识了许多曲艺界的老前辈。尤其是中国煤矿文联曲协主席王谦祥先生给于明波留下了很深刻的印象。当时他就想，如果我能够拜王谦祥先生为师，有更多机会学习老师的绝活儿，那该多好。

同事郑晓旭知道于明波非常善于模仿农村的大喇叭，通过喜剧性的回声模仿真实再现了那个年代的有趣情景，于是找他商量以此为素材创作节目。两个人心有灵犀、一拍即合，马上着手创作反映农村变化的相声《大喇叭》。

2009年，于明波和郑晓旭参加了全国煤炭系统曲艺作品大赛。当时王谦祥先生正好是大赛的评委，他和央视著名的导演王晓共同看中了非常原生态的作品《大喇叭》。比赛结束之后，两人还讨论了很长时间。

当年年底，于明波和郑晓旭再次搭档参加了央视三套《笑星大联盟》节目的录制，王谦祥正好担任节目的指导。在排练过程当中，两人学到了很多东西。排练之余，王谦祥特别给他们的作品指出了很多不足，勉励他们要打造精品节目，对于《大喇叭》还要继续修改。这让他俩受宠若惊，也为后来的拜师之路顺利铺平了道路。

转眼来到第二年。2010年10月份，CCTV第五届相声大赛开幕，于明波和郑晓旭凭借改编后的相声《大喇叭》拿到了非职业组的二等奖。这是全国煤炭系统煤矿职工拿到的全国相声大赛的最高奖项，也填补了兖矿集团历史上的空白。

拜师之后，在师兄弟的交流群里，于明波贪婪地学习着群里分享的各种艺术技巧。而融入这个大环境也给他打开了一个更宽广的视野。“没有师傅不可能有我今天这样的成绩，”于明波对我们说，“师傅对我们太好了，大赛期间一连好几天带病坚持给我们排练。能拜这样一位名声高、口碑好的老一辈艺术家为师，是我今生最大的荣幸。”

对于兖州煤业鲍店煤矿，他一直心怀感激。他说：“如果没有单位的支持，我不可能去北京参加比赛，那就不可能有和师父见面的机会。”

这两年他尤其感觉到单位支持的重要。外出参加演出，一来一回远远不是一天两天的功夫，包括前期的筹备、排练，一般要很长时间。其中最远的一次节目录制是到了美国，当时迪士尼在上海开园，美国总部为了增加宣传的力度，在全中国选了五个有代表性的家庭参加开幕式，北京、上海、香港、台湾、山东各一个，于明波说能够得到这个名额，简直像“天上掉馅饼”一样。

到了美国之后，大家听说于明波是矿工，就以为他每天在伸手不见五指的黑暗环境里工作。其中一个环节正好是七个小矮人在矿山里边活动，拍那一段的时候，有人专门对于明波进行了采访，于明波总结说：“其实越是在这种环境之下，我们煤矿工人的内心越是光明的。”

好的土壤能够增加自己前进的动力。在这几年的创作之中于明波也写下了好几个关于矿工的作品，其中有一个“老男人脱口秀”，就是根据安监处曾经发生过的真实事迹改编的。他写了一个小品叫《煤海三代情》，也算是对自己经历的某种再现。

谈话当中，我们明显能够感觉到于明波对艺术的热爱，对煤矿事业的感情。

严冬，是谁暖了你的心？

2015年5月，鲍店煤矿后勤服务中心职工单晶晶第一次参加“暖心”志愿服务活动，根据提前了解到的困难户情况，他们来到一户主人名叫赵德文的人家。

实际上家里只住着赵德文自己，虽然那年他已经年届五旬，可一直没找到对象，两个弟弟同样也是单身。大弟弟后来因为罹患骨癌去世，小弟弟有时过来照顾一下大哥。赵德文先天眼疾，二十年的岁月中视力渐弱，终至完全失明。

赵德文三兄弟是“矿二代”，身体都不太好，父母在的时候还可以说是“衣食无忧”，但等到老两口先后去世，弟兄三人只能靠着低保勉强度日，父母的积蓄已经在给儿子们治病的过程当中耗尽。

赵德文住在职工家属院南区一楼，因为身无长物索性夜不闭户，所以志愿者不必等他摸摸索索来开门，在敲门之后听到“进来”的应声，推门进了客厅。

屋子里几乎没什么家具，一张地八仙桌靠北墙摆着，一个浑身散发着怪味的黑衣男人靠着桌子坐在一张小板凳上，他无神的双眼盯着门口的方向，问：“谁啊？”志愿者说明了自己的身份，表明了来意。赵德文嘴里“唔唔”应着，但很明显，并没有理解志愿者的话是什么意思。

志愿者开始忙碌起来。

清理地面是第一项“大工程”。家里得有十年以上没有认真清理过了，原本平整的水泥地面已经像农村的土院疙疙瘩瘩高低不平，幸好志愿者带的有铁铲，两位志愿者一人一把，戗起了地面。

赵德文听到刺耳的声音，警觉起来，慌里慌张地伸着手说：“干什么咧？你们是干什么咧？”

单晶晶赶紧解释：“给你打扫卫生啊大哥，打扫卫生！”

这次赵德文总算听明白了一点，“唔唔”连声，不再阻止了。

地面继续清理。

单晶晶准备让赵德文挪挪地方，清理一下他脚下的“土岗”。她看到赵德文脚边有个扁筐，筐里散着七八个苹果，赵德文正摸摸索索地用右手捡起一个苹果塞到嘴边。

借着黑黝黝的亮光，单晶晶看到那只苹果上爬着两三只蚂蚁，其中的一只已经顺着赵德文黑乎乎的掌缘往袖口里爬去。再看筐里的苹果，不知道赵德文是怎样把腐烂的部分挖掉的，在锈面上三三两两地有蚂蚁在忙碌着。

单晶晶嗓子眼儿里一堵，伸手想要打掉赵德文手里的苹果，但转念一想，不要莽里莽撞激怒了赵德文，举起的手又放下了。

在单晶晶耐心的劝说下，赵德文终于放弃了爬满蚂蚁的苹果。但等一位女职工打开冰箱，传出的味道又让大家掩鼻欲呕。冰箱里堆满了食物，一袋袋的馒头、菜肴，挤满了每个托盘，打开来看，相当大的一部分已经腐败变质，一撮一撮的绿毛满布在菜肴和袋子内壁。

左邻右舍看赵德文可怜，经常将婚宴上的剩菜打包回来带给他，长久的节衣缩食让赵德文养成了储备食粮的习惯，即便是剩菜，他也珍藏起来，慢慢享用，以致塞满了冰箱却大部分都发霉了。即便是发了霉，赵德文仍然不嫌弃，当志愿者对赵德文说要把这些腐烂的食品都丢弃的时候，他还一个劲儿说：“苹果烂了没事，削削还能吃，冰箱的肘子炖炖也一样吃，你们可别扔了啊，没事没事，可以吃，没事……”

单晶晶注意到，两位年轻的女职工不断在擦拭眼泪。

临走的时候，单晶晶把手机号存到赵德文手机里，并设定在第一个快捷键中，告诉他：“赵哥，只要有事，就摁这个号码，我们会第一时间赶来的。”

在回去的路上，大家唉声叹气，都说不出话来。眼前的一幕着实让他们大受震动，如果不是亲自参与了这次志愿活动，如果是听别人说，那打死也不相信，现在还有如此穷困的生存者。

现实比号召更有力，参与过救助赵德文的职工后来都成为“暖心”志愿服务中心的骨干力量。他们排了班次，每个月都到赵德文家里给他打扫两次卫生，因为赵德文血压高，他们每次上门的时候还带着血压计，给他测量血压，嘱咐他按时吃降压药。

职工健康查体的时候，单晶晶总是第一个想起赵德文。

每当单晶晶搀扶着赵德文站在队尾，前面的人发现了，总是不约而同地让出一条道来，让单晶晶把赵德文带到第一个。有一次，在内科诊室，他们进去的时候里面只有一位八十多岁的老退休职工。老人看到他们来了，马上拄着拐杖颤颤巍巍地站起来，要求医生先给赵德文听诊。一旁的单晶晶感动坏了，如果说身强力壮的小伙子让位那不稀奇，可是本身就腿脚不灵便的八十多岁的老先生也让位，那说明“暖心”服务真是深入人心，得到了众人的高度认可。

如今，赵德文的低保卡由志愿者杨海防专门保管，定期给赵德文上缴水电费，再也不用他摸索着、四处打听着长途跋涉去办理这些繁杂事务了。对于体检，赵德文深有感触，他曾经流着眼泪对单晶晶说：“你像我，到了这个地步，哪里能想到，有一天还能去查体……”

志愿者顾珊珊的丈夫刘炎是位大夫，跟着妻子到赵德文家里做了一次志愿服务，也被感动，定期上门免费替赵德文检查身体。大家都说，听说过传销人员发展下线，没想到我们的志愿者也能发展下线，稀奇！

单晶晶对赵德文说："赵哥，你厉害啊，我们这儿第一个，有自己的私人医生了！"

赵德文呵呵笑着，眼角的泪珠旋转着。

赵德文的故事慢慢传开，大家都知道了"暖心"服务中心的志愿者们付出的辛勤劳动，遇到赵德文的事情总是抢着帮忙，特别是维修中心。

2016年寒冷冬天的一个晚上，已经过了7点，单晶晶接到赵德文的电话。从声音能判断出电话里的赵德文非常慌张，他说一直听着厨房里有水在"哗啦哗啦"淌，摸过去，像是洗碗池里往外冒水。

单晶晶马上判断出，应该是下水道堵了。因为赵德文家住一楼，下水道堵了之后废水容易从他家的厨房里溢出来。

单晶晶让赵德文少安毋躁，说自己马上带人过去，让他不要乱走乱动。

挂断了电话，单晶晶立马又找到维修中心的报修电话打过去，维修中心管道班的暖心志愿者郑新革知道赵德文，立刻答应过去检修。

这一次堵得不比往常，抽了半天水，也没有疏通，用手敲一敲下水管道，"梆梆"响，明显是冻住了。两位维修的工人商量了一下，看来只有刨开地面才能奏效了。两个人顶着严寒和冰水，从7点一直忙活到9点多，当用锤将最后一块冰捣碎，汪着的污水终于随之没入黑暗的管道，单晶晶一直提着的心才终于放下。

每一次给赵德文维修，检修中心都是免费服务。2017年9月8日，经过一上午的精心改造，检修中心把厨房下水道改到厕所的下水处，一劳永逸地解决了赵德文家里的管道堵塞问题。

2015年5月，鲍店煤矿党委响应兖矿集团开展暖心行动的号召，创新开展“我们在一起·温情家园”暖心志愿服务，成立由党委书记任会长的“暖心服务志愿者协会”，建立党支部，构建党组织倡导、协会自主、党员带头、群众自愿的暖心志愿服务工作体系，探索形成了以“一心一聚五精六化”为内容的“1156”暖心志愿服务模式。

“一心”指以“向上向善，诚信互助”为核心理念，“一聚”指充分发挥党组织和党员“聚”人心作用，“五精”指精准帮扶困难职工、精心帮扶空巢老人、精细帮扶驻外职工、精益服务中心工作、精诚开展公益活动，“六化”指党旗引领示范化、志愿服务常态化、组织管理网络化、帮扶项目立体化、志愿队伍多元化、服务阵地标准化。

从规范化建设入手，建成占地面积500平方米，集志愿服务展室、心理咨询室、爱心超市、图书漂流室等多功能于一体的暖心志愿服务中心。健全志愿者招募注册、业务培训、管理考核等各项制度；完善大数据信息库，建立网站、微信公众号等4个交流平台，实现线上线下同步管理运行；对志愿者帮扶次数和服务质量“双考核”，评选表彰年度“十佳志愿者”，定期组织联谊活动，激发志愿者的服务热情。

他们成立不同的帮扶小组，分门别类精准帮扶。单晶晶、杨海防等人所在的小组叫“一米阳光”暖心服务小组。每个小组都建立了QQ群，方便联络。

仅和帮扶赵德文有关的信息，“一米阳光”暖心服务小组QQ群里就有如下记录：

“咱们勤劳的小蜜蜂杨海防在19号的早上，帮赵大哥把收音机的频道逐一调整好，同时帮赵大哥把发霉的豆子全部捡干净。

“由于赵大哥右手拇指血瘤不见消退，今天下午两点半，小组成员顾姗姗开车带赵大哥到医院外科进行切除手术。切除手术得到暖心医疗小分队李静医生的鼎力相助，积极协调外科医生手术事宜，用自己娴熟的医术亲自为赵大哥做了切除手术。

“今天下午5:00赵大哥因为口腔溃疡疼痛难忍打电话求助，小组成员王红第一时间冒着小雨，迅速赶到药店买来了维生素C和维生素B12两种药送到赵大哥家中，将维生素C捻成粉，用棉签给赵大哥的口腔溃疡处敷上药粉，并叮嘱赵大哥药怎么吃，药放什么地方。临走时嘱咐赵哥多喝水、多吃水果。

“九九重阳节，大家带着从爱心超市捐赠的爱心衣物中精挑细选的毛衣、棉袄以及洗衣粉等生活用品来到赵大哥家中，经过试穿，他们挑选的衣服特别合身，同时杨海防对赵大哥家中供水、供暖管道进行检查。

“大年二十八晚上7点半，大家带着调好的水饺肉馅和水果、面条来到赵大哥家陪赵大哥提前过年，她们包水饺、测血压、挂红灯笼中国结、检查水电管路、更换损坏的照明灯，让赵大哥感受浓浓的节日气息。

“2018年3月31日，由于赵大哥的手机出现故障无法维修，宋文辉得知这个消息后，利用周末休息的时间立即到矿移动营业大厅为赵大哥精心挑选了一款适合他用的又便宜又实用的盲人老年机，并手把手耐心细致教会赵大哥使用新手机的各种功能。

“用心一点点，让赵大哥幸福多点点，帮扶的暖心温度上升多点点……”

不到一年的时间，累计到赵德文家服务近五十次。

焦传荣暖心帮扶小组成立于2015年，成员来自鲍店煤矿的各基层单位，并且迅速发展到了十一名志愿者。队伍始终坚持以“我们在一起·共建温情家园”为导向，积极践行“向上向善、诚心互助”的志愿者精神，定期帮扶空巢老人焦传荣及其他弱势群体，开展常态化、规范化的心理咨询、水电暖维修、家政保洁、爱心理发、“代理儿女”等志愿服务活动。

焦传荣老人的丈夫已经病逝多年了，自己又患有癫痫病，因为倒水不慎被烫伤，落下了残疾。唯一的女儿刚刚成年，外出打工也没有办法经常回家。因为家境一贫如洗、常年独居，基本上也没有亲人朋友来往，焦传荣的精神慢慢陷入绝望。

帮扶小组第一次结对帮扶入户的时候，看到她家里到处都是散乱发霉的食物，屋里的电线也裸露着，冰箱门已经合不拢，房间里到处是积灰，阳台上堆满了废旧的杂物。但这种情形并没有难倒这些志愿者们，他们戴好手套，在组长的带领下很快分配好了工作，该清理卫生的清理卫生，该修理冰箱的修理冰箱。专业的电工开始给老人重新布置屋里的电路。

当然这些工作并不是一次完成的，不到一个月，焦传荣老人的家里已经大变样。客厅装上了窗帘，阳台安上了晾衣绳，屋里的每个角落都被打扫得干干净净。志愿者们还带着老人到医院进行了全面的体检。

生活环境焕然一新之后，志愿者们进行了下一步的规划。他们认为，心灵上的快乐比环境上的舒适更重要。他们定期轮班到老人家里，作为“代理儿女”经常陪老人聊家常，聊聊之前的老故事。每到节假日或老人生日的时候，小组成员一块到焦传荣家里包饺子、吃粽子，买来蛋糕一起为老人祝寿。大家围坐在孤单的老人身旁，用欢声笑语慢慢帮助她树立生活的信心。

焦传荣干枯的脸上逐渐开始露出笑容，原本整天不愿出门的她也能够每天下楼走走了。周围的邻居都说她像换了一个人，整个精气神都和之前截然不同了。焦传荣逢人就说："一把年纪，身体又这样，本来已经没什么盼头了，没想到又多了十一个儿女，真是享福了。"

但之后，一个阴差阳错的消息差点儿让老人自寻短见。在志愿服务的过程当中，焦传荣帮扶小组慢慢建立了一个规则，叫作"每日一敲门"，小组成员每天都要到老人家里问候。那天正好赶上组长巩晓梅值班，她走进老人的卧室，刚好看到老人正从床底摸索出一个紫色的小瓶，拧开盖就要往嘴里倒。

巩晓梅一眼认出，那是农村给庄稼打药常用的"敌敌畏"，脑袋一炸，三步并作两步跑过去，紧紧握住老人的手，夺下药瓶。巩晓梅一问情况，老人流着泪哽咽地说起来，原来前两天已经和女儿约好，在家等女儿回来，但是左等不见人，右等不见人，电话也打不通。焦传荣急得在楼下转来转去，正六神无主的时候，听到楼下的邻居说"济宁那边出了个车祸……"焦传荣便以为是自己的女儿出事了。一晚上百爪挠心，今天早晨终于完全绝望，打算一了百了。

弄清了情况，巩晓梅立马安慰老人："哪有那么巧，我们赶紧帮你联系孩子。"小组成员立刻想办法联系焦传荣的女儿。电话打不通，后来想方设法辗转找到了女儿的QQ号，加上之后，终于获得了消息，原来是手机坏了在修理，并没有出现特殊情况。

巩晓梅立马上门给老人传达情况。焦传荣千恩万谢："谢谢你们，你们又救了我一命啊！"

焦传荣暖心帮扶小组十一名成员当中有五人是党员。党员志愿者以"党员示范，引领爱心先行"为宗旨，带领小组成员以规范、持久的发展方向，突出服务专业化、高效化、常态化。除了自发常规的志愿活动之外，结合每月的党员活动日，引领志愿者积极参与每月进社区及各项爱心公益活动，风雨无阻，寒暑不断。

2015年6月的一天，空巢老人赵永士的家里突然来了一群穿红衫的志愿者。和老人简单交流之后，便开始打扫起卫生。他们对下水道进行了维修，对燃气进行了安全排查，并且给老人量了血压，做了简单的体检。一切完毕之后，所有人伴着赵永士老两口点燃生日蜡烛。常年独居的赵永士老两口激动得热泪盈眶："别看我们这么大年纪了，还是第一次过生日吃蛋糕呢……"类似这样的场景，在鲍店煤矿数位空巢老人的家中不止一次上演，志愿者们就像老人们的一个个儿女，陪伴老人共享天伦之乐。

几年以来，志愿者的团队在不断增加，从最初的一百七十名已经壮大到三百五十余名，从最初的党员队伍，逐步发展到吸引更多普通职工群众加入。大家用一点一滴的爱心践行着最初的诺言，唱响了矿区和谐幸福的主旋律。党员们分别担负着各个帮扶小组的带头人，每次活动他们总是第一个报名，第一个到达，第一个站到最脏最累的位置上。讲责任，做表率，当先锋，让党员带动党员，党员带动群众参与暖心行动，是鲍店矿党员在"两学一做"活动中的具体实践，也是党员志愿者的真实写照，他们用爱心、真心和诚心擦亮了胸前的党徽，更照亮了在困难中前行的人们。

王秋兰是后勤服务中心保洁队的一名普通党员，因为有多年的协管工作经验，她深知矿井安全的重要性。在矿井困难的那几年，一直在尽自己所能为矿井作贡献。她和好姐妹张妍经过商议，决定用下井职工淘汰的工作服做鞋垫送给井下的工人。这种鞋垫既舒服养脚，又节约资金。

在两人的倡议之下，暖心行动服务中心购置了三台缝纫机。两人又发动身边有缝纫经验的朋友，大家一块儿一边学一边做，一边做一边研究改进，细节做得越来越完美。小到一个针脚，都要妥帖、美观。她们在每双鞋垫绣上“平安”二字，有时候缝纫机绣出来的“平安”两个字略显单薄了一点儿，她们就用手工，一针一针再缝制一遍。时间一长，手上都磨出了一道道老茧。

后来，又有更多的姐妹加入缝制鞋垫的行列中来，利用业余时间一年便制作了一千二百余双精美的“平安”鞋垫，深受下井矿工的喜爱。

随着兖矿集团对外开发节奏的加快，鲍店煤矿对外开发的职工也越来越多。为了让对外开发的职工放心踏上征程，暖心志愿者帮扶团队实施了“第一时间帮扶”的理念。“明天早上5:30为我矿对外开发职工送行，能参加的志愿者请接龙。1.李小剑，2.刘超，3……”暖心行动QQ群中在暖心团队负责人的召集下，短短一下午的时间，就有七十二名志愿者进行接龙。

第一时间向对外人员发放暖心联络卡，了解掌握对外开发家庭状况，明确帮扶重点；第一时间赶赴送行现场，为对外开发人员温情送别，做好现场服务；第一时间组织召开暖心会，让对外开发职工家属现场与千里之外的亲人进行暖心视频连线；当对外开发家庭有困难打通暖心热线，志愿者们总会在第一时间出现，用实际行动为大家解决后顾之忧。当得知驻外职工生活有所需时，第一时间为对外开发职工送去文体用品、洗衣机、电热毯、理发器等暖心物品。

全矿已经累计有三百余户对外开发的家庭，于明辉熟悉每一家每一户的情况，每一次有对外开发的队伍出发，她总是第一个出现在现场，了解每一名对外开发职工的信息，做好相应的登记。当对外开发的家庭需要帮助的时候，她总会带着团队及时赶到。当对外开发职工家庭有难言之隐时，志愿者成为他们最信赖的倾听者。

某一天深夜，人们都已经沉入梦乡的时候，张妍的手机铃声突然响了起来。原来是一名留守家属因工作和家庭原因心理压力比较大，夜深人静时更感痛苦，难以排解，于是想起了志愿者送来的联络卡，便试着拨通了张妍的手机。这一倾诉就是一个多小时。志愿者在这种情况下担当的更多是一个倾听者，很多时候并不需要太多的生活指导，遇到困难的人只是想找一个人诉说一下心里的委屈，说完了心情也就平静了。

在鲍店煤矿还有一位非常特殊的志愿者——新中国成立前入党的老党员单来银。他最独特的工作是坚持自备工料打马扎送给邻居和矿工们。最初加入志愿者队伍的时候他就说过："不管你能办多少事，哪怕给人们办一分钱的事，只要是为人民利益办的事，就能起到好的作用。"

帮人者人恒帮之，年近九十的他成了青年志愿者的暖心帮扶对象。他生前做的最后一只马扎因为年龄太大了做工已经十分粗糙。最后一只马扎他专门送给了矿长，上面还写上了自己的殷殷嘱托。这只马扎也成为矿上的"镇矿之宝"。

单来银老人1932年2月出生，1948年7月，16岁的他参加革命，当兵期间经历了淮海战役和北平的和平解放，之后又经历了抗美援朝战争。曾在战役中被炮弹碎片击中，但当时的他怀着坚定的信念，轻伤不下火线，一直坚持到了战斗结束，被评为"战斗英雄二等功"。他的子女也非常优秀，但是因为一直割舍不掉对矿山的感情，不愿意去外地和子女同住。他的家庭生活相对来说比较优越，经济上没什么困难，但缺乏的是感情倾诉的对象，生活相对来说比较孤单。

暖心志愿服务团队定期到单来银老人家帮着打扫卫生。当检查到老人家的线路存在安全隐患的时候，有电工经验的孙鹏、王保忠协助重新进行了布线，经过改造的线路让老人使用起来既方便又安全。做完这些工作之后，两人又匆匆忙忙回到各自的工作岗位。

在这期间还发生了一件事，让志愿者意识到帮扶更深层的意义。社会上的一些不法商人打听到单来银老人经济状况良好，性格比较单纯，于是上门去推销一些“三无”保健产品。这些推销员也特别会演感情戏，一开始也是打着志愿服务的牌子去给老人做家务、陪老人聊天。老人出于亏欠心理购买了他们的产品，但是老人服用这些保健品之后，身体出现了不良反应，这才知道自己受了骗。精神上的打击更甚于身体上的打击，他得知经常上门嘘寒问暖的推销员竟然是为了骗他钱的时候，情绪一度非常低落。

这件事情让矿上的志愿者们意识到，应该加强对空巢老人的情感关注和营养健康知识的普及，以及防骗辨识能力的培训。暖心志愿服务小组的成员寻找了一些防骗小妙招，和老人聊一些必备的防骗知识。排好值班表，每周至少两次登门拜访，陪老人聊天。从聊天当中他们也慢慢了解到，作为一位耄耋老人，单来银十几年来一直义务做马扎送给需要的人。这种思想觉悟绝非普通人所能拥有，老人之前的经历和获得的荣誉也让每位志愿者深受教育，对老人肃然起敬。激励是相互的。

2018年1月9日，是入冬以来最寒冷的一天，孙鹏带队像往常一样来到了单来银老人家。进门后，孙鹏发现单老的右耳朵又红又肿，立即决定联系医生前来诊断。但老人一向不愿意麻烦别人，一再说“不用了，不用了！”但孙鹏还是拨通了医疗医诊服务队志愿者矿医院耳鼻喉科大夫李静的电话。

得到消息的刘永菊和李静两位医生急忙赶来单来银老人家。经过诊断，确定了病因，刘永菊和一位志愿者又赶回到医院取药。取回药来之后，孙鹏和刘永菊帮着处理患处。朱利香帮着倒水服药，石梅耐心讲明服药事宜，一众志愿者的耐心和细心程度，仿佛把这位老人当成了自己的父亲，让单来银老人久久不能释怀。

在帮扶小组的群里，曾经有一位成员这样留言："我今天本来想去看看单大爷，一直没有抽出时间，现在在矿里开会，可能很晚会议才能结束。明天我有事去济南，就只能辛苦你们了。有事打电话联系我。"这条留言让小组的其他成员也都非常感动。

单来银转业后一直在鲍店煤矿工作，多次被评为兖矿集团的优秀共产党员，退休之后仍然用共产党员的标准要求自己，从1997年开始，二十年间给需要的人义务打马扎1070个。他的事迹曾经被山东电视台、齐鲁电视台等各大媒体报道。单老还热心地承担了两幢楼退休党员的党费收缴，为需要的人累计捐款一万余元，一次采访的时候，单来银对记者说："作为一个普通人都应该与人为善，更何况自己身为60多年党龄的老党员，国家又给了那么多的荣誉，没有理由不去严格要求自己……"

2018年2月8日是单来银老人86岁的生日。志愿者们为了这一天已经策划许久，准备给老人过一个既温馨又热闹的生日。石梅一早就来到单老家里，帮着收拾卫生。几位志愿者精心为老人准备了生日蛋糕。激动的老人拿出了之前准备好的鞭炮庆祝。

孙鹏夫妻给单老戴上了生日帽，一起唱着生日快乐歌，单老好像一个开心的孩子一样，笑得合不拢嘴。未能参加的队员们也打电话来给单老贺寿。席间，王保忠献上了萨克斯独奏，激动的单老配合着乐曲唱起了红歌。整个房间洋溢着温暖的氛围，让人十分感动。单老说，今年86岁了，这是他过得最有意义的一次生日。

在鲍店暖心志愿服务队里，还有一支名为"雷锋"的理发队。队员们的理发水平虽然比起专业的大牌理发师有一定的差距，但是他们的行动深受矿区职工们的好评。"雷锋"理发队一开始成立的时候是七个人，后来逐渐发展到了十五人。

他们进社区、入病房，到帮扶困难家庭和空巢老人的家里，无论是炎炎的盛夏还是三九严寒，凡是有需要的地方，他们都会及时出现。“雷锋”理发队红色的身影已经成为矿区一道亮丽的风景线。

2018年5月，那些志愿者们走进太平镇敬老院，为敬老院里的老人们开展了健康查体、剪指甲、包水饺的活动，并带来了精彩的文艺演出，而其中最受欢迎的项目就是理发。

理发队的队员们让老人们排好队，坐着马扎一字排开，轮流等待理发。队员们紧张有序地忙碌起来，在理发的过程当中，队员们还不断和老人聊天。有一些老人已经三四个月没有理发了，胡须很长，头发凌乱，头皮屑散发出难闻的味道。但队员没有丝毫抱怨，反而隐隐心痛，这些老人们实在是太需要帮助了。

理完发的时候，有位老人激动地说：“理完头发太舒服了，虽然是志愿服务，我们也得给你们点儿辛苦钱啊！”时启振笑着说：“大爷，我们不要钱，这是我们应该做的！”“谢谢孩子们，你们能来这个地方为我们服务，就是一种热心与爱心，没有任何嫌弃，对我们真好！”敬老院的韩大爷也表达了自己的感激与谢意。

“雷锋”理发队里有一位特别有爱心的理发师，被人称作“超级玛丽”，深受职工的好评。无论她到哪里做义工，都能够把欢乐带到那里。

有一次，“雷锋”理发队在家属区开展便民服务活动，即将收尾的时候，有一位老大爷找到了志愿者，恳请他们去医院给老伴理发。他老伴已经快八十岁了，因为摔伤不能行走，在矿区医院住院治疗。

理发队的志愿者王凤玲和王春来听完老人的叙述，不顾疲劳二话没说带上理发工具就随着老人到了医院。到了医院之后，王凤玲和王春来一个梳头，一个理发，细心地将老人家的头发理得又短又干净。

老大爷激动地说：“俺花钱请理发店的人来帮忙，人家都不来，今天你们能来帮忙，天气又这么热，太感谢你们了。”

暖心志愿服务团队成立全煤系统首家困难职工家庭帮扶中心，创建自强系列馒头房、快餐店、洗车房及爱心水果超市等12个“造血式”帮扶点，让39名特困家庭成员“零投入”创业；建成62亩“爱心农场”，由志愿者认领种植，用于帮扶矿区困难家庭；设立大病救助基金，每年投入扶贫资金200余万元，资助贫困家庭子女完成学业……让职工家属共享企业发展成果。

70多岁的老党员吕桂英为一线职工缝制1000余双安全鞋垫和布袜，自费购买油米面，捐送给爱心超市；夕阳红志愿者定期到井口、区队开展嘱安全活动；心理辅导团队举办“三违”人员亲情帮教、心理讲座及关怀疏导；巾帼志愿者用废旧工作服缝制4000余双平安鞋垫，800余副安全袖标，这样既节约开支又助力安全生产的活动数不胜数。

暖心志愿服务开展以来，得到职工家属和社会各界的高度认可，成为鲜亮的“党字号”品牌。山东电视台《齐鲁先锋》等各级媒体给予高度关注并进行专题报道；矿党委先后在中煤政研讨年会、省国资委工作会议上介绍经验；暖心志愿服务中心被命名为兖矿集团精神文明教育实践基地、新时代文明实践中心、山东省社区青年志愿服务站。2017年，时任山东省委常委、宣传部部长的孙守刚同志作出宣传推广的重要批示：“鲍店煤矿开展志愿服务活动的做法，工作实、方法活、有特色，值得总结宣传。”

从乌鲁木齐市驱车往西40多分钟，天山脚下坐落着一个名叫

“永新”的村庄，村里有一户人家，主人名阿不力孜·哈的尔，是硫磺沟煤矿的一名维吾尔族职工。

当我们赶到阿不力孜·哈的尔家时，他和妻子正在厨房忙碌着。锅里炖的上好的草原羊肉热气腾腾，冒出的香味让客人垂涎欲滴。他高兴地说：“今天中午哥哥要来看我们，我必须用上好的手抓肉来招待。”

阿不力孜·哈的尔口里说的“哥哥”，是山东能源集团兖矿新疆能化有限公司党委书记、董事长王绪友。2016年，硫磺沟煤矿党委开展民族团结进步结对认亲活动，号召每一个汉族管理人员与少数民族职工结成“亲戚”。时任硫磺沟矿党委书记、矿长的王绪友主动与后勤服务中心的维吾尔族职工阿不力孜·哈的尔结成了“亲戚”，工作上相互交流，生活中相互走动串亲，一晃七年未曾间断。

结束会议之后，王绪友偕同爱人匆匆赶来，几年的交往下来，他的爱人已经和阿不力孜·哈的尔的爱人成了无话不说的好姐妹，刚一下车，就开心地拥抱在了一起。

手抓肉、薰马肠、烤羊排、手抓饭……美食已经在客厅摆满了一桌。

几杯伊犁小老窖下肚后，阿不力孜·哈的尔的话开始多起来。他说自己能在这家山东企业工作，非常庆幸，令村里人羡慕的收入让他盖上了新房，买上了小车，生活越来越好。2019年，他还加入了中国共产党。他感恩党、感恩国家、感恩企业，要像其他党员一样用自己的行动去影响身边更多的人。

阿不力孜·哈的尔说得很真诚，也很动情，几次流下泪水。他的情绪感染了满屋子的人，两个好姐妹也不停抹泪。王绪友的爱人激动地说：“每次来弟弟家，都很感动。家里暖，我们的心里更暖。”

窗外，四月的新疆乍暖还寒，微微清风中透着丝丝寒气。远处的天山白雪皑皑，湛蓝的天空中飘着一朵朵棉花团模样的白云……

永葆青春的秘诀

作为煤炭行业来说，可持续发展尤其重要。

当我们来到菏泽市巨野县西北一片将近两万亩的旷野的时候，被随行人员的介绍震惊了。据说，这一片是山东能源鲁西矿业新巨龙公司采煤后形成的塌陷地，曾经乱草丛生，一片衰败的景象。而如今经过治理，却建起了成片成片的园林、苗木，鸡牛牲畜遍布其间，到处可以见到现代化的农业设施。

在有机绿色果蔬基地，我们看到了数十种无公害的果蔬正在繁育。由于这儿生态环境非常好，野鸭、白鹭、白天鹅纷纷前来栖息。

煤矿在吐出滚滚“乌金”的同时，开采之后也会在某种程度上形成塌陷地。如果生态环境不恢复，就会在塌陷地形成内涝、土地沼泽化，甚至形成土壤的次生盐渍化，造成土地绝产。

新巨龙有限责任公司是山东能源集团投资开发建设的国家“十五”重点建设项目。2004年6月开工建设，2009年底投产运营。矿井位于菏泽市巨野县，属于黄河流域范围。早在2011年，便开始着手准备采煤塌陷地的治理和综合产业的开发。

山东能源党委书记、董事长李伟曾经专门主持召开压煤村庄搬迁重点工作汇报会。鲁西矿业公司也专门召开搬迁工作会议，层层签订工作责任状，下发一系列考核办法，将搬迁工作提上议事日程，全力以赴，有序推进。

新巨龙公司党委副书记、董事长、总经理郑兴博非常感慨地对我们说：“那时候如果再不搬迁，企业马上就要青黄不接，我们压力也很大。”

新巨龙公司在山东能源的统筹协调和鲁西矿业的组织领导下，通过建立地企会商机制，按照“一镇一策、一村一策”的方针，向地方上讲透利弊关系和搬迁带来的实惠，开创了压煤搬迁的新局面。

大刘庄全村300余户700余人2002年初开始搬迁，仅仅两天的时间便完成了全村的搬迁拆除，实现和谐、稳妥、快速搬迁。压煤搬迁团队和当地政府密切配合，圆满兑现了“当年拆迁、当年入住”的承诺。

新巨龙公司副总经济师王昊介绍：“一年来，我们顺利完成了四个村六千余人、两千余户的搬迁拆除工作。解放可采储量4300万吨，保障了矿井正常的生产接续，为实现安全生产提供了有力的支撑。”

与搬迁同步，鲁西矿业新巨龙公司以现代化工业技术改造传统农业为指导思想，坚持“开采、复垦、开发”三同步，充分利用耕地、湿地、淡水、地热、生物五大资源，打造农、林、牧、渔、游相结合的龙美生态园，实现资源高效利用。

在复垦治理的过程之中，新巨龙公司对接中国科学院、中国矿业大学、山东农业大学、南京农业大学等高校院所，通过专业的技术手段分析塌陷地土壤属性和塌陷程度，编制塌陷区治理规划。委托山东省鲁南地质工程勘察院编制了《山东新巨龙能源有限责任公司矿山地质环境保护与土地复垦方案》，从地质灾害、地下水环境、土地资源与地质地貌景观等方面对矿山开采带来的地质环境问题进行了评价和预测。

和山东大学、山东省鲁南地质工程勘察院共同实施的矿区土壤生态修复与大宗固废高值利用关键技术及工程示范项目，作为山东省塌陷地区土壤改良示范基地，为塌陷区土壤改良提供了技术支撑。他们利用生物技术、秸秆还田等措施，实施土地改造、土壤改良，提高复垦土壤肥力，保证复垦效果。既注重“浅处变耕地”，也强调“深处变湿地”，一步一步将塌陷地建成了从水藻、芦苇苗到芦苇荡，从小鱼、小虾到几十种生物繁衍的生态湿地。天鹅、灰鹤、白鹭、灰鹭等几十个品种、数十万只鸟类前来聚居栖息。

生态修复也给乡村振兴带来了产业机遇，绿色农业迅速崛起。

在大棚中，我们看到了香蕉、火龙果，还看到了柠檬、莲雾这些原本适应南方水土的特产。龙美生态园区的负责人给我们介绍了园区的情况。他说：“传统采煤塌陷地一般都是养鱼、植树，这种粗放型的塌陷地治理不能够适应乡村振兴的新要求，而我们尝试在传统农、林、牧、渔、游的基础上，布局功能蔬菜、菌菇养殖、特色养殖等特色生态农业，打造生态农业循环经济产业链。”

在这之前，压煤村庄的搬迁只给搬迁的村民一次性补偿，但是在龙美生态园，享受搬迁补偿的村民又可以被返聘到原来村庄的土地上，经过培训之后，植树护林、浇灌蔬果，可以获得另外一笔长期收入，实现了地企共建、互利共赢、和谐共生。

山东能源集团牵头，为了让遍布鲁、陕、晋、宁夏、内蒙古、新疆等天南海北的各单位能够互通有无，享受到全国各地的特产，山能国际酒店公司和京东集团联合开发了“山能优选”职工线上福利平台。

在平台上，有数万种的日常商品，还有精选的各地特产，比如汶上芦花鸡、新疆大枣、宁夏摊羊肉等。而龙美生态园的果蔬成熟、牛羊出圈之后，也纷纷上线。

现在山东省的塌陷地有一百多万亩，龙美生态园“种、养、销一体化”的模式成熟了，就可以复制到其他矿区，形成乡村振兴的齐鲁样板，给其他矿区带来福利的同时进一步造福全国。

那么，对于整个煤炭行业来讲，怎样才能永葆青春活力？

全面抗战胜利前夕，黄炎培、傅斯年、章伯钧等六名国民参政员从重庆飞往延安，进行了五天的访问。在延安期间，黄炎培等人目睹了中国共产党的施政政策和解放区的建设成果，见到了众多的中共领导人，特别是和毛泽东进行了多次长谈。

他们参观了延安大学、鲁艺、医院、木器厂等，到处是热火朝天、精神振奋的景象。当时街上有意见箱，每个人都可以往信箱里投递书信，而意见箱里的书信将会直接送到毛泽东案头。访问结束以后，黄炎培写成了名为《延安归来》的小册子。在小册子之中，最著名的是记载了关于“历史周期率”之问。

在延安的窑洞里，毛泽东曾问及黄炎培此行的感想。

黄炎培说：“我生六十多年，耳闻的不说，所亲眼看到的，真所谓‘其兴也勃焉，其亡也忽焉’。一人，一家，一团体，一地方，乃至一国，不少单位都没能跳出这周期率的支配力。大凡初时聚精会神，没有一事不用心，没有一人不卖力，也许那时艰难困苦，只有从万死中觅取一生。继而环境渐渐好转了，精神也就渐渐放下了。有的因为历时长久，自然地惰性发作，由少数演为多数，到风气养成，虽有大力，无法扭转，并且无法补救。也有为了区域一步步扩大了，它的扩大，有的出于自然发展，有的为功业欲所驱使，强求发展。到干部人才渐见竭蹶，艰于应付的时候，环境倒越加复杂起来了，控制力不免趋于薄弱了。一部历史，‘政怠宦成’的也有，‘人亡政息’的也有，‘求荣取辱’的也有。总之没有能跳出这周期率。中共诸君从过去到现在，我略略了解的了。就是希望找出一条新路，来跳出这周期率的支配。”

对此，毛泽东早有考虑，从容答曰：“我们已经找到新路，我们能跳出这周期率。这条新路，就是民主。只有让人民来监督政府，政府才不敢松懈。只有人人起来负责，才不会人亡政息。”

有了人民的监督，政府就不敢松懈。怎样永葆企业的青春与活力？接受社会监督无疑是上上策。在这方面，兖矿集团远远走在了前列。

集团下面有兖州煤业股份有限公司，是集团控股的境外上市公司，1998年分别在香港、纽约、上海三地上市。2008年的时候，公司总资产达到了320多亿元，营收收入160多亿元。净利润近65亿元，净资产260多亿元。

而在兖州煤业的成功之前，其他矿务局也进行了诸多关于运用股权激励职工奋斗精神的尝试。在淄矿集团，原办公室副主任刁兴建侧坐在宽沙发里，左手紧紧把住靠背，右手挥动，逸兴遄飞地讲述了集团股权改革的一系列努力。

据淄矿集团宣传部韩建军所说，刁兴建副主任是淄矿集团出类拔萃的人物，为人极精明、极有头脑，做事情又有极强的执行力。20世纪七八十年代，办公室主任是相当棘手的岗位，非“酒经考验”、始终不渝者不能为，对上接待不必说，下到各个矿区调研，矿上的弟兄们那是豪气冲天。因此后来刁兴建的身体慢慢出了问题，做了几次大手术之后，整个状态再也难以恢复当年气势，早早病休，不然肯定有一番更大的作为。

刁兴建原来学的是司法，毕业以后分配到石嵧矿的学校担任语文教师。当时矿上的学校基本面向矿上的职工招生。一座煤矿就是一个小型的社会，有自己的学校、医院、超市等，生活非常便利。由于所有的企业都是矿上经营，基本不对外，难以扩大规模，形不成竞争态势，效益呈下滑趋势，慢慢给矿上带来很大的负担，后续也进行了脱钩处理。

当时市委组织部组织了一个活动，刁兴建等人作为淄矿集团的代表去参加培训。培训时刁兴建非常认真，心得体会确实写出了自己的深入思考，写得非常好，被矿上的领导从众多学习材料里发现，把他调到了办公室。

在办公室工作了几年之后，刁兴建到了宣传部。后来又回到办公室，一直担任办公室主任。对于淄矿集团的发展那是“门儿清”。作为办公室主任，刁兴建非常擅长做调研。他经常对办公室的工作人员说，调研报告和行政材料是不一样的，行政材料可能有一部分空话、套话，但是调研报告不行，调研报告是要以这个材料为依据去进行市场竞争的。如果只是敷衍，那么就会带来巨大的后患。因此，调研报告必须得到各个矿上去跑，真的去实地看过，经过扎实走访，在反复思考的基础之上形成报告。

20世纪90年代，淄矿集团曾经推行股份合作制改革。当时的矿务局情况相当困难，全国90个矿务局有35个属于困难矿务局，而淄博矿务局属于5个特困局之一。当时最突出的表现是，国家给了一个政策：停息贷款——银行不要利息了。

刚刚启动改革的时候，政府部门几乎每天都派人到施工方去调研，看看职工的宿舍。来人说，这次改革的底线就是千万不能让职工吃苦受罪。矿务局领导听说诸城的合作制改革进行得不错，让刁兴建一行人去学习经验。

从1997年开始进行资产评估，继而推进职工入股，1998年6月份改革完成。煤炭企业的资产和其他企业最大的不同就是矿上有很多大型的专用工具，都算在资产里面。比方说在地面的机器制造企业，厂房里面有机器，可以买卖。但对于煤矿，地下的巷道是不可能买卖的，买下来能做什么？机器可以参与资产评估，巷道怎样参与评估？怎么解决？因此在资产评估方面可以说是大费周章。

评估完之后，开始引导职工入股。当时矿上有3万名职工，正科级干部一般都是入股5000元，职工中最少的大概入股1000元。特别困难的职工，刁兴建专门做了一些知识普及工作，让职工认识到入股的好处：除了工资以外，还可以有年底的分红。

了解清楚事情的来龙去脉之后，集团召开了职代会。在职代会上，要保证所有人都同意，假如有一个人不同意，职代会是通不过改革方案的。因此在开职代会之前，刁兴建带着人做了大量的说服工作。

股权改革实行一年之后，刁兴建根据新发现的问题又设立了“岗位股”，减少矿领导和普通职工之间的收入差距。股权改革的宗旨就是股权激励，让大家能够全身心地投入工作之中。但是矿上还有包工队，包工队里的工人不是矿上正式职工，是无法参与入股的，也就没有分红。刁兴建考虑到这个问题，又专门针对包工队设立了“劳动股”，并且形成了文件。只要保证出勤率，在不出安全事故的基础之上，可以得到“劳动股”的分红。

股份合作制改革实行之后，极大地激发了职工的积极性，对于淄矿集团的发展起到了重要的促进作用。而到了2000年前后，刁兴建发现，股权激励起到的作用随着时间的推移在慢慢减小，最后形成的情况是，“人人入股”和“人人不入股”在一定程度上是一样的。他开始考虑怎样让股份流动起来，形成竞争机制。

在学习的过程中，刁兴建看到一个材料，上海绿地集团正在运作内部股权流动。于是他向董事长汇报之后，坐飞机去上海，专门到绿地集团取经。

回来之后，刁兴建牵头做了一个内部股权流动的办法。参照上市公司的标准，每个季度一次，公布净资产、收入、利润，张贴红榜。几年之后，股价翻了一番。因为是内部股份流动，如果某个人从淄矿集团调到了其他单位，股权就必须让出来。这是一种劳动关系和产权关系紧密结合的体制。内部股权实行流动之后，正好又赶上煤炭的“黄金十年”，淄矿集团进入了高速发展的快车道。

有一年，曾任兖矿集团有限公司董事长、党委书记，后来调到省国资委任主任、党委书记的张新文到淄矿集团调研，曾经和刁兴建有过一段交流。张新文提到，山东的某些煤矿做得越来越差，而淄矿各方面做得就挺好，让刁兴建讲一下为什么会出现这种情况。

刁兴建听到这个问题之后，心里也直嘀咕，应该怎样回复。他脑子转得相当快，一会儿工夫就琢磨了“五个好”，现场给张主任作了汇报。

第一个“好”是形势利用得好，指的是矿区的基本建设。在煤炭市场比较低迷的时候，矿井建设成本也比较低，淄矿集团抓住时机将矿井基本建设推进了一大步。除此之外，还集资建了许场的职工宿舍。从2000年到2010年，是煤炭的“黄金十年”，淄矿集团的基本建设搞好之后，正好迎来了“黄金十年”。

第二个“好”是趋势把握得好。国家的西部大开发战略甫一提出，淄矿集团立马响应号召，奔赴西北开发煤矿。除了西北之外，还去贵州、云南开发了几对矿井，这在当时是极具战略眼光的做法。后来贵州的两对煤矿因为高瓦斯、煤尘重，开发难度相当大，集团又及时止损处理。

第三个“好”是国家政策利用得好。按照国家政策，及时关闭破产的小矿井，精简机构，将煤矿企业、重点企业之外的公司进行了分离，妥善安置了26000余名职工。在市场化运作的环境下，分离出去的企业大多发展得也非常好。

第四个“好”是经营管理做得好。包括刚刚提到的股权改革，有些矿务局在煤炭价格比较高的年头，也就是日子比较好过的时候，花钱盖了很多别墅。但是淄矿集团从来没有盖过大批别墅，而是将90%以上的利润全部购买了新矿井，当时的领导忧患意识也比较强。很多矿井的资产负债率能够达到70%，甚至80%，而淄矿集团的资产负债率只有40%多一点儿，这种大规模的企业负债40%，是相当罕见的。集团的资产基本上都是通过自己经营挣的钱，利润的获得与股权改革、内部股权流动的激励和促进是分不开的。

第五个“好”是思想政治工作保障好。在煤炭市场低迷的时期，职工能够团结到一块儿，有钱出钱、有力出力，共同开发新矿井，一步一步从国家特困企业发展到现在辉煌的山东能源集团，和大家齐心协力、共同奋斗，拧成一股绳的思想是分不开的。

兖矿集团的探索更进一步，旗下的兖州煤业股份有限公司成为中国安全水平最好的煤炭生产商之一，也是中国唯一拥有境内外四地上市平台的煤炭公司，更是中国国际化程度最高的煤炭公司。2012年，兖州煤业煤炭生产经营总量首次突破了1亿吨，实现营收597亿元，利润总额96亿元。

上市之后，兖州煤业在产业运营的基础上以资本运作促进发展，建立资本市场，推进产业结构优化升级和布局调整，先后成功发行五次股票、两次债券，实施了十余次战略性并购，成为中国资本市场利用效率最高的上市公司之一。

经过数年的发展，实现了规模壮大、产业延伸、区域拓展、品牌提升，从单纯的煤炭企业延伸到煤炭深加工、电力、铁路运输、内河航运、钾矿资源开发等等，经营区域也从山东省扩展至陕西省、山西省、内蒙古自治区乃至澳大利亚和加拿大。2020年，兖州煤业完成控股股东七项资产收购整合，对财务报表进行了追溯调整，虽然受到国际煤价下跌、境外控股公司合并报表产生一次性非现金损失等影响，但全年的规模净利润仍然高达71.2亿元。

2004年，兖矿集团以输出具有自主知识产权的专利“两柱掩护式低位综采放顶液压支架技术”和“煤矿防灭火技术”为主导技术条件，全资收购了位于澳大利亚新南威尔士州猎人谷地区的南田煤矿，仅用了3200万元，后来将其改名为“澳思达煤矿”。

收购成功之后，兖矿集团的六名技术人员、一名翻译进驻煤矿，成为澳大利亚第一支来自国外的采煤队伍。这是中国煤炭行业第一次走出国门，收购、开采国外的煤矿，也标志着兖矿集团国际化发展迈出的重要一步。

兖州煤业最具传奇色彩的一次并购是澳洲“大圣项目”。

2017年，整个国际煤炭市场都属于低谷时期，当时的兖州煤业果断出手，通过在港交所成功配股融资164.6亿元人民币（25亿美元），以抄底的价格收购力拓持有的联合煤炭。

当时有两家实力雄厚的企业共同竞争，这次收购兖州煤业面对的是国际矿业巨头“嘉能可”。嘉能可斯特拉塔股份有限公司是全球大宗商品交易巨头，成立于1974年，总部在瑞士巴尔，是全球范围领先的商品生产商和经营商。“嘉能可”成立之初主要从事黑色金属和有色金属的实物营销，不久扩展到矿物、原油及石油产品的领域。

收购力拓持有的联合煤炭，当时“嘉能可”也是志在必得。后来兖州煤业竞争成功，并购之后，并没有和“嘉能可”成为你死我活的对手，而是以宽阔的胸襟与其展开合作，在资本层面上获得了全球资源大鳄的加持。这次并购也让“兖煤澳洲”的产能规模、综合实力和盈利能力实现了质的飞跃，为山东能源集团打造澳洲能源基地的战略布局奠定了坚实的基础。

联合煤炭旗下拥有猎人谷、沃克山两座世界顶级的优质煤矿，收购联合煤炭之后，“兖煤澳洲”拥有三座澳洲产量排名前五的动力煤矿。公司管理层制定了“以存量促增量，以增量带存量”的原则，在提升优化运营的基础上，实施“生产模型、设备人员、钻孔爆破、水利管理、关键审批”五大优化工程，确保煤炭的产能能够逐年递增。

从2017年9月成功收购，到2022年初，“兖煤澳洲”权益原煤产量平均每年比收购前增长2800万吨以上，“大圣项目”标的煤矿累计生产权益原煤1.04亿吨，占了“兖煤澳洲”总量的47%，使“兖煤澳洲”一跃成为全澳第三，专营煤企第一的地位。

随着经营规模的不断扩大，“兖煤澳洲”在国际海运煤议价中增加了话语权，拥有两种资源、两个市场的优势，按照“深耕亚太、开拓新兴”的原则，在联合煤炭实施“合作营销、灵活定价、物流调配、洗选创效”四大营销举措，国际市场占有率稳步递增。

作为上市公司，无论是兖州煤业，还是旗下的“兖煤澳洲”，都必须接受社会的监督。

每一家上市公司都有一个董事会办公室，每一个董事会办公室都有一个最基础也是最核心的业务：按时出年报，也就是上市公司必须披露的定期报告。每一年年报的问世可以说让每个董事会办公室成员苦受煎熬。

一年中平均有半年多的时间，董事会办公室的所有成员要么在搜集资料准备制作年报的路上，要么在汇集数据整理年报的路上。每一份年报都有一位主要的执笔人，执笔人比其他人要付出更多的工作时间，当大家都在拼命加班的时候，执笔人很多时候就要熬通宵了。

一般来说熟能生巧，在一项工作当中投入的劳动时间越多，工作效率应该进步得越快。但是在董事会办公室，负责年报的执笔人即使经过多年的磨炼，对于年报业务已经烂熟于心，但还是要每年迎接新的挑战。

由于年报是符合上市监管要求的程式化文件，可以在官方披露的网站面向所有的用户开放，因此披露必须及时，刊载的内容必须真实、准确、完整，以标准化、模板化的形式，用简明扼要的表述满足监管机构的披露要求。年报当中最忌讳的表述是“也许、似乎、大概是，然而、未必、不见得”，要求文字和数字绝对精准。

看热闹的观众是看不了年报的，因为年报中充斥着大量的表格、数据，专业词汇琳琅满目，也只有那些目的明确的专业投资者才能够潜下心来研究年报。对于上市公司来讲，年报的重要性是不言而喻的，首先它体现着上市公司必须履行的法定义务，也是研究价值投资的第一手资料，是研究上市公司价值、窥探某个行业兴衰的基本依据。

在投资界有一个广为流传的玩笑：所有最宝贵的东西，比如阳光、空气、水和年报，都是免费的。

正因如此，监管机构对于年报的瑕疵采取的是“零容忍”的态度，任何虚假记载、误导性的陈述或者重大遗漏，公司董事会、监事会及全体“董监高”将承担个别及连带的法律责任。年报是集整个公司之力在规定的时间内完成规定的动作，出现任何闪失都会让整个公司陷入困境。

作为年报的执笔人责任无疑是重大的，要用好几个月的时间去收集素材，一步一步加工提炼，把那些散乱的碎片用清晰的逻辑线条串联起来，突出主题。为了提高年报的精度和纯度，需要整个工作团队夜以继日地琢磨研究，因为“要么一百，要么零分”。在宏观层面，年报需要张弛有度、不偏不倚；而在微观层面，就需要字斟句酌、精准无误。

作为董事会办公室年报撰写团队的普通工作人员，在成长为执笔者之前，要苦练好几年，最终也不一定能够成长为执笔人。也只有那些最最坚韧不拔的人才能够脱颖而出，担任执笔人的角色。那么一位年报执笔人对于公司的了解可以说不亚于公司高层的任何一位领导。如果连续几年参与年报，那么业务收据、流程概要、专题总结、数据模型等可以积累一大堆。

按照工作惯例，每年的年报必须经过两轮审定。年报审定的时候，董事会秘书长坐镇，办公室全员参加，执笔人逐字逐句朗读，大家轮流发言，指出不足。不论年龄资历，不论业务分工，每个人都必须畅所欲言。从披露规则到排版标准，都要进行详细的讨论，每一句话都要反复修改，甚至经常会争得面红耳赤。

单单只是一个核对数据，就会让很多人快要疯掉。每更新一个数据，都要对整个年报的数据进行调整，可以说是“牵一发而动全身”。而很多数据是要实时更新的，需要多次反复修改，前面刚刚以为已经成功完成的年报，有时候接到调整信息又要连夜反复校版核对。既然这样，那不能等所有数据定稿后再制作年报？当然不可以！谁知道数据什么时候能定稿！

从董事会办公室整理年报工作过程当中的艰辛也可以看出上市公司在面对社会监督时的小心谨慎。根据“兖煤澳洲”最新生产报告披露的数据，“大圣项目”标的煤矿生产能力和盈利能力持续保持稳定，按照静态回收期的方法计算，“兖煤澳洲”当初收购联合煤炭的投资已经全部收回，投资回收期仅四年半左右，比最初预计的七年时间实现了大幅的提升。“大圣项目”全流程的完美收官也开创了境外并购投资回收的全新纪录。

作为优化国有经济布局结构、提升国有资本配置效率的重要举措，2020年7月，原兖矿集团与原山东能源集团联合重组，以“建设清洁能源供应商和世界一流企业”为愿景，成立新的山东能源集团。

改革是增强微观主体活力、做强做优国有企业的关键一招。重组之前，大企业病、管理层级多链条长效率低、整而不合合而不同、体制不顺机制不活等问题，长期制约着企业高质量发展。为了大刀阔斧地破除“整而不合”的困局，聚指成拳重塑发展优势，坚持先立后破、以市场为导向、以产权为纽带，坚持机构精简化、产业专业化、区域集约化、资源协同化、文化融合化“五化”方向，进而推进优化整合往深里去、往实里走的山东能源集团，在机构精简化整合方面做起“文章”。

着力打破“铁饭碗”，推动员工能进能出，有效解决富余人员安置流转、战略转移的问题。破除“铁工资”，推动收入薪酬能增能减，推行宽带薪酬体系，绩效工资占比60%。采取股票期权、超额利润提成、项目跟投等方式对11家企业实施中长期激励，实现效益、效率与工资同向联动。

山东能源集团着力加紧推进优质资产注入上市公司：山东玻纤成功登陆A股，新风光公司成为省属企业首家科创板上市公司，山东地矿摘掉ST“帽子”……联合重组以来，逐渐形成了4家主板上市、1家科创板上市、4家新三板挂牌公司的资本市场上市格局，2021年集团资产证券化率提升近10个百分点。

为了实现“2024年底前资产证券化率达到75%”的目标，山东能源集团按照“培育+实施”同步推进总体原则，在做好资产质量优、发展后劲足、核心竞争力突出等权属企业培育基础上，充分利用主板、新三板、创业板等境内外多层次资本市场，积极通过新三板挂牌、定向增发、IPO、并购重组、资产注入等路径加快推动优质资产上市。

用董事长李伟的话说：“重组以来，山东能源集团以有利于国有资本保值增值和国有企业做优做强为出发点，稳妥有序推进跨产业、跨公司、跨区域优化整合，突破‘改而不深、整而不合’困局，变‘物理整合’为‘化学融合’。”

2023年1月6日，被誉为中国经济奥斯卡大奖的“中国梦杯·中国经济新闻人物——2022十大经济年度人物”颁奖盛典在北京举办。山东能源集团党委书记、董事长，兖矿能源集团董事长李伟当选“2022中国经济年度人物”。中国煤炭工业协会会长梁嘉琨、著名经济学家任泽平为李伟开启这一奖项。

获奖理由是：“从传统煤炭企业到清洁能源供应商，他带领集团深入推进能源革命，不断提升企业自主创新能力，构建多元支柱产业，走出一条依托煤、优化煤、延伸煤又超越煤的转型新路子。2022年，集团加速向新能源、高端煤化工、智能装备制造等新兴产业转型突破，在推进构建清洁低碳、安全高效的现代能源体系中，谱写山东能源集团高质量发展新篇章。”

梁嘉琨表示，山东能源集团、兖矿能源集团为煤炭行业树立了一个光辉的典范。煤炭是艰苦的行业，也是高度危险的行业，煤矿工人非常辛苦。他们常年在井下，见不到阳光，但是他们给社会带来了财富，带来了文明，带来了光明。祝贺李伟董事长成为煤炭行业首位中国经济年度人物，这不仅是个人的荣誉，更是我们煤炭行业的荣誉。

李伟董事长在获奖感言中表示：

“这项荣誉不单单属于我个人，更属于山东能源集团23万干部职工群众。这份荣誉首先归功于能源行业，作为能源行业获此殊荣的唯一一家代表，这是对能源行业的高度肯定，也是对能源行业作为压舱石、稳定器的充分认可。中国正在进行能源转型，‘双碳’政策的落地给我们提出了艰巨的任务。立足我国富煤、贫油、少气的基本国情，当前必须坚定先立后破，做好煤炭的清洁高效利用和延伸，是国企的责任。山东能源集团坚持安全、创新、绿色、智能、担当，企业逐步发展成为大型的综合型能源企业。

“这项荣誉应该归功于山东国企，作为源自山东的国有企业，在山东省委省政府、省国资委的坚强领导下，深化三年国企改革，各项改革走在了省属企业的前列。山东能源集团积极践行‘走出去’战略，落实‘一带一路’倡议，走出国门，建成了国际化的矿业集团。

“这项荣誉更归功于广大的干部职工，特别是煤矿工人。周恩来总理曾经讲过，煤矿工人特别能战斗，特别能吃苦，特别能奉献。这些年，我和山东能源集团干部职工坚守信念，积极实践，所以感到这项荣誉沉甸甸的，这是对广大煤矿工人的肯定。

“下一步，山东能源集团、兖矿能源集团将强化国企担当，聚力绿色低碳高质量发展，坚持增产保供稳价，坚定瞄准建设清洁能源供应商和世界一流企业的目标奋进，努力谱写山东能源集团高质量发展新的辉煌篇章。”

后 记

小征程见证大征程

一部山东能源集团的发展史，可以说和一部中国近现代史密不可分；山东能源集团的发展，可说是中国百年来煤炭工业崛起的一个缩影。

一是民族工业夹缝中的生存史。鸦片战争爆发以来，帝国主义列强竞相觊觎淄博、兖州等地的丰富矿产，开始运用大机器生产的方式掠夺中国的矿产资源。作为枣矿前身的中兴煤矿历经风风雨雨，由小到大，先土后洋，逐步实现了近代化的机械生产，产、运、销结合，走出了适合中国办煤矿的路子，有效抵御了帝国主义的侵略。中兴煤矿公司在中华民族工业史上是一个标志性的企业，枣矿也因此成为近代民族工业文明的发源地。

二是新民主主义革命史。山东煤矿的革命火种是一段充满艰辛与奋斗的历史。它见证了中国共产党在山东地区的早期革命活动特别是淄博矿区的工人运动和党组织的建立。这段历史不仅为山东煤矿的发展注入了强大的精神动力也为我们今天的生活提供了宝贵的精神财富。

三是新中国的煤炭工业发展史。手锤、钢钎、手镐、空气压缩机、风钻、截煤机、掘锚一体机……工业的进步能够在煤矿掘进工艺的改进中清晰体现出来，从粗放炮采到机械化综采，再到智能化开采，从单一的煤炭开采向煤化工领域拓展，通过先进的加工工艺实现煤炭的精深加工和综合利用，山东的各大煤炭企业见证了我国采煤工艺的发展变迁。

四是现代企业的蝶变史。1985年起，国家上划主要产煤省（区）一批骨干煤炭企业，全行业实施六年投入产出总承包和两年延续承包。1992年，国家取消了计划外煤价限制，放开指导性计划煤炭及定向煤、超产煤的限制，出口煤、协作煤、集资煤全部实行市场调节，市场煤所占比重接近一半。1995年，煤炭业开始企业化改制试点，兖州矿务局等被列入100个试点单位，我国煤炭企业开始了建立现代企业制度的探索……这是一段从传统资源型向绿色创新型以及智能化、高效化转型的历程。

五是新世纪的能源安全史。进入新世纪，能源安全概念的综合化趋势更加明显。它涵盖了能源供给安全、消费安全、使用安全、经济安全等多个方面，在加快建设清洁能源供应商和世界一流企业“赶考路”上，山东能源集团在多元化能源供应、提高能源利用效率、推动能源结构转型、加强能源安全国际合作等方面作出了重要探索，努力创造更多让世人瞩目的辉煌奇迹。

2022年5月我们接到本书的写作任务时感到十分荣幸，同时又感到沉甸甸的压力。带着这份责任，我们踏上了采访之路。从2022年初夏到2023年春天，我们马不停蹄地奔波，探寻着山东能源集团及其前身兖矿集团、淄矿集团、新矿集团等众多煤矿企业的历史，品味着一个个创业故事，被一个个可歌可泣的人物感动着。

山东能源集团本身就是一部大书，我们在写一部书的同时，也在认真阅读着这部大书。

近一年的采访，我们的足迹印在了盛产乌金的兖州、淄博、新泰、枣庄、菏泽、济宁等地。不仅于此，我们还追寻开拓者“闯”出去的路径，在内蒙古、新疆、贵州、海南、陕西、山西……倾听矿工兄弟们的述说。跨越万水千山，我们的汗水与山能人的汗水融合在了一起，山能人忘我的劳作和质朴的笑容使我们终生难忘。

在该书付梓之际，谨向曾经给予我们大力支持和帮助的山东能源集团以及所属各单位表示诚挚的谢意！

本书创作完成于2023年4月，其后山东能源集团及所属部门单位有所调整，文中提到的部分人员职务若有所变动，出版时不再一一更新，仍以采访时信息为准，特此说明。